KB058174

목신판

**일러두기**

1. 이 책은 노르웨이의 작가 크누트 함순(Knut Hamsun)의 중편소설 《목신 판(Pan)》(1894)
   과 《빅토리아(Victoria)》(1898)를 우리말로 옮긴 것이다.
2. 번역은 영어판을 대본으로 삼아 진행했으며, 불어판을 참고했다.
   《목신 판》의 영어판: W.W. Worster 번역(1920) / 불어판: Georges Sautreau 번역(1932)
   《빅토리아》의 영어판: Oliver Stallybrass 번역(1969) / 불어판: Ingunn Guilhon 번역(1979)
3. 각주는 모두 옮긴이의 주이다.

세계문학의 숲 041

Pan: af Løjtnant Thomas Glahns Papirer

# 목신 판

크누트 함순 지음
김석희 옮김

시공사

차례

목신판

# 토마스 글란 중위의 수기

## 1

지난 며칠 동안 나는 노를란*의 그 끝없는 여름날을 생각하고 또 생각했다. 나는 여기 앉아서 그 여름날을 생각하고, 내가 살았던 오두막을 생각하고, 오두막 뒤에 펼쳐져 있던 숲을 생각하면서 그때의 일들을 적는 데 열중하고 있다. 그렇게 시간도 보내면서 나 자신도 즐기고 있는 것이다. 시간은 느릿느릿 흘러간다. 나는 아무런 후회도 없이 즐거운 삶을 살고 있지만, 시간을 내가 원하는 만큼 빨리 흐르게 할 수는 없다. 나는 모든 것에 만족하고 있다. 서른 살은 결코 많은 나이가 아니다.

며칠 전에 나는 먼 곳에서 보내온 깃털 한 쌍을 받았다. 보낸 사람은 나한테 그걸 보낼 의무가 전혀 없는 사람이었다. 그는 보관(寶冠)이 새겨진 편지지로 초록빛 깃털 두 개를 싸고 봉

---

*좁은 의미로는 노르웨이 중북부에 있는 주의 이름. 넓은 의미로는 노르웨이의 북부 지방. 지명 자체가 '북쪽 땅'이라는 뜻이다.

함지로 봉했는데, 무서울 만큼 선명한 초록빛을 띤 그 깃털을 보니 정말 기뻤다.

오래전에 아문 총상 때문에 이따금 왼발에 류머티즘이 도지는 것을 빼면 나는 아무런 불만이 없는 사람이다.

2년 전에는 시간이 아주 빨리 지나간 것으로 기억한다. 그때는 지금보다 시간이 훨씬 빠르게 지나갔다. 여름은 내가 알아차리기도 전에 지나가버렸다. 나에게 어떤 일이 일어난 것, 아니 내가 그 일을 꿈속에서 본 것은 2년 전인 1855년이었다. 이제 나는 그저 지루함을 달래기 위해 그 일을 기록하려고 한다. 그 이후엔 그 일을 거의 생각하지 않았기 때문에 지금은 많은 부분을 잊어버렸지만, 밤이 아주 밝았다는 것은 기억에 생생히 남아 있다. 또한 많은 것들이 뒤죽박죽되어 있는 것처럼 보였다. 그해는 열두 달이었지만, 밤은 낮이 되었고 하늘에서 별을 하나도 볼 수 없었다. 그리고 내가 만난 사람들은 평소에 내가 알고 지낸 사람들과는 다른 성질을 가진 별난 사람들이었다. 그들은 단 하룻밤 사이에 아이에서 어른으로 바뀌기도 했고, 완전히 자란 성숙한 사람이 되어 의기양양하게 나타나기도 했다. 여기에 마술적인 것은 전혀 없었다. 다만 내가 그때까지 그런 것을 본 적이 없었을 뿐이다. 한 번도.

바닷가에는 하얀 칠을 한 커다란 집이 한 채 있었다. 거기서 만난 사람이 한동안 내 마음을 사로잡았는데, 이제는 그녀를 끊임없이 생각하지는 않는다. 적어도 지금은 그렇다. 아니, 나는 그녀를 완전히 잊어버렸다. 하지만 나머지 것들, 숲으로 먹이를 잡으러 가는 바닷새들의 울음소리, 내가 보낸 밤들, 여름날의 그 따뜻한 시간들에 대해서는 잊지 않고 생각한다. 어쨌든 나는 우연히 그녀를 알게 되었고, 그 우연이 아니었다면 나는 단 하루도 그녀를 생각하지 않았을 것이다.

내가 살았던 오두막에서는 흩어져 있는 작은 섬들과 암초들, 암벽과 후미, 조각난 바다, 푸르스름한 산봉우리 따위를 볼 수 있었다. 그리고 오두막 뒤에는 넓은 숲이 펼쳐져 있었다. 나무뿌리와 나뭇잎에서 나는 향기, 골수 냄새를 연상시키는 전나무의 수액 냄새를 맡으면 내 마음은 기쁨과 감사로 가득 찼다. 내 마음은 오로지 숲에서만 평안을 얻을 수 있었고, 숲에 있으면 내 영혼은 편안해지고 강해졌다. 나는 날마다 이숩을 데리고 구릉지를 산책하곤 했는데, 땅은 아직 눈과 진창으로 반쯤 덮여 있었지만, 나는 날마다 그곳을 계속 산책할 수 있기를 바라곤 했다. 내 길동무는 이숩뿐이었다. 지금은 코라가 있지만, 그때는 이숩이 있었다. 나는 나중에 이숩을 총으로 쏘아 죽였다.

사냥을 마치고 오두막으로 돌아온 저녁이면 집의 온기가 머리끝부터 발끝까지 온몸을 물결치며 지나가는 것을 자주 느끼곤 했다. 그것은 내 가슴에 달콤한 전율을 일으키고, 나는 우리가 얼마나 행복한지에 대해 이숩과 이야기를 나누곤 했다. "자, 이젠 불을 피우고 화덕에 새를 한 마리 구워 먹자꾸나. 괜찮지?" 새가 다 구워지면 우리는 함께 식사를 했다. 식사가 끝나면 이숩은 화덕 뒤에 있는 자기 자리로 천천히 물러가고, 나는 파이프에 불을 붙이고 잠깐 침대에 드러누워 숲에서 나는 바람소리에 귀를 기울였다. 가벼운 산들바람이 오두막에 몰아쳤다. 나는 멀리 구릉지에서 나는 멧닭의 울음소리를 또렷이 들을 수 있었다. 그 소리를 빼고는 아무 소리도 나지 않고 조용했다.

나는 옷을 입은 채 누워 있다가 그냥 잠이 들어, 바닷새들이 울기 시작할 때까지 깨지 않을 때가 많았다. 새들의 울음소리에 눈을 떠서 창밖을 내다보면, 하얀색의 거대한 교역소 건물, 시릴룬* 부두, 내가 빵을 사는 잡화점이 얼핏 보였다. 나는 노를란의 한쪽 끝, 숲 가장자리의 오두막에 누워 있는 나를 새삼 깨닫고는 놀라서, 그대로 잠시 누워 있곤 했다.

그러면 이솝이 화덕 옆에서 길쭉하고 여윈 몸을 흔들어 목걸이를 딸랑딸랑 울리고, 하품을 하며 꼬리를 흔들었다. 나는 서너 시간밖에 못 잤지만 상쾌한 기분으로 모든 것을 기뻐하며 벌떡 일어나곤 했다.

그렇게 많은 밤이 지나갔다.


2


비가 오든 바람이 불든, 그것은 중요하지 않다. 비 오는 날에도 작은 즐거움에 사로잡혀 남모를 행복감에 잠길 때가 많을 것이

---

*노를란 주의 옛 주도인 셰링괴위를 상정한 가상의 지명. 현재의 주도인 보되에서 북쪽으로 30킬로미터 떨어져 있다.

다. 거기에 서서 똑바로 앞을 바라보다가 이따금 낮은 소리로 웃으며 주위를 둘러본다. 당신은 무슨 생각을 하고 있는가? 어떤 창문에 끼워진 깨끗한 유리창, 유리창을 비추는 한 줄기 햇빛, 작은 시내, 구름 사이로 보이는 푸른 하늘—그 이상은 아무것도 필요 없다.

때로는 진기한 경험도 당신이 따분하고 무기력한 기분에서 벗어나게 해주지 못한다. 당신은 무도회장 한복판에 있어도, 어떤 것에도 영향을 받지 않은 채 둔감하고 무심하게 앉아 있을 수 있다. 슬픔이나 기쁨의 원인은 마음속에 있기 때문이다.

나는 어떤 날을 기억하고 있다. 그날 나는 바닷가로 내려갔다. 그런데 소나기를 만나는 바람에 잠시 비를 피하려고 열린 보트 창고로 들어갔다. 나는 콧노래를 조금 불렀지만, 즐겁게 열심히 부른 것은 아니고 그저 심심풀이로 불렀을 뿐이다. 이숍이 함께 있었는데, 녀석이 갑자기 일어나 앉더니 귀를 세웠다. 나도 콧노래를 멈추고 귀를 기울였다. 밖에서 목소리가 났다. 사람들이 오고 있었다. 우연한 일이지만, 하나도 이상하지 않은 일이다! 두 남자와 한 소녀가 보트 창고로 불쑥 들어왔다. 그들은 서로 소리를 지르며 웃고 있었다.

"빨리 와! 여기서 잠시 비를 피할 수 있겠어."

나는 일어났다.

한 남자는 가슴판이 덧대인 흰색 셔츠를 입고 있었는데, 지금은 비에 흠뻑 젖어 축 처져 있었다. 이 젖은 셔츠 가슴판에는 다이아몬드 장식핀이 꽂혀 있었다. 그는 제법 멋있어 보이는 뾰족한 구두를 신고 있었다. 나는 그에게 고개를 숙여 인사를 했다. 사업가인 마크 씨였다. 나는 빵가게에서 그를 본 적이 있어서 얼굴을 알아보았다. 그는 언제 한번 자기네 집에 오라고 나를 초대하기도 했지만, 나는 아직 가지 않았다.

"아, 당신이군!" 그가 나를 알아보고 말했다. "방앗간에 가는 길이었는데, 갑자기 비가 쏟아지는 바람에 돌아와야 했지 뭐요. 정말 지독한 날씨군. 그런데 중위, 시릴룬엔 언제 올 거요?"

그는 옆에 있는 작달막한 남자를 소개했다. 검은 턱수염을 기른 그 남자는 교회 근처에 사는 의사였다.

소녀는 베일을 코 위로 약간 들어 올리고 낮은 목소리로 이숍에게 말을 걸기 시작했다. 나는 그녀의 웃옷을 눈여겨보았다. 안감과 단춧구멍을 보니 옷에 물을 들인 것을 알 수 있었다. 마크 씨는 그녀도 소개를 했는데, 그의 딸인 에드바르다였다.

에드바르다는 베일을 내린 채 나에게 눈길을 한 번 던지고는 개한테 계속 속삭였다. 그녀는 개 목걸이에 새겨진 글자를 읽었다.

"이름이 이숍이구나?" 하더니, 의사를 돌아보면서 말했다. "이숍이 누구죠? 저는 이숍이 우화를 썼다는 것밖에 몰라요. 프리기아* 사람 아니었나요? 아니, 잘 모르겠어요."

아직 어린 학생이었다. 나는 그녀를 바라보았다. 키는 컸지만 몸매는 아직 덜 성숙해서 눈에 띄는 모습은 아니었다. 나이

*소아시아 중서부에 있던 고대 지역 이름.

는 열대여섯 살쯤 되어 보이고, 장갑을 끼지 않은 손은 길쭉하고 거무스름했다. 아마 소녀는 그날 오후 집에 돌아가자마자 당장 백과사전에서 '이솝'을 찾아보고 해답을 얻었을 것이다.

마크 씨는 내 사냥에 대해 물었다. 주로 무엇을 쏩니까? 원할 때는 언제든지 자기 보트를 써도 좋다고, 언제든 자기한테 말만 하면 된다고 말했다. 의사는 한 마디도 하지 않았다. 그들이 떠날 때 나는 의사가 다리를 절뚝거리며 지팡이를 짚고 있는 것을 알아차렸다.

나는 전처럼 허전한 기분으로 무심코 콧노래를 부르며 집까지 걸어왔다. 보트 창고에서의 만남은 나에게 아무 영향도 미치지 않았다. 그 만남에서 가장 또렷이 기억하는 것은 마크 씨의 셔츠 가슴판이었다. 비에 흠뻑 젖은 그 셔츠 가슴판은 다이아몬드 장식핀으로 고정되어 있었지만, 너무 젖어서 별로 반짝거리지도 않았다.


# 3


오두막 앞에는 바위가 하나 있었다. 아주 높은 회색 바위였다. 그 모양은 나에게 호의를 갖고 있는 것처럼 보였다. 내가 앞을 지나가면 나를 알아보는 것 같았다. 아침에 밖에 나갈 때면 나는 그 바위 앞을 지나가기를 좋아했다. 그럴 때는 마치 친구를 그곳에 혼자 두고 가는 듯한 기분이 들었다. 친구는 내가 돌아올 때까지 거기서 나를 기다려줄 것 같았다.

그리고 숲에 들어가 사냥을 시작했다. 나는 뭔가를 총으로 쏠 수도 있지만 쏘지 않을 수도 있었다.

섬들 너머에는 납빛 바다가 누워 있었다. 언덕 위에 올라가 있을 때는 그 바다를 한없이 바라보곤 했다. 바다가 잔잔한 날이면 배들은 거의 움직이지 않았다. 나는 작고 하얀 돛을 단 같은 배가 사흘 동안이나 한곳에 갈매기처럼 떠 있는 것을 볼 수도 있었다. 하지만 바람의 방향이 바뀌면 멀리 있는 산들은 시야에서 거의 사라졌다. 악천후를 몰고 오는 남서풍이 불면 극적인 광경이 펼쳐지고, 나는 관객이 되어 그 드라마를 구경했다. 물보라가 수평선을 가렸고, 땅과 하늘을 분간할 수 없게 되었고, 바람에 뒤흔들리는 바다는 고통스러운 춤을 추며 허공에다 사람과 말과 깃발의 형상을 만들어냈다. 나는 절벽에서도 바람이 미치지 않는 곳에 서서 온갖 것들을 생각했다. 내 영혼은 잔뜩 긴장해 있었다. 내가 오늘 무엇을 보고 있는지, 바다가 왜 내 눈앞에서 열리는지는 아무도 모를 거라고 생각했다. 어쩌면 나는 이 순간 대지의 뇌 속을 들여다보고 있는지도 모른다. 대지의 뇌가 어떻게 작동하고, 세상 만물이 어떻게 끊임없이 변동하는지를 들여다보고 있는지도 모른다.

이솝은 불안한 기색이었다. 이따금 코를 허공으로 치켜들고 킁킁거리며, 날씨에 겁을 먹은 듯 다리를 떨고 있었다. 하지만 내가 말을 걸어주지 않자 녀석은 내 두 발 사이에 엎드린 채 나처럼 바다를 바라보았다. 새들의 울음소리도, 사람의 목소리도 들리지 않았다. 들리는 소리라고는 내 머리 위에서 낮게 윙윙거리는 그 희미한 소리뿐이었다. 저 멀리 암초 하나가 외따로 떠 있었다. 파도가 그 암초에 부딪히면 미친 고등처럼 벌떡 일어섰다. 아니, 물에 흠뻑 젖은 바다의 신이 세상을 둘러보려고 공중으로 솟아올라 콧숨을 내뿜어 머리카락과 턱수염을 바퀴살처럼 곤두서게 한 것 같았다. 그런 다음, 바다의 신은 다시 부서지는 파도 속으로 뛰어들었다.

그렇게 폭풍우가 한창인데, 작고 새까만 기선 한 척이 바다 쪽에서 육지로 파도를 뚫고 들어오고 있었다…….

오후에 부두로 내려가보니 그 작고 새까만 배는 항구에 들어와 닻을 내리고 있었다. 그것은 우편선이었다. 부두에는 사람들이 많이 나와 있었다. 드물게 찾아오는 손님을 보러 온 사람들이었는데, 그들은 하나같이 푸른 눈을 갖고 있었다. 하얀 머릿수건을 두른 소녀가 조금 떨어진 곳에 혼자 서 있었다. 머리가 새까매서, 하얀 머릿수건과 묘한 대조를 이루고 있었다. 소녀는 호기심 어린 눈으로 나를 바라보더니, 내 가죽 재킷과 어깨에 멘 엽총을 바라보았다. 내가 말을 걸자 소녀는 당황하여 고개를 돌렸다.

"너는 항상 그 머릿수건을 써야겠다. 아주 잘 어울려." 내가 말했다.

그때 팔이 굵고 스웨터를 입은 남자가 소녀에게 다가왔다. 그는 소녀를 에바라고 불렀다. 소녀는 그의 딸이 분명했다. 나는 팔이 굵은 그 남자를 알고 있었다. 그는 이 지역의 대장장이로, 며칠 전에 내 총에다 새 파이프를 끼워주었다…….

그리고 비와 바람은 제 임무를 수행하여 눈을 녹였다. 며칠 동안 차갑고 불안정한 대기가 땅 위를 감돌았다. 썩은 나뭇가지가 부러지고, 까마귀들은 떼를 지어 깍깍거렸다. 하지만 그런 날씨는 오래가지 않았다. 태양은 가까이에 있있다. 어느 날 아침 태양이 숲 뒤에 떠올랐다.

해가 떠오르면, 감미로운 햇살이 머리끝에서 발끝까지 나를 꿰뚫는다. 나는 조용한 기쁨에 잠겨 내 총을 어깨에 멘다.


# 4

그 무렵에는 사냥감이 전혀 부족하지 않았다. 나는 잡고 싶은 사냥감—산토끼, 멧닭, 뇌조—을 쏘았고, 우연히 해변에 내려가 있다가 바닷새가 사정거리 안에 들어와 있을 때는 바닷새도 쏘았다. 좋은 시절이었다. 낮은 점점 길어졌고 공기는 점점 맑아졌다. 나는 사나흘 동안 산에서 지낼 준비를 갖추고 산으로 떠나곤 했다. 산에서 순록을 치는 사미인*을 만나면, 그들은 허브맛이 나고 영양분이 풍부한 치즈를 나누어주었다. 나는 그곳에 여러 번 갔다. 다시 집으로 돌아올 때는 언제나 날짐승과 들짐승을 잡아서 자루에 집어넣었다. 그리고 땅바닥에 주저앉아

*스칸디나비아 반도 북부에서 러시아령 콜라 반도에 걸쳐 거주하는 소수민족.

이솝을 묶었다. 저 아래 몇 킬로미터나 떨어진 곳에 바다가 보였다. 산비탈은 똑같은 멜로디를 속삭이며 똑똑 떨어지거나 졸졸 흘러내리는 물로 검게 젖어 있었다. 멀리 떨어진 산에서 나는 그 작은 멜로디는 내가 그곳에 앉아 주위를 둘러보며 시간을 보낼 때 도움이 되었다. 이곳에는 어디 외딴 곳에서 새어 나오는 작고 끝없는 가락이 있다고 나는 생각했다. 아무도 그 소리를 듣지 않고 아무도 거기에 대해 생각하지 않지만, 그래도 그 졸졸거리는 소리는 끝없이 계속된다! 그 졸졸거리는 소리를 들으면 산이 아무도 없는 곳으로는 느껴지지 않았다. 이따금 무슨 일인가가 일어났다. 우레 소리가 땅을 뒤흔들고, 바위가 굴러서 연기처럼 피어오르는 흙먼지를 뒤에 남긴 채 바다로 떨어지곤 했다. 그러면 다음 순간 이솝은 코를 바람 쪽으로 돌리고, 뭔가 타는 듯한 냄새를 맡느라 코를 킁킁거리며 이해할 수 없다는 듯 놀란 표정을 지었다. 눈 녹은 물이 바위에 갈라진 틈을 만들면, 총소리나 날카로운 외침 소리만으로도 커다란 덩어리가 바위에서 떨어져 나와 요란한 소리를 내며 굴러 떨어졌다……

한 시간이 그렇게 지나갈 수도 있었다. 아니, 그보다 더 오랜 시간이 흐르기도 했다. 시간은 정말 빠르게 지나갔다. 나는 이솝을 풀어주고, 사냥 자루를 다른 어깨에 둘러메고 집으로 출발했다. 날이 저물고 있었다. 아래쪽 숲으로 들어가면 익숙한 오솔길이 나왔다. 폭이 좁은 그 오솔길은 리본처럼 구불구불했다. 나는 천천히 그 모퉁이들을 돌았다. 서두를 필요는 없었다. 집에서 나를 기다리는 사람도 없었다. 영주처럼 자유로운 나는 기분 좋은 속도로 평화로운 숲 속을 돌아다녔다. 새들은 모두 조용했다. 멧닭만이 멀리서 울고 있었다. 녀석은 언제나 울었다.

숲에서 나오자 앞쪽에 두 사람이 보였다. 산책하러 나온 사람들이었다. 나는 그들을 따라잡았다. 한 사람은 에드바르다였다. 나는 그녀를 알고 있었기 때문에 인사를 보냈다. 그녀와 함께 있는 사람은 의사였다. 나는 그들에게 사냥총을 보여주어야 했다. 그들은 내 나침반과 자루를 살펴보았다. 나는 그들을 내 오두막에 초대했고, 그들은 언제 한번 찾아가겠노라고 약속했다.

어둠이 내려앉았다. 나는 집에 가서 불을 지피고, 새를 구워서 식사를 했다. 내일은 또 다른 하루였다…….

사방이 쥐 죽은 듯 조용하다. 나는 밤이 이슥하도록 그곳에 누워 창밖을 내다본다. 그 시간에는 요정의 불빛이 들판과 숲 위를 떠다녔다. 해는 지고, 기름처럼 잔잔한 수평선을 새빨간 빛으로 물들였다. 하늘은 어디나 탁 트이고 맑았다. 그 깨끗한 바다를 들여다보며 세상의 밑바닥과 얼굴을 맞대고 있는 듯한 기분이 들었다. 내 심장은 드러난 그 밑바닥에 닿아서 따뜻하게 고동치고, 거기에서 편안했다. 수평선은 왜 오늘 밤 자줏빛과 황금빛으로 자신을 장식하고 있는지, 세상의 그곳에서는 어떤 축제가 벌어지고 있는지 아무도 모를 거라고 나는 속으로 생각했다. 별들에서 음악 소리가 들려오고, 넓은 강에서 사람들이 뱃놀이를 하는 웅장하고 화려한 축제가 벌어지고 있을지도 모른다. 뱃놀이 일행은 저쪽으로 향하고 있다! 나는 눈을 감고 뱃놀이 일행과 동행하며, 생각이 내 머릿속을 항해하는 것을 상상했다……

그렇게 며칠이 지났다.

나는 얼음이 어떻게 물로 변하는지, 얼음이 어떻게 깨지는지를 관찰하며 돌아다녔다. 오랫동안 나는 총을 한 방도 쏘지 않았다. 오두막에 식량이 충분히 비축되어 있을 때면 나는 한가롭게 돌아다니며 시간을 보냈다. 어느 쪽으로 몸을 돌려도 보고 들을 것이 많았다. 모든 것이 날마다 조금씩 변했다. 버드나무와 노간주나무들도 봄을 기다리고 있었다. 내가 찾아간 곳 가운데 하나는 물방앗간이었다. 물방아는 아직 얼어붙어 있었지만, 그 주변 땅에는 발자국이 많이 나 있어서, 사람들이 곡식을 빻기 위해 곡식 자루를 짊어지고 거기에 왔었음을 말해주고 있었다. 나는 사람들 사이를 걸어 다니는 기분이었다. 게다가 방앗간 벽에는 많은 글자와 날짜가 적혀 있었다.

아아, 좋다…….


5


더 쓸까? 아니, 조금만 쓰자. 지루함을 달래기 위해, 그리고 2년 전에 봄이 어떻게 왔는지, 시골 풍경이 어땠는지를 이야기하는 것은 시간을 보내는 데 도움이 되니까. 땅과 바다는 희미한 향기를 내뿜기 시작했고, 숲 속에서 썩어가는 낙엽은 황화수소의 달착지근한 냄새를 발산했고, 까치들은 부리에 나뭇가지를 물고 날아다니며 둥지를 지었다. 또 며칠이 지났다. 시냇물이 불어나 거품을 일으키기 시작했고, 남생이잎벌레 몇 마리가 눈에 띄었다. 어부들이 어로 기지에서 돌아왔다. 부역업자의 소형 어선 두 척이 물고기를 가득 싣고 들어와 건조장에 닻을 내렸다. 섬들 가운데 가장 큰 섬이 갑자기 활기차게 북적거렸다. 물고기는 그 섬의 바위들 위에 널려 건조될 터였다. 나는 오두막 창문으로 그 광경을 모두 볼 수 있었다.

하지만 어떤 소리도 내 오두막까지는 닿지 않았다. 나는 혼자였고, 그 후에도 줄곧 혼자였다. 이따금 누군가가 집 앞을 지나가곤 했다. 하루는 대장장이의 딸 에바가 지나갔다. 에바는 콧등에 주근깨가 조금 생겨나 있었다.

"어딜 가니?" 내가 물었다.

"땔나무 가지러요." 에바가 낮은 소리로 대답했다.

에바는 땔나무를 가져오기 위해 밧줄을 손에 들고, 머리에는 하얀 머릿수건을 두르고 있었다. 나는 눈으로 에바를 좇았지만, 에바는 고개를 돌리지 않았다.

내가 다시 사람을 본 것은 그 후 여러 날이 지나서였다.

봄이 밀어닥쳤고, 숲은 더 밝아졌다. 나무 우듬지의 개똥지빠귀를 관찰하는 것은 무척 재미있었다. 그 새들은 태양을 쳐다보며 새된 소리를 질러댔다. 때로는 해가 뜰 때 새들과 짐승들한테서 발산되는 즐거운 기분을 함께 나누기 위해 밤 두 시에 벌써 일어난 적도 있었다.

봄은 나한테도 온 게 분명했다. 이따금 내 피가 발소리처럼 탕탕 소리를 내는 것 같았다. 나는 오두막에 앉아서 낚싯대와 낚싯줄을 점검해야 한다고 생각했지만, 무언가를 하기 위해 손가락 하나도 까딱하지 않았다. 분명치는 않지만 기분 좋게 들뜬 기분이 내 마음속을 오갔다. 그때 갑자기 이솝이 벌떡 일어나더니 짧게 한 번 짖었다. 누군가가 오두막으로 다가오고 있었다. 내가 재빨리 모자를 벗었을 때, 벌써 문간에서 에드바르다의 목소리가 들렸다. 에드바르다와 의사가 약속한 대로 나를 찾아온 것이다.

"네, 집에 있어요." 나는 에드바르다가 말하는 소리를 들었다. 그녀는 나에게 다가와서 더없이 소녀다운 태도로 손을 내밀었다. "어제도 왔었는데, 안 계시더군요."

그녀는 내 침대로 가서 덮개 위에 앉아 오두막을 한 바퀴 둘러보았다. 의사는 벤치에 나와 나란히 앉았다. 우리는 잡담을 나누었다. 나는 숲에 어떤 종류의 동물들이 있는지, 그리고 지금은 금렵기여서 사냥할 수 없는 동물은 무언지를 그들에게 말해주었다. 지금은 멧닭이 금렵기였다.

의사는 이때도 별로 말이 없었지만, 뿔로 만든 내 화약통에 판*의 작은 조각상이 장식되어 있는 것을 보고는 판 신화를 설명하기 시작했다.

---

*그리스 신화에 나오는 목신(牧神). 상반신은 사람의 모습이고 다리와 꼬리는 염소 모양이며 이마에 뿔이 있다.

"그런데 사냥감이 모두 금렵기일 때는 뭘 먹고 살아요?" 에드바르다가 불쑥 물었다.

"물고기를 먹고 살지요. 먹을 음식은 항상 있답니다." 내가 대답했다.

"하지만 그럴 때는 우리 집에 와서 식사를 하셔도 돼요. 작년에는 영국인이 이 오두막을 썼는데, 그 사람은 자주 우리 집으로 식사를 하러 왔어요."

에드바르다는 나를 바라보았고, 나는 그녀를 바라보았다. 그 순간 나는 무언가가 덧없이 지나가는 다정한 인사처럼 내 심장을 건드리는 것을 느꼈다. 맑은 봄날이었다. 그 후 나는 줄곧 그날에 대해 생각했다. 게다가 나는 그녀의 반달 같은 눈썹에 감탄했다.

그녀는 내 오두막에 대해 몇 마디 했다. 나는 다양한 동물 가죽과 새의 날개로 벽을 뒤덮었기 때문에, 오두막 안은 모피로 덮인 짐승 소굴처럼 보였다. 그녀도 거기에 동의했다.

"맞아요. 짐승의 소굴 같아요."

오두막에는 손님들에게 내놓을 게 없었다. 적어도 손님들이 좋아할 만한 것은 아무것도 없었다. 나는 잠깐 생각한 뒤, 그냥 재미로 새를 한 마리 굽기로 결정했다. 그들은 구운 새를 사냥꾼들처럼 손으로 먹을 수도 있을 것이다. 꽤 재미있을지도 모른다.

나는 새를 구웠다.

에드바르다는 오두막에 살았던 영국인에 대해 이야기했다.

그는 노인이었고, 큰 소리로 혼잣말을 하는 별난 사람이었다. 독실한 천주교 신자여서, 어딜 가든 검은색과 붉은색 글씨로 인쇄된 작은 기도책을 주머니에 갖고 다녔다.

"그럼 아마 아일랜드 사람이었을 거야." 의사가 말했다.

"아일랜드 사람이었나요?"

"그래. 천주교 신자였으니까."

에드바르다는 얼굴을 붉혔다. 그리고 말을 더듬거리며 고개를 돌렸다.

"그렇구나. 아마 아일랜드 사람이었을 거예요."

그때부터 그녀는 활기를 잃었다. 나는 그녀가 딱하게 느껴졌고, 사태를 원만하게 수습하고 싶어서 이렇게 말했다.

"아니, 아가씨 말대로 영국인이었을 거요. 아일랜드 사람은 노르웨이에 여행 오지 않아요."

우리는 언젠가 배를 저어 바다로 나가서 대구 말리는 암초를 보기로 약속했다.

나는 돌아가는 손님들과 한동안 동행한 뒤, 집으로 돌아와 낚시 도구를 손질하기 시작했다. 자루그물은 문 옆의 못에 걸려 있었는데, 녹 때문에 그물눈이 조금 망가져 있었다. 나는 낚싯바늘 몇 개를 날카롭게 갈아서 낚싯줄에 묶고 후릿그물을 점검했다. 오늘은 일을 하기가 무척 어려웠다! 아무 상관도 없는 생각들이 머릿속을 오갔다. 에드바르다를 벤치에 앉히지 않고 줄곧 침대에 앉혀둔 것은 큰 실수였던 것처럼 느껴졌다. 갑자기 에드바르다의 까무잡잡한 얼굴과 목덜미가 눈앞에 나타났다. 그녀는 유행에 따라 허리가 길어 보이도록 앞치마 끈을 엉덩이 아래쪽에 묶고 있었다. 엄지손가락의 순결하고 소녀다운 모습은 내 마음을 부드럽게 해주었고, 손가락 관절에 생긴 주름살 한두 개는 상냥함으로 가득 차 있었다. 그녀는 입이 컸고, 입술은 불타듯 새빨갰다.

나는 일어나서 문을 열고 귀를 기울였다. 아무 소리도 들리지 않았고, 내가 들으려고 귀를 기울여야 할 소리도 없었다. 나는 다시 문을 닫았다. 이숩이 자리에서 나와, 내가 안절부절못하는 것을 알아차렸다. 에드바르다를 뒤따라가서 내 그물을 수선할 명주실을 부탁해도 되겠다는 생각이 문득 떠올랐다. 단순히 일시적인 생각은 아니었다. 나는 그물을 꺼내서, 녹 때문에 망가진 그물눈을 그녀에게 보여줄 수도 있었다. 나는 문밖으로 나간 뒤에야 제물낚시 쌈지 속에 명주실이 있다는 것을 생각해냈다. 사실 거기에 있는 명주실은 그물을 다 수선하고도 남을 정도였다. 나는 낭패감을 씹으며 조용히 집 안으로 돌아왔다.

내가 오두막으로 들어올 때, 익숙지 않은 무언가의 숨결이 내 쪽으로 풍겨왔다. 나는 더 이상 혼자가 아닌 것 같았다.

# 6

한 남자가 나더러 사냥을 그만두었느냐고 물었다. 그는 이틀 동안 후미에서 낚시를 했는데, 내가 구릉지에서 총 쏘는 소리를 듣지 못했다는 것이다. 그렇다. 나는 그동안 사냥을 하지 않았다. 식량이 떨어질 때까지 오두막에 남아 있었다.

사흘째 되는 날, 나는 사냥을 하러 나갔다. 숲은 푸르름을 더해가고 있었고, 흙과 나무의 냄새가 향기로웠다. 골파의 초록빛 잎이 얼어붙은 이끼를 뚫고 벌써 삐죽삐죽 돋아나고 있었다. 내 머리는 생각으로 가득 찼고, 나는 여러 번 앉아서 쉬었다. 사흘 동안 나는 어제 만난 낚시꾼 말고는 아무도 보지 못했다. 나는 속으로 생각했다. 오늘 밤 집에 갈 때는 지난번에 의사와 에드바르다를 만난 숲 가장자리에서 누군가와 마주치게 될 거야. 어쩌면 의사와 에드바르다가 또 그곳을 산책할지도 몰라. 그럴 수도 있지만, 아닐 수도 있어. 하지만 나는 왜 하필이면 그 두 사람을 생각했을까? 나는 뇌조 두 마리를 쏘아 잡고, 그중 한 마리를 당장 요리했다. 그런 다음 이솝을 묶었다.

나는 마른 땅바닥에 누워서 뇌조를 먹었다. 사방은 조용했고, 살며시 한숨을 쉬는 듯한 바람 소리와 여기저기서 새가 지저귀는 소리가 들릴 뿐이었다. 가벼운 바람이 나뭇가지에서 나뭇가지로 꽃가루를 가져가 순결한 암술머리를 채우며 본분을 다하고 있었다. 숲 전체가 황홀경에 빠져 있었다. 초록빛 자벌레 한 마리가 나뭇가지를 따라 걸어간다. 결코 쉴 수 없는 것처럼 끊임없이 쉬지 않고 걸어간다. 자벌레는 눈이 있지만 아무것도 보지 않는다. 이따금 몸을 꼿꼿이 세우고, 허공에서 몸을 의지할 무언가를 이리저리 더듬어 찾는다. 그것은 나뭇가지를 한 땀씩 천천히 바느질하여 솔기를 꿰매는 초록빛 실처럼 보인다. 아마 저녁때쯤이면 그 자벌레는 목적지에 도달해 있을 것이다.

조용하다. 나는 일어나서 걷다가 앉고 다시 일어난다. 네 시쯤이다. 여섯 시가 되면 나는 집으로 돌아갈 테고, 누군가를 만날지 어떨지 알게 될 것이다. 그때까지는 두 시간이 남았다. 나는 벌써 조금 들떠서, 내 옷에서 히스와 이끼를 털어낸다. 나는 앞으로 지나갈 곳들을 알고 있다. 나무와 바위들은 전처럼 고독하게 서 있고, 낙엽은 내 발밑에서 바스락거린다. 단조로운 바람 소리와 낯익은 나무와 바위들이 나한테는 아주 중요한 의미를 갖는다. 나는 설명할 수 없는 감사의 기분으로 가득 찬다. 모든 것이 나를 편들고, 나와 섞인다. 나는 모든 것을 사랑한다. 나는 그곳에 앉아서 생각에 잠겨 있는 동안, 마른 나뭇가지 하나를 집어서 손에 쥐고 바라본다. 나뭇가지는 거의 썩었다. 빈약한 나무껍질이 안쓰럽게 느껴진다. 내 가슴에 연민의 정이 일어난다. 가려고 일어설 때, 나는 그 나뭇가지를 내던지지 않고 살며시 내려놓는다. 그리고 애착을 느끼며 잠시 서 있다가, 마침내 그 나뭇가지를 남겨두고 떠나기 전에 젖은 눈으로 마지막 눈길을 던진다.

다섯 시다. 태양이 나한테 틀린 시각을 알려준다. 온종일 서쪽으로 걸었기 때문에, 오두막에서 태양의 위치를 보고 어림한 시각보다 30분쯤 앞섰을지도 모른다. 나는 이 모든 것을 아주 잘 알고 있지만, 그래도 여섯 시까지는 한 시간이 남았다. 그래서 나는 다시 일어나 잠깐 산책을 한다. 한 시간이 이런 식으로 지나간다.

저 아래쪽에 시냇물과 겨우내 얼어붙어 있었던 작은 물레방아가 보인다. 나는 걸음을 멈춘다. 물레방아가 돌아가고 있다. 그 윙윙거리는 소리에 나는 정신을 차리고 그 자리에 우뚝 멈춰 선다. "늦겠어!" 나는 소리 내어 말한다. 고통이 나를 꿰뚫는다. 나는 늦으리라는 것을 잘 알면서도 당장 돌아서서 집으로 향한다. 나는 점점 더 빠르게 걷다가 이윽고 달리기 시작한다. 이숍은 무슨 일이 일어났다는 것을 알아차리고, 가죽끈을 팽팽하게 잡아당기며 나를 끌고 간다. 녀석은 애처롭게 낑낑거리며 나를 재촉한다. 마른 나뭇잎이 우리 주위에서 바스락거린다. 하지만 우리가 숲 가장자리에 도착했을 때는 거기에 아무도 없었다. 사방이 조용했다. 그곳에는 아무도 없었다.

여긴 아무도 없어! 나는 혼잣말을 한다. 어쨌든 나는 그것을 반쯤은 예상하고 있었으니까, 크게 상심하지는 않는다.

나는 거기에 오래 서 있지 않고 계속 걸었다. 이숍과 함께 사냥 자루와 총을 들고, 내 물건을 모두 그대로 지닌 채 깊은 생각에 잠겨 오두막을 지나 시릴룬으로 내려갔다.

마크 씨는 더없이 친절하게 나를 맞아주고, 저녁식사에도 초대해주었다.

# 7

나는 주변 사람들의 마음속을 조금은 읽을 수 있다고 믿지만, 어쩌면 그렇지 않을 수도 있다. 상태가 좋은 날에는, 내 어깨 위에 얹힌 머리가 특별히 좋은 것은 아니지만 다른 사람들의 마음속 깊은 곳을 들여다볼 수 있을 것처럼 느껴진다. 몇몇 남자와 여자들 그리고 나는 어떤 방에 함께 앉아 있다. 나는 그들의 마음속에 어떤 생각이 오가는지, 그리고 그들이 나를 어떻게 생각하는지 알 수 있을 것 같다. 나는 그들의 모든 눈짓을 해석한다. 이따금 피가 그들의 뺨으로 올라와 얼굴이 빨개진다. 그들은 때로는 눈꼬리로 여전히 나를 지켜보고 있으면서도 다른 쪽을 보고 있는 체한다. 나는 거기에 앉아서 이 모든 것을 관찰한다. 내가 모든 사람의 마음속을 꿰뚫어 보고 있다는 것을 아무도 눈치채지 못한다. 몇 년 동안 나는 모든 사람의 마음을 읽을 수 있다고 생각했다. 어쩌면 그렇지 않을지도 모르지만……

나는 저녁 내내 마크 씨의 집에 머물렀다. 당장 떠날 수도 있었을 것이고, 계속 머물고 싶지도 않았다. 하지만 내가 거기에 간 것은 나의 모든 생각이 그곳으로 나를 끌어당겼기 때문이 아닌가? 그렇다면 내가 당장 떠날 수 있었을까? 저녁을 먹은 뒤 우리는 카드놀이를 했고 토디*를 마셨다. 나는 방을 등지

*위스키나 럼주에 더운 물과 설탕을 넣은 음료.

고 고개를 숙인 채 앉아 있었다. 내 뒤에서는 에드바르다가 들락날락하고 있었다. 의사는 벌써 집으로 돌아갔다.

마크 씨는 새로 산 램프들이 어떻게 작동하는지를 나에게 보여주었다. 북부 지방에 처음 들어온 석유램프인데, 납으로 만든 발이 달린 특제품이었다. 그는 사고를 예방하기 위해 저녁마다 손수 램프에 불을 켰다. 그는 영사였던 할아버지에 대해 한두 번 이야기했다. "우리 할아버지는 카를 요한 왕에게 직접 이 장식핀을 받았다네." 그는 다이아몬드 장식핀을 손가락으로 만지작거리면서 말했다. 그의 아내는 이미 세상을 떠났다. 그는 곁방에 있는 아내의 초상화를 보여주었는데, 레이스 모자를 쓰고 우아한 미소를 띤 고상해 보이는 여자였다. 같은 방에는 책장도 있었다. 책장에는 오래된 프랑스어 책들도 꽂혀 있었는데, 대대로 전해 내려오는 가보로 보였다. 금박을 입힌 훌륭한 제본이었고, 속표지에는 그 책을 소장했던 이들의 이름이 적혀 있었다. 책들 중에는 교육에 관한 책도 몇 권 있었다. 마크 씨는 교양이 많은 사람이었다.

카드놀이를 하기 위해서는 그의 가게에서 일하는 점원 두 명을 불러와야 했다. 그들은 자신이 없는 것처럼 머뭇거리며 게임을 했고, 주의 깊게 여러 번 계산을 하면서도 여전히 실수를 했다. 한 사람은 에드바르다의 도움을 받았다.

그때 내가 술잔을 엎질렀다. 나는 참담한 기분을 느끼며 벌떡 일어났다.

"이런! 내가 술을 엎질렀네요!" 내가 말했다.

에드바르다가 웃음을 터뜨리며 대답했다.

"그건 아주 명백하군요."

그들은 모두 웃으면서 괜찮다고 나를 안심시켰다. 그들은 몸을 닦으라고 수건을 주었고, 우리는 카드놀이를 계속했다. 곧 열한 시가 되었다.

에드바르다의 웃음에 대한 막연한 분노가 내 마음을 꿰뚫고 지나갔다. 그녀를 바라보니, 그녀의 얼굴은 평범해져 있었고 전혀 예쁘지도 않았다. 마침내 마크 씨가 두 점원이 잠자리에 들어야 한다면서 게임을 끝냈다. 이어서 그는 소파에 앉아, 가게 앞에 간판을 다는 문제에 대해 이야기하기 시작했고, 내 조언을 청했다. 어떤 색깔을 쓰는 게 좋을까? 나는 따분해져서 생각해보지도 않고 대답했다.

"검은색요."

그러자 마크 씨는 당장 말했다.

"내가 생각하고 있던 색깔도 검은색이라네. 검은 글씨로 큼지막하게 '소금과 술통 판매'라고 쓰는 게 가장 품위가 있어. 에드바르다, 너도 잠자리에 들어야 하지 않니?"

에드바르다는 일어나서 우리에게 손을 내밀어 인사하고 방을 나갔다. 우리는 방에 계속 남아 있었다. 우리는 작년에 완공된 철도에 대해 이야기했고, 최초의 전신선에 대해 이야기를 나누었다. 전신선이 언제 이곳 노를란에 도달할지는 아무도 몰랐다.

잠시 침묵.

이윽고 마크 씨가 말했다.

"자네도 알다시피 나는 한 걸음 한 걸음 걸어서 마흔여섯이라는 나이에 이르렀다네. 머리카락과 턱수염은 희끗희끗해졌지. 그래, 나는 이제 지긋한 나이가 된 기분이야. 낮에 나를 보면 내가 젊다고 생각할지 모르지만, 저녁이 되어 혼자 있을 때면 상당히 기력이 떨어진다네. 그러면 여기 거실에 혼자 앉아서 카드놀이를 하지. 혼자서 카드를 하면서 속임수도 쓴다니까. 하하하!"

"혼자서 하는데 속임수를 쓴다고요?"

"그렇다니까."

나는 그의 눈을 읽을 수 있을 것 같았다…….

그는 일어나더니 창가로 가서 밖을 내다보았다. 어깨가 몹시 구부정해 보였고, 목은 털로 덮여 있었다. 나도 일어섰다. 그는 몸을 돌려, 길고 뾰족한 구두를 신은 발로 나에게 다가왔다. 양손의 엄지손가락을 조끼 주머니에 찔러 넣고 두 팔을 날개처럼 퍼덕이며 줄곧 미소를 짓고 있었다. 그리고 보트를 언제든지 마음대로 쓰라고 다시 한 번 말하고는 나에게 손을 내밀었다.

"아무래도 자네를 바래다주는 게 좋을 것 같군. 동행해도 괜찮지?" 마크 씨는 말하고 등불을 껐다. "그래, 산책을 좀 해야겠어. 아직 늦지 않았으니까."

우리는 밖으로 나왔다.

그는 대장간이 있는 길 위쪽을 가리키며 말했다.

"이쪽으로 가세! 이쪽이 지름길이야."

"아니요. 부두로 돌아가는 게 더 가깝습니다."

우리는 이 문제에 대해 몇 마디 말을 나누었지만, 합의에 도달하지 못했다. 나는 내가 옳다고 확신했고, 그의 주장을 이해할 수 없었다. 마침내 그는 둘이 따로 가자고, 그리고 내 오두막에 먼저 도착하는 사람이 기다리기로 하자고 제의했다.

우리는 출발했다. 그는 곧 숲 속으로 사라졌다.

나는 보통 속도로 걸었고, 그보다 적어도 5분은 일찍 오두막에 도착할 거라고 생각했다. 그런데 내가 오두막에 도착해보니 그는 벌써 와 있었다. 내가 다가가자 그가 소리쳤다.

"그것 봐! 나는 항상 이 길로 온다네. 정말로 이쪽이 더 가깝다니까."

나는 깜짝 놀라서 그를 바라보았다. 그는 몸이 뜨거워지지도 않았고, 달려온 것처럼 보이지도 않았다. 그는 당장 나에게 작별 인사를 했고, 유쾌한 저녁을 함께해줘서 고맙다고 말한 다음 왔던 길을 되짚어 갔다.

나는 거기에 서서 생각에 잠겼다. 정말 이상하다! 나는 거리에 대한 감각이 뛰어난 편이고, 두 길을 여러 번 걸어 다녔다. 아니, 당신 또 속임수를 썼군요! 다 거짓이었나요?

나는 그의 등이 다시 숲 속으로 사라지는 것을 보았다.

다음 순간, 나는 빠른 걸음으로 그를 따라가고 있었다. 나는 그가 얼굴을 닦는 것을 볼 수 있었다. 이제 나는 그가 달리지 않았다고 확신할 수 없었다. 지금 그는 아주 천천히 걷고 있었고, 나는 그에게서 한시도 눈을 떼지 않았다. 그는 대장간에 들렀다. 나는 문이 열리고 마크 씨가 집 안으로 들어가는 것을 숨어서 지켜보았다.

한 시였다. 바다와 풀을 보고 시간을 알 수 있었다.

# 8

며칠이 아무 일 없이 지나갔다. 내 친구는 숲과 고독뿐이었다. 그 며칠 가운데 첫날보다 더 외로웠던 적은 일찍이 없었다. 봄은 전속력으로 다가오고 있었다. 나는 들판에서 별꽃과 톱풀을 발견했고, 검은방울새와 되새가 도착했다. 나는 모든 새를 알고 있었다. 이따금 나는 외로움을 달래려고 주머니에서 동전 두 개를 꺼내 짤랑짤랑 소리를 내곤 했다. 디데릭과 이셀린*이 오면 어떨까 하고 생각했다!

밤이 사라지기 시작했다. 태양은 바다로 가라앉자마자, 술을 마시러 잠깐 내려가기라도 한 것처럼 원기를 되찾고 불그레한 얼굴로 다시 떠올랐다. 나는 이따금 밤에 이상한 모험을 했다. 아무도 그것을 믿지 않을 것이다. 판은 나무 위에 앉아서 내가 어떻게 행동하는지를 지켜보지 않았을까? 그는 배를 드러내고 있지 않았을까? 등을 구부리고 앉아 있지 않았을까?

*함순이 지어낸 신화적 인물이다. 이 인물들은 함순의 여러 작품에서 변형된 모습으로, 또한 크고 작은 역할로 나온다.

그래서 마치 자기 배에서 술을 떠서 마시고 있는 것처럼 보이지 않았을까? 하지만 그가 이런 자세로 앉아 있었던 것은 단지 눈을 치뜨고 나를 지켜보기 위해서였다. 나의 생각이 나와 함께 달아나고 있는 것을 보았을 때, 그의 소리 없는 웃음이 나무 전체를 뒤흔들었다. 숲이 온통 바스락거렸다. 짐승들은 코를 킁킁거리고, 새들은 서로를 부르고, 그들의 신호가 대기를 가득 채웠다. 그해는 풍뎅이가 유난히 많은 해였다. 녀석들이 윙윙거리는 소리가 나방들의 날개 소리와 뒤섞였다. 그것은 숲을 이리저리 왔다 갔다 하며 속삭이는 소리처럼 들렸다. 귀를 기울여 들을 소리가 얼마나 많았던가! 나는 디데릭과 이셀린을 생각하며 사흘 밤을 꼬박 새웠다.

그들이 올지도 모른다고 생각했다. 그리고 이셀린은 디데릭을 나무로 데려가서 이렇게 말할 것이다.

"여기 있어, 디데릭. 눈을 떼지 말고 지켜봐. 나는 이 사냥꾼이 내 구두끈을 매게 할 거야."

그 사냥꾼은 나다. 그녀는 내가 알아듣도록 나에게 눈짓을 보낼 것이다. 그녀가 다가오면 내 심장은 모든 것을 이해한다. 심장은 이제 고동치지 않고 마치 종을 울리는 것 같다. 그녀는 드레스 하나만 걸쳤을 뿐, 머리끝부터 발끝까지 알몸이다. 나는 그녀에게 손을 얹는다.

"내 구두끈을 매주세요!" 그녀가 얼굴을 붉히며 말한다. 그리고 잠시 후, 내 입에 대고, 내 입술에 대고 직접 속삭인다. "당신은 내 구두끈을 매고 있지 않군요. 당신은 매고 있지 않아요…… 매고 있지 않아요. 내…….”

하지만 태양은 바다에 잠겼다가 다시 떠오른다. 술을 마시
러 잠깐 내려가기라도 한 것처럼 원기를 되찾고 불그레한 얼굴
로 올라온다. 그리고 공기는 속삭이는 소리로 가득 차 있다.

한 시간 뒤, 그녀가 내 입에 대고 말한다.

“이제 나는 떠나야 해요.”

그녀는 가면서 나에게 손을 흔든다. 그녀의 볼은 여전히 불
타듯 빨갛다. 그녀의 얼굴은 애정과 기쁨에 넘쳐 있다. 그리고
또다시 그녀는 뒤를 돌아보며 나에게 손을 흔든다.

하지만 디데릭은 나무 밑에서 걸어 나와 이렇게 말한다.

“이셀린, 뭘 하고 있었지? 나는 다 봤어.”

이셀린이 대답한다.

“뭘 보았는데? 나는 아무 짓도 안 했어.”

“나는 다 봤어. 다 봤다고.”

그러면 그녀의 즐거운 웃음소리가 숲에 울려 퍼진다. 그녀
는 머리끝부터 발끝까지 승리감과 죄책감에 가득 차서 그와 함
께 떠난다. 그런데 그녀는 어디로 가는 걸까? 그녀의 다음 연
인, 숲 속의 사냥꾼에게로.


한밤중이었다. 이솝은 도망쳐서 혼자 사냥을 하고 있었다.
나는 이솝이 구릉지에서 짖어대는 소리를 들을 수 있었다. 내
가 마침내 이솝을 데려온 것은 밤 한 시였다. 양치기 소녀가 다
가왔다. 그녀는 뜨개질로 양말을 짜고 있었고, 주위를 둘러보

며 콧노래를 부르고 있었다. 하지만 그녀의 양떼는 어디 있을까? 그리고 그녀는 한밤중에 무슨 일로 숲 속을 돌아다니고 있을까? 오오, 이유 없이. 아무 이유도 없이. 그냥 잠을 이루지 못해서거나 어쩌면 행복해서 그럴지도 모른다. 그건 아무래도 좋다. 그녀는 이솝이 짖는 소리를 듣고 내가 숲 속에 있다는 것을 알았을 것이다.

나는 일어나서, 다가오는 그녀를 바라보고 있었다. 그녀는 아주 젊고 날씬해 보였다. 이솝도 일어나서 그녀를 바라보았다.

"어디서 오는 길이지?" 내가 물었다.

"방앗간에서요." 그녀가 대답했다.

하지만 이렇게 밤늦게 방앗간에서 뭘 할 수 있었을까?

"이렇게 밤늦게 숲 속을 돌아다녀도 무섭지 않아? 그렇게 어리고 가냘픈데?"

그녀는 소리 내어 웃고는 대답했다.

"난 그렇게 어리지 않아요. 열아홉 살인걸요."

하지만 그녀가 열아홉 살일 리는 없었다. 나는 그녀가 거짓말을 했다고, 실제로는 그보다 두 살 적은 열일곱 살에 불과했을 거라고 확신한다. 하지만 왜 나이가 더 많다고 거짓말을 했을까?

"앉아라. 이름이 뭐지?"

그녀는 얼굴을 붉히며 내 옆에 앉아서 자기 이름은 헨리에 테라고 말했다.

"애인이 있니? 애인 품에 안긴 적이 있니?"

"네." 그녀는 수줍게 웃으면서 대답했다.

"몇 번이나?"

그녀는 대답하지 않았다.

"몇 번이었지?" 나는 되풀이해 물었다.

"두 번." 그녀가 조용히 말했다.

나는 그녀를 내 쪽으로 끌어당기며 물었다.

"그가 널 어떻게 했지? 이렇게 했니?"

"네." 그녀는 몸을 떨면서 속삭였다.


네 시였다.


# 9

나는 에드바르다와 대화를 나누었다.

"곧 비가 올 것 같아." 내가 말했다.

"지금 몇 시예요?" 그녀가 물었다.

나는 해를 쳐다보고 대답했다.

"다섯 시쯤."

"해를 보고 시간을 그렇게 정확하게 알 수 있어요?"

"그럼, 알 수 있지."

침묵.

"하지만 해를 볼 수 없으면, 그때는 어떻게 시간을 알죠?"

"그때는 다른 것들을 보고 판단하지. 만조와 간조가 있어. 정해진 시간에 내려앉는 풀도 있고, 새들의 울음소리가 변하기도 하지. 다른 새들이 조용할 때, 어떤 새들은 지저귀기 시작해. 그리고 오후에 입을 닫는 꽃을 보거나, 때로는 밝은 초록색이었다가 때로는 짙은 초록색을 띠는 나뭇잎을 보고도 시간을 알 수 있지. 게다가 나한테는 육감이 있어."

"알았어요." 그녀가 말했다.

나는 비가 올 거라고 예상했고, 에드바르다를 위해 더 이상 길 한복판에 그녀를 붙잡아두고 싶지 않아서 모자에 손을 대고 작별 인사를 했다. 하지만 그때 갑자기 그녀가 새로운 질문으로 나를 붙잡았기 때문에 나는 그 자리에 멈춰 섰다. 그녀는 얼굴을 붉히며, 내가 정말로 무엇 때문에 여기 왔는지, 왜 사냥을 하러 가는지, 왜 이런저런 일들을 하는지를 물었다. 결국 이숍은 마음껏 게으름을 피우게 내버려두고, 식량으로 꼭 필요한 것만 사냥하나요?

그녀는 얼굴을 붉혔고 겸손해 보였다. 나는 누군가가 나에 대해 이야기하는 것을 그녀가 엿들었고, 자기 의견을 말하고 있는 게 아니라는 것을 알아차렸다. 내 감정이 움직였다. 그녀가 너무 쓸쓸해 보였다. 그녀에게 어머니가 없다는 생각이 문득 떠올랐다. 그녀는 가느다란 팔 때문에 제대로 보살핌을 받지 못한 어린애처럼 보였다. 그 모습이 내 가슴을 울렸다.

나는 죽이기 위해서가 아니라 살기 위해서 총을 쏘는 거야. 오늘은 멧닭이 한 마리 필요했고, 그래서 두 마리는 쏘지 않았어. 나머지 한 마리는 내일 쏠 작정이야. 나는 숲에서 살았고, 숲의 아들이야. 어쨌든 6월 1일부터 뇌조와 토끼는 사냥이 금지되었어. 따라서 더 이상 쏠 만한 게 없는 거나 마찬가지지. 그러면 할 수 없이 낚시를 가서 물고기를 잡을 거야. 네 아버지한테 보트를 빌려서 낚시를 나갈 거야. 나는 총을 쏠 수 있기 때문에 사냥꾼이 아니라 숲에서 살 수 있기 때문에 사냥꾼이야. 나는 숲에서 편안함을 느껴. 숲에서는 식사를 할 때 식탁 대용인 땅바닥에 누울 수도 있어. 의자에 똑바로 앉아 있을 필요도 없어. 술잔을 엎지르지도 않아. 숲에서는 금지된 것이 아무것도 없어. 내가 원하면 반듯이 누워서 눈을 감을 수도 있어. 숲에서는 내가 하고 싶은 말을 뭐든지 다 할 수 있어. 하고 싶은 말이 있을 때 소리 내어 그 말을 하면, 그 소리가 숲의 심장에서 나오는 소리처럼 들릴 때가 많아……

"내 말을 이해할 수 있겠어?" 내가 물었다.

"네." 그녀가 대답했다.

그녀의 눈이 내게서 떠나지 않았기 때문에 나는 말을 계속했다.

"내가 야생에서 보는 모든 것을 네가 안다면 좋으련만. 겨울에 밖을 돌아다니면 눈 속에 나 있는 멧닭의 발자국을 볼 수 있지. 그 발자국이 갑자기 사라지면 그건 새들이 날아오른 거야. 하지만 나는 날개 자국을 보고 새들이 어느 방향으로 날아갔는지 알 수 있어. 그리고 오래지 않아 사냥감을 찾아내지. 그건 매번 조금씩 달라. 가을에는 별똥별을 볼 가능성이 많아. 저건 뭐였지? 나는 혼자 생각하곤 하지. 그건 경련을 일으킨 세계였나? 바로 내 눈앞에서 하나의 세계가 부서졌나? 내가 살면서 별똥별을 보는 특권을 누리다니! 그리고 여름이 오면 모든 나뭇잎에서 작은 생물을 볼 수 있지. 어떤 생물은 날개가 없어서 아무 데도 갈 수 없다는 것, 태어난 그 작은 나뭇잎 위에서 살다가 죽어야 한다는 것을 알 수 있지. 상상해봐! 나는 금파리를 볼 때도 있어. 하지만 이런 이야기는 별로 중요하게 들리지 않겠지. 네가 이해할지 모르겠다."

"네, 네, 이해해요."

"나는 종종 풀을 바라보기도 해. 어쩌면 풀도 나를 바라볼지 모르지. 우리가 어떻게 알겠어? 나는 풀잎 하나를 들여다봐. 아마 풀잎은 가늘게 떨고 있을 거야. 그건 이미 실체를 가진 존재야. 나한테는 그렇게 보여. 나는 속으로 생각하지. 이것 봐, 이 풀잎이 떨고 있어! 내가 보고 있는 게 소나무라면, 그 소나무의 나뭇가지 하나 때문에 내가 그 소나무를 좀 지나치게 소중히 여길 수도 있어. 하지만 때로는 구릉지에서 사람들을 만나기도 하지. 그래, 우연히 마주치기도 해."

나는 그녀를 바라보았다. 그녀는 목을 앞으로 길게 빼고 열심히 귀를 기울이고 있었다. 나는 그녀를 알아볼 수 없었다. 그녀는 내 이야기에 완전히 정신이 팔려서 방심 상태가 되었고, 아랫입술이 축 늘어져서 보기 흉하고 바보처럼 보였다.

"그래요!" 그녀가 몸을 똑바로 세우면서 말했다.

빗방울이 떨어지기 시작했다.

"비가 오는군." 내가 말했다.

"네, 비가 오네요." 그녀도 말하고 떠났다.

나는 그녀를 집까지 바래다주지 않았다. 내가 서둘러 오두막으로 가는 동안, 그녀는 혼자 멀어져갔다. 몇 분이 지났다. 비가 억수같이 쏟아지기 시작했다. 갑자기 누군가가 뒤에서 달려오는 소리가 들렸다. 걸음을 멈추고 뒤를 돌아보니 에드바르다였다. 달려오느라 빨개진 얼굴로 나를 보고 방긋 웃었다.

"깜박 잊었어요." 그녀가 가쁜 숨을 몰아쉬며 말했다. "건조장으로 소풍 가는 거 말이에요. 대구 말리는 바위로 놀러 가기로 했잖아요. 의사 선생님이 내일 올 건데, 당신은 시간 있나요?"

"내일? 좋아. 물론 시간이야 있지."

"깜박 잊었어요." 그녀는 다시 말하고 방긋 웃었다.

그녀가 떠나자 나는 그녀의 날씬한 다리를 바라보았다. 다리는 위쪽까지 흠뻑 젖어 있었다. 그녀의 구두는 오래 신어서 낡아빠진 것이었다.


# 10

어느 날 하루를 나는 아직도 생생히 기억하고 있다. 그것은 내 여름이 온 날이었다. 아직 밤인데 태양이 빛나기 시작하여, 비에 젖은 땅이 아침에는 벌써 다 말라 있었다. 비가 내린 뒤 공기는 맑고 부드러워졌다.

나는 오후에 부두로 나갔다. 바닷물은 잔잔했다. 우리는 남자들과 여자들이 물고기를 말리느라 바쁜 섬에서 나는 웃음소리와 말소리를 들을 수 있었다. 행복한 오후였다.

행복한 오후가 아니었나? 음식과 포도주가 몇 바구니나 있고, 많은 사람들이 보트 두 척에 나누어 타고 있었다. 젊은 여자들은 밝은 색깔의 드레스를 입고 있었다. 나는 너무 즐거워서 혼자 콧노래를 불렀다.

보트에서 나는 이 젊은이들이 어디에서 왔을까 궁금하게 생각했다. 주지사와 시골 의사의 딸들이 있었고, 여자 가정교사두어 명, 목사관에서 온 여자들이 있었다. 나는 그들을 전에 본적이 없었다. 그들은 모두 낯설었지만, 오랫동안 알고 지낸 사람들처럼 서로 믿었다. 나는 몇 가지 실수를 저질렀다. 나는 사람들과 어울리는 데 익숙지 않았고, 젊은 여자들에게 반말을 할 때도 있었지만 그들은 개의치 않았다. 한번은 내가 "애"라고 불렀지만, 그들은 그것도 용서해주었고 내가 그렇게 부른 것을 못 들은 척했다.

마크 씨는 여느 때처럼 풀을 먹이지 않은 셔츠 가슴판에 다이아몬드 장식핀을 꽂고 있었다. 그는 무척 기분이 좋아 보였고, 다른 보트를 향해 소리를 질렀다.

"술병이 든 바구니를 조심해요! 의사 양반, 술병은 당신이 책임져!"

"알았습니다!" 의사가 대답했다. 보트에서 보트로 물을 건

너 오가는 두 사람의 외침 소리만이 내 귀에는 즐겁고 유쾌하
게 들렸다.

에드바르다는 어제 입었던 드레스를 그대로 입고 있었다.
다른 드레스가 없거나, 있는데도 일부러 입지 않은 것 같았다.
구두도 어제 신었던 낡은 구두였다. 손도 별로 깨끗해 보이지
않았다. 하지만 머리에는 깃털이 달린 새 모자를 쓰고 있었다.
그녀는 물들인 재킷을 가지고 왔는데, 깔고 앉기 위해서였다.

마크 씨의 요청에 따라 나는 거의 상륙할 때가 되었을 때 총
을 한 방 쏘았다. 아니, 총열이 두 개인 연발총이니까 두 발을
연속으로 발사했다. 그러자 모두 환호성을 질렀다. 우리는 섬
에 상륙했다. 물고기를 말리던 사람들이 우리에게 인사를 보냈
다. 마크 씨는 일꾼들에게 말을 걸었다. 우리는 데이지와 미나
리아재비를 발견하여 단춧구멍에 꽂았고, 초롱꽃을 찾아낸 사
람들도 있었다.

많은 바닷새가 하늘과 해변에서 꽥꽥 울고 소리를 질렀다.

우리는 제대로 자라지 못한 자작나무가 몇 그루 서 있는 풀
밭에 천막을 쳤다. 바구니 뚜껑을 열고 마크 씨가 술병을 땄다.
밝은 색깔의 드레스, 푸른 눈, 유리잔이 짤랑거리는 소리, 바
다, 하얀 돛. 우리는 한바탕 노래를 불렀다.

그리고 우리의 볼은 장밋빛으로 물들었다.


한 시간 뒤, 내 마음은 기쁨으로 가득 찼다. 아주 사소한 것
들도 나를 감동시켰다. 베일이 모자에서 펄럭이고, 누군가의

머리카락이 아래로 늘어지고, 누군가가 웃느라 눈을 감아도 나는 감동했다. 정말 멋진 날이구나! 얼마나 멋진 날인가!

"중위님은 아주 재미난 오두막을 갖고 계신다고 들었는데요."

"예, 나의 보금자리지요. 내가 진심으로 바라던 집이랍니다. 언제 한번 오세요, 아가씨. 상당히 색다른 곳이죠. 그리고 오두막 뒤에는 넓은 숲이 있답니다."

다른 여자가 다가와서 상냥하게 말한다.

"북부에 오신 건 처음이죠?"

"예. 하지만 북부에 대해서는 벌써 다 알고 있습니다. 밤에는 산들과 대지와 태양에 직면하죠. 이곳 여름은 정말 굉장해요! 여름은 어느 날 밤 모두 잠들어 있을 때 갑자기 튀어나와서 아침에도 여전히 남아 있죠. 나는 창밖을 내다보다가 그것을 직접 보았답니다. 우리 집에는 작은 창문이 두 개 있거든요."

세 번째 여자가 다가온다. 그녀는 목소리와 작은 손 때문에 매력적으로 보인다. 여자들은 모두 얼마나 매력적인가! 세 번째 여자가 말한다.

"우리 꽃을 교환할까요? 그건 행운을 가져다줘요."

"좋습니다." 나는 손을 내밀면서 말했다. "꽃을 교환합시다. 아가씨는 정말 예쁘군요! 목소리가 매력적이에요. 줄곧 당신 목소리를 듣고 있었습니다."

하지만 그녀는 초롱꽃을 든 손을 도로 움츠리며 퉁명스럽게 말한다.

"왜 이래요? 당신한테 말한 거 아니에요."

그녀는 나한테 말한 게 아니었다. 내가 실수한 것이 슬펐다. 바람만이 나에게 말을 걸어오는, 멀리 떨어진 오두막으로 돌아가고 싶었다.

"미안합니다. 용서하세요."

다른 여자들은 서로 얼굴을 바라보고는 나에게 창피를 주지 않으려고 떠나갔다.

그 순간, 누군가가 빠른 걸음으로 나에게 다가왔다. 모두 그녀를 보았다. 에드바르다였다. 그녀는 나에게 곧장 다가와 몇 마디 하고는 내 목에 달려든다. 두 팔로 내 목을 끌어안더니 내 입술에 몇 번이고 키스를 한다. 그녀는 입을 맞출 때마다 뭐라고 말하지만, 나는 그 말을 듣지 못한다. 나는 이 상황을 전혀 이해할 수가 없었다. 내 심장은 멎어버렸고, 나는 그저 그녀의 뜨거운 눈빛을 보았을 뿐이다. 그녀가 나를 놓아주었을 때, 그녀의 작은 가슴은 격렬하게 오르내리고 있었다. 그녀는 거기에 서서 꾸물거리고 있었다. 그녀의 거무스름한 얼굴과 목, 날씬한 몸매, 번득이는 눈은 이 상황을 전혀 개의치 않는 듯이 보였다. 모두 그녀를 바라보고 있었다. 나는 그녀의 검은 눈썹, 그녀의 이마 쪽으로 높은 곡선을 그리며 올라간 그 눈썹에 두 번째로 오싹했다.

맙소사! 그녀는 모두 보는 앞에서 나에게 키스했다!

"무슨 일이야, 에드바르다?" 내가 물었다. 내 혈관에서 피가 고동치는 소리가 들렸다. 그 소리가 내 목에서 나오는 것처럼 또렷이 들렸다. 그 때문에 나는 분명하게 말할 수가 없었다.

"아무것도 아니에요." 그녀가 대답했다. "그냥 그러고 싶었어요. 별일 아니에요."

나는 모자를 벗고 버릇처럼 머리카락을 뒤로 쓸어 넘기면서 그녀를 바라보고 있었다. 별일 아니라고?

그때 마크 씨의 목소리가 섬의 다른 쪽에서 들렸지만, 무슨 말을 하는지는 알아들을 수 없었다. 마크 씨가 아무것도 보지 않았고 그래서 아무것도 모른다고 생각하자 나는 마음이 놓였다. 그가 지금 섬의 다른 쪽에 있었던 것은 얼마나 다행인가! 안심한 나는 다른 사람들에게 다가가 웃으면서 말하고 아주 태연하게 행동했다.

"좀 전에 내가 꼴사납게 행동한 것을 용서해주세요. 정말로 몹시 당황스럽군요. 나는 에드바르다 양이 나와 꽃을 교환하고 싶어 한 순간을 이용하여 그녀를 불쾌하게 했습니다. 에드바르다 양과 여러분 모두에게 사과드립니다. 나는 혼자 살고 있어서 여자들과 어울리는 데 익숙지 않아요. 게다가 나는 오늘 계속해서 포도주를 마셨는데, 술에도 역시 익숙지 않습니다. 부디 나를 용서해주세요."

나는 소리 내어 웃고, 그 일을 잊어버리려고, 거기에 대해 무관심하게 행동했다. 하지만 내 마음은 진지했다. 어쨌든 내가 한 말은 에드바르다에게 전혀 효과가 없었다. 그녀는 아무것도 감추려 하지 않았고, 자신의 분별없는 짓이 사람들에게 심어준 인상을 지우려고 하지도 않았다. 그와는 반대로, 내 옆에 앉아서 줄곧 나를 바라보았다. 그리고 이따금 나에게 말을 걸곤 했다. 나중에 우리가 '홀아비'라는 카드놀이를 하고 있을 때 그녀가 큰 소리로 말했다.

"글란 중위님이 바로 내가 원하는 사람이에요. 다른 사람의 꽁무니는 쫓아다니고 싶지 않아요."

"입 좀 다물어!" 나는 발을 구르며 그녀에게 속삭이는 소리로 말했다.

놀란 표정이 그녀의 얼굴을 스쳤다. 그녀는 상처를 입은 듯 코를 찡그리고 수줍은 미소를 지었다. 나는 깊이 감동했다. 그녀의 눈과 가냘픈 모습에 나타나 있는 그 쓸쓸하고 절망적인 표정에는 도저히 저항할 수가 없었다. 나는 그녀와 사랑에 빠져, 그 길고 가녀린 손을 감싸 쥐었다.

"나중에! 지금은 그만해. 우리는 내일 만날 수 있잖아."


# 11

밤중에 나는 이솝이 자리에서 일어나 으르렁거리는 소리를 들었다. 잠을 자면서도 그 소리를 들을 수 있었다. 하지만 나는 마침 그때 사냥에 대한 꿈을 꾸고 있었기 때문에, 이솝이 으르렁거리는 소리가 내 꿈과 어우러져 잠에서 깨지 않았다. 밤 두 시쯤 오두막 밖으로 나가보니 풀밭에 발자국이 나 있었다. 누군가가 내 오두막에 와서 창문 하나를 들여다보고 이어서 다른 창문으로 다가갔다. 그리고 발자국은 다시 길을 따라 사라졌다.

그녀는 불타듯 빨간 볼과 환하게 빛나는 얼굴로 나에게 다가왔다.

"기다렸어요?" 그녀가 물었다. "당신이 기다려야 할까봐 걱정했어요."

나는 기다리지 않았다. 그녀가 나보다 먼저 왔다.

"잘 잤어?" 내가 물었다. 할 말이 별로 생각나지 않았다.

"아니, 못 잤어요. 밤새 깨어 있었어요." 그녀가 대답했다. 그리고 밤새 잠을 이루지 못하고 눈을 감은 채 의자에 앉아 있었다고 말했다. 그녀는 밤에 잠시 외출하기도 했다.

"누군가가 어젯밤에 내 오두막 밖에 와 있었어." 내가 말했다. "오늘 아침에 풀밭에 난 발자국을 보았지."

그녀의 얼굴이 홍당무가 되었다. 그녀는 길에서 내 손을 잡았지만, 아무 대답도 하지 않았다.

"아마 너였겠지?" 내가 그녀를 바라보며 물었다.

"맞아요." 그녀는 나에게 바싹 다가붙으면서 대답했다. "저였어요. 당신을 깨운 건 아니죠? 나는 최대한 조용히 걸었어요. 네, 그건 나였어요. 당신 가까이 있고 싶었어요. 당신을 사랑해요."

# 12

나는 날마다 매일같이 그녀를 만났다. 솔직히 그녀를 만나는 게 기뻤다. 날아갈 듯이 기뻤다. 그것은 2년 전이었다. 이제 나는 마음이 내킬 때만 그 일을 생각한다. 그 모든 모험이 나를 즐겁게 하고 기분 전환을 시켜준다. 그리고 두 개의 초록빛 깃털에 관해서는 짤막하게 설명하겠다.

우리가 만난 곳은 몇 군데 있었다. 물방앗간에서도 만났고, 길에서도 만났고, 내 오두막에서 만나기도 했다. 그녀는 내가 오라는 곳이면 어디든 왔다. "안녕!" 그녀는 항상 나보다 먼저 외쳤고, 나도 "안녕!" 하고 대답했다.

"오늘은 행복한가보군요. 노래를 부르는 걸 보니." 그녀가 눈을 반짝반짝 빛내면서 말한다.

"그래, 난 행복해." 내가 대답한다. "네 어깨에 얼룩이 묻었어. 먼지로군. 아마 길에서 흙먼지가 묻었겠지. 그 얼룩에 키스하고 싶어. 제발 키스하게 해줘! 너와 관련된 것이라면 뭐든지 나한테 영향을 줘. 나는 너한테 미쳐 있어. 어젯밤에는 한숨도 자지 못했어."

그것은 사실이었다. 잠자리에 누워도 잠들지 못한 게 하루 이틀이 아니었다.

우리는 나란히 길을 걸어갔다.

"어떻게 생각하세요? 내가 당신이 원하는 대로 행동하고 있나요?" 그녀가 말한다. "혹시 내가 너무 말이 많은가요? 아니죠? 하지만 어떻게 생각하는지 말해주셔야 돼요. 때로는 이 일이 절대로 좋게 끝나지 않을 거라고……."

"뭐가 절대로 좋게 끝나지 않는다는 거지?"

"우리 일 말이에요. 좋게 끝나지 않을 거라는 생각이 들어요. 안 믿을지도 모르지만, 나는 지금 꽁꽁 얼어 있어요. 당신 가까이 가면 등골이 오싹해져요. 너무 행복해서."

"나도 그래. 나도 널 보기만 하면 전율이 느껴져. 모두 잘될 거야. 어쨌든 네 등을 좀 토닥여서 따뜻하게 해줄게."

그녀는 마지못해 내가 등을 토닥이게 내버려둔다. 나는 그냥 장난으로 그녀를 좀 더 세게 두드린다. 그리고 웃으면서, 토닥인 게 효과가 좀 있느냐고 묻는다.

"아뇨, 없어요. 제발 내 등을 더 이상 때리지 말아주세요." 그녀가 말한다. "제발 그만하세요."

그 몇 마디! 그녀의 말투가 나에게는 너무 무력하게 들렸다.

우리는 길을 따라 계속 걸었다. 내 장난 때문에 그녀는 화가 났을까? 나는 자문했고, 화가 났는지 어떤지 알아보기로 마음먹었다.

"방금 어떤 일이 생각났어. 언젠가 썰매를 타고 갈 때, 한 젊은 여자가 자기 목에서 하얀 실크 스카프를 풀어서 내 목에 매주었어. 저녁때 나는 그 여자한테 말했지. '당신 스카프는 내일 돌려드리겠습니다. 빨아야 하니까요.' 그러자 그녀가 대답했어. '아니, 지금 돌려주세요. 당신이 목에 둘렀던 그 상태 그대로 간직하고 싶어요.' 그래서 나는 그 여자한테 스카프를 돌려

주었지. 그리고 3년 뒤에 다시 그 여자를 만났어. '스카프는?' 하고 내가 물었지. 그랬더니 여자가 스카프를 가져왔는데, 빨지 않은 상태로 포장지에 싸여 있더군."

에드바르다는 나를 힐끗 쳐다보았다.

"그래서요? 그다음은 어떻게 됐어요?"

"아무 일도 없었어. 그것뿐이야."

침묵.

"그 여자는 지금 어디 있어요?"

"외국에."

우리는 그 일에 대해 더 이상 이야기하지 않았다. 하지만 그녀가 집으로 돌아가기 직전에 말했다.

"그럼 잘 자요. 그 여자에 대해서는 더 이상 생각지 마요. 알았죠? 나는 당신 말고는 아무도 생각하지 않아요."

나는 그 말을 믿었다. 그 말이 진심이라는 것을 알았다. 그리고 그녀가 나를 생각해준다면 그걸로 충분했다. 나는 그녀를 뒤따라갔다.

"고마워, 에드바르다!" 내가 말했다. 그런 다음, 진심으로 덧붙여 말했다. "너는 나한테 과분하지만, 네가 나를 갖게 된 게 고마워. 하느님이 너한테 보답해주실 거야. 나는 네가 가질 수도 있었던 수많은 남자들만큼 훌륭하지는 않을지도 모르지만, 나는 네 거야. 영원히 죽지 않는 내 영혼에 맹세코, 완전히 네 거야. 무슨 생각을 하고 있지? 눈에 눈물이 고여 있군."

"아무것도 아니에요. 하느님이 보답해주실 거라는 말이 너무 멋지게 들렸어요. 당신 말은…… 오오, 당신을 너무나 사랑해요!"

갑자기 그녀는 길 한복판에서 내 목을 끌어안고 열렬히 입을 맞추었다.

그녀가 떠나자 나는 옆길로 빠져 숲으로 들어갔다. 숲 속에 숨어서 나 혼자 행복에 잠기기 위해서였다. 그런데 갑자기 불안해졌다. 내가 숲으로 들어가는 것을 누군가가 알아차리지 않았을까? 나는 그것을 확인하러 다시 길로 달음질쳐 돌아왔다. 하지만 길에는 아무도 없었다.


# 13


여름밤과 잔잔한 바다, 그리고 끝없이 조용한 숲. 울음소리도, 길을 오가는 발소리 하나도 들리지 않는다. 내 가슴은 진한 포도주로 가득 찬 것 같았다.

박각시나방과 또 다른 나방들이 벽난로의 불빛과 구운 새고기 냄새에 이끌려 내 창문으로 소리 없이 날아 들어온다. 나방들은 둔탁한 소리를 내며 천장에 부딪히고, 윙윙거리며 내 귀를 스쳐 지나가 나를 놀라게 한 다음, 벽에 걸린 하얀 화약통에 내려앉는다. 나는 나방들을 관찰한다. 나방들은 바들바들 떨면서 거기에 앉아 나를 바라본다. 누에나방, 꿀벌레큰나방, 곡식좀나방. 날아다니는 팬지꽃처럼 보이는 녀석들도 있다.

나는 오두막 밖으로 나가서 귀를 기울인다. 아무것도 없다.
아무 소리도 들리지 않는다. 세상 만물이 잠들어 있다. 공기는
날벌레들, 윙윙거리는 수많은 날개들로 반짝거린다. 숲 가장자
리에는 양치식물과 바꽃이 있다. 월귤나무는 꽃이 한창 만발했
다. 나는 그 작은 꽃을 좋아한다. 내가 지금까지 본 모든 히스
꽃 때문에 나는 신에게 감사한다. 그 꽃들은 내 앞길에 피어 있
는 작은 장미꽃 같았고, 나는 그 꽃들에 대한 사랑 때문에 흐느
껴 운다. 어딘가 가까운 곳에 각시패랭이꽃도 피어 있다. 보이
지는 않지만 향기는 맡을 수 있다.

하지만 지금 이 야밤에 커다란 흰 꽃들이 갑자기 숲에서 피
어났다. 숨문이 열려 꽃들은 숨을 쉬고 있다. 그리고 털로 뒤덮
인 털나방들이 꽃잎 속으로 깊이 파고 들어가 줄기와 잎까지
떨게 한다. 나는 이 꽃에서 저 꽃으로 옮겨 다닌다. 꽃들은 황
홀경에 빠져 있다. 꽃들은 에로틱한 황홀경에 깊이 빠져 있다.
나는 꽃들이 황홀경에 빠지는 것을 볼 수 있다.


가벼운 발소리, 누군가의 숨소리, 즐거운 목소리 "안녕."

나는 대답하고, 길에서 내 몸을 던져 그녀의 두 무릎과 드레
스를 끌어안는다.

"안녕, 에드바르다!" 나는 너무 행복해서 쓰러질 지경이다.

"당신은 나를 사랑하는 게 분명해요!" 그녀가 속삭인다.

"나는 정말로 감사하고 있어. 너는 내 거야. 내 심장은 온종
일 너를 생각해. 너는 세상에서 제일 사랑스러운 여자야. 나는

너한테 키스했지. 너한테 키스한 기억을 떠올리기만 해도 나는 기뻐서 얼굴이 빨개질 때가 많아."

"왜 오늘 밤 그렇게 나를 사랑하게 됐어요?" 그녀가 묻는다.

그 이유에는 끝이 없었다. 나는 그녀를 생각하기만 해도 사랑을 느낄 수 있었다. 이마 쪽으로 구부러진 반달 같은 눈썹 밑에서 나를 쳐다보는 눈빛, 그리고 그 아름답고 까무잡잡한 피부!

"어떻게 너를 사랑하지 않을 수 있겠어? 나는 나무마다 돌아다니며 네가 건강한 것을 감사하고 있어. 언젠가 무도회에서 춤은 추지 않고 줄곧 앉아만 있던 젊은 여자가 있었지. 다른 사람들도 모두 그 여자가 앉아 있게 내버려두었어. 나는 모르는 여자였지만, 그 여자 얼굴이 나한테 강한 인상을 주었기 때문에 춤을 추자고 말해보았지. '추실까요?' 그 여자는 고개를 저었어. '춤을 안 추시는군요?' 하고 내가 말하자 그 여자는 이렇게 말했어. '당신은 상상할 수 있나요? 우리 아버지는 아주 잘생겼고 어머니는 흠잡을 데 없는 미인이었는데, 나는 절름발이로 태어났답니다.'"

에드바르다는 나를 바라보았다.

"우리 어디 가서 앉아요."

우리는 히스 밭에 앉았다.

"내 친구가 당신에 대해 뭐라고 하는지 알아요?" 그녀가 말을 시작했다. "당신은 짐승 같은 눈을 갖고 있대요. 당신이 바라보면 기분이 이상해진대요. 꼭 당신이 자기를 만진 것 같다나요."

이 말을 들었을 때 나는 묘한 기쁨으로 가슴이 두근거렸다. 그것은 나를 위해서가 아니라 에드바르다를 위해서였다. 그리고 나는 생각했다. 내가 관심을 갖는 건 한 사람뿐이다. 그녀는 내 눈빛에 대해 뭐라고 말할까?

"어떤 친구였지?" 내가 물었다.

"그건 말하지 않겠어요." 그녀가 대답했다. "하지만 우리와 함께 건조장에 갔던 사람들 가운데 하나예요."

"알겠어." 나는 말했다.

그 후 우리는 다른 일에 대해 이야기를 나누었다.

"아버지가 며칠 뒤 러시아에 가실 거예요." 그녀가 말했다. "그러면 나는 파티를 열겠어요. 코르홀메르네 섬에 가본 적이 있나요? 포도주를 두 바구니 가져갈 거예요. 그리고 목사관 여자들도 파티에 참석할 거예요. 포도주는 아버지가 벌써 주셨어요. 그리고 당신은 내 친구를 또 쳐다보면 안 돼요. 약속할 거죠? 안 그럴 거죠? 약속하지 않으면 친구는 초대하지 않겠어요."

그녀는 더 이상 말하지 않고 두 팔로 내 목을 끌어안으며 나를 바라보았다. 내 얼굴을 뚫어지게 들여다보고, 내 귀에 들릴 만큼 크게 숨소리를 냈다. 그녀의 눈은 새까맸다.

나는 당황하여 벌떡 일어나서 이렇게 말했다.

"당신 아버지가 러시아에 가실 거라고?"

"왜 그렇게 급히 일어난 거예요?" 그녀가 물었다.

"늦었으니까. 하얀 꽃들이 다시 닫히고 있어. 해가 떠오르고 있어. 이제 곧 낮이 될 거야."

나는 그녀와 함께 숲을 가로질렀고, 거기서부터는 그녀가 시야에서 사라질 때까지 눈으로 그녀를 좇았다. 그녀는 잠시 걸어가다가 돌아서서 잘 들리지 않는 소리로 작별 인사를 외쳤다. 그러고는 가버렸다. 바로 그 순간 대장간 문이 열리고, 하얀 셔츠 가슴판을 댄 남자가 나와서 주위를 둘러보더니, 눈이 가려질 만큼 모자를 아래로 끌어내리고는 시릴룬 쪽으로 걸어 갔다.

에드바르다의 작별 인사가 아직도 내 귀에 쟁쟁하게 울리고 있었다.

# 14

기쁨은 사람을 도취시킨다. 내가 총을 쏘면, 잊을 수 없는 메아리가 험한 바위산에서 바위산으로 응답하고, 바다 위를 떠돌다가 잠들지 못하는 어느 키잡이의 귀에 울려 퍼진다. 나는 무엇을 기뻐하는가? 나에게 떠오르는 생각, 기억, 숲 속의 소리, 인류. 나는 그녀를 생각한다. 눈을 감고 가만히 서서 그녀를 생각하며 시간을 헤아린다.

때로는 목이 말라서 시냇물을 떠 마신다. 때로는 앞으로 백 걸음 걸어갔다가 다시 뒤로 백 걸음 돌아오기도 한다. 또 때로는 너무 늦었다고 생각하기도 한다.

무슨 문제가 생겼나? 한 달이 지났다. 한 달은 그렇게 긴 시간은 아니다. 아무 문제도 없다! 이 달이 짧았다는 것은 아무도 모른다. 하지만 밤은 길 때가 많고, 나는 기다리는 동안 시간을 보내기 위해 모자를 시냇물에 담갔다가 다시 말리는 것을 생각한다.

나는 밤의 시간을 헤아렸다. 때로는 에드바르다가 오지 않는 밤도 있었다. 한번은 이틀 동안 밤에 오지 않았다. 이틀 밤! 아무 문제도 없었지만, 그래도 나는 내 행복이 정점을 지났다고 느꼈다.

그런데 아니었나?

"에드바르다, 오늘 밤 숲이 술렁거리는 소리가 들려? 덤불에서는 끊임없이 바스락거리는 소리가 나고, 커다란 나뭇잎들은 떨고 있어. 아마 무슨 일인가가 일어나려고 하는 거겠지만, 내가 말하고 싶었던 건 그게 아니야. 구릉지에서 새 한 마리가 노래를 부르는 소리가 들려. 박새일 뿐이지만, 이틀 밤 동안 줄곧 같은 자리에 앉아서 노래를 부르고 있었어. 저 단조로운 소리가 들려?"

"네, 들려요. 그걸 왜 나한테 물으세요?"

"이유는 없어. 저 새는 이틀 밤 동안 저기 앉아 있었어. 나는 그냥 너한테 말하고 싶었을 뿐이야. 고마워. 오늘 밤에 와줘서 고마워, 내 사랑! 오늘 밤에 나는 여기 앉아서 네가 오기를 기다리고 있었어. 내일 밤도 네가 언제 올까 그걸 낙으로 삼고 기다리겠지."

"나도 기다렸어요. 줄곧 당신을 생각하고, 언젠가 당신이 넘어뜨려서 깨진 유리잔 조각을 주워 모아서 버렸죠. 기억나요? 어젯밤에 우리 아버지가 떠났으니까, 나는 여기 오지 못할 타당한 이유가 있었어요. 꾸려야 할 짐도 많았고, 아버지한테 일러드려야 할 것도 많았거든요. 당신이 여기서 나를 기다리고 있다는 것을 알았기 때문에 나는 울면서 짐을 꾸렸어요."

하지만 이틀 밤이 지났다. 나는 생각했다. 에드바르다는 첫날 밤에는 뭘 했을까? 그리고 왜 에드바르다의 눈에는 전처럼 많은 기쁨이 담겨 있지 않을까?

한 시간이 지났다. 구릉지에서는 박새가 노래를 멈추었다. 숲은 죽었다. 아니, 아니다. 아무 문제도 없었다. 모든 것이 전과 마찬가지였다. 그녀는 작별 인사로 나에게 손을 내밀었고, 애정 어린 눈으로 나를 쳐다보았다.

"내일은?" 내가 말했다.

"아니, 내일은 안 돼요." 그녀가 대답했다.

나는 이유를 묻지 않았다.

"내일은 아시다시피 파티를 열 거예요." 그녀가 웃으면서 말했다. "당신을 놀라게 해주고 싶었어요. 하지만 당신이 너무 비참해 보여서 곧바로 털어놓을 수밖에 없네요. 당신한테 초대장을 보낼 작정이었는데."

내 마음은 커다란 안도감을 느꼈다.

그녀는 작별 인사로 고개를 까딱하고 떠났다.

"한 가지만 더." 나는 움직이지 않고 말했다. "네가 그 깨진 유리잔 조각을 주워 모아서 치운 게 언제였지?"

"그게 언제였냐고요?"

"그래. 일주일 전이었나? 아니면 2주일?"

"2주일 전이었을지도 몰라요. 하지만 왜 그런 걸 물어요? 아니, 사실대로 말할게요. 어제 치웠어요."

그녀는 어제 유리잔 조각을 주워서 치웠다. 그녀는 어제 이전에는 나를 생각하지 않았다. 이제 만사가 잘되었다.


# 15

보트 두 척이 바다에 떠 있었다. 우리는 배에 올라탔다. 노래하고 이야기를 나누었다. 코르홀메르네 섬은 다른 섬들 너머에 있어서, 거기에 가려면 한참 동안 노를 저어야 했다. 가는 동안 우리는 다른 보트에 탄 사람들과 이야기를 나누었다. 의사는 여자들처럼 화려한 색깔의 옷으로 치장하고 있었다. 나는 그가 그렇게 쾌활한 것을 본 적이 없었다. 그는 대화에 끼어들었고, 더 이상 말없이 듣기만 하는 사람은 아니었다. 나는 그가 술을 조금 마시고 행복감을 느끼고 있다는 인상을 받았다. 섬에 상륙하자 그는 잠시 주목해달라면서 우리를 환영하고 싶다고 말했다. 나는 속으로 생각했다. 에드바르다가 그를 주인 역으로 선택했군!

그는 지극히 상냥한 태도로 여자들을 환대했다. 에드바르다에게는 친절하고 상냥했다. 아버지처럼 자애로울 때도 많았고, 전에도 자주 그랬듯이 에드바르다에게 현학적인 강의를 하는 경향이 있었다. 한번은 에드바르다가 어떤 날짜를 언급하면서 이렇게 말했다. "나는 38년에 태어났어요." 그러자 그가 물었다. "1838년에 태어났다는 뜻이겠지?" 그때 그녀가 아니, 1938년에 태어났다고 대답했다 해도 그는 전혀 당황하지 않고 그녀의 말을 바로잡으며, 그 연대는 틀린 게 분명하다고 말했을 것이다. 내가 무슨 말을 하면, 그는 정중하고 주의 깊게 귀를 기울였고, 내 실수를 눈감아주지 않았다.

한 젊은 여자가 다가와서 나에게 인사를 했다. 나는 그녀를 알아보거나 기억해낼 수 없었기 때문에 놀라서 몇 마디 하자, 그녀는 까르르 웃었다. 그녀는 목사의 딸들 가운데 하나였다. 나는 건조장에서 그녀를 만나 내 오두막에 초대한 적이 있었다. 우리는 잠시 이야기를 나누었다.

한두 시간이 지나간다. 나는 따분하다. 사람들이 따라주는 포도주를 마시고, 모든 사람과 어울리고, 모든 사람과 잡담을 주고받는다. 또다시 나는 몇 가지 실수를 저지른다. 나는 불안정한 상태에 있고, 남의 친절에 어떻게 반응해야 할지 모른다. 때로는 두서없는 이야기를 늘어놓기도 하고, 때로는 혀가 묶인 것처럼 입을 다물어버리기도 한다. 그리고 그 때문에 초조해한다. 우리가 테이블로 쓰고 있는 커다란 바위 옆에 의사가 앉아서 손짓으로 이야기를 하고 있다.

영혼! 영혼은 어떤 종류의 것인가? 그가 말하고 있었다. 목사의 딸이 그를 자유사상가라고 비난했다. 사람은 자유롭게 생각하면 안 되나요? 사람들은 지옥을 악마가 관리하는, 또는 왕으로 군림하며 지배하는 지하 공간으로 상상합니다. 그는 교회의 제단 뒤쪽 장식에 대해 장황하게 지껄였다. 그리스도, 유대인 남녀 몇 명, 물과 포도주—좋습니다! 하지만 그리스도의 머리 주위에는 후광이 있었습니다. 그런데 후광이 무엇입니까? 세 가닥의 머리카락 위에 얹혀 있는 노란 고리입니다.

두 여자가 놀라서 손뼉을 쳤다. 하지만 의사는 장난스러운 말로 다툼을 피했다.

"무서운 말로 들리지요? 그건 나도 인정합니다. 하지만 그 말을 속으로 일곱 번이나 여덟 번쯤 되풀이하고 조금만 생각해 보면, 벌써 더 좋게 들릴 겁니다. 자, 이제 숙녀분들과 술을 한 잔 나누는 영광을 누릴 수 있을까요?"

그러면서 의사는 두 여자 앞의 풀밭에 무릎을 꿇었다. 고개를 뒤로 젖히고 술잔을 비울 때, 모자를 벗어서 앞에 내려놓는 대신 왼손에 쥐고는 높이 치켜 올렸다. 나는 그의 강한 자신감에 이끌려, 그가 이미 술잔을 비우지 않았다면 내가 그와 함께 술을 마셨을 것이다.

에드바르다는 눈으로 그를 좇고 있었다. 나는 에드바르다 옆에 자리를 잡고 말했다.

"오늘 '홀아비' 놀이를 할 거야?"

그녀는 흠칫 놀라면서 일어났다.

사실 나는 그녀에게 친밀하게 말을 걸지 않았다. 나는 다시 그녀 곁을 떠났다.

다시 한 시간이 지나간다. 하루는 지루하게 흘러갔다. 세 번째 보트가 있었다면, 나는 벌써 오래전에 나 혼자 배를 저어 집으로 돌아갔을 것이다. 이솝은 오두막에 묶여 있었다. 아마 나를 생각하고 있을 것이다. 에드바르다의 마음은 나한테서 멀리 떠나간 게 분명했다. 그녀는 다른 곳으로 떠날 수 있는 행복에 대해 말하고 있었다. 그 말을 할 때 그녀의 볼은 발갛게 물들었고, 그녀는 말을 더듬기까지 했다.

"아무도 나보보다 행복한 사람은 없을 거예요."

"나보보다?" 의사가 말한다.

"뭐라고요?" 그녀가 묻는다.

"나보보다?"

"무슨 소린지 모르겠네요."

"네가 '나보보다'라고 말했어. 그것뿐이야."

"내가요? 죄송해요. 내가 배를 타고 떠나게 되면 그날의 나보다 행복한 사람은 아무도 없을 거예요. 나는 종종 내가 전혀 알지도 못하는 곳을 동경한답니다."

그녀는 떠나고 싶어 했다. 그녀는 나를 기억하지 못했다. 나는 거기 서서 그녀의 얼굴을 바라보며, 그녀가 나를 잊었다는 것을 알 수 있었다. 그렇다고 그녀를 탓할 수는 없었다. 하지만 나는 그것을 그녀의 얼굴에서 분명히 읽을 수 있었다. 그리고 몇 분이 천천히, 음울하게 천천히 지나갔다. 지금 배를 저어 돌아가지 않겠느냐고 몇 사람에게 물어보았다. 늦어지고 있고, 이솝이 오두막에 묶여 있다고 말했다. 하지만 아무도 돌아가고 싶어 하지 않았다.

나는 목사의 딸에게 세 번째로 다가가면서 생각했다. 내 눈이 짐승 같다고 말한 건 그녀가 분명하다. 우리는 함께 술을 한 잔 마셨다. 그녀의 눈은 떨리고 있었고, 잠시도 가만히 있지 않았다. 그녀는 끊임없이 나를 바라보다가 다시 눈길을 돌리곤 했다.

"말해봐요, 아가씨." 내가 말했다. "이곳 사람들은 이곳의 짧은 여름과 아주 비슷하다고 생각지 않아요? 짧은 여름처럼 변덕스럽고 매력적이라고 생각지 않아요?"

나는 큰 소리로, 아주 큰 소리로 그렇게 말했다. 일부러 그렇게 했다. 나는 계속 큰 소리로 말했고, 그 젊은 여자에게 나를 찾아오라고, 내 오두막을 보러 오라고 여러 번 말했다. "그러면 하느님이 당신을 축복해주실 겁니다." 나는 비탄에 빠져 말했고, 그녀가 오면 그녀에게 선물을 줄 수도 있을 거라고, 벌써 속으로 생각하고 있었다. 하지만 내가 가진 거라고는 뿔로 만든 화약통뿐일지도 모른다고 생각했다.

그 젊은 여자는 가겠다고 약속했다.

에드바르다는 얼굴을 돌리고 앉아서 내가 실컷 말하게 내버려두었다. 그녀는 다른 사람들이 하는 말을 모두 듣고, 이따금 한 마디씩 끼어들기도 했다. 의사는 젊은 여자들의 손바닥을 들여다보고 손금을 읽으며 재잘거렸다. 그는 작고 섬세한 손을 갖고 있었고, 손가락 하나에는 반지를 끼고 있었다. 나는 꿔다 놓은 보릿자루가 된 것 같은 기분이 들어서 한동안 돌 위에 혼자 앉아 있었다. 오후가 지나가고 있었다. 나는 여기 돌 위에 혼자 앉아 있구나 하고 혼잣말로 중얼거렸다. 나를 여기서 떠나게 할 수 있는 유일한 사람은 내가 그냥 앉아 있게 내버려두고 있다. 어쨌든 나는 상관하지 않는다.

지독한 외로움이 나를 사로잡았다. 뒤에서 오가는 대화가 내 귀에 울리고 있었고, 에드바르다의 웃음소리가 들렸다. 그 웃음소리에 나는 벌떡 일어나 그들 쪽으로 다가갔다. 흥분이 나를 압도하고 있었다.

"잠깐만요." 내가 말했다. "저기 앉아 있는 동안 문득 생각이 났는데, 당신들이 내 제물낚시 쌈지를 보고 싶어 할지도 모른다는 생각이……." 그러면서 나는 제물낚시 쌈지를 꺼냈다. "미처 생각하지 못해서 미안합니다. 이걸 자세히 봐주실래요? 그러면 나는 정말 기쁠 겁니다. 전부 다 봐야 합니다. 쌈지에는 빨간 낚싯밥과 노란 낚싯밥이 둘 다 들어 있어요."

나는 말하면서 모자를 손에 들고 있었다. 모자를 벗은 건 잘못이라는 생각이 들었다. 그래서 나는 당장 모자를 다시 썼다.

순간 깊은 침묵이 흘렀다. 아무도 쌈지를 받지 않았다. 마침내 의사가 손을 내밀면서 정중하게 말했다.

"고맙소. 한번 봅시다. 낚싯밥이 어떻게 구성되어 있는지 항상 궁금했는데……."

"나는 낚싯밥을 직접 만듭니다." 나는 그에게 감사하는 마음으로 말했다. 그리고 낚싯밥 만드는 법을 설명하기 시작했다. 만드는 법은 아주 간단했다. 나는 깃털과 낚싯바늘을 샀다. 물론 그렇게 잘 만들어진 낚싯밥은 아니었지만, 나 혼자 쓰기 위한 내 전용 낚싯밥이었다. 기성품 낚싯밥을 살 수도 있는데, 그런 것들은 무척 아름다웠다.

에드바르다는 나와 제물낚시 쌈지에 무관심한 눈길을 한번 던지고는 친구들과 이야기를 계속했다.

"여기 재료도 있군요." 의사가 말했다. "이것 봐. 정말 아름다운 깃털이야."

에드바르다가 고개를 들었다.

"초록빛 깃털이 예쁘네요." 그녀가 말했다. "나도 보여주세요, 선생님."

"그걸 가져." 내가 외쳤다. "그래, 오늘 기념으로 줄 테니 가져."

그녀는 초록빛 깃털들을 살펴보면서 말했다.

"햇빛 속에서는 어떻게 드느냐에 따라서 초록빛으로 보이기도 하고 황금빛으로 보이기도 하는군요. 고마워요. 당신이 주고 싶어 하니까 고맙게 받겠어요."

"그래. 주고 싶어." 내가 말했다.

그녀는 깃털을 받았다.

그 직후 의사는 쌈지를 나에게 돌려주고 고맙다고 말했다. 그러고는 일어나서, 돌아가는 문제를 생각해야 하지 않겠느냐고 말했다.

내가 말했다.

"예, 어서 돌아갑시다! 나는 집에 개가 있는데, 내 친구예요. 녀석은 나를 생각하며 온종일 엎드려 있죠. 내가 집에 가면, 창문에 앞발을 대고 일어서서 나를 맞아줍니다. 정말 멋진 날이었지만, 거의 다 끝났군요. 배를 저어 돌아갑시다. 모두 고맙습니다."

나는 에드바르다가 어떤 배에 타는지 보려고 해변에서 기다렸다가 다른 배를 타기로 결정했다. 그런데 갑자기 그녀가 나를 불렀다. 나는 놀라서 그녀를 바라보았다. 그녀의 얼굴이 붉어져 있었다. 그녀는 나에게 다가오더니 손을 내밀면서 부드럽게 말했다.

"깃털 주셔서 고마워요. 오세요. 같은 배로 가지 않을래요?"

"원한다면." 나는 대답했다.

우리는 보트에 올라탔다. 그녀는 내가 앉은 가로장에 나와 나란히 자리를 잡았다. 나는 그녀의 무릎을 느낄 수 있었다. 나는 그녀를 바라보았고, 그녀도 잠시 나를 마주 보았다. 나는 그 괴로웠던 하루를 보상받은 것처럼 느끼기 시작했고, 다시 즐거운 기분을 되찾기 시작했다. 그런데 갑자기 그녀가 자세를 바꾸어 나에게 등을 돌리고 키를 잡은 의사와 이야기를 나누기 시작했다.

꼬박 15분 동안 그녀에게 나는 존재하지 않았다. 그때 나는 아직도 잊지 못하고 후회하는 짓을 했다. 그녀의 구두 한 짝이 발에서 미끄러져 벗겨졌다. 나는 그것을 집어서 멀리 바다로 던져버렸다. 그녀가 가까이 있다는 기쁨 때문인지, 아니면 그녀에게 내 존재를 일깨우고 싶은 충동 때문이었는지, 나는 아직도 모른다. 그 일은 너무나 순식간에 일어났기 때문에, 사실 나는 아무 생각도 하지 않았다. 다만 그런 충동에 이끌렸을 뿐이다.

여자들이 소리를 질렀다. 나는 내가 저지른 짓에 마비된 듯한 기분을 느꼈다. 하지만 그게 무슨 소용이겠는가? 이미 엎질러진 물이었다. 의사가 "노를 저어요!" 하고 외치며 구두 쪽으로 배를 몰았다. 다음 순간, 노잡이가 막 수면 아래로 가라앉고 있는 구두를 잡았다. 그의 팔은 흠뻑 젖어버렸다. 구두를 건졌기 때문에 두 배에서 일제히 환호 소리가 터져 나왔다.

나는 몹시 부끄러웠다. 내 손수건으로 구두의 물기를 닦을 때 내 안색이 변하고 얼굴이 일그러지는 것을 느꼈다. 에드바르다는 아무 말 없이 구두를 받아 들었다. 그리고 잠시 후에 이렇게 말했을 뿐이다.

"그런 짓은 본 적도 없어요."

"본 적이 없다고? 그래?" 내가 말했다. 나는 무슨 특별한 이유가 있어서 그런 못된 장난을 친 것처럼, 그 장난의 배후에 무언가가 있기라도 한 것처럼 빙긋 웃으며 허풍을 떨었다. 하지만 그 배후에 뭐가 있을 수 있겠는가? 의사가 나를 바라보았다. 경멸하는 눈빛. 처음 보는 눈빛이었다.

잠시 시간이 흘렀다. 보트들은 뭍을 향해 미끄러져 갔고, 일행들의 불쾌감은 사라졌고, 부두가 다가올 때 우리는 노래를 부르고 있었다. 에드바르다가 말했다.

"포도주가 많이 남아 있네요. 다시 파티를 엽시다. 나중에 새로 파티를 여는 거예요. 우리 춤을 추어요. 우리 집 거실에서 무도회를 열어요."

우리가 해안에 상륙했을 때 나는 에드바르다에게 사과했다.

"나는 빨리 오두막으로 돌아가고 싶어. 오늘은 정말 힘든 날이었어."

"그렇게 힘든 날이었나요, 중위님?"

"내 말은……" 나는 그녀의 질문을 얼버무려 넘기면서 말했다. "내가 나 자신과 다른 사람들한테 난처하고 골치 아픈 존재였다는 뜻이야. 내가 네 구두를 바다에 던져버렸어."

"그건 정말 이상한 짓이었어요."

"나를 용서해줘."


# 16


상황이 얼마나 더 나빠질 수 있을까? 나는 신에게 맹세코 무슨 일이 있어도 마음의 평정을 유지하기로 결심했다. 내가 처음부터 그녀에게 억지로 나를 강요했던가? 아니, 절대로 그렇지 않다. 어느 날 그녀가 지나가는 길에 우연히 나와 마주쳤을 뿐이다. 이곳 북부 지방의 여름은 어떠했는가! 풍뎅이들은 벌써 날아다니기를 그쳤고, 태양은 밤낮으로 사람들에게 빛을 비추었지만, 나에게는 이곳 사람들이 점점 더 알 수 없는 존재가 되어 가고 있었다. 그들의 푸른 눈은 무엇을 찾고 있었는가? 그들은 그 기묘한 이마 뒤에서 무슨 생각을 하고 있었는가? 그것은 아무래도 좋다. 그들도 어쨌든 나한테 전혀 관심이 없었다. 나는 낚싯줄을 들고 이틀 동안, 때로는 나흘 동안 낚시를 하러 갔다. 하지만 밤에는 오두막에 뜬눈으로 누워 있었다…….

"에드바르다, 나흘 동안 너를 못 봤어."

"나흘, 맞아요. 아시다시피 난 바빴어요. 이리 와서 보세요."

그녀는 나를 거실로 데려갔다. 탁자들이 밖으로 꺼내져 있고, 의자들은 벽을 따라 늘어놓여 있고, 모든 물건의 위치가 바뀌어 있었다. 샹들리에와 난로와 벽은 가게에서 가져온 검은 헝겊과 히스로 장식되어 있었다. 한쪽 구석에는 피아노가 놓여 있었다.

그녀가 '무도회'를 위해 준비한 것이다.

"어떻게 생각해요?" 그녀가 물었다.

"훌륭해." 나는 말했다.

우리는 방을 나왔다.

"하지만 에드바르다, 나를 완전히 잊어버린 거야?"

"당신을 이해할 수가 없군요." 그녀가 놀라서 대답했다. "내가 한 일을 봤잖아요? 그런데 어떻게 내가 당신한테 갈 수 있었겠어요?"

"그래, 나한테 올 수 없었겠지." 나는 눈꺼풀이 무겁고 지쳐 있었다. 내 말은 지리멸렬해졌다. 나는 온종일 비참했다. "그래, 너는 나한테 올 수 없었어. 하지만 내가 하고 싶은 말은, 요 컨대 변했다는 거야. 무언가가 방해가 됐어. 하지만 그게 뭔지, 네 얼굴만 보고는 알 수가 없어. 네 이마는 정말 이상해. 이제 그걸 알겠어."

"하지만 나는 당신을 잊어버리지 않았어요!" 그녀는 얼굴을 붉히며 외치고는 갑자기 내 팔짱을 끼었다.

"그래. 너는 나를 잊지 않았을 거야. 하지만 그렇다면 내가 무슨 말을 하고 있는지 모르겠군. 이것 아니면 저것."

"내일 초대장을 받으실 거예요. 당신은 나하고 춤을 추어야 돼요. 어떻게 출까요?"

"나랑 함께 좀 걸을래?" 내가 물었다.

"지금요? 안 돼요. 의사 선생님이 이제 곧 오실 거예요. 나를 도와주기로 했어요. 아직도 할 일이 좀 남았거든요. 그러니까 당신은 이 방이 이대로 괜찮다고 생각하시는 거죠? 하지만……."

마차가 밖에 멈춰 선다.

"오늘은 의사가 마차를 몰고 왔군, 그렇지?" 내가 말했다.

"그래요. 의사 선생님을 모셔 오라고 말과 사람을 보냈어요."

"물론 의사의 아픈 다리를 염려했겠지. 그래, 나는 이만 가 봐야겠어. 안녕하십니까? 다시 만나서 반갑습니다. 여전히 건강하시죠? 내가 서둘러 떠나는 것을 너그럽게 봐주세요."

계단 밑에서 나는 뒤를 돌아보았다. 에드바르다는 창가에

서서 나를 바라보고 있었다. 그녀는 나를 보려고 커튼을 두 손으로 잡고 있었다. 생각에 잠긴 표정이었다. 터무니없는 기쁨이 내 마음을 번개처럼 스치고 지나갔다. 나는 가벼운 발걸음으로 서둘러 그 집을 떠났다. 눈은 침침해져 있었지만, 손에 든 총은 지팡이처럼 가벼웠다. 내가 그녀를 얻는다면 좋은 사람이 될 거라고 나는 생각했다. 숲에 이르자 나는 다시 생각했다. 그녀를 얻으면 어느 누구보다도 정력적으로 지칠 줄 모르고 그녀에게 봉사할 거야. 그녀가 싸구려 여자라는 게 드러나도, 그녀가 불가능한 것을 요구해도, 내가 할 수 있는 일은 다 할 거야. 그리고 그녀가 내 여자라는 걸 기뻐할 거야. 나는 멈춰 서서 무릎을 꿇고, 겸손과 희망에 찬 마음으로 길가의 풀잎을 혀로 핥았다. 그런 다음 다시 일어났다.

마침내 나는 거의 확신했다. 최근 그녀의 달라진 태도는 그녀 특유의 방식일 뿐이었다. 그녀는 내가 떠날 때 나를 지켜보고 있었다. 내가 시야에서 사라질 때까지 창가에 서서 눈으로 나를 좇고 있었다. 그녀가 그 이상 뭘 할 수 있었겠는가? 나는 기쁨에 사로잡혔다. 나는 배가 고팠지만 더 이상 허기도 느낄 수 없었다.


이솝은 앞장서서 달려가더니, 잠시 후 짖기 시작했다. 나는 고개를 들었다. 하얀 머릿수건을 쓴 여자가 오두막 모퉁이에 서 있었다. 대장장이의 딸 에바였다.

"안녕, 에바!" 내가 외쳤다.

그녀는 높은 회색 바위 옆에 서 있었다. 빨개진 얼굴로 손가락을 빨고 있었다.

"무슨 일이지?"

"이솝이 나를 물었어요." 에바는 수줍게 눈을 내리깔고 대답했다.

나는 그녀의 손가락을 살펴보았다. 손가락은 그녀가 스스로 깨문 것이었다. 의심이 내 머리를 스치고 지나간다.

"여기서 오래 기다렸어?"

"아뇨, 별로 오래되지 않았어요."

우리는 더 이상 아무 말도 하지 않았다. 나는 그녀의 손을 잡고 오두막 안으로 데려갔다.


# 17


나는 여느 때처럼 낚시 여행에서 돌아와, 총과 사냥 자루를 든 채 '무도회'에 나타났다. 내가 가진 옷 중에서 제일 좋은 가죽옷을 차려입었을 뿐이다. 나는 시릴룬에 늦게 도착했기 때문에, 내가 도착했을 때는 벌써 안에서 춤추는 소리가 들려왔다. 곧 "사냥꾼 중위님이 오셨습니다!" 하는 외침 소리가 나고, 내가 잡은 것을 보고 싶어 하는 젊은이들이 나를 에워쌌다. 나는 바닷새 한 쌍과 대구 몇 마리를 잡았다. 에드바르다는 미소로 나를 맞아주었다. 그동안 춤을 추고 있었기 때문에 얼굴이 발

갖게 상기되어 있었다.

"첫 춤은 나와 함께!" 그녀가 말했다.

우리는 춤을 추었다. 어떤 재난도 일어나지 않았다. 나는 어지러웠지만 쓰러지지는 않았다. 나의 큰 부츠가 좀 시끄러운 소리를 냈다. 나도 그 소리를 들을 수 있을 정도였다. 그래서 더 이상 춤을 추지 않기로 결심했다. 게다가 내 부츠는 마룻바닥을 긁어 자국을 냈다. 하지만 내가 그보다 더 심한 짓을 하지 않은 게 얼마나 기뻤는지 모른다!

마크 씨의 두 점원도 거기에 있었다. 그들은 성실하고 진지하게 춤을 추었다. 의사는 컨트리댄스에 열심히 참여했다. 이 신사들 외에 젊은 남자 네 명, 교구 유지의 아들들, 목사와 의사가 있었다. 순회 판매원인 낯선 사내 하나도 파티에 참석했다. 그는 멋진 목소리로 눈에 띄었고, 음악에 맞추어 콧노래를 불렀다. 이따금은 피아노를 쳐서 여자들의 눈길을 사로잡기도 했다.

처음 두어 시간은 어떻게 지나갔는지도 기억나지 않는다. 하지만 그날 밤의 후반부에 대해서는 모든 것을 기억하고 있다. 밤새도록 태양이 창문을 통해 붉게 빛났다. 바닷새들은 잠이 들었다. 우리는 포도주와 케이크를 먹었고, 큰 소리로 이야기하고 노래를 불렀다. 에드바르다의 웃음소리가 방 전체에 활기차고 태평하게 울려 퍼졌다. 하지만 왜 그녀는 나한테 더 이상 한 마디도 말을 걸지 않았을까? 나는 그녀가 앉아 있는 곳으로 가서 한껏 칭찬해주고 싶었다. 그녀는 검은 드레스를 입고 있었다. 아마 교회에서 견진성사를 받을 때 입은 드레스였을 것이다. 지금 그녀에게는 너무 짧았다. 하지만 춤을 출 때는 그녀에게 잘 어울렸고, 나는 그 말을 해주고 싶었다.

"그 검은 드레스는……." 나는 그렇게 말을 꺼냈다.

하지만 그녀는 일어나더니, 친구를 끌어안고 함께 다른 곳으로 가버렸다. 이런 일이 두세 번 일어났다. 나는 생각했다. 저렇게 나오면 내가 뭘 어떻게 할 수 있지? 하지만 그렇다면 그녀는 왜 내가 떠날 때 창가에 서서 그렇게 안타까운 눈빛으로 나를 바라볼까?

한 여자가 나에게 춤을 추자고 청했다. 에드바르다는 가까이 앉아 있었다. 나는 큰 소리로 대답했다.

"아니요. 나는 이제 곧 떠날 겁니다."

에드바르다는 놀란 듯한 눈길을 나에게 던지며 말했다.

"떠난다고요? 오, 안 돼요. 떠나면 안 돼요."

나는 깜짝 놀랐고, 내 이가 입술을 파고드는 것을 느꼈다. 나는 일어났다.

"방금 한 그 말은 나한테는 아주 의미심장하게 들리는군요, 에드바르다 양." 나는 심술궂게 말하고 문 쪽으로 몇 걸음 걸어갔다.

의사가 내 앞을 가로막았다. 에드바르다가 나에게 달려왔다.

"내 말을 오해하지 마요." 그녀가 다정하게 말했다. "당신이 맨 마지막에 떠나기를 바란다고 말할 작정이었어요. 게다가 이제 겨우 한 시밖에 안 됐어요. 참……" 하고 그녀가 눈을 반짝

빛내면서 덧붙였다. "내 구두를 건져줘서 고맙다고 노잡이한테 5달러를 주었더군요. 너무 비싼 대가였어요."

그녀는 소리 내어 웃고 나서 사람들 쪽으로 돌아섰다.

나는 어안이 벙벙한 채 그 자리에 서 있었다.

"농담이 심하군. 노잡이한테 5달러를 줘? 난 안 그랬어."

"그래요?" 그녀는 부엌으로 통하는 문을 열고 노잡이를 불러들였다. "야코브, 코르홀메르네로 소풍 갔을 때를 기억하지? 내 구두가 바다에 떨어졌을 때 네가 건져주었잖아."

"물론 기억하죠." 야코브가 대답했다.

"그때 구두를 건져준 대가로 5달러를 받았지?"

"네, 아가씨가……."

"됐어. 이젠 가도 좋아."

이 수작은 무슨 뜻일까? 나한테 창피를 주려는 것일까? 그건 성공하지 못할 거야. 그런 일로 내가 얼굴을 붉히지는 않을 테니까. 나는 큰 소리로 분명히 말했다.

"이건 실수거나 아니면 거짓말이라는 것을 여기 계신 모든 분에게 분명히 지적해야겠군. 네 구두를 건져준 대가로 5달러를 노잡이에게 줄 생각은 꿈에도 하지 않았어. 아마 그렇게 했어야 마땅하겠지만, 지금까지는 하지 않았어."

"그래도 춤은 계속돼요." 그녀가 눈살을 찌푸리면서 말했다. "춤을 추는 게 어때요?"

넌 여기에 대해 나한테 설명해야 돼. 나는 속으로 중얼거렸다. 그리고 그녀와 이야기할 기회를 노렸다. 그녀는 옆방으로 들어갔고, 나도 그녀를 따라갔다.

"건배!" 나는 그녀와 술을 마시고 싶어서 말했다.

"내 술잔에는 아무것도 없어요." 그녀가 차갑게 대꾸했다.

하지만 그녀의 잔은 가득 차서 그녀 앞에 놓여 있었다.

"나는 저게 네 술잔인 줄 알았는데?"

"아니, 그건 내 술잔이 아니에요." 그녀가 말했다. 그리고 바쁜 체하면서 옆 사람에게 고개를 돌렸다.

"그럼 미안해." 내가 말했다.

손님 몇 명이 이 작은 소동을 알아차렸다.

내 심장이 몸속에서 쉿쉿 소리를 냈다. 나는 화가 나서 말했다.

"하지만 너는 나한테 설명해야 돼……."

그녀는 벌떡 일어나더니 내 두 손을 잡고 절박한 어조로 말했다.

"하지만 오늘은 안 돼요. 지금은 안 돼요. 나는 너무 비참해요! 나를 바라보는 당신의 눈빛! 우리는 한때 친구였죠, 결국……."

나는 당황한 나머지 방향을 바꾸어 다시 춤추는 사람들과 합류했다.

그 직후에 에드바르다도 들어왔다. 그녀는 순회 판매원이 댄스곡을 치고 있는 피아노 옆에 자리를 잡았다. 그 순간 그녀의 얼굴은 헤아릴 수 없는 슬픔으로 가득 차 있었다.

"나는 피아노 치는 법을 배운 적이 없어요." 그녀는 은근한 눈길을 나에게 던지면서 말했다. "내가 그걸 안다면, 하다못해⋯⋯."

나는 그 말에 대답할 말이 없었다. 하지만 내 심장은 다시 한 번 그녀를 향해 뛰쳐나갔다.

"왜 갑자기 그렇게 슬퍼졌지? 그게 나한테 얼마나 고통을 주는지 알아?"

"나도 이유를 모르겠어요. 아마 모든 것 때문이겠죠. 이 사람들이 지금 당장 떠나주면 좋겠어요. 아니, 당신은 아니에요. 잊지 마세요. 당신은 맨 마지막에 떠나야 해요."

그녀의 말이 다시 나에게 기운을 주었다. 내 눈은 햇빛으로 가득 찬 방에서 빛을 보았다. 목사의 딸이 다가와서 나에게 말을 걸기 시작했다. 나는 퉁명스럽게 대꾸했다. 그녀는 내 눈이 짐승 같다고 말했기 때문에 나는 일부러 그녀를 보지 않았다. 그녀는 에드바르다를 돌아보며, 언젠가 외국에 갔을 때 길거리에서 어떤 남자가 쫓아왔던 일을 이야기했다.

"이 거리 저 거리로 계속 나를 따라오면서 나한테 미소를 지었지." 그녀가 말했다.

"그럼 그 사람은 눈이 멀었나보군." 나는 에드바르다를 즐겁게 해주려고 말했다. 그리고 어깨도 한 번 으쓱했다.

젊은 여자는 내 농담의 취지를 당장 포착하여 대답했다.

"눈먼 장님이었던 게 분명해요. 나처럼 못생긴 여자를 쫓아오다니."

하지만 에드바르다는 나한테 전혀 감사하지 않고, 친구를 다른 곳으로 끌고 갔다. 그들은 서로 속삭이고 고개를 저었다.

그때부터 나는 완전히 혼자 남겨졌다.

또다시 한 시간이 지난다. 암초에서 바닷새들이 깨어나기 시작했다. 새들의 울음소리가 열린 창문을 통해 들려왔다. 새들의 첫 울음소리를 듣자, 찌르는 듯한 기쁨이 나를 뚫고 지나갔다. 나는 암초에 가고 싶었다……

의사가 다시 기분이 좋아져서 모든 사람의 관심을 끌었다. 여자들은 그와 어울리는 데 결코 싫증을 내지 않았다. 저 사람이 내 경쟁자가 될 수 있을까? 나는 속으로 생각했다. 그리고 그의 절룩거리는 다리와 빈약한 몸매도 생각했다. 그는 재치 있는 욕설을 새로 만들어 "제기지랄!"이라고 말했다. 그가 이 말을 쓸 때마다 나는 큰 소리로 웃었다. 비참한 기분 속에서, 이 남자에게 내가 줄 수 있는 편의를 모두 주자는 생각이 문득 떠올랐다. 그는 내 경쟁자였기 때문이다. 나는 의사가 여기로 가든 저기로 가든 내버려두고, "의사 선생이 하는 말을 잘 들으세요!" 하고 외쳤다. 그리고 그의 진부한 말에도 억지로 소리 내어 웃었다.

"나는 이 세상을 사랑합니다." 의사가 말했다. "나는 필사적으로 삶에 매달려 있습니다. 죽을 때가 되면, 나는 런던이나 파리 위의 어딘가에 영원히 내 자리를 갖고 싶습니다. 그러면 캉캉춤 같은 인간의 소동을 계속 들을 수 있을 테니까요."

"브라보!" 나는 조금도 즐겁지 않았지만, 웃느라 캑캑 기침을 하면서 외쳤다.

에드바르도도 열중한 것 같았다.

손님들이 떠날 때 나는 작은 옆방으로 슬며시 들어가서 기다렸다. 현관 앞에서 작별 인사를 나누는 소리가 들렸다. 의사도 작별 인사를 하고 떠났다. 곧 모든 목소리가 잠잠해졌다. 기다리는 동안 내 심장은 격렬하게 고동쳤다.

에드바르다가 안으로 돌아왔다. 나를 보고는 놀라서 잠시 멈춰 섰다가 미소를 지으며 말했다.

"거기 계셨군요! 마지막까지 기다려줘서 고마워요. 나는 지금 너무 피곤해요."

그녀는 계속 서 있었다.

나는 일어나면서 말했다.

"그래, 넌 좀 쉬어도 돼. 불쾌한 상태는 지나갔겠지. 에드바르다, 너는 좀 전에 너무 우울했어. 그래서 마음이 아팠어."

"잠을 좀 자면 괜찮아질 거예요."

나는 더 이상 덧붙일 말이 없어서 문 쪽으로 걸어갔다.

"유쾌한 저녁을 보내게 해줘서 고마워요." 그녀가 손을 내밀면서 말했다.

그녀는 바깥까지 나를 배웅하고 싶어 했지만, 내가 말렸다.

"그럴 필요 없어. 일부러 나오지 마. 내 물건은 잘 찾을 수 있으니까……."

하지만 그녀는 어쨌든 나를 바깥까지 배웅했다. 그녀는 현관에 서서, 내가 모자와 총과 사냥 자루를 찾는 동안 참을성 있게 기다렸다. 구석에 지팡이가 하나 세워져 있었다. 나는 그 지팡이를 분명히 보았다. 누구의 지팡이인지 금방 알아보았다.

그것은 의사의 지팡이였다. 그녀는 내 눈길의 방향을 알아차리고, 당황하여 얼굴이 빨개졌다. 표정으로 보아, 그녀가 지팡이에 대해 아무것도 몰랐다는 것을 분명히 알 수 있었다. 꼬박 1분이 지나갔다. 마침내 격렬한 초조감이 그녀의 마음속에서 확 타오른다. 그녀가 떨면서 말한다.

"당신 지팡이예요. 당신 지팡이를 잊지 마세요."

그녀는 의사의 지팡이를 나에게 건네주었다.

나는 그녀를 바라보았다. 그녀는 여전히 지팡이를 내밀고 있었다. 손이 바들바들 떨리고 있었다. 이 상황을 끝내기 위해 나는 지팡이를 받아서 구석에 돌려놓았다.

"이건 의사의 지팡이야. 그 절름발이가 어떻게 지팡이를 놔두고 갔는지 이해할 수가 없군."

"절름발이라뇨!" 그녀가 신랄하게 외치며 내 쪽으로 또 한걸음 다가왔다. "당신은 절름발이가 아니에요. 그래요. 하지만 설령 당신이 절름발이라 해도 그 사람한테 당당히 맞서지 못할 걸요. 그래요. 당신은 그 사람한테 당당히 맞서지 못해요."

나는 대답할 말을 찾았지만, 아무 말도 생각나지 않아서 잠자코 있었다. 나는 뒷걸음쳐서 문밖으로 나가 계단에 이르렀다. 여기서 나는 앞쪽을 응시하며 잠시 서 있다가 그 자리를 떠났다.

그래, 의사는 지팡이를 놓고 갔어. 나는 속으로 생각했다. 그러니까 지팡이를 가지러 돌아올 거야. 의사는 내가 이 집을 마지막으로 떠나게 하지 않으려는 거야……. 나는 감시를 계속하면서 아주 천천히 걸어가다가 숲 가장자리에서 걸음을 멈추었다. 30분쯤 기다리자 마침내 의사가 걸어왔다. 그는 나를 보고 빠른 걸음으로 다가왔다. 그가 미처 말을 꺼내기도 전에 나는 그를 시험해보려고 모자를 들어 올렸다. 그도 모자를 들어 올렸다. 나는 곧장 그에게 다가가서 말했다.

"당신한테 인사한 게 아니었소."

그는 한 걸음 뒤로 물러나서 나를 노려보았다.

"나한테 인사한 게 아니었다고?"

"그래요." 내가 말했다.

침묵.

"당신이 한 짓은 아무래도 상관없소." 그는 얼굴이 새파래지면서 대답했다. "나는 지팡이를 놓고 와서 가지러 가는 길이오."

나는 할 말이 없었지만, 다른 식으로 앙갚음했다. 나는 그가 개라도 되는 것처럼 그에게 총을 내밀면서 말했다.

"뛰어넘어!"

그러고는 휘파람을 불고, 그가 총을 뛰어넘게 하려고 몸의 방향을 바꾸었다.

그는 잠시 자신과 씨름했다. 입을 꽉 다물고 땅을 뚫어지게 노려보는 그의 얼굴은 묘하기 짝이 없는 표정을 띠고 있었다. 갑자기 그가 나를 빤히 바라보았다. 그의 얼굴은 희미한 미소로 밝아져 있었다.

"정말 왜 이러는 거요?" 그가 말했다.

나는 대답하지 않았지만, 그의 말은 나에게 영향을 주었다.

갑자기 그가 나에게 손을 내밀면서 낮은 목소리로 말했다.

"당신에겐 뭔가 문제가 있어요. 문제가 뭔지 말해주면 아마……."

이 말을 듣고 나는 수치심과 절망감에 사로잡혔다. 그의 침착한 태도에 나는 평정을 잃었다. 나는 그에게 보상하고 싶어서 그를 끌어안고 외쳤다.

"나를 용서해주세요! 아니, 나한테 무슨 문제가 있겠습니까? 아무 문제도 없어요. 당신의 도움은 필요 없어요. 아마 당신은 에드바르다를 찾고 있겠지요? 에드바르다는 집에 있을 겁니다. 하지만 서두르세요. 안 그러면 당신이 도착하기 전에 잠자리에 들 테니까요. 에드바르다는 몹시 지쳐 있었어요. 내가 직접 봤습니다. 이건 내가 당신에게 말할 수 있는 최선의 것입니다. 사실이에요. 에드바르다는 집에 있을 겁니다. 어서 가세요!"

그러고는 홱 돌아서서 그 자리를 떠난 뒤, 큰 걸음으로 숲을 지나 오두막으로 돌아왔다.

한동안 나는 집에 들어왔을 때와 똑같은 상태로 사냥 자루를 어깨에 메고 총을 손에 든 채 침대에 앉아 있었다. 기묘한 생각들이 내 머릿속에서 꿈틀거렸다. 도대체 무엇 때문에 의사한테 내 정체를 드러냈을까? 그를 끌어안고 눈물 어린 눈으로 그를 바라본 일이 부끄럽게 느껴졌다. 그는 고소해할 거라는 생각이 들었다. 어쩌면 그는 지금 이 순간 에드바르다와 그 이야기를 하면서 킬킬거리고 있을지도 모른다. 그는 현관에 지팡이를 놓고 갔다. 아니, 내가 절름발이라 해도 의사와 당당하게 맞설 수는 없을 거라고? 나는 절대로 의사와 당당하게 맞설 수 없을 것이다.

마루 한복판에 서서 나는 총의 공이치기를 당기고 총구를 내 왼쪽 발등에 대고 방아쇠를 당긴다. 총알은 내 발을 관통하고 마루를 통과한다. 이솝이 놀라서 짧게 짖는다.

그 직후, 문을 두드리는 소리가 들린다.

찾아온 사람은 의사였다.

"방해가 되었다면 용서하시오. 나는 우리가 잠깐 이야기를 나누어도 나쁘지 않을 거라고 생각했소. 그런데 당신이 너무 급히 가버리는 바람에…… 아니, 화약 냄새가 나는 것 같은데?"

그는 침착했다.

"에드바르다를 만났나요? 지팡이는 찾았습니까?" 내가 물었다.

"지팡이는 찾았지만, 에드바르다는 잠자리에 들었더군요. 아니, 그건 뭐요? 맙소사, 피를 흘리고 있군!"

"아무것도 아닙니다. 총을 치우고 있었는데, 그만 총이 발사됐어요. 별거 아니에요. 빌어먹을. 내가 왜 이런 말을 하고 있지? 그래, 지팡이는 찾았나요?"

그는 갈가리 찢어진 내 부츠와 흘러나오는 피를 바라보고 있었다. 그러다가 재빠른 동작으로 지팡이를 내려놓고 장갑을 벗었다.

"좀 가만히 있어요. 부츠를 벗겨야 하니까. 총소리를 들었다고 생각했는데, 정말 그랬군."


# 18

나중에 나는 그 미친 총질을 얼마나 후회했는지 모른다. 모두 쓸데없는 짓이었고 아무 도움도 안 되었지만, 나는 몇 주 동안이나 오두막에 꼼짝없이 묶여 있어야 했다. 그때의 괴로움과 불편은 아직도 내 마음에 생생하게 남아 있다. 파출부는 날마다 오두막에 와서 내 주위에 있어야 했고, 가게에서 식품을 사고 살림을 돌봐야 했다. 몇 주가 지났다. 이거야 원!

하루는 의사가 찾아와서 에드바르다에 대해 이야기하기 시작했다. 나는 그녀가 무슨 말을 했고 어떤 행동을 했는지를 들었지만, 이제는 나에게 별로 중요하지 않았다. 의사가 나와는 상관없는 일에 대해 이야기하고 있는 것만 같았다. 사람은 얼마나 빨리 잊을 수 있는가! 나는 자신에게 놀라면서 생각했다.

"당신이 물으니까 하는 말이지만, 에드바르다를 어떻게 생각하십니까? 사실대로 말하면 나는 몇 주 동안 에드바르다를 생각하지 않았어요. 잠깐만요. 당신들 두 사람 사이에는 뭔가가 있었던 것 같은데…… 자주 함께 있었고, 섬으로 소풍을 갔을 때는 당신이 주인 노릇을 했고 에드바르다는 안주인 역할을 했지요. 아니라고 하지 마세요. 분명히 무언가가 있었어요. 어떤 양해 같은 게. 아니, 대답하지 마세요. 나한테 설명하실 필요는 없습니다. 뭔가 알아내려고 묻는 게 아니에요. 괜찮으시다면 다른 이야기를 합시다. 나는 언제쯤이면 다시 걸을 수 있을까요?"

나는 거기에 앉아서 내가 한 말을 생각했다. 왜 나는 의사가 의견을 말할까봐 속으로 두려워했지? 에드바르다는 나에게 어떤 존재였지? 나는 그녀를 잊어버렸다.

나중에 에드바르다가 다시 화제에 올랐고, 또다시 나는 의사의 말을 가로막았다. 내가 듣기를 두려워한 말이 무엇이었는지는 하느님만이 아실 것이다.

"왜 내 말을 가로막는 거요?" 그가 말했다. "그냥 참고 들을 수는 없나요?"

"좋습니다. 말해보세요. 에드바르다를 어떻게 생각하시는지, 당신의 정직한 의견은 뭡니까? 그걸 알고 싶군요."

그는 의심스러운 눈으로 나를 바라보았다.

"내 정직한 의견?"

"어쩌면 오늘 당신은 나한테 전할 소식이 있는지도 몰라요. 에드바르다한테 청혼해서 승낙을 받았는지도 모르죠. 축하해도 될까요? 아니라고요? 나는 절대로 당신 말을 믿지 않아요. 하하하!"

"그러니까 당신이 두려워한 게 그거요?"

"두려워한다고요?"

침묵.

"나는 청혼하지도 않았고 승낙을 받지도 않았소. 어쩌면 당신은 청혼했을지 모르지만, 아무도 에드바르다에게 청혼하지 않아요. 에드바르다 자신이 좋아하는 사람을 선택하니까. 그가 누구든 말이오. 당신은 에드바르다를 어떻게 생각하시오? 단순한 시골 처녀로 생각하시오? 여기 노를란에서 사람들과 함께 지내면서 당신 눈으로 직접 보았잖소. 에드바르다는 회초리를 더 맞아야 할 어린애이고 변덕스러운 여자요. 냉정하다고? 겁이 없을 뿐이오. 따뜻하다고? 사실은 얼음처럼 차가운 여자요. 그럼 에드바르다는 뭐냐? 열예닐곱 살의 소녀지. 그렇지만 이 소녀한테 영향을 미치려고 들면 당신의 모든 노력은 비웃음만 사게 될 거요. 아버지도 딸을 뜻대로 다루지 못해요. 에드바르다가 겉으로는 아버지한테 순종하는 것처럼 보이지만, 실제로는 제 마음대로요. 에드바르다는 당신이 짐승 같은 눈을 가졌다고 하더군……."

"아닙니다. 내가 짐승 같은 눈을 가졌다고 말하는 건 다른 여자예요."

"다른 여자? 누구?"

"그건 모르겠어요. 에드바르다의 친구들 가운데 하나예요. 어쨌든 그렇게 말하는 건 에드바르다가 아닙니다. 아니, 잠깐만요. 어쩌면 그게 사실은 에드바르다 자신일지도 모르겠군요."

"당신이 바라보면 자기한테 아주 큰 영향을 미친다고 에드바르다가 말하더군요. 하지만 그게 당신을 에드바르다와 털끝만큼이라도 더 가깝게 해줄 것 같소? 그렇지 않아요. 당신 눈을 아끼지 말고 뚫어지게 에드바르다를 바라보시오. 에드바르다는 당신에게 영향을 받고 있다는 것을 알아차리자마자 속으로 이렇게 생각할 거요. 저기 서서 나를 바라보고 있는 저 남자는 자기가 게임에서 이겼다고 생각하겠지? 그러고는 한 번의 눈길이나 차가운 말 한 마디로 당신을 100킬로미터 밖으로 보내버릴 거요. 내가 에드바르다를 모르는 줄 아시오? 당신은 에드바르다를 몇 살로 생각하시오?"

"에드바르다는 38년에 태어났잖습니까?"

"거짓말이오. 내가 재미 삼아 조사해봤는데, 에드바르다는 열다섯 살이라 해도 문제없이 통할 수 있지만, 사실은 스무 살이오. 행복한 영혼은 아니란 얘기지. 그 작은 머릿속에서는 수많은 싸움이 벌어지고 있소. 에드바르다가 산이나 바다를 바라보고 있을 때, 에드바르다의 입술이 어떤 표정, 고통스러운 표정을 띨 때, 에드바르다는 비참해요. 하지만 자존심이 강하고 고집이 세서 절대로 울지 않아요. 모험심이 강하고 열렬한 상상력을 갖고 있지요. 에드바르다는 왕자님을 기다리고 있단 얘기요. 그런데 당신이 5달러짜리 지폐를 주었다는 이야기는 뭐요?"

"농담입니다. 아니, 그건 아무것도 아니었어요."

"그것도 꽤 중요한 일이었소. 에드바르다는 언젠가 나한테도 비슷한 짓을 했지요. 1년쯤 전이었는데, 우리는 그때 항구에 정박해 있는 우편선에 타고 있었소. 춥고 비가 오는 날이었지요. 모녀가 꽁꽁 언 채 갑판에 앉아 있었소. 에드바르다는 여자한테 '춥지 않으세요?' 하고 물었소. 물론 여자는 춥다고 대답했지요. '아이도 춥지 않을까요?' 아이도 물론 추웠지요. '그럼 선실로 들어가지 그러세요?' 에드바르다가 말하니까, 여자는 '나는 3등실 표를 끊었어요' 하고 대답했소. 에드바르다는 나를 쳐다보면서 '이 여자는 3등실 표만 갖고 있대요' 하는 거요. 그래서 나는 속으로, '우리가 뭘 어떻게 할 수 있겠어?' 하고 대답했지요. 나는 부자로 태어나지 않았소. 맨주먹으로 시작해서 고생 끝에 여기까지 올라온 거요. 나는 내가 쓰는 돈을 항상 계산하지요. 그래서 나는 그 여자 곁을 떠났소. 누군가가 그 모녀를 위해 돈을 써야 한다면 에드바르다가 쓰게 하자, 에드바르다와 그 애 아버지는 나보다 여유가 있으니까 하고 생각하면서 말이오. 아니나 다를까, 에드바르다는 정말로 돈을 냈던 거요. 그 점에서 에드바르다는 훌륭한 여자요. 인정머리가 없지는 않아요. 하지만 에드바르다는 그 모녀를 위해 내가 선실 값을 내주기를 기대했을 거요. 그건 내가 지금 여기 앉아 있는 것만큼 확실해요. 나는 에드바르다의 눈빛을 보고 그걸 알 수 있었소. 그다음엔 무슨 일이 일어났냐고? 여자는 일어나더니 도와주어서 고맙다고 말했소. 그러자 에드바르다가 어떻게 한 줄 아시오? 눈 하나 깜짝이지 않고 나를 가리키면서 대답하는 거였소. '나한테 고마워하지 말고 저기 있는 저 신사분에게 감사하세요.' 어떻게 생각하시오? 나는 그 여자가 나한테도 감사하는 것을 들었지만, 대답할 말이 생각나지 않았소. 나는 일이 돌아가는 대로 내버려둘 수밖에 없었소. 그건 하나의 에피소드일 뿐이지만, 그 밖에도 몇 가지를 더 말할 수 있어요. 노잡이에게 준 5달러는 에드바르다가 직접 준 거였소. 당신이 주었다면 에드바르다는 당신 목을 얼싸안았을 거요. 당신은 낡아빠진 구두 한 짝을 위해 그런 터무니없는 짓을 저지른 호방한 남자가 되었어야 했는데. 그랬다면 당신은 에드바르다가 그리는 이상형에 들어맞았을 텐데. 어쨌든 에드바르다는 그렇게 결정했겠지. 그런데 당신이 그렇게 하지 않자 에드바르다가 당신 이름으로 그렇게 한 거요. 그게 에드바르다의 방식이지. 비합리적인 동시에 타산적인."

"그럼 아무도 에드바르다의 마음을 얻을 수 없나요?" 내가 물었다.

"에드바르다는 훈련을 받아야 해요." 의사는 회피적으로 대답했다. "여기에는 뭔가 잘못된 게 있소. 에드바르다는 너무 제멋대로요. 자기가 원하는 것은 뭐든지 할 수 있고, 자기가 원할 때는 언제든 승리를 거둘 수 있지. 사람들은 에드바르다의 응석을 받아주고, 절대로 냉정하게 대하지 않아요. 에드바르다가 영향을 미칠 수 있는 누군가가 항상 가까이에 있지. 내가 에드바르다를 어떻게 대하는지 알아차렸소? 초등학교 학생처럼, 어린 계집아이처럼 대하지. 나는 에드바르다에게 호통을 치고, 에드바르다의 말을 나무라고, 에드바르다에게 주의를 기울이

다가 그 자리에서 평가를 내리지. 에드바르다가 그걸 알아차리지 못할 것 같소? 에드바르다는 너무 자존심이 강하고 고집이 세서 매번 상처를 입지만, 너무 자존심이 강해서 자기가 상처받았다는 것을 드러낼 수가 없어요. 어쨌든 에드바르다는 그렇게 다루어야 해요. 당신이 이곳에 왔을 때, 나는 벌써 1년 동안 에드바르다를 훈련해서 효과를 보기 시작한 참이었소. 에드바르다는 괴롭고 속이 상해서 울곤 했지만, 좀 더 합리적인 사람이 됐지요. 그때 당신이 와서 모든 걸 망쳐버린 거요. 그게 세상 이치요. 한 사람이 놓아주면 다른 사람이 나타나 에드바르다를 손에 넣지. 당신 다음에는 아마 세 번째 사람이 나타날 거요. 그걸 누가 알겠소."

아하, 의사는 뭔가 이유가 있어서 에드바르다에게 앙갚음을 하고 싶어 하는군.

"이젠 말해보세요. 일부러 이런 이야기를 나한테 하는 이유가 뭡니까? 당신이 에드바르다를 교육하는 것을 내가 도와줄 거라고 기대하세요?"

"에드바르다는 화산처럼 뜨거운 여자요." 의사는 내 질문을 무시하고 말을 이었다. "당신은 누군가가 에드바르다의 마음을 얻을 수 있느냐고 물었지요? 물론 얻을 수 있고말고. 왜 안 되겠소? 에드바르다는 왕자님을 기다리고 있소. 그런데 왕자는 아직 오지 않았고, 에드바르다는 차례로 실수를 저지르고 있는 거요. 에드바르다는 당신을 왕자로 생각했소. 특히 당신은 짐승 같은 눈을 가졌으니까. 하하하! 이봐요, 글란 중위. 당신은 하다못해 군복이라도 가져왔어야 했어요. 그랬다면 지금쯤 상당히 유용하게 쓰였을 거요. 왜 누군가가 에드바르다의 마음을 얻을 수 없겠소? 나는 언젠가 본 적이 있어요. 누군가가 다가와 자기를 붙잡고 어딘가로 데려가서 자신의 몸과 영혼을 지배해주기를 기다리며 에드바르다가 손을 쥐어짜는 것을 말이오. 그래요. 하지만 그 누군가는 어딘가 밖에서 들어와야 해요. 어느 날 갑자기, 상당히 특별한 존재로 나타나야 해요. 마크 씨가 긴 여행을 떠날 거라는 예감이 드는군요. 아마 그 여행의 배후에는 뭔가 목적이 있을 거요. 마크 씨는 전에도 여행을 떠난 적이 있었는데, 그가 돌아왔을 때는 한 신사를 대동하고 있었소."

"신사를 대동했다고요?"

"하지만 그 남자는 아무 쓸모도 없었소." 의사는 괴로운 웃음소리를 내면서 말했다. "그는 내 나이 또래였고, 나처럼 역시 다리를 절었지. 그는 왕자님이 아니었소."

"그런데 그 남자는 어디로 갔습니까?" 나는 의사를 뚫어지게 바라보며 물었다.

"어디로 갔느냐고? 그건 나도 모르겠소." 의사는 당황하여 대답했다. "이야기를 너무 오래 했군. 당신 발은…… 일주일쯤 지나면 걸을 수 있을 거요. 그럼 나중에 또 봅시다."

# 19

오두막 밖에서 한 여자의 목소리가 들린다. 피가 머리로 올라온다. 에드바르다의 목소리다.

"글란! 글란이 아프다면서요?"

파출부가 문밖에서 대답한다.

"이제 거의 다 나았어요."

그 '글란, 글란!' 하는 목소리가 내 골수에 사무쳤다. 그녀는 내 이름을 두 번 말했다. 그것이 내 마음을 움직였다. 그녀의 목소리는 맑았지만 떨리고 있었다.

그녀는 노크도 하지 않고 문을 열었다. 그리고 서둘러 안으로 들어와 나를 바라보았다. 갑자기 옛날이 다시 돌아온 것 같았다. 그녀는 물들인 웃옷을 입었고, 허리가 길어 보이도록 앞치마를 좀 낮게 묶고 있었다. 나는 그 모든 것을 한눈에 보았고, 그녀의 눈에 떠오른 표정, 이마 쪽으로 높게 구부러진 눈썹과 갈색 얼굴, 기묘하게 부드러운 손짓—그 모든 것이 나에게 너무 강한 인상으로 다가왔기 때문에 나는 당황했다. 내가 '저 여자'랑 키스했어! 나는 생각했다. 그리고 일어나서 그 자리에 그냥 서 있었다.

"일어나는군요. 설 수 있군요!" 그녀가 말했다. "하지만 앉으세요. 발이 아프잖아요. 당신 손으로 쏘았죠. 맙소사. 어떻게 그런 일이 일어난 거예요? 나는 방금 알았어요. 그동안 줄곧 생각했죠. 글란은 어떻게 된 거지? 이젠 오지 않아, 하고 말이에요. 나는 아무것도 몰랐어요. 듣자니까 당신이 몇 주 전에 자기 발을 쏘았다고 하던데, 난 까맣게 모르고 있었어요. 당신을 사랑해요. 당신이 다리를 절지 않게 된 것을 하느님께 감사드려요. 내가 이런 식으로 찾아온 것을 용서해주세요. 나는 걸어왔다기보다 달려왔어요……."

그녀는 내 쪽으로 허리를 숙였다. 그녀가 너무 가까이 있어서 내 얼굴에 닿는 그녀의 입김이 느껴졌다. 나는 그녀를 잡으려고 두 손을 내밀었다. 그러자 그녀는 뒤로 물러섰다. 그녀의 눈은 아직도 촉촉이 젖어 있었다.

"사실은 이렇게 된 거야." 나는 더듬거리며 말했다. "총을 구석으로 치우고 싶었는데, 총을 제대로 잡고 있지 않았어. 이렇게 거꾸로 잡고 있었지. 그때 갑자기 총성이 들렸어. 그건 사고였어."

"사고……." 그녀는 생각에 잠긴 얼굴로 말하고는 고개를 끄덕였다. "어디 봐요. 왼발이군요. 하지만 왜 왼발이었죠? 아, 사고는 우연히……."

"그래. 우연히." 나는 그녀의 말을 가로막았다. "왜 왼발이었는지, 그건 나도 모르지. 어떻게 알 수 있겠어? 나는 총을 이런 식으로 잡고 있었으니까 오른발을 쏠 수는 없었어. 별로 재미있지는 않았어."

그녀는 생각에 잠긴 얼굴로 나를 바라보았다.

"어쨌든 당신은 아주 잘 회복되고 있어요." 그녀는 오두막을 둘러보면서 말했다. "왜 파출부 아줌마를 우리 집에 보내서 음식을 가져가지 않으셨어요? 그동안 뭘 먹고 살았어요?"

우리는 그 후에도 몇 분 동안 이야기를 나누었다. 나는 그녀에게 말했다.

"네가 여기 들어왔을 때, 네 얼굴은 다정했고 눈은 빛났고 너는 나에게 손을 내밀었지. 그런데 지금 네 눈은 다시 심드렁해졌어. 내 말이 틀렸나?"

침묵.

"사람이 항상 똑같을 수는 없어요."

"이것만 말해줘. 이번에는 내가 무슨 말이나 행동으로 너를 불쾌하게 했지? 예를 들면 말이야. 그걸 알려주면 나중에 내가 참고할 수 있을 텐데."

그녀는 창밖의 먼 수평선을 바라보고 있었다. 거기 서서 생각에 잠긴 눈으로 앞을 바라보며, 뒤에 앉아 있는 나에게 대답했다.

"아무것도 없어요. 아시다시피 사람은 때로는 자신의 생각을 갖지 않을 수 없어요. 당신은 지금 불만스러운가요? 잊지 마세요. 어떤 사람은 조금 주지만 그게 그 사람한테는 너무 버겁고, 어떤 사람은 모든 것을 주지만 전혀 힘들이지 않고 그렇게 하죠. 그러면 가장 많은 것을 준 사람은 누구죠? 당신은 병석에 누워 있는 동안 우울해졌어요. 어쨌든, 어떻게 우리가 이런 이야기를 하게 됐죠?" 갑자기 그녀가 나를 바라본다. 그녀의 얼굴은 기쁨으로 가득 차 있다. "빨리 나으세요. 우리가 다시 만날 때까지."

이렇게 말하면서 그녀는 손을 내밀었다.

그때 나는 그녀의 손을 받아들이지 않을 생각을 했다. 나는 일어나서 두 손을 등 뒤로 돌리고 허리를 깊이 숙였다. 이것으로 나는 그녀의 친절한 방문에 감사할 작정이었다.

"더 멀리까지 바래다주지 못해서 미안해." 내가 말했다.

그녀가 떠나자 나는 모든 상황을 다시 검토하기 시작했다. 그리고 군복을 보내달라고 부탁하는 편지를 썼다.


## 20


숲 속에서의 첫날.

나는 행복했지만 기운이 없었다. 동물들이 가까이 다가와서 나를 살펴보았다. 잎이 우거진 나무에는 딱정벌레들이 있었고, 딱정벌레들이 길을 기어가고 있었다. 이봐, 안녕! 숲의 분위기가 내 감각기관으로 흘러왔다가 흘러 나갔고, 나는 숲에 대한 사랑 때문에 눈물이 났다. 나는 더없이 행복했고, 그 행복한 기분은 하느님에 대한 감사로 바뀌었다. 아름다운 숲이여, 나의 집이여, 하느님의 평화가 너와 함께 있기를. 이런 말이 마음에서 바로 우러나온다. 나는 멈춰 서서 사방을 둘러보고 눈물을 흘리며 새들과 나무들, 바위, 풀, 개미들의 이름을 부른다. 나는 주위를 둘러보며 하나씩 차례로 그것들의 이름을 말한다. 그리고 고개를 들어 산들을 쳐다보고 생각한다. 그래, 나는 가고 있어. 부름에 응답한 것처럼. 저기, 저 높은 곳에 도롱태는 둥지를 틀었지. 나는 그 매의 둥지들을 알고 있었다. 하지만 높은 산 위에 둥지를 트는 도롱태에 대한 생각이 내 공상을 멀리 데려갔다.

정오 무렵, 나는 노를 저어 작은 섬에 상륙했다. 항구 너머에 있는 암초였다. 내 무릎 높이까지 자란 긴 줄기에 라일락빛 꽃이 피어 있었다. 나는 기묘한 채소와 나무딸기 덤불, 거친 갈퀴덩굴을 헤치고 나갔다. 그 섬에는 동물이 전혀 없었다. 사람도 그곳에 건너간 적이 없었을지 모른다. 바다는 부드럽게 거품을 내며 섬에 부딪히고, 중얼거림의 베일로 나를 감쌌다. 새들이 둥지를 튼 바위 옆에서 바닷새들이 꽥꽥 소리를 지르며 날아다니고 있었다. 하지만 바다는 포옹하듯 사방팔방에서 나를 에워쌌다. 생명과 대지와 하늘에 축복 있으라, 나의 적들에게 축복 있으라—지금이라면 나는 철천지원수에게도 자비심을 보이고 그의 구두끈을 묶어줄 것이다…….

마크 씨의 어선들 가운데 하나에서 그물을 끌어올리는 어부들의 뱃노래가 요란하게 들려온다. 그 귀 익은 소리에 내 가슴은 햇빛으로 가득 찬다. 나는 부두로 배를 저어 돌아가 어부들의 작업장을 지나서 집으로 돌아간다. 낮이 지나고, 나는 식사를 한다. 이솝과 음식을 나누어 먹고 다시 숲으로 떠난다. 부드러운 바람이 소리도 없이 내 얼굴에 닿는다. 너에게도 축복 있으라. 바람이 내 얼굴로 불어오기 때문에 나는 바람에게 말한다. 축복 있으라. 내 혈관의 피가 고맙다고 깊이 고개를 숙인다! 이솝이 내 무릎에 앞발을 올려놓는다.

피로가 나를 정복하고, 나는 잠이 든다.


딩동! 초인종이 울리고 있나? 바다 쪽으로 몇 킬로미터 떨어진 곳에 산이 하나 있다. 나는 두 가지 기도를 한다. 하나는 내 개를 위해, 하나는 나 자신을 위해. 우리는 산으로 들어간다. 우리 뒤에서 문이 쾅 닫힌다. 나는 흠칫 놀라 잠에서 깨어난다.

타는 듯이 붉은 하늘. 태양은 내 눈앞에서 고동치고, 밤과 수평선은 햇빛과 공명한다. 이솝과 나는 그늘로 들어간다. 사방이 조용하다.

"아니야, 우리는 이제 자지 않을 거야." 나는 이솝에게 말한다. "우리는 내일 사냥을 할 거야. 저 붉은 태양이 우리 위에서 빛나고 있어. 우리는 산에 들어가지 않았어……."

야릇한 기분이 내 마음속에서 살아난다. 피가 머리로 올라온다. 흥분했지만 여전히 쇠약한 나는 누군가가 나에게 키스하는 것을 느낀다. 키스는 내 입술 위에 오랫동안 머물러 있다. 나는 주위를 둘러본다. 아무도 보이지 않는다. "이셸린!" 하고 부른다. 풀밭에서 바스락거리는 소리가 난다. 나뭇잎이 땅에 떨어지는 소리일 수도 있지만, 누군가의 발소리일 수도 있다. 전율이 숲을 휩쓴다. 저것도 이셸린의 입김일 수 있다고 나는 생각한다. 이 숲 속을 이셸린은 헤매 다녔다. 여기서 이셸린은 노란 부츠를 신고 초록빛 외투를 입은 사냥꾼들의 기도에 응답했다. 이셸린은 여기서 몇 킬로미터 떨어진 영지에서 살았다. 4세대 전, 그녀는 자기 방 창가에 앉아 있다가 숲에서 메아리치는 사냥 나팔 소리를 들었다. 숲에는 순록과 늑대와 곰이 있었고, 사냥꾼도 많았다. 그들은 모두 그녀가 성장하는 것을 보았고, 저마다 모두 그녀를 기다렸다. 누구는 그녀의 눈을 보았고, 또 누구는 그녀의 목소리를 들었다. 그녀가 열두 살 때 둔다스가 왔다. 그는 물고기를 거래하는 스코틀랜드 사람이었고, 많은 배를 소유하고 있었다. 그에게는 아들이 하나 있었는데, 이셸린이 젊은 둔다스를 처음 본 것은 열여섯 살 때였다. 그는 그녀의 첫사랑이었다.

그런 야릇한 기분이 내 몸속을 흐른다. 그곳에 앉아 있는 동안 내 머리는 점점 무거워진다. 나는 눈을 감고 다시 이셸린의 입맞춤을 느낀다. 이셸린, 생명의 연인, 거기 있어요? 디데릭도 함께 있나요? ……하지만 내 머리는 점점 더 무거워지고, 나는 잠의 물결에 실려 나간다.


딩동! 목소리가 말한다. 내 피 속에서 플레이아데스*가 노래를 부르고 있는 것 같다. 그것은 이셸린의 목소리다.

"잠을 자요, 잠을 자세요! 당신이 자고 있는 동안 내 사랑에 대해 말해줄게요. 내 첫날밤에 대해 말해줄게요. 그때 나는 열여섯 살이었어요. 포근한 바람이 부는 봄날이었죠. 둔다스가

---

*그리스 신화에 나오는 아틀라스와 플레이오네 사이에서 태어난 일곱 자매.

왔답니다. 독수리가 급강하하는 것 같았어요. 어느 날 아침 사냥을 하러 가기 전에 그를 만났죠. 그는 스물다섯 살이었고, 먼 여행에서 막 돌아온 참이었어요. 그는 정원에서 내 옆을 지나갔는데, 그가 팔꿈치로 나를 스쳤을 때 나는 그를 사랑하기 시작했어요. 그는 열병에 걸린 것처럼 붉은 종기 두 개가 이마에 나 있었어요. 나는 그 두 개의 종기에 입을 맞출 수도 있었을 거예요.

사냥을 마치고 저녁에 나는 정원으로 그를 찾으러 갔어요. 그러면서도 그를 찾게 될까봐 두려웠죠. 나는 낮은 소리로 그의 이름을 불렀지만, 그가 내 목소리를 듣지나 않을까 두려웠어요. 그때 그가 덤불에서 나와 속삭였어요. '오늘 밤 한 시!' 그러고는 사라져버렸죠.

오늘 밤 한 시. 그게 무슨 뜻이지? 나는 이해하지 못했어요. 아마 오늘 밤 한 시에 다시 길을 떠난다는 뜻일 거야. 하지만 그가 떠난다 해도 그게 나와 무슨 상관이지?

그래서 나는 내 방문을 잠그는 걸 깜빡했던 거예요.

밤 한 시에 그가 내 방으로 들어왔답니다.

'방문이 잠겨 있지 않았나요?' 내가 물었죠.

'내가 잠글게.' 그가 말하더군요.

그러고는 문을 잠그고 우리를 방 안에 가두었어요.

나는 그의 무거운 부츠 소리 때문에 불안했어요. 그래서 '하녀를 깨우지 마세요!' 하고 말했죠. 삐걱거리는 의자도 불안했어요. 그래서 '그 의자에는 앉지 마세요. 삐걱거리니까!' 하고 말했어요.

'그럼 너랑 소파에 앉아도 돼?' 그가 묻더군요.

'네, 좋아요' 하고 나는 말했죠. 하지만 나는 의자가 삐걱거렸기 때문에 그렇게 말했을 뿐이에요.

우리는 소파에 나란히 앉았어요. 내가 몸을 떼면 그는 더 바싹 다가왔어요. 나는 눈을 내리깔았어요.

'몸이 차군.' 그가 내 손을 잡으면서 말했어요. '몸이 너무 차가워!' 그러고는 팔로 나를 껴안았어요.

그의 품안에서 나는 몸이 점점 따뜻해졌어요. 우리는 한동안 그렇게 앉아 있었답니다.

수탉 우는 소리.

'들었어?' 그가 말했어요. '수탉이 울었어. 이제 곧 아침이 올 거야.'

그는 나를 만졌고, 나는 어쩔 줄 몰랐어요.

'수탉이 울었으면 그렇겠죠.' 나는 더듬거리며 말했어요.

또다시 나는 그의 이마에 난 종기 두 개를 보고, 일어나려고 애썼어요. 그러자 그는 내가 일어나지 못하게 붙잡았고, 나는 사랑스러운 종기 두 개에 입을 맞추고 그를 위해 눈을 감았어요…….

이윽고 날이 밝았어요. 벌써 아침이었죠. 나는 잠에서 깨어났지만, 내 방의 벽을 알아보지 못했어요. 나는 일어났지만, 내 작은 구두도 알아보지 못했어요. 무언가가 내 온몸에 잔물결을 일으켰어요. 내 몸에 일어나는 이 잔물결은 도대체 뭐지? 나는 웃으면서 생각했어요. 지금 시계가 몇 시를 쳤지? 나는 아무것도 알 수가 없었어요. 내가 방문을 잠그는 걸 잊었다는 것밖에는 아무것도 기억나지 않았어요.

하녀가 들어왔어요.

'꽃에 물을 주지 않았군요.' 하녀가 말했어요.

'꽃을 까맣게 잊고 있었어.' 내가 말했죠.

'드레스가 구겨졌군요.' 하녀가 말했어요.

'도대체 어디서 구겨졌지?' 나는 속으로 웃으면서 말했죠.

그때 마차 한 대가 정원문 쪽으로 올라왔어요.

'고양이한테 우유도 주지 않았어요.' 하녀가 말했어요.

하지만 나는 꽃과 드레스와 고양이를 잊어버리고, 하녀한테 이렇게 물었죠.

'밖에 누가 와 있지? 둔다스? 그럼 당장 들어오라고 부탁해 줘. 나는 그이를 기다리고 있어. 무슨 일인가가 있었어…… 무슨 일인가가…….'

그리고 속으로 생각해요. 그는 내 방에 오면 또 문을 잠글까?

그가 문을 두드렸어요. 나는 문을 열고, 그를 위해 이번에는 내가 문을 잠갔죠.

'이셀린!' 그가 외치고는 꼬박 1분 동안 내 입술에 키스했어요.

'나는 당신을 부르러 사람을 보내지 않았어요.' 내가 속삭였죠.

'그래?' 그가 물었어요.

또다시 나는 어쩔 줄 모르고 대답했죠.

'아니, 당신을 부르러 사람을 보냈어요. 말할 수 없이 당신이 보고 싶었어요. 잠시 여기 있어주세요.'

나는 좋아서 두 손을 내 눈앞에 들어 올렸어요. 그는 나를 놓아주지 않았고, 나는 황홀경에 빠져 그의 가슴에 나를 감추었지요.

'또 무언가가 우는 소리가 들리는 것 같아.' 그가 귀를 기울이면서 말했어요.

하지만 나는 그의 말을 듣자 최대한 빨리 그를 가로막고 대답했어요.

'아뇨, 아무것도 울고 있지 않아요.'

그는 내 가슴에 입을 맞추었어요.

'잠깐만 기다려. 내가 문을 잠글 테니까.' 그가 일어나려고 하더군요.

'문은 잠겨 있어요.' 나는 그를 말렸지요.

이윽고 다시 저녁이 되었고, 둔다스는 떠났어요. 황금빛 잔물결이 나를 꿰뚫었죠. 나는 거울 앞에 서서 사랑에 빠진 두 눈으로 나를 바라보았어요. 내 눈길을 받고 무언가가 내 안에서 꿈틀거렸죠. 나는 내 심장 주위에 잔물결이 차례로 일어나는 것을 느꼈어요. 나는 그때까지 그런 눈으로 나 자신을 바라본 적이 없었어요. 나는 거울 속에서 내 입술에 사랑의 키스를 던졌답니다……

나는 지금 내 첫날밤과 그다음 날 아침과 저녁에 대해 말했어요. 나중에 스벤 헤를루프센에 대해서도 말해줄게요. 나는 그 남자도 사랑했어요. 그는 여기서 10킬로미터쯤 떨어진, 저기 보이는 섬에 살았죠. 바다가 잔잔한 여름밤이면 나는 배를 타고 노를 저어 그에게 가곤 했어요. 그를 사랑했으니까요. 스타메르에 대해서도 말해줄게요. 그 사람은 목사였는데, 나는 그 사람도 사랑했어요. 나는 모든 사람을 사랑해……."

잠을 자는 동안, 나는 시릴룬에서 수탉 한 마리가 우는 소리를 듣는다.

"당신도 들었나요, 이셀린? 우리를 위해서도 수탉이 울었어요!" 나는 두 팔을 뻗으면서 즐겁게 외친다. 나는 깨어난다. 이솝은 벌써 일어서 있다. "갔구나!" 나는 지독한 슬픔에 잠겨 말하고 주위를 둘러본다. 아무도 없다. 아무도! 나는 화가 나고 흥분하여 집으로 걸어간다. 아침이다. 시릴룬에서는 수탉이 계속 울고 있다.

오두막 옆에 여자가 서 있다. 에바다. 그녀는 손에 밧줄을 들고 땔나무를 가지러 가는 길이다. 그녀는 인생의 첫 아침 같은 분위기를 갖고 있다. 그녀의 젖가슴이 오르내린다. 태양이 그녀 위에 금빛을 흩뿌린다.

"멋대로 상상하지 마세요." 그녀가 더듬거리며 말한다.

"뭘 상상하지 말라는 거지?"

"당신을 만나러 이쪽으로 온 게 아니에요. 그냥 지나가는 길이었어요."

그녀의 얼굴이 홍조로 어두워진다.

# 21

내 발은 계속 나에게 불편과 고통을 주었다. 밤에는 자주 가려워서 잠을 깨웠고, 갑자기 쑤시는 듯한 아픔이 발을 꿰뚫곤 했다. 날씨가 바뀌면 발은 류머티즘으로 가득 찼다. 고통은 오랫동안 계속되었다. 하지만 내가 발을 절게 되지는 않을 터였다.

며칠이 지났다.

마크 씨가 돌아왔다. 그가 보트를 가져가버리는 바람에 나는 아주 곤란한 처지에 놓이게 되었다. 아직도 수렵 금지 기간이어서 내가 잡을 수 있는 사냥감이 전혀 없었다. 하지만 그는 왜 그런 식으로 보트를 앗아갔을까? 마크 씨 밑에서 일하는 일꾼 두 명이 아침에 낯선 사람을 배에 태워 바다로 나갔다.

나는 의사를 만났다.

"보트를 가져갔어요." 내가 말했다.

"손님이 왔어요." 의사가 말했다. "날마다 그 사람을 배에 태워 바다로 나가고, 저녁에는 다시 데려와야 하거든. 그 사람은 해저를 조사하고 있지요."

손님은 핀란드 사람이었다. 마크 씨는 배에서 우연히 그를 만났다고 한다. 그는 조가비와 작은 해양동물 몇 개의 표본을 갖고 스피츠베르겐*에서 왔다. 사람들은 그를 남작이라고 불렀다. 마크 씨는 자택의 커다란 객실과 침실 하나를 그에게 내주

---

*북극해에 있는 노르웨이령 스발바르 제도에서 제일 큰 섬.

었다. 그는 많은 관심을 끌었다.

나는 고기가 떨어졌기 때문에, 저녁에 먹을 음식을 에드바르다에게 부탁하기로 마음먹었다. 그래서 천천히 시릴룬으로 내려갔다. 나는 에드바르다가 새 옷을 입고 있는 것을 당장 알아차렸다. 그녀는 키가 더 자란 것처럼 보이고, 드레스는 너무 길어 보였다.

"일어나지 못하는 걸 용서하세요." 그녀는 짤막하게 말하고 나에게 손을 내밀었다.

"아무래도 내 딸이 병에 걸린 것 같네." 마크 씨가 말했다. "감기야. 에드바르다가 부주의했어. 자네는 아마 보트에 대해 알아보러 왔겠지? 다른 배를 빌려주겠네. 그 배는 노가 네 개야. 새 배는 아니지만, 바닥에 괸 물을 계속 퍼내기만 하면 괜찮아. 자네도 알다시피 우리 집에는 과학자가 손님으로 와 있다네. 자네는 이해할 거야. 그 사람은 낭비할 시간이 없고, 온종일 일하고 저녁때가 되어서야 집에 온다네. 지금 가지 말고 그 사람이 오면 만나보게. 아는 사이가 되면 자네도 흥미로울 거야. 여기 그 사람 명함이 있네. 명함에 귀족의 보관이 박혀 있지. 남작이라네. 매력적인 사람이야. 나는 아주 우연히 그 사람을 만나게 됐지."

아하, 저녁 초대는 받지 못하겠군. 다행히 나는 탐색하러 왔을 뿐이야. 다시 집에 가면 돼. 오두막에는 생선이 조금 남아 있으니까, 어떻게든 식사를 마련할 수 있을 거야.

남작이 왔다. 마흔 살쯤 된 작달막한 남자였다. 길쭉하고 좁은 얼굴, 튀어나온 광대뼈, 숱이 적은 검은 턱수염. 날카로운 눈을 갖고 있었지만, 도수 높은 안경을 쓰고 있었다. 옷에 달린 장식 단추에도 명함에 박힌 것과 같은 오각형의 보관이 새겨져 있었다. 그는 등이 조금 구부정했고, 여윈 손에는 푸른 혈관이 도드라져 있었다. 하지만 그의 손톱은 노란 금속으로 만들어진 것처럼 보였다.

"만나서 반갑소, 중위. 여기에 온 지는 오래됐나요?"

"몇 달 됐습니다."

유쾌한 남자였다. 마크 씨는 그의 조가비와 해양동물에 대해 말해달라고 열심히 권했고, 그는 기꺼이 그 이야기를 해주었다. 그는 코르홀메르네 근처에 있는 진흙의 종류에 대해 설명하고, 객실에 가서 백해*의 해초 표본을 가져왔다. 그는 끊임없이 오른손 집게손가락을 들어 올려 코에 걸린 두꺼운 금테 안경을 위아래로 움직였다. 마크 씨는 강한 관심을 보였다. 한 시간이 지났다.

남작은 내 사고에 대해, 내 불운한 오발 사건에 대해 이야기했다. 이제 다시 좋아졌나요? 정말로요? 그 말을 들으니 기쁘군요.

내 사고 이야기를 그에게 한 사람이 누구인지, 궁금한 생각이 들었다.

"내 사고 이야기는 누구한테 들으셨습니까?" 내가 물었다.

*러시아의 서북부에 있는 북극해의 만. 콜라 반도와 카닌 반도에 둘러싸여 있다.

"누구한테 들었냐고요? 글쎄, 그게 누구였더라? 아마 마크 양일 겁니다. 그렇죠, 마크 양?"

에드바르다의 얼굴이 새빨개졌다.

나는 며칠 동안 우울한 절망에 짓눌려 너무 비참한 상태로 그곳에 왔지만, 이방인의 마지막 말을 듣자마자 당장 기쁨으로 온몸이 떨렸다. 나는 에드바르다를 보지 않은 채 속으로 생각했다. 어쨌든 나에 대해 말해줘서 고마워. 내 이름이 이제는 너한테 중요하지 않겠지만, 네 입술로 내 이름을 말해줘서 고마워. 잘 자.

나는 작별 인사를 했다. 에드바르다는 전처럼 의자에 앉은 채, 몸이 불편하다고 예의상 변명했다. 그녀는 무관심하게 나에게 손을 내밀었다.

그리고 마크 씨는 남작과 열심히 이야기를 나누고 있었다. 그는 할아버지인 마크 영사에 대해 이야기하는 중이었다.

"벌써 말씀드렸을지도 모르지만, 이 장식핀은 카를 요한 왕께서 손수 내 할아버지의 가슴에 꽂아준 것이랍니다."

나는 현관 앞 계단으로 나갔다. 아무도 나를 배웅하지 않았다. 지나가면서 거실 창문으로 안을 들여다보니, 거기에 에드바르다가 서 있었다. 키 큰 그녀가 똑바로 서서 두 손으로 커튼을 젖히고 밖을 내다보고 있었다. 나는 그녀에게 고개 숙여 인사하지 않았다. 사실 나는 모든 것을 잊어버렸다. 혼란의 급류가 나를 순식간에 다른 곳으로 데려갔다.

잠깐만 멈춰 서! 나는 숲에 이르렀을 때 나 자신에게 말했다. 이런 상태는 끝나야 해! 갑자기 나는 분노로 몸이 뜨거워져서 신음 소리를 냈다. 이제 내 가슴에는 자존심 따위는 전혀 없었다. 나는 기껏해야 일주일 동안 에드바르다에게 특별한 사랑을 받았지만, 그것도 이제는 먼 과거였다. 하지만 나는 그에 맞게 행동하지 못했다. 지금부터 내 가슴은 그녀에게 외칠 것이다. 내 앞길에 있는 먼지, 공기, 흙, 맹세코…….

나는 오두막에 돌아와서 생선을 꺼내 식사를 했다.

너는 여기서 야비한 소녀 때문에 네 생명을 불태우고, 너의 밤은 공허한 꿈으로 가득 차 있구나. 그리고 뜨거운 바람이 네 머리에 달라붙어 있어. 악취 나는 해묵은 바람이. 하지만 하늘은 아름다운 푸른빛으로 떨리고, 산들이 부르고 있구나. 가자, 이솝!

## 22

일주일이 지났다. 나는 대장장이의 보트를 빌려, 식량을 마련하기 위해 낚시를 하러 갔다. 에드바르다는 남작이 저녁에 바다에서 돌아오면 항상 함께 있었다. 나는 그들을 물방앗간에서 한 번 보았다. 어느 날 저녁에 그들은 함께 내 오두막 앞을 지나갔다. 나는 창가에서 물러나, 만약의 경우에 대비하여 조용히 문을 닫았다. 그들이 함께 있는 것을 보아도 나는 아무렇지도 않았다. 그저 어깨만 으쓱했을 뿐이다. 어느 날 저녁에는 길에서 마주쳤다. 우리는 서로 고개 숙여 인사를 했다. 나는 남작이 먼저 나한테 인사하게 한 다음, 무례하게 굴려고 손가락 두 개를 내 모자에 슬쩍 대기만 했다. 나는 느린 걸음으로 그들을 지나치면서 무관심하게 그들을 바라보았다.

또 하루가 지나갔다.

이제는 지나가버린 그 긴 날들! 나는 낙담에 사로잡혔다. 내 마음은 이렇다 할 목적도 없는 생각에 잠기고, 오두막 옆에 있는 우호적인 회색 바위조차도 내가 지나가면 고통과 절망에 빠진 표정으로 거기에 앉아 있는 것처럼 보였다. 비가 쏟아질 것 같았다. 더위는 내가 어느 쪽으로 돌아서도 내 앞에서 심하게 헐떡거리고 있었다. 내 왼발은 류머티즘에 걸렸고, 나는 마크 씨의 말 한 마리가 아침에 마차에 묶인 채 몸을 부르르 떠는 것을 보았다. 이 모든 것이 나에게는 날씨를 알려주는 징조로 의미를 갖고 있었다. 이런 날씨가 계속되는 동안 식량을 비축해 두는 게 좋겠다고 생각했다.

나는 이솝을 묶어놓은 다음, 낚시 도구와 총을 들고 부두로 내려갔다. 평소와는 달리 이상하게 마음이 무거웠다.

"우편선은 언제 도착합니까?" 한 어부에게 물었다.

"우편선요? 3주는 지나야 올 겁니다." 어부가 대답했다.

"내 군복이 오기를 기다리고 있지요." 내가 말했다.

그 후 나는 마크 씨의 가게 점원 한 사람을 만났다. 나는 그의 손을 잡고 말했다.

"시릴룬에서는 이제 더 이상 카드놀이를 하지 않나?"

"합니다. 자주 하죠." 그가 대답했다.

침묵.

"최근에는 그 모임에 참석하지 못했어." 내가 말했다.

나는 내 낚시터로 노를 저어 나갔다. 날씨는 숨 막힐 듯 답답해졌고, 모기들이 떼로 모여들었다. 나는 모기를 쫓으려고 계속 담배를 피워야 했다. 대구가 입질을 하고 있었다. 나는 쌍낚싯바늘을 써서 꽤 많은 물고기를 잡았다. 돌아오는 길에는 바다오리 한 쌍을 총으로 잡았다.

부두에 도착하자 대장장이가 있었다. 그는 일을 하고 있었다. 문득 어떤 생각이 떠올라서 그에게 물었다.

"우리 집 쪽으로 가실 겁니까?"

"아니요. 마크 씨가 나한테 일거리를 주었는데, 그 일을 하려면 자정까지는 계속 바쁠 겁니다."

나는 잘됐다고 생각하면서 고개를 끄덕였다.

나는 수확물을 들고 출발하여, 대장장이의 집 쪽으로 돌아갔다. 에바는 혼자 집에 있었다.

"나는 진심으로 너를 그리워했어." 그녀에게 말했다. 그녀를 보고 나는 감동했다. 그녀는 너무 놀라서 나를 제대로 쳐다보지도 못했다. "나는 너의 젊음과 상냥한 눈을 사랑해. 하지만 오늘은 너보다 다른 사람을 더 많이 생각했으니까 너는 나한테 벌을 줘야 해. 나는 그냥 너를 한번 보려고 왔어. 너를 보기만 해도 좋아. 나는 너를 사랑해. 어젯밤에 내가 너를 부르는 소리를 들었니?"

"아니요." 그녀는 깜짝 놀라서 대답했다.

"나는 에드바르다를 불렀어. 에드바르다 양 말이야. 하지만 내가 부르려고 했던 건 너야. 그러다가 잠에서 깨어났지. 그래, 나는 너를 부를 작정이었어. 그런데 내 혀가 꼬였던 거야. 하지만 에드바르다 이야기는 하지 말자. 에바, 너는 내가 가장 사랑하는 여자잖아! 오늘은 입술이 아주 빨갛구나. 네 발은 에드바르다보다 훨씬 예뻐. 네 눈으로 봐."

나는 그녀의 드레스를 들어 올리고 그녀의 다리를 그녀에게 보여주었다.

기쁨이 그녀의 얼굴을 스치고 지나갔다. 그런 표정은 일찍이 본 적이 없었다. 그녀는 돌아서려다가 망설이고는 내 목을 끌어안았다.

한동안 시간이 흐른다. 우리는 줄곧 벤치에 앉아서 이야기한다. 많은 것에 대해 이야기를 나눈다.

"에드바르다가 아직 말하기를 배우지 못했다는 걸 믿을 수 있어? 에드바르다는 꼭 어린애처럼 말한다니까. '나보보다 행복하다'고 말하는 식이지. 그렇게 말하는 걸 내가 직접 들었어. 에드바르다의 이마가 매력적이라고 생각해? 난 아니야. 꼭 악마 같은 이마를 가졌지. 그리고 에드바르다는 손도 안 씻어."

"하지만 에드바르다 이야기는 하지 않기로 했잖아요?"

"그렇구나. 깜박 잊어버렸어."

다시 시간이 지난다. 나는 무엇인가를 생각하느라 입을 다문다.

"왜 당신 눈에 눈물이 고여 있죠?" 에바가 묻는다.

"생각해보니 에드바르다는 매력적인 이마를 갖고 있어. 그리고 에드바르다의 손은 항상 깨끗해. 손이 한 번 더러웠던 것은 어쩌다 그랬을 뿐이야. 내가 말하려고 했던 건 그것뿐이야." 하지만 나는 또 화가 나서 이를 악물고 말을 잇는다. "에바, 나는 끊임없이 너를 생각하고 있어. 하지만 너는 지금 내가 하려는 이야기를 듣지 못했을 거야. 에드바르다는 이솝을 처음 보았을 때 이렇게 말했지. '이솝이라고요? 이솝은 현인이었어요. 맞죠? 이솝은 프리기아 사람이었어요!' 하고 말이야. 우습지 않아? 에드바르다는 바로 그날 책에서 그걸 읽었던 게 분명해."

"네." 에바가 말한다. "그다음에는 어떻게 됐어요?"

"내가 기억하기로는, 에드바르다는 이솝이 크산투스*를 스승으로 삼았다는 말도 했어. 하하하!"

"그래요!"

"도대체 이솝이 크산투스를 스승으로 삼았다고 말하는 목적이 뭐지? 나는 그게 의문일 뿐이야. 아아, 네가 오늘은 기분이 별로 좋지 않구나. 그렇지 않다면 실컷 웃었을 텐데."

"아녜요. 나도 우습다고 생각해요." 에바는 놀라서 억지웃음을 지으며 말한다. "하지만 당신과 마찬가지로 나도 그걸 이해할 수가 없어요."

*그리스의 철학자로, 이솝의 스승이 아니라 주인이었다.

114

나는 잠자코 생각에 잠긴다. 말없이 곰곰 생각한다.

"말은 하지 말고 그냥 가만히 앉아 있을까요?" 에바가 부드럽게 묻는다. 상냥함이 그녀의 눈 속에서 반짝인다. 그녀는 내 머리를 어루만진다.

"착하고 상냥한 에바!" 나는 외치고 그녀를 가슴에 끌어안는다. "나는 너에 대한 사랑 때문에 죽을 거야. 나는 너를 점점 더 사랑해서, 결국에는 내가 떠날 때 너는 나와 함께 갈 거야. 두고 봐. 나와 함께 갈 수 있지?"

"네." 그녀가 대답한다.

나는 이 '네'라는 대답을 거의 들을 수 없지만 그녀의 숨결에서 그것을 느낀다. 그 대답은 그녀의 온몸에 쓰여 있다. 우리는 서로 끌어안고, 그녀는 나에게 몸을 내맡긴다.


한 시간쯤 뒤에 나는 에바에게 작별 키스를 하고 떠난다. 문간에서 나는 마크 씨를 만난다.

그는 깜짝 놀라서 방 안을 들여다본다. 현관 계단에 서서 방을 들여다보고 있다. "아아, 아아!" 다른 말은 할 수가 없다. 그는 너무 놀라서 멍해진 것 같다.

"여기서 나를 만날 줄은 전혀 예상치 못하셨군요?" 나는 그에게 고개를 끄덕이며 말한다.

에바는 꼼짝도 하지 않는다.

마크 씨는 마음을 가라앉힌다. 그는 놀랄 만한 배짱으로 대담하게 대답한다.

"아니, 잘못 생각했네. 나는 자네를 찾으러 온 걸세. 4월 1일부터 8월 15일까지는 새들이 둥지를 트는 바위에서 1킬로미터 이내인 곳에서는 총을 쏘는 것이 금지되어 있다는 걸 자네한테 상기시키고 싶군. 그런데 자네는 오늘 섬에서 새를 두 마리 쏘았어. 그걸 본 사람들이 있다네."

"맞아요. 바다오리 두 마리를 잡았습니다." 나는 놀라서 말했다. 그가 그런 말을 하는 것은 당연하다는 사실을 나는 당장 깨달았다.

"바다오리 두 마리든 물오리 두 마리든 마찬가지야. 자네는 보호구역 안에 있었어."

"그건 인정합니다. 지금까지 그런 생각은 전혀 떠오르지 않았습니다."

"하지만 당연히 떠올랐어야 돼."

"저는 지난 5월에도 거의 같은 장소에서 총을 쏘았는걸요. 섬으로 소풍을 갔을 때였지요. 그건 당신의 요청에 따라서 한 일입니다."

"그건 다른 문제야." 마크 씨는 무뚝뚝하게 말했다.

"그럼 당신은 자기가 할 수 있는 일을 아주 잘 알고 있군요!"

"물론이지." 그가 대답했다.

에바는 준비를 갖추고 있다가, 내가 밖으로 나가자 나를 따라왔다. 그녀는 머릿수건을 쓰고 집에서 멀어졌다. 나는 그녀가 부두 쪽으로 가는 것을 보았다. 마크 씨는 집으로 돌아갔다.

나는 그 일을 곰곰 생각했다. 그는 얼마나 빈틈없이 빠져나
갈 길을 찾았는가! 그리고 그의 눈은 얼마나 날카로운가! 한
발, 두 발, 바다오리 한 쌍, 벌금, 지불. 그러면 마크 씨나 그의
집안과 관련된 문제는 모두 해결될 것이다. 그렇다. 모두. 전체
적으로 만사가 아주 순조롭고 빠르게 진행되고 있었다…….

벌써 굵고 부드러운 빗방울이 떨어지기 시작했다. 까치들이
땅에 바싹 붙어서 날아갔다. 내가 집에 도착하여 풀어주자 이
솝은 풀을 먹었다. 바람이 휘파람 소리를 내기 시작했다.


# 23


5킬로미터쯤 떨어진 눈 아래에 바다가 보인다. 비가 오고 있
다. 나는 산 속에 있다. 절벽이 비를 막아준다. 나는 파이프 담
배를 피우고 있다. 파이프에 불을 붙일 때마다 담배가 개똥벌
레처럼 담뱃재 속에서 기어오른다. 내 머리에도 그렇게 생각들
이 가득 차 있다. 내 앞의 땅바닥에는 망가진 새 둥지에서 가져
온 마른 나뭇가지가 한 다발 놓여 있다. 내 영혼도 그 새의 둥
지 같다.

나는 이날과 그 이튿날 일어난 일들을 아무리 사소하고 하
찮은 것까지도 모두 기억하고 있다…….

나는 바다와 하늘에서 으르렁거리는 소리에 둘러싸여 산 속
에 앉아 있었다. 바람과 비가 내 귓속에서 무섭게 들끓고 울부

짖는다. 저 멀리 돛을 줄인 범선과 어선들이 보인다. 배에는 사람들이 타고 있다. 아마 어딘가로 떠나는 사람들일 것이다. 그들이 어디로 가고 있는지는 아무도 모를 거라고 나는 속으로 생각한다. 바다는 거품을 내는 파도가 되어 우뚝 솟아오르고, 팔다리를 마구 휘두르며 서로 으르렁거리는 거대하고 광포한 생물들로 가득 찬 것처럼 들까불린다. 아니, 그것은 휘파람을 부는 만 명의 악마가 벌이는 축제다. 그들은 어깨 사이에 머리를 집어넣고 빙글빙글 돌면서, 날개 끝으로 바다를 하얗게 채찍질한다. 저 멀리 바위 하나가 숨어 있다. 그 감추어진 바위에서 하얀 인어가 올라온다. 인어는 가로돛을 단 배를 향해 고개를 젓는다. 물이 새기 시작한 그 배는 순풍을 받아서 바다로 달려 나가고 있다. 오오, 바다로, 황량한 바다로…….

나는 혼자 있는 게 기쁘다. 아무도 내 눈을 볼 수 없으니까. 나는 아무도 뒤에서 나를 볼 수 없다는 것을 알고, 암벽에 안심하고 몸을 기댄다. 새 한 마리가 단속적인 울음소리를 내며 산을 미끄러지듯 넘어간다. 조금 떨어진 곳에서 바위가 떨어져 나가 바다 쪽으로 굴러 내려간다. 나는 한동안 그곳에 조용히 앉아서 휴식을 취한다. 따뜻한 만족감이 온몸을 휩쓴다. 밖에는 비가 억수같이 쏟아지고 있는데 나는 비가 들이치지 않는 곳에 안전하게 앉아 있을 수 있기 때문이다. 나는 재킷 단추를 다 채우고 그 따뜻함을 하느님께 감사했다. 또 한동안 시간이 흘렀다. 나는 잠이 들었다.

오후다. 나는 집에 간다. 아직도 비가 내리고 있다. 그때 무언가 놀라운 일이 나에게 일어난다. 에드바르다가 내 앞길에 서 있다. 그녀는 오랫동안 비를 맞으며 서 있었던 모양이다. 흠뻑 젖어 있지만 미소를 짓는다. 다음에는 뭐지? 나는 분노에 사로잡혀 당장 속으로 생각한다! 그녀는 계속 미소를 짓고 있지만, 나는 그녀를 향해 걸어가면서 성난 손가락으로 총을 움켜잡는다.

"안녕!" 그녀가 외친다.

나는 몇 걸음 더 가까이 다가갈 때까지 기다렸다가 말한다.

"인사드립니다, 아름다운 아가씨!"

그녀는 내 익살스러운 말에 당황한다. 나는 내가 무슨 말을 하고 있는지도 몰랐다. 그녀는 소심하게 미소를 지으며 나를 빤히 바라본다.

"오늘 산에 올라가셨군요! 그렇다면 당신도 젖었을 게 분명해요. 여기 머릿수건이 있어요. 이걸 두르세요. 나는 없어도 돼요. 아니, 나를 모르는 체하는군요."

내가 머릿수건을 받지 않으니까 그녀는 눈을 내리깔고 고개를 젓는다.

"머릿수건?" 나는 분노와 놀라움으로 빈정대면서 대답한다. "하지만 나는 여기 재킷이 있어. 이걸 빌려줄까? 나는 없어도 돼. 아무한테나 빌려줄 거니까, 이걸 받는 것에 대해서는 걱정하지 마. 나는 생선장수 아줌마한테도 기꺼이 빌려줄 테니까."

나는 그녀가 내 입에서 나올 말을 빨리 듣고 싶어서 조바심하고 있다는 것을 알았다. 그녀는 내 말에 너무 열심히 귀를 기울이고 있어서 보기 흉하게 입이 헤벌어졌다. 그녀는 머릿수건을 손에 든 채 서 있다. 그녀가 목에서 풀어낸 하얀 실크 머릿수건이다. 그리고 나는 재킷을 벗는다.

"제발 그걸 다시 입어요!" 그녀가 외친다. "그러면 안 돼요. 나한테 그렇게 화가 났어요? 제발 재킷을 다시 입어요. 비에 흠뻑 젖기 전에."

나는 재킷을 다시 입는다.

"어디 가는 길이야?" 나는 냉담하게 물었다.

"아무 데도. 어떻게 재킷을 벗을 수 있었는지 이해할 수가 없군요."

"오늘은 남작과 뭘 했지? 물론 이런 날씨에는 백작도 바다에 나갈 수 없고……."

"글란, 나는 당신과 이야기를 하고 싶었을 뿐……."

나는 그녀의 말을 가로막는다.

"공작한테 안부를 전해달라고 부탁해도 될까?"

우리는 서로 노려본다. 나는 그녀가 입을 열면 또 막을 준비가 되어 있다. 마침내 고통스러운 표정이 그녀의 얼굴을 스친다. 나는 고개를 돌리고 말한다.

"솔직히 말하면, 그 왕자님을 쫓아버려. 에드바르다, 그 사람은 너한테 어울리는 남자가 아니야. 지난 며칠 동안 그 사람은 너를 아내로 삼을까 말까 망설였을 게 분명해. 장담해도 좋

아. 그건 너한테 좋지 않아."

"제발 그 이야기는 하지 마요! 글란, 나는 줄곧 당신을 생각했어요. 당신은 남을 위해 재킷을 벗고 비에 흠뻑 젖을 수 있는 사람이에요. 나는 당신한테 왔어요."

나는 어깨를 으쓱하고 말을 잇는다.

"나 대신 의사를 추천하겠어. 의사한테서 어떤 결점을 찾을 수 있지? 한창 나이에다 뛰어난 머리를 갖고 있어. 생각해봐."

"잠깐만 내 말을 들어줘요."

"이솝이 오두막에서 나를 기다리고 있어." 나는 모자를 벗고 그녀에게 절을 한 다음 다시 말했다. "인사드립니다, 아름다운 아가씨."

이 말과 함께 나는 그녀 곁을 떠나 걷기 시작했다.

그녀가 비명을 지른다.

"안 돼요. 내 심장을 가슴에서 찢어내지 마요. 나는 오늘 당신한테 왔어요. 여기서 당신이 오기를 기다리고 있었어요. 어제는 줄곧 생각하고 있던 어떤 일 때문에 미쳐버릴 뻔했어요. 나는 완전히 망연자실해서 어쩔 줄 몰랐고, 끊임없이 당신을 생각했어요. 오늘 내가 거실에 앉아 있을 때 어떤 사람이 들어왔어요. 나는 고개도 들지 않았지만, 그게 누군지 알았죠. '어제 나는 1킬로미터나 노를 저었소' 하고 그 사람은 말했어요. '지치지 않으셨어요?' 하고 내가 물었더니, '물론 기진맥진했소. 그리고 손에 물집이 생겼소' 하고 대답하더군요. 그 사람은 그것 때문에 괴로워했어요. 나는 생각했죠. 어머나, 그런 걸로 괴로워하다니! 잠시 후에 그 사람은 말했어요. '어젯밤에 창밖에서 속삭이는 소리를 들었는데, 그건 이 집 가정부와 가게 점원의 친밀한 대화였소.' 그래서 내가 말했죠. '그 사람들은 결혼할 거예요.' '하지만 밤 두 시였소' 하기에, '그래서요?' 하고 물었죠. 그리고 잠시 후에 내가 말했어요. '밤은 그 사람들 시간이에요.' 그러자 그 사람은 코에 걸린 금테 안경을 더 위로 밀어 올리고 말했죠. '하지만 그런 한밤중에 그러는 건 불쾌감을 준다고 생각지 않소? 내 말에 동의하지 않나요?' 나는 여전히 고개를 들지 않았고, 우리는 10분쯤 그렇게 앉아 있었어요. '당신 어깨에 두를 숄을 가져올까요?' 하고 그 사람이 묻더군요. 나는 괜찮다고 대답했죠. '내가 감히 당신의 작은 손을 잡으면 어떻겠소?' 그가 말했지만, 나는 대답하지 않았어요. 내 생각은 다른 데 가 있었어요. 그 사람은 내 무릎에 작은 상자를 놓았어요. 상자를 열어보니 브로치가 들어 있더군요. 브로치에는 보관이 달려 있었고, 보관에는 보석이 열 개쯤 박혀 있었어요. 글란, 그 브로치를 가져왔는데, 보고 싶으세요? 밟아서 산산조각이 났어요. 이리 오면 브로치가 산산조각 난 걸 보실 거예요. '이 브로치를 어떻게 하죠?' 나는 물었죠. 그랬더니 그 사람은 '그걸로 몸을 장식하시오' 하고 대답하더군요. 하지만 나는 브로치를 그 사람한테 도로 건네주면서 말했어요. '저는 다른 사람을 더 생각하고 있어요.' 그랬더니 묻더군요. '누구 말이오?' 그래서 이렇게 대답했어요. '사냥꾼이에요. 그 사람은 기념으로 아름다운 깃털 두 개밖에 주지 않았지만, 당신의 브로치는 도로 가져가세요.' 하지만 그 사람은 브로치를 돌려받기를 거절했어요. 그제야 나는 그 사람을 쳐다보았죠. 그의 눈은 날카로웠어요. 그가 그러더군요. '나는 브로치를 돌려받지 않겠소. 브로치는 당신 마음대로 하시오. 짓밟고 싶으면 짓밟으시오.' 나는 일어나서 브로치를 뒤꿈치 밑에 놓고 그 위에 올라섰어요. 그게 오늘 아침이었죠. 나는 네 시간 동안 기다렸어요. 그리고 오후에 집을 나왔어요. 그 사람을 길에서 만났어요. 어딜 가느냐고 묻더군요. 이렇게 대답했어요. '글란한테요. 그이한테 가서 나를 잊지 말라고 부탁할 거예요.' 나는 한 시부터 줄곧 여기서 기다리고 있었어요. 나무 옆에 서서 당신이 오는 걸 보았죠. 당신은 신처럼 보였어요. 나는 당신의 몸매, 당신의 턱수염, 당신의 어깨를 사랑했어요. 당신의 모든 걸 사랑했어요. 지금 당신은 초조한가보군요. 당신은 가고 싶어 해요. 가세요. 당신은 나한테 신경을 쓰지 않아요. 나를 보지도 않아요."

나는 걸음을 멈춰 섰다. 그녀가 입을 다물자 나는 다시 걷기 시작했다. 나는 절망감으로 지쳐 있었고, 미소를 지었지만 마음은 냉정했다.

"생각해보니……" 나는 말하고 다시 멈춰 섰다. "너는 나한테 뭔가를 말하고 싶어 했잖아?"

이 조롱을 듣고 그녀는 나한테 완전히 정나미가 떨어졌다.

"당신한테 뭔가를 말하라고요? 하지만 지금까지 계속 말했잖아요. 안 들었어요? 아니, 더 이상은 당신한테 말할 게 없어요."

그녀의 목소리는 묘하게 떨리지만, 나에게는 아무 영향도 미치지 않는다.

이튿날 아침, 내가 밖으로 나가보니 에드바르다가 오두막 앞에 서 있었다.

밤에 나는 모든 게 다 끝났다고 생각했고, 결심을 굳혔다. 이 변덕스러운 사람 때문에, 머리가 텅 빈 이 계집애 때문에 왜 내가 눈먼 장님이 되어야 하는가? 그녀의 이름은 이미 오랫동안 내 가슴에 꽂혀 내 가슴을 다 빨아 없애지 않았던가? 이제 충분하다! 어쨌든 나는 그녀에게 냉담하게 굴고 그녀를 조롱하는 방법으로 오히려 그녀에게 더 가까이 다가갔을지도 모른다는 생각이 문득 떠올랐다. 아아, 나는 얼마나 매력적으로 그녀를 조롱했던가. 그녀가 장광설을 한 뒤 나는 침착하게 말한다. 생각해보니 넌 나한테 뭔가를 말하고 싶어 하지 않았어?

그녀는 바위 옆에 서 있었다. 나를 본 그녀는 몹시 흥분하여, 벌써 두 팔을 앞으로 내밀고 나를 향해 달려오려고 했다. 하지만 그녀는 자신을 억제하고 그냥 거기 서서 두 손을 쥐어짰다. 나는 모자에 손을 대고 말없이 그녀에게 인사를 했다.

"글란, 오늘 내가 당신에게 바라는 건 한 가지뿐이에요." 그녀가 말했다. 나는 그녀가 말하고 싶어 하는 게 뭔지 알려고 가만히 서 있었다. "당신이 대장장이 집에 있었다고 하더군요. 어느 날 밤에. 그때 그 집에는 에바 혼자 있었고요."

나는 당황하여 대꾸했다.

"그건 누구한테 들었지?"

"나는 염탐꾼이 아니에요. 어젯밤에 들었어요. 아버지가 말씀해주셨어요. 내가 어젯밤에 비에 흠뻑 젖어서 집에 갔더니 아버지가 그러시더군요. '네가 오늘 남작을 모욕했더구나.' 내가 아니라고, 그렇지 않다고 대답하자 아버지는 물으셨어요. '지금 어디 갔다 오는 길이냐?' 그래서 나는 대답했죠. '글란과 함께 있었어요.' 그랬더니 아버지가 그 이야기를 해주셨어요."

나는 절망감을 누르며 말했다.

"에바도 여기 왔었어."

"에바도 여기 왔다고요? 오두막에?"

"여러 번 왔어. 내가 에바를 안으로 들어오게 했어. 우리는 이야기를 나누었지."

"여기서도!"

침묵.

물러서지 마! 나는 나 자신을 다잡고 나서 말했다.

"너는 내 일에 참견할 만큼 친절하니까 나를 내버려두고 가진 않겠군. 어제 나는 의사를 너한테 추천했지. 그 문제를 검토해봤어? 왕자님은 불가능해."

분노가 그녀의 눈 속에서 이글거렸다.

"분명히 말하지만, 그 사람은 불가능하지 않아요." 그녀가 격렬하게 말했다. "아뇨. 그 사람이 당신보다 훨씬 나아요. 그 사람은 컵과 유리잔을 박살내지 않고도 집 안에 있을 수 있고, 내 구두를 그냥 내버려둬요. 그 사람은 남들과 어울리는 법을 알고 있지만, 당신은 정말이지 우스꽝스러워요. 나는 당신이 부끄러워요. 당신을 참을 수 없어요. 아시겠어요!"

그녀의 말은 급소를 찔렀다. 나는 고개를 숙이고 대답했다.

"네 말이 옳아. 나는 남들과 어울리는 법을 잘 몰라. 자비를 좀 보여줘. 너는 나를 이해하지 못해. 나는 숲 속에 머무는 게 더 좋아. 그게 내 기쁨이야. 여기 혼자 있으면 내 마음대로 해도 아무한테도 해를 끼치지 않아. 하지만 남들과 함께 있으면 예의를 차리는 데 신경을 써야 해. 벌써 2년 동안 나는 사람들과 별로 어울리지 않았어."

"당신과 함께 있으면 매 순간 최악의 상황을 각오해야 돼요. 결국은 당신을 보살피는 데 지쳐버려요."

그녀는 얼마나 무자비하게 그 말을 했던가! 날카롭고 쓰라린 고통이 내 몸을 꿰뚫는다. 나는 그녀의 격렬함 앞에서 뒤로 비틀거린다. 하지만 에드바르다는 아직 끝나지 않았다. 그녀가 덧붙여 말했다.

"아마 당신은 에바의 보살핌을 받으면 되겠죠. 에바가 유부녀인 건 정말 안됐어요."

"에바가? 에바가 유부녀라고?"

"그럼요."

"남편이 누군데?"

"당신도 아시잖아요? 에바는 대장장이의 아내예요."

"딸이 아니었어?"

"딸이 아니라 마누라예요. 내가 거짓말을 하는 줄 알아요?"

그 점에 대해서는 전혀 생각지 않았다. 나는 너무 놀라서 그냥 거기 서서 생각하고 있었다. 에바가 유부녀라고?

"그러니까 당신은 운 좋은 선택을 한 거예요. 안 그래요?" 에드바르다가 말했다.

오오, 그 모든 일은 결코 끝나지 않을 거야! 나는 화가 나서 부들부들 떨기 시작했다.

"하지만 내가 말한 대로 의사를 택해. 친구의 충고를 들어. 너의 그 왕자님은 늙은 바보야."

나는 화가 나서 남작에 대해 거짓말을 했다. 그의 나이를 과장했고, 그가 대머리에다 거의 장님이라고 말했다. 나는 또한 그 사람이 장식 단추에 보관을 새기고 있는 이유는 자신의 귀족 혈통을 자랑하기 위해서라고 주장했다.

"덧붙여 말하면 나는 그 사람과 아는 사이가 되려고 애쓰지 않았어. 그에게는 뛰어난 점이 전혀 없어. 본질적이고 필수불가결한 요소가 부족해. 아무것도 아닌 하찮은 사람이야."

"하지만 그분은 대단해요. 대단한 사람이에요!" 그녀가 비명을 질렀다. 너무 화가 나서 목소리가 잘 나오지 않았다. "당신이 생각하는 것보다 훨씬 대단해요. 당신은 기껏해야 숲 속을 돌아다니는 뜨내기일 뿐이죠! 하지만 기다려요! 그 사람이 당신한테 말할 거예요. 내가 부탁하겠어요. 당신은 내가 그 사람을 사랑한다고 믿지 않지만, 당신이 틀렸다는 걸 보여주겠어요. 나는 그 사람과 결혼할 거예요. 밤낮으로 그 사람을 생각할 거예요. 내 말을 잊지 마세요. 나는 그 사람을 사랑해요. 에바를 오게 하세요. 오호, 맙소사. 에바를 오게 하세요. 나는 상관하지 않아요. 거기에 대해서는 무어라 표현할 말이 없네요. 나는 이제 그만 가보는 게 좋겠군요."

그녀는 오두막에서 뻗어 나온 길을 내려가기 시작했다. 몇 걸음 걸은 뒤 그녀가 뒤를 돌아보았다. 그녀의 얼굴은 여전히 죽은 사람처럼 창백했다. 그녀가 신음하듯 말했다.

"이젠 두 번 다시 내 눈앞에 나타나지 마요!"


## 24


나뭇잎은 노랗게 물들고 있었고, 감자는 높이 자라서 꽃을 피웠고, 사냥철이 다시 돌아왔다. 나는 뇌조와 멧닭과 토끼를 잡았고, 하루는 독수리도 잡았다. 온화하고 높은 하늘, 서늘한 밤, 들판과 숲에 가득한 맑은 소리와 순수한 소리들. 넓은 세상은 평화로운 휴식을 취하고 있었다……

"내가 잡은 바다오리 두 마리에 대해 마크 씨한테서는 그 이후로 아무 말도 못 들었는데요." 나는 의사에게 말했다.

"그 점에 대해서는 에드바르다한테 감사해야 해요." 의사가 말했다. "나는 알고 있지요. 에드바르다가 거기에 반대했다는 말을 들었거든."

"에드바르다한테 감사하지는 않을 겁니다."


인디언 서머*—봄날처럼 화창한 늦가을 날씨. 오솔길은 노
랗게 물들어가는 숲을 리본처럼 굽이굽이 지나고, 날마다 새로
운 별이 나타났다. 달은 그림자처럼 희미해 보였다. 은 속에 잠
긴 금의 그림자…….

"가엾어라. 에바, 너는 결혼했잖아?"

"몰랐어요?"

"그래, 몰랐어."

그녀는 말없이 내 손을 쥐었다.

"가엾어라. 우린 이제 어떡하지?"

"당신이 하고픈 대로 하세요. 당신은 아직 떠나지 않겠죠.
당신이 여기 있어주기만 하면 나는 행복할 거예요."

"안 돼, 에바."

"그래요. 당신이 여기 있어주기만 하면!"

그녀는 쓸쓸해 보였고, 줄곧 내 손을 잡고 있었다.

"안 돼, 에바. 어서 가! 다시는 안 돼!"


밤은 지나가고 낮이 돌아온다. 이 대화를 나눈 뒤 벌써 사흘
이 지났다. 에바가 짐을 들고 길을 따라 내려온다. 이 아이는

*북아메리카에서 한가을과 늦가을 사이에 비정상적으로 따뜻한 날이 계속되는 기
간을 말한다. 유럽에서는 이런 현상을 '늙은 아낙네의 여름', '성마르틴의 여름' 등
다른 이름으로 부른다.

올 여름에 숲에서 집까지 얼마나 많은 땔나무를 날랐던가!

"짐을 내려놔, 에바. 네 눈이 여느 때처럼 푸른지 보여줘."

그녀의 눈은 붉었다.

"아니, 다시 미소를 지어, 에바! 나는 더 이상 너한테 저항하지 않겠어. 나는 네 거야. 나는 네 거야."

저녁. 에바는 노래를 부르고 있다. 그녀의 노랫소리가 들린다. 따뜻한 온기가 내 몸을 꿰뚫는다.

"오늘 밤에는 노래를 부르고 있군, 에바?"

"네, 나는 행복해요."

그녀는 나보다 작기 때문에 내 목을 두 팔로 끌어안으려고 가볍게 뛰어오른다.

"하지만 에바, 손을 긁혔군? 네가 손을 그렇게 긁히지 않았으면 좋겠어!"

"별거 아니에요."

그녀의 얼굴이 환하게 빛난다.

"에바, 마크 씨와 이야기해본 적 있어?"

"네, 한 번."

"그가 뭐랬지? 그리고 너는 뭐랬어?"

"그분은 우리한테 아주 가혹해졌어요. 남편을 부두에서 밤낮으로 일하게 하고, 나한테도 온갖 일거리를 준답니다. 그분은 나한테 남자 일을 하라고 명령했어요."

"왜 그러지?"

에바는 눈을 내리깐다.

"에바, 그 사람이 왜 그러지?"

"내가 당신을 사랑하기 때문에요."

"하지만 그가 그걸 어떻게 알았지?"

"내가 말했으니까요."

침묵.

"그 사람이 너한테 그렇게 가혹하지 않았으면 좋겠는데!"

"하지만 그건 대수롭지 않아요. 이제 아무것도 대수롭지 않아요."

숲 속에서 그녀의 목소리는 떨리는 노랫소리 같았다.


나뭇잎이 더 노랗게 변하고, 가을이 다가오고 있다. 하늘에는 더 많은 별들이 나타났고, 이제부터 달은 금에 잠긴 은의 그림자처럼 보인다. 춥지는 않다. 숲 속에는 서늘한 고요와 분주한 생활이 있을 뿐이다. 모든 나무가 거기 서서 생각에 잠겨 있었다. 나무 열매가 익었다.

이윽고 8월 22일이 되어, 사흘 동안 계속되는 '철의 밤'*이 왔다.


*8월 하순, 첫서리가 내리는 사흘 동안의 밤.

# 25

첫 번째 '철의 밤'.

해는 아홉 시에 진다. 희미한 어둠이 땅 위에 내려앉는다. 별이 몇 개 보인다. 두 시간 뒤에는 달빛이 희미하게 빛난다. 나는 총을 들고 이솝과 함께 숲 속으로 들어간다. 나는 모닥불을 피우고, 내가 피운 불빛은 소나무 줄기들 사이에서 환하게 빛난다. 서리는 전혀 없다.

첫 번째 '철의 밤'. 그 특별한 때와 장소에 있는 것이 당황스러울 만큼 유쾌해서 나는 불가사의한 전율을 느낀다……

인간과 짐승과 새들이여, 숲 속, 깊은 숲 속에서의 고독한 밤을 위해 건배. 어둠을 위해 건배. 나무들 사이에서 들리는 신의 속삭임을 위해 건배. 내 귀에 들리는 감미롭고 단조로운 침묵의 화음을 위해 건배. 초록빛 나뭇잎과 노랗게 물든 나뭇잎을 위해 건배. 내 귀에 들리는 생명의 소리를 위해 건배. 풀에 대고 킁킁거리는 코, 땅을 냄새 맡고 다니는 개를 위해 건배. 어둠 속에서, 캄캄한 어둠 속에서 턱을 땅바닥에 대고 납작 엎드린 채 먹잇감을 노려보며 참새한테 덤벼들 준비를 하고 있는 살쾡이를 위해 건배. 대지를 뒤덮은 자비로운 정적을 위해 건배. 별들과 초승달을 위해 건배. 이것저것을 위해 건배……

나는 일어나서 귀를 기울인다. 아무도 내 말을 듣지 않는다. 나는 다시 앉는다.

나는 외로운 밤에 감사한다. 산들에게, 내 마음속에서 메아리치는 어둠과 바다의 포효에 감사한다! 나는 내 삶에, 내 숨결에, 오늘 밤 살아 있다는 은총에 감사한다. 마음속으로 감사한다! 동쪽으로 귀를 기울이고, 서쪽으로 귀를 기울이고, 들어라! 영원한 신이다! 내 귀에서 속삭이는 고요는 자연의 끓는 피, 나와 세계에 스며든 신이다. 나는 내가 피운 불빛 속에서 빛나는 거미줄을 본다. 오로라가 북쪽 하늘에 미끄러지듯 올라오는 동안, 항구에서 미끄러지듯 움직이는 보트 소리를 듣는다. 그리고 여기 앉아 있는 게 나라는 사실을 내 불멸의 영혼을 걸고 진심으로 감사한다!

조용하다. 솔방울 하나가 쿵 소리와 함께 땅에 떨어진다. 솔방울이 떨어졌구나 하고 나는 속으로 생각한다. 달은 하늘에 높이 걸려 있다. 반쯤 탄 땔나무 위에서 불꽃이 너울거리며 꺼지려 하고 있다. 그리고 나는 밤늦게 집으로 돌아온다.


두 번째 '철의 밤'.

역시 조용하고 포근한 날씨. 내 영혼은 곰곰 생각한다. 기계적으로 나는 나무로 다가가 모자를 잡아당겨 이마까지 눌러쓰고, 나무에 등을 기대고 두 손을 목 뒤에서 깍지 낀다. 나는 앞을 응시하며 생각한다. 불꽃 때문에 눈이 부시지만, 나는 그것을 느끼지 못한다. 나는 모닥불을 응시하며 꽤 오랫동안 이 우스꽝스러운 자세를 유지한다. 내 다리가 먼저 지쳐 떨어진다. 다리가 뻣뻣해지고 피곤해져서 땅바닥에 주저앉는다. 그제야 나는 지금까지 하고 있었던 일을 생각한다. 나는 왜 모닥불을 그렇게 오랫동안 바라봐야 하는가?

이솝이 고개를 들고 귀를 기울인다. 이솝은 발소리를 듣는다. 에바가 나무들 사이에서 나타난다.

"나는 오늘 밤 생각할 게 많고, 너무 슬퍼." 내가 말한다.

그녀는 동정심에서 아무 대답도 하지 않는다.

"나는 세 가지를 사랑해. 언젠가 꾸었던 사랑의 꿈을 사랑하고, 너를 사랑하고, 지구의 이 부분을 사랑해."

"제일 사랑하는 게 뭐죠?"

"꿈."

또다시 조용하다. 이솝은 에바를 안다. 이솝은 옆으로 고개를 기울이고 에바를 쳐다본다. 나는 중얼거린다.

"오늘 길에서 어떤 여자가 애인과 팔짱을 끼고 걷는 것을 보았어. 내가 지나가자 여자는 눈으로 나를 가리키며 웃음을 참지 못하더군."

"그 여자가 왜 웃었죠?"

"나도 몰라. 그 여자는 나를 비웃은 게 분명해. 그런데, 그건 왜 묻지?"

"아는 여자예요?"

"그래. 나는 그 여자한테 인사를 했어."

"그런데 그 여자는 당신을 몰랐다고요?"

"그래. 나를 모르는 체했어. 하지만 당신은 왜 여기 앉아서 그런 걸 묻는 거지? 아무리 캐물어도 내 입으로 그 여자 이름을 말하지는 않을 거야."

침묵.

나는 다시 중얼거린다.

"그 여자는 무엇을 비웃었을까? 그 여자는 바람난 여자야. 하지만 무엇을 비웃었을까? 도대체 내가 그 여자한테 뭘 어쨌다는 거지?"

에바가 대답한다.

"그 여자가 당신을 비웃은 건 비열했어요."

"아니야. 그 여자는 비열하지 않았어! 거기 앉아서 그 여자를 비난하면 안 돼. 그 여자는 절대 비열한 짓을 하지 않아. 그 여자가 나를 비웃은 건 옳았어. 입 닥쳐. 빌어먹을. 그리고 나를 내버려둬. 알았어!"

에바는 놀라서 나를 내버려둔다. 나는 그녀를 바라보고, 당장 내 거친 말을 후회한다. 나는 그녀 앞에 몸을 내던지고 두 손을 비튼다.

"집에 가, 에바. 내가 제일 사랑하는 건 너야. 내가 어떻게 꿈을 사랑할 수 있겠어? 그건 농담이었을 뿐이야. 내가 사랑하는 건 너야. 하지만 이젠 집에 가. 내일 너한테 갈게. 나는 네 것이라는 걸 잊지 마. 그래, 그걸 잊지 마. 잘 가."

에바는 집으로 간다.


세 번째 '철의 밤'.

몹시 긴장된 밤이다. 서리가 조금이라도 내려주면 좋겠는데! 서리 대신, 낮에 햇빛이 쨍쨍 내리쬔 뒤의 열기가 고인 채 남아 있다. 밤은 미적지근한 늪 같다. 나는 불을 붙인다.

"에바, 머리카락이 잡아당겨지는 게 즐거울 때도 있어. 사람의 마음은 그렇게 뒤틀리고 비꼬일 수도 있는 법이지. 네가 머리채를 잡힌 채 언덕 위로 끌려 올라가고 골짜기로 끌려 내려가도, 누군가가 무슨 일이냐고 물으면 너는 머리채를 잡혀서 끌려 다니고 있는 중이라고 황홀경에 빠져서 대답하지! 사람들이 내가 도와드리면 안 될까요, 당신을 자유롭게 풀어주면 안 될까요 하고 물으면, 너는 안 된다고 대답하지. 사람들이 하지만 어떻게 그걸 참을 수 있죠 하고 물으면, 나를 잡아당기는 손을 사랑하기 때문에 참을 수 있다고 너는 대답하지. 희망이 뭔지 알아?"

"네, 알 것 같아요."

"희망은 이상한 거야. 그래, 아주 야릇한 거지. 너는 어느 날 아침 사랑하는 누군가를 만나게 되기를 바라면서 어떤 길을 걸을 수 있어. 그 만남이 실현될까? 아니지. 왜? 그 누군가는 그날 아침에 바빠서 다른 곳에 가 있으니까. 나는 전에 산에서 눈먼 사미인 노인을 알게 됐어. 그 노인은 58년 동안 아무것도 보지 못했는데, 이제 일흔 살이 넘었지. 그 사람은 시간이 갈수록 자기가 점점 더 잘 볼 수 있다고 느꼈고, 상황이 꾸준히 좋아지고 있다고 생각했어. 불운한 일만 일어나지 않으면, 몇 년 뒤에는 태양을 분간할 수도 있을 거야. 그의 머리카락은 여전히 검었지만 눈은 새하얀 색이었어. 진흙으로 지은 노인의 오두막에 함께 앉아서 담배를 피울 때, 노인은 눈이 멀기 전에 보았던 것들을 나에게 모두 말해주었지. 노인은 강건하고 대담했어. 감정도 없고, 파괴할 수 없는 존재였지. 노인은 희망을 잃지 않았어. 내가 떠날 준비가 되자, 노인은 나를 배웅하려고 밖으로 따라 나와서 여러 방향을 가리키기 시작했지. '남쪽이 있고, 북쪽이 있네. 우선 이쪽으로 가게. 산을 조금 내려가면 저쪽으로 구부러지게.' '알았습니다!' 하고 나는 말했지. 그러자 노인은 즐겁게 웃으면서 말했어. '4, 50년 전에는 그걸 몰랐으니까, 그때보다 지금이 더 잘 보이는 건 확실해. 상황이 계속 좋아지고 있어.' 그러고는 허리를 숙이고 오두막으로 다시 들어갔지. 그 영원한 오두막, 이 지상에 있는 그의 집으로. 그리고 몇 년 뒤에는 태양을 분간할 수 있으리라는 희망에 가득 차서 여느 때처럼 다시 불 앞에 앉았지. 에바, 희망이란 우스운 거야. 예를 들면 나는 지금, 오늘 아침 길에서 만나지 못한 사람을 잊기를 바라고 있어."

"말을 정말 이상하게 하시는군요."

"오늘은 세 번째 '철의 밤'이야. 약속할게, 에바. 내일은 다른 사람이 되겠다고. 지금은 나 혼자 내버려둬. 내일이면 나는 몰라보게 달라져 있을 거야. 나는 웃으면서 너한테 키스할 거야, 내 사랑. 생각해봐. 이 밤이 지나면 나는 겨우 몇 시간 만에 다른 사람이 될 거야. 잘 가, 에바."

"잘 있어요."

나는 불꽃을 보려고 불에 더 가깝게 눕는다. 가문비나무 솔방울이 가지에서 떨어진다. 마른 나뭇가지 한두 개도 땅에 떨어진다. 밤은 바닥 없는 심연 같다. 나는 눈을 감는다.

한 시간 뒤에 내 감각은 정해진 리듬으로 진동하기 시작한다. 나는 거대한 정적에 동조한다. 나는 하늘에 하얀 조가비처럼 앉아 있는 초승달을 쳐다본다. 나는 그 초승달에 사랑의 감정을 품는다. 나는 얼굴이 붉어지는 것을 느낀다. 저건 달이야. 나는 조용히 열정적으로 말한다. 저건 달이야! 그리고 내 심장은 부드러운 고동으로 달을 향해 뛴다. 그것은 몇 분 동안 지속된다. 바람이 분다. 이상한 바람이 불어온다. 이례적인 바람이다. 뭐지? 나는 주위를 둘러본다. 아무도 보이지 않는다. 바람이 나를 부른다. 내 영혼은 그 부름에 대한 응답으로 고개를 숙인다. 나는 나 자신이 내 영역 밖으로 들어 올려져 보이지 않는 가슴에 안기는 것을 느낀다. 내 눈은 눈물에 젖어 있다. 나는 몸을 떤다. 신이 어딘가 가까운 곳에서 나를 보고 있다. 이것은 또 몇 분 동안 지속된다. 나는 고개를 돌린다. 기묘한 바람은 사라진다. 소리 없이 숲을 돌아다니는 정령의 뒷모습 같은 것이 보인다⋯⋯.

나는 감정에 지쳐서 잠깐 동안 지독한 마비 상태와 싸운다. 나는 기진맥진해서 잠이 든다.


내가 깨어났을 때, 밤은 지나간 뒤였다. 아아, 나는 열로 가득 차서, 어떤 병으로 쓰러지기를 기다리며 오랫동안 비참한 상태로 돌아다녔다. 상황은 나에게 거꾸로 뒤집힐 때가 많았다. 나는 깊은 우울에 사로잡혀 모든 것을 비뚤어진 눈으로 보았다.

　이제 다 끝났다.


# 26

가을이다. 여름은 갔다. 왔을 때처럼 순식간에 사라졌다. 아아, 여름은 얼마나 빨리 가버렸는가! 이젠 날씨가 춥다. 나는 사냥을 하고 낚시를 하고 숲에서 노래를 부른다.

　짙은 안개가 바다에서 밀려와 모든 것을 어둠으로 뒤덮어 버리는 날들이 있다. 그런 날, 무슨 일이 일어났다. 나는 교구의 숲 속에 들어갔다가 의사의 집 앞으로 나왔다. 그 집에는 손님들이 있었다. 내가 전에 만난 적이 있는 젊은 여자들, 춤추는 젊은이들, 파티에 열중한 풋내기들.

　마차 한 대가 다가오더니 정원문 옆에 멈춰 섰다. 마차 안에는 에드바르다가 앉아 있었다. 그녀는 나를 보고 당황한 눈치였다. "안녕!" 나는 조용히 말했다. 하지만 의사가 나를 붙잡았다. 처음에는 내 존재가 에드바르다를 불편하게 했고, 내가 말을 할 때면 에드바르다는 눈을 내리깔았지만, 나중에는 그녀도 나를 적당히 참을 수 있게 되었고, 나한테 두어 번 짧은 질문을 던지기까지 했다. 그녀는 눈에 띄게 핼쑥해 보였다. 안개가 그녀의 얼굴에 잿빛으로 차갑게 내려앉아 있었다. 그녀는 마차에서 내리지 않았다.

"나는 볼일이 있어서 돌아다니는 중이에요." 그녀가 웃으면서 말했다. "교회에서 오는 길인데, 거기서는 아무도 찾지 못했어요. 모두 여기 모여 있다고 하더군요. 나는 댁들을 찾으려고 몇 시간 동안이나 돌아다녔어요. 우리는 내일 밤 작은 파티를 열 거예요. 내주에 떠나는 남작님의 송별 파티죠. 나는 여러분을 초대하는 일을 맡았어요. 춤도 출 거예요. 내일 밤, 잊지 마세요."

모두 고개 숙여 그녀에게 고마움을 표했다.

그녀는 다시 나에게 말했다.

"꼭 오세요. 막판에 가서 핑계 쪽지나 보내지 마시고요." 다른 사람한테는 이런 말을 하지 않았다. 그 직후, 그녀는 마차를 몰고 떠났다.

나는 이 예기치 않은 배려에 감동하여, 그것을 혼자 음미하려고 잠시 사람들의 시야에서 벗어났다. 그 후 의사와 손님들에게 작별 인사를 하고 집으로 향했다. 그녀는 나에게 얼마나 친절했는가! 그 보답으로 내가 해줄 수 있는 게 뭘까? 내 손이 무기력해졌다. 달콤한 냉기가 손목을 스치고 지나갔다. 나는 기쁨에 겨워 몸이 떨리고 기절할 것만 같았다. 무력감 때문에 주먹을 움켜쥘 수도 없었고, 눈에는 눈물이 고였다. 하지만 내가 그걸 어떻게 할 수 있겠는가?

나는 밤늦게 겨우 집에 도착했다. 부둣가를 지나가면서, 한 어부에게 우편선이 내일 밤까지 도착할 것 같으냐고 물어보았다. 아뇨. 우편선은 내주에나 도착할 겁니다. 나는 오두막으로 달려가서 제일 좋은 양복을 점검했다. 양복을 솔질해서 말끔하게 해놓았다. 옷에는 여기저기 구멍이 나 있었기 때문에, 나는 울면서 구멍을 수선했다.

그 일이 끝나자 나는 침대에 드러누웠다. 내 휴식은 한순간밖에 지속되지 않았다. 문득 어떤 생각이 떠오른다. 나는 벌떡 일어나 방 한복판에 멍하니 서 있다. 모든 게 또 다른 속임수일 뿐이야! 다른 사람들이 초대될 때 내가 우연히 거기에 있지 않았다면 나는 초대받지 못했을 거야. 게다가 그녀는 파티에 오지 말라는 분명한 암시까지 주었어. 핑계를 적은 쪽지를 보내라고…….

나는 밤새도록 잠을 이루지 못했다. 아침이 되자 나는 수면부족과 열병으로 기진맥진한 채 얼어붙은 숲으로 갔다. 이봐, 시릴룬에서는 파티를 준비하고 있어! 그래서? 나는 거기에 가지도 않을 테고, 핑계 쪽지도 보내지 않을 거야. 마크 씨는 교양이 있고 아주 친절한 사람이니까, 남작을 위해 이 송별 파티를 열려는 거겠지. 하지만 나는 가지 않을 거야. 알았어?

안개가 골짜기와 산 위에 두껍게 내려앉았다. 끈적끈적한 서리가 내 옷에 달라붙어, 옷이 무겁게 느껴졌다. 내 얼굴은 차갑고 축축했다. 이따금 바람이 불어 잠자고 있는 안개를 오르내리게 했다.

늦은 오후였다. 주위가 어두워지고 있었다. 안개는 내 시야에서 모든 것을 가렸고, 길잡이로 삼을 태양도 보이지 않았다. 나는 집으로 오는 길에 몇 시간을 헤맸지만, 서둘러 달리지는 않았다. 길을 잘못 들어 숲 속에서 낯선 곳을 만났을 때에도 별로 걱정하지 않았다. 마침내 나는 총을 나무에 기대어놓고 나침반을 들여다보았다. 나는 정확하게 방향을 잡아서 걷기 시작했다. 여덟 시나 아홉 시쯤이었을 것이다.

그때 무슨 일이 일어났다.

30분 뒤에 나는 안개를 뚫고 들려오는 음악 소리를 듣는다. 몇 분 뒤에 나는 그곳이 어딘지 알아차린다. 나는 시릴룬의 가장 큰 건물 근처에 있었다. 내 나침반이 내가 피하고 싶었던 바로 그곳으로 나를 잘못 안내한 것일까? 귀에 익은 목소리가 나를 부른다. 의사의 목소리. 그 직후, 나는 안으로 안내된다.

아아, 어쩌면 내 총신의 영향으로 나침반이 고장 났는지도 모른다. 나는 올해도 같은 경험을 한 적이 있다. 어떻게 생각해야 할지 모르겠다. 어쩌면 그것도 운명이었을 것이다.


# 27


나는 저녁 내내 이 파티에 오지 말았어야 했다는 쓸쓸한 느낌을 받았다. 사람들은 내가 도착한 것을 거의 알아차리지 못했다. 그들은 모두 서로에게 열중해 있었다. 에드바르다는 나를 별로 환영해주지도 않았다. 나는 환대받지 못한다는 것을 알았기 때문에 술만 계속 마셨지만, 그곳을 떠나지는 않았다.

마크 씨는 자주 미소를 지었고, 가장 상냥한 얼굴을 보여주었다. 그는 야회복을 입었고, 멋져 보였다. 그는 이 방 저 방을 돌아다니며 쉰 명쯤 되는 손님들과 어울렸고, 이따금 춤을 추었고, 농담을 하고 소리 내어 웃었다. 그의 눈 속에는 비밀이 숨어 있었다.

음악 소리와 목소리가 집 전체에 울려 퍼졌다. 손님들은 방 다섯 개를 차지했고, 커다란 거실에서는 사람들이 춤을 추고 있었다. 내가 도착했을 때는 이미 저녁식사가 끝난 뒤였다. 하녀들이 술잔과 포도주, 번쩍이는 커피포트, 시가와 파이프, 케이크와 과일을 들고 이리저리 뛰어다니고 있었다. 부족한 것은 아무것도 없었다. 샹들리에에는 이 파티를 위해 특별히 만든 굵은 양초가 꽂혀 있었다. 새 석유램프도 켜져 있었다.

에바가 부엌에서 일을 거들고 있었다. 나는 그녀를 언뜻 보았다. 세상에, 에바도 와 있다니!

남작은 조용하고 겸손하고 자기를 내세우지 않았지만, 많은 사람의 주목을 받았다. 남작도 야회복을 입고 있었는데, 상자에 담겨 있던 코트를 꺼내 입었기 때문에 코트 꼬리가 딱할 정도로 구겨져 있었다. 그는 끊임없이 에드바르다와 이야기를 나누었고, 눈으로 그녀를 좇았고, 그녀와 술잔을 마주쳤고, 목사나 의사의 딸들을 부를 때처럼 그녀를 '아가씨'라고 불렀다. 나는 그에게 끈질긴 반감을 품고 있어서, 그를 보기만 해도 고통스럽고 어리석게 얼굴을 찡그리며 고개를 돌리지 않을 수 없었다. 그가 나에게 말을 걸면 나는 퉁명스럽게 대꾸하고 입을 다물어버렸다.

나는 그날 저녁의 일을 몇 가지 기억하고 있다. 젊은 금발 여자와 이야기를 나누다가 어떤 이야기가 그녀를 웃게 만들었다. 별로 대단한 이야기도 아니었지만, 나는 그때 다소 들뜬 상태였고, 그래서 지금 기억할 수 있는 것보다 훨씬 재미있게 말했는지도 모른다. 그 이야기는 내 기억에서 사라졌지만, 어쨌든 내가 고개를 돌리자 에드바르다가 내 뒤에 서 있었다. 그녀는 나에게 감사하다는 눈길을 보냈다.

그 후 나는 에드바르다가 금발 여자를 옆으로 끌고 가서 내가 무슨 말을 했는지 알아내려 하는 것을 알아차렸다. 저녁 내내 추방당한 사람처럼 이 방 저 방 돌아다닌 뒤에 받은 에드바르다의 눈길이 얼마나 친절하게 느껴졌는지, 이루 말로 표현할 수가 없다. 나는 당장 기분이 유쾌해졌고, 그 후에는 많은 사람들과 이야기를 나누었고 무척 재미있었다. 내가 아는 한, 나는 어떤 실수도 저지르지 않았다…….

나는 현관 앞 계단에 나와서 서 있었다. 그때 에바가 뭔가를 들고 나타났다. 그녀는 나를 보더니 계단으로 나와서 재빨리 내 손을 어루만진 다음, 미소를 지으며 다시 안으로 들어갔다. 우리는 둘 다 말을 하지 않았다. 내가 막 그녀를 따라 안으로 들어가려는데, 에드바르다가 복도에 서서 나를 바라보고 있었다. 그녀도 말을 하지 않았다. 나는 거실로 들어갔다.

"글란 중위님은 바깥 계단에서 하녀들과 몰래 만나면서 즐기고 있네요." 에드바르다가 갑자기 큰 소리로 말했다. 그녀는 문간에 서 있었다. 몇 사람이 그녀의 말을 들었다. 그녀는 농담이라도 하고 있는 것처럼 소리 내어 웃었지만, 얼굴은 아주 창백했다.

나는 아무 대꾸도 하지 않고 이렇게 중얼거렸을 뿐이다.

"그건 우연이었어. 에바가 때마침 밖에 나왔고, 우리는 현관에서 마주쳤을 뿐이야."

시간이 지났다. 아마 한 시간쯤 지났을 것이다. 한 여자가 제 옷에 술을 엎질렀다. 에드바르다는 이것을 보자마자 외쳤다.

"어떻게 된 거예요? 물론 글란이 한 짓이겠죠."

내가 한 짓이 아니었다. 그 일이 일어났을 때 나는 방의 반대쪽에 있었다. 그때부터 나는 또 술을 마셨고, 춤추는 사람들에게 방해가 되지 않도록 계속 문간 옆에 서 있었다.

남작 주위에는 여전히 여자들이 모여 있었다. 그는 수집품을 이미 포장해버려서 그들에게 보여줄 수 없는 것을 아쉬워했다. 백해의 해초, 코르홀메르네의 진흙, 해저에서 채집한 광물 등. 여자들은 그의 셔츠에 달린 장식 단추와 그 단추에 새겨진 보관을 호기심 어린 눈으로 들여다보았다. 그러는 동안 의사는 뒷전으로 밀려나 있었다. 그의 재치 있는 욕설조차 이제는 효과가 없었다. 하지만 에드바르다가 말하고 있을 때면 그는 항상 가까이 있으면서 그녀의 말을 바로잡고, 쓸데없는 비판으로 그녀를 궁지에 몰아넣고, 차분하고 오만한 태도로 그녀를 억눌렀다.

"……내가 죽음의 골짜기를 건널 때까지." 그녀가 말했다.

"뭘 건넌다고?" 의사가 물었다.

"죽음의 골짜기요. 그렇게 부르지 않나요? 죽음의 골짜기라고?"

"사람들이 죽음의 강에 대해 말하는 건 들어본 적이 있어. 너도 그걸 말하려는 거 아냐?"

그 후 그녀는 이런저런 것을 감시하는 무언가에 대해 이야기했다.

"용." 의사가 끼어들었다.

"맞아요. 용 같은 것." 그녀가 대답했다.

하지만 의사는 다시 말했다.

"내가 널 궁지에서 구해준 걸 고맙게 생각해. 너는 '아르고스'*를 말할 작정이었던 게 분명해."

남작은 눈썹을 치켜 올리고 두꺼운 안경 속에서 놀란 눈길을 의사에게 던졌다. 그는 아마 그렇게 시시한 농담은 들어본 적이 없었을 것이다. 하지만 의사는 태연했다. 그는 남작에게 관심이 많았다!

나는 여전히 문간 옆에 서 있었다. 거실에서는 무도회가 일사천리로 진행되고 있었다. 나는 목사관에서 온 여자 가정교사와 대화를 나누었다. 우리는 크림 반도의 상황**에 대해, 프랑스에서 일어난 사건들, 황제로서의 나폴레옹***과 그의 터키인 보호 정책에 대해 이야기했다. 젊은 여자는 여름에 신문을 읽었

---

*그리스 신화에 나오는 괴물로, 100개의 눈을 가진 거인이다.
**러시아와 터키-영국-프랑스 연합국 사이에 벌어진 크림 전쟁(1853~1856)을 말한다.
***나폴레옹 1세의 조카이자 의붓외손자인 나폴레옹 3세(1808~1873)를 말한다.

기 때문에 새로운 소식을 나에게 알려줄 수 있었다. 마침내 우리는 이야기를 나누려고 소파에 앉았다.

그때 에드바르다가 다가와서 우리 앞에 멈춰 선다. 갑자기 그녀가 말한다.

"용서하세요, 중위님. 계단에서 중위님을 놀라게 해서 죄송해요. 다시는 안 그럴게요, 선생님."

그러고는 다시 한 번 웃었지만, 나를 바라보지는 않았다.

"에드바르다 양, 그만두는 게 어때요!" 내가 말했다.

그녀는 나를 '선생님'이라고 불렀다. 이것은 결코 좋은 징조가 아니었다. 게다가 그녀의 얼굴에는 심술궂은 표정이 떠올라 있었다. 나는 의사를 생각하고, 대범하게 어깨를 으쓱했다. 의사도 이런 상황에서는 분명 그랬을 것이다.

"하지만 왜 부엌으로 가지 않으세요, 선생님? 에바는 거기 있어요. 선생님도 그곳에 있어야 할 것 같은데요."

그녀는 이렇게 말하고 나서 나에게 심술궂은 눈길을 던졌다.

나는 파티에 그렇게 많이 가보지는 않았지만, 몇 번 참석한 파티에서는 그런 말투로 말하는 것을 들은 적이 한 번도 없었다.

"에드바르다 양, 괜히 오해받을 짓을 하고 있는 거 아니오?"

"아뇨. 뭐라고요? 아니, 어쩌면 그럴지도 모르지만, 어떻게요?"

"에드바르다 양은 이따금 너무 서둘러 말해요. 예를 들면 지금도 에드바르다 양은 나를 부엌으로 쫓아 보내려는 것 같지만, 물론 그건 오해겠죠. 결국 나는 에드바르다 양이 그렇게 무례하게 굴 작정이 아니었다는 것을 잘 알고 있으니까 말이오."

그녀는 우리 곁을 떠나 몇 걸음 걸어갔다. 나는 그녀의 얼굴을 보고 그녀가 내 말을 곰곰 생각하고 있다는 것을 알 수 있었다. 곧 그녀는 홱 돌아서서 우리에게 돌아오더니 가쁜 숨을 몰아쉬며 말했다.

"그건 오해가 아니었어요, 중위님. 내 말을 정확하게 들으신 거예요. 나는 선생님을 부엌으로 쫓아 보내려고 했어요."

"오호, 하지만 에드바르다!" 여자 가정교사가 놀라서 외쳤다.

나는 크림 반도의 상황에 대해 다시 이야기하기 시작했다. 하지만 내 생각은 거기에서 멀리 떨어져 있었고, 나는 더 이상 이야기에 흥미를 느끼지 못했다. 그저 머리가 멍했을 뿐이다. 땅이 내 발밑에서 미끄러지고 있었고, 불운한 경우에 그랬듯이 나는 평정을 잃었다. 나는 소파에서 일어나 밖으로 나가고 싶었다. 그런데 의사가 나를 붙잡았다.

"방금 당신에 대한 찬사를 들었소."

"찬사요? 누구한테요?"

"에드바르다한테. 에드바르다는 아직도 저기 구석에 서서 당신을 열심히 바라보고 있소. 나는 절대 잊지 않을 거요. 에드바르다의 눈을 보니 정말로 사랑에 빠진 것처럼 보였소. 에드바르다는 자기가 당신을 얼마나 사모하는지를 큰 소리로 털어놓았지요."

"그거 좋군요." 나는 웃으면서 대답했다. 아아, 내 머릿속에 또렷한 생각은 하나도 없었다.

　나는 남작에게 가서 그에게 무언가를 속삭이고 싶은 것처럼 허리를 숙였다. 그리고 거리가 충분히 가까워지자 그의 귀에다 침을 뱉었다. 그는 벌떡 일어나 멍한 표정으로 나를 바라보았다. 나중에 나는 그가 에드바르다한테 그 일을 일러바쳤고 에드바르다가 화가 난 것을 알아차렸다. 그녀는 아마 내가 바다에 던진 구두, 내가 깨뜨린 컵과 술잔, 그 밖에 내가 저지른 온갖 형태의 위반 행위를 생각하고 있었을 것이다. 그것은 그녀의 기억에서 어쩔 수 없이 다시 되살아났다. 하나도 남김없이 모두. 나는 부끄러움을 느꼈다. 나는 이제 끝났다. 어느 쪽을 향해도 겁먹고 깜짝 놀란 눈과 마주쳤다. 나는 작별 인사도 고맙다는 말도 하지 않고 시릴룬에서 몰래 빠져나왔다.

## 28

남작은 떠날 것이다. 좋다. 나는 총을 장전하고 산에 가서, 남작과 에드바르다에게 경의를 표하여 요란하게 총을 쏠 것이다. 절벽에 깊은 구멍을 내고, 남작과 에드바르다에게 경의를 표하여 산 하나를 날려 보낼 것이다. 그러면 커다란 바위 하나가 산비탈을 굴러 내려가, 남작이 탄 배가 지나갈 때 바다에 풍덩 뛰어들 것이다. 나는 산의 갈라진 틈, 전에 바위들이 굴러 떨어지면서 바다까지 길을 만들어놓은 곳을 알고 있다. 저 밑에는 보트 상륙장이 있다.

"정* 두 개!" 나는 대장장이에게 말한다.

그러면 대장장이는 정 두 개를 날카롭게 깎는다…….

에바는 마크 씨의 말을 타고 방앗간과 부두 사이를 오가기 시작했다. 그녀는 곡식과 밀가루 부대를 나르는, 남자가 할 일을 해야 한다. 나는 그녀를 만난다. 생기 있는 얼굴이 멋져 보인다. 아아, 그녀의 미소는 얼마나 부드럽게 빛나는가. 나는 저녁마다 그녀를 만났다.

"너는 세상에 걱정거리가 하나도 없는 것처럼 보여, 내 사랑 에바."

"나를 내 사랑이라고 부르는군요! 나는 배우지 못한 여자지만, 당신에게는 진실할 거예요. 그 때문에 죽어야 한다 해도 당신한테 진실할 거예요. 마크 씨는 날이 갈수록 점점 더 엄해지고 있지만, 나는 그걸 아무렇지도 않게 생각해요. 마크 씨는 마구 호통을 치고 고함을 지르지만, 나는 대꾸도 하지 않아요. 마크 씨는 화가 나서 내 팔을 움켜잡고 얼굴이 잿빛으로 변했답니다. 나한테는 딱 한 가지 걱정거리가 있어요."

"그게 뭐지?"

"마크 씨가 당신을 위협하고 있어요. 마크 씨는 나한테 말해요. '아하, 너는 그 중위한테 홀딱 반했구나!' 나는 대답하죠. '그래요. 나는 그 사람 거예요.' 그러면 마크 씨는 말해요. '기

*돌에 구멍을 뚫거나 돌을 쪼아서 다듬는, 쇠로 만든 연장.

다려. 내가 이제 곧 그놈을 없애버릴 테니까!' 마크 씨는 어제 그렇게 말했어요."

"아무래도 좋아. 마음대로 위협하게 내버려둬. 에바, 네 발이 여느 때처럼 작은지 봐도 돼? 눈을 감고 나한테 발을 보여 줘!"

그러면 그녀는 눈을 감고 두 팔로 내 목을 얼싸안는다. 전율이 그녀의 몸을 꿰뚫는다. 나는 그녀를 숲 속으로 데려간다. 말이 서서 기다리고 있다.


## 29

나는 산 위에서 바위에다 정으로 구멍을 뚫고 있다. 수정처럼 맑은 가을 공기가 나를 감싸고 있다. 정이 바위를 때리는 소리가 끊임없이 율동적으로 울려 퍼진다. 이솝은 의아한 눈으로 나를 지켜본다. 이따금 만족감이 솟아나와 내 가슴속을 흐른다. 내가 여기 쓸쓸한 산 속에 있다는 것은 아무도 모른다.

철새들이 떠났다―즐겁게 여행하고 돌아오렴! 이제 북방쇠박새들은 다른 박새들과 이따금 보이는 바위종다리들과 함께 바위로 뒤덮인 산비탈과 덤불숲에서 외롭게 살고 있다. 삐삐, 삐삐! 모든 것이 이상하게 변했다. 자작나무는 회색 바위들을 배경으로 붉은 피를 흘리고, 히스 들판에는 초롱꽃과 분홍바늘꽃이 여기저기 돋아나 바람에 흔들리며 부드럽게 콧노래를 부르고 있다. 쉿! 하지만 그 모든 것 위에서는 물수리가 목을 쭉 뻗은 채 맴돌면서 산 속으로 점점 더 깊이 들어가고 있다.

저녁이 온다. 나는 정과 망치를 바위 밑에 치우고 휴식을 취한다. 모든 것이 잠든다. 달이 북쪽 하늘에 미끄러져 올라오고, 절벽들이 거대한 그림자를 던진다. 보름달이다. 달은 빛나는 섬처럼 보이기도 하고, 놋쇠로 만든 둥근 물체처럼 보이기도 한다. 나는 뭔지 알 수 없는 그 신비로운 물체 주위를 돌면서 이게 뭘까 하고 궁금해한다. 이솝이 일어나서 불안한 듯 이리저리 돌아다닌다.

"뭘 원하니, 이솝? 나는 슬픔에 지쳤어. 슬픔을 잊고 싶어. 슬픔을 달래고 싶어. 이솝! 명령하겠는데, 가만히 엎드려 있어. 나는 아무 소리도 내지 않겠다. 에바가 물었어. '이따금 나를 생각하세요?' 내가 대답했지. '그럼, 항상 생각하지.' 에바가 다시 물었어. '나를 생각하는 게 당신한테 기쁨을 주나요?' 나는 대답했지. '완전한 기쁨을 주지. 기쁨밖에는 아무것도 주지 않아.' 그러면 에바가 말했어. '당신 머리카락이 백발로 변하고 있어요.' 그러면 나는 대답했지. '그래, 백발이 되고 있어.' 하지만 에바는 물었어. '당신 머리가 백발이 되는 게 당신이 생각하고 있는 것 때문인가요?' 그 질문에 나는 대답했지. '어쩌면 그럴지도.' 마지막으로 에바가 말했어. '그러면 당신은 나만 생각하고 있는 게 아니에요…….' 이솝, 가만히 엎드려 있어. 다른 이야기를 해줄게……."

하지만 이솝은 계속 선 채 흥분하여 아래쪽 골짜기로 코를 향하고 쿵쿵거리다가 낑낑거리며 내 옷을 잡아당긴다. 내가 마침내 일어나서 이숩을 따라가자, 녀석은 재빨리 뛰쳐나간다. 붉은빛이 숲 위의 하늘에 보인다. 나는 계속 나아간다. 내 눈앞에 모닥불이 나타난다. 거대한 모닥불이다. 나는 멈춰 서서 바라보다가 몇 걸음 걸어가서 다시 바라본다.

내 오두막이 불길에 휩싸여 있다.


# 30

불은 마크 씨가 지른 것이었다. 나는 처음부터 그것을 알았다. 나는 짐승 가죽과 새의 날개들을 잃었고, 박제한 독수리도 잃어버렸다. 모두 다 불타버렸다. 이제 어떡하지? 나는 잠자리를 부탁하러 시릴룬에 가지 않고 이틀 밤을 노숙했다. 결국 나는 부둣가에 버려진 어부의 작업장을 빌려서 말린 이끼로 틈새를 메웠다. 잠은 산에서 월귤나무 히스를 한 수레 가져다가 깔고 그 위에서 잤다. 나는 다시 위기에서 벗어나 여유를 되찾았다.

에드바르다가 내 재난에 대해 들었다면서, 아버지를 대신하여 시릴룬의 방을 한 칸 내주겠다는 전갈을 보내왔다. 에드바르다가 감동했나? 에드바르다는 관대한가? 나는 아무 답장도 보내지 않았다. 다행히 나는 이제 잠자리가 없는 것도 아니고, 에드바르다의 제안을 무시하는 것은 나에게 자긍심과 기쁨을 느끼게 해주었다. 나는 길에서 남작과 함께 있는 그녀를 만났다.

그들은 팔짱을 끼고 걷고 있었다. 나는 그들의 눈을 똑바로 보았고, 지나가면서 인사를 했다. 그녀가 걸음을 멈추고 물었다.

"그러니까 시릴룬에 와서 우리와 함께 머물지 않을 거군요, 중위님?"

"나는 벌써 새 집을 마련했소." 나도 멈춰 서면서 대답했다.

그녀는 나를 쳐다보았다. 그녀의 가슴이 부풀어 올랐다.

"우리와 함께 지내도 손해 볼 건 없을 텐데요."

나는 고마움을 느꼈지만 아무 말도 할 마음이 나지 않았다. 남작은 천천히 걷고 있었다.

"이젠 나를 보고 싶지 않은가봐요?" 그녀가 물었다.

"내 집이 불탔을 때 잠자리를 마련해주겠다고 말해줘서 고맙소, 에드바르다 양." 나는 말했다. "당신 아버지의 동의를 받은 게 아니었기 때문에 더욱 고맙고 훌륭했소."

나는 모자를 벗고 고마움을 표했다.

"정말로 나를 다시 보고 싶지 않으세요, 글란?"

그때 남작이 그녀를 불렀다.

"남작이 부르고 있소." 나는 다시 모자를 벗고 깊이 고개를 숙이면서 말했다.

그리고 나는 산 속으로 들어가, 산을 폭파하기 위해 구멍을 뚫고 있는 곳으로 갔다. 아무것도, 아무것도 이제 다시는 내 평정을 어지럽히지 못할 것이다.

나는 에바를 만났다.

"마크 씨는 나를 쫓아낼 수 없어. 마크 씨는 내 오두막을 불태웠지만, 나는 벌써 다른 오두막을 구했지."

에바는 솔과 타르가 든 양동이를 들고 있었다.

"이게 뭐지, 에바?"

마크 씨는 절벽 아래 상륙장에 보트를 뒤집어놓고, 그 보트에 타르를 칠하라고 그녀에게 시킨 것이다. 그는 그녀의 모든 행동을 감시했고, 그녀는 지시에 따를 수밖에 없었다.

"하지만 왜 상륙장이지? 왜 부두에서 하지 않는 거야?"

마크 씨가 그렇게 하라고 명령을 내렸으니까…….

"에바, 에바, 내 사랑. 너는 노예가 되어서도 불평하지 않는구나. 너는 지금 다시 미소를 짓고 있어. 너는 노예지만, 너의 미소 속에는 생기가 반짝거려."

나는 폭파용 구멍을 뚫고 있는 곳으로 와서 놀라운 일과 마주쳤다. 누군가가 거기에 온 것을 알아차리고, 자갈길에 난 발자국을 조사했다. 그리고 마크 씨의 길고 뾰족한 구두 발자국을 알아보았다. 그가 무엇 때문에 이 근처를 냄새 맡고 다닐까? 나는 속으로 생각하며 주위를 둘러보았다. 아무도 보이지 않았다. 내 마음속에는 의혹이 일어나지 않았다.

나는 내가 어떤 해를 끼치게 될지 전혀 모른 채 정을 망치로 때리기 시작했다.

# 31

우편선이 도착하여 나에게 군복을 갖다주었다. 우편선은 남작과 다양한 조가비와 해초가 든 그의 상자를 모두 싣고 떠날 예정이었다. 우편선은 지금 부두에서 청어와 간유를 싣고 있었다. 우편선은 저녁에 떠날 것이다.

나는 총을 움켜잡고 총신 두 개에 화약을 충분히 채웠다. 그 일이 끝나자 혼자 고개를 끄덕였다. 산에 올라가서 폭파용 구멍에도 화약을 채웠다. 나는 다시 고개를 끄덕였다. 이제 모든 준비가 끝났다. 나는 때를 기다리려고 드러누웠다.

나는 몇 시간 동안 기다렸다. 그동안 부두에서 기선의 캡스턴이 물건을 들어 올리고 내리는 소리를 들을 수 있었다. 벌써 어두워지고 있었다. 마침내 기적이 울고, 화물은 모두 배에 실리고, 배는 떠난다. 이제 몇 분만 기다리면 된다. 달은 뜨지 않았다. 나는 저녁의 어스름을 필사적으로 들여다보았다.

뱃머리의 끝부분이 작은 섬 뒤에서 나타나자마자 나는 도화선에 불을 붙이고 재빨리 물러섰다. 1분이 지난다. 갑자기 꽝! 소리가 나고, 바위 파편들이 공중으로 치솟고, 산이 뒤흔들리고, 바위가 굴러 내려간다. 메아리가 주위의 절벽에서 되울린다. 나는 총을 움켜잡고 총신 하나를 발사한다. 메아리가 수없이 울린다. 잠시 후 나는 두 번째 총신도 발사한다. 나의 예포는 공기를 진동시켰고, 메아리는 굉음을 넓은 세계로 내던졌다. 주위의 산들이 일치단결하여 떠나는 배에게 힘찬 외침으로 인사를 하는 것 같았다. 몇 분이 지난다. 공기가 가라앉고, 메아리가 절벽 사이에서 잠잠해지고, 대지가 다시 조용해진다. 배는 황혼 속으로 사라진다.

나는 신비로운 흥분으로 여전히 떨고 있었다. 나는 정과 총을 겨드랑이에 끼고 무릎을 후들거리며 산비탈을 내려가기 시작했다. 나는 산사태가 남긴 흙먼지를 지켜보면서 지름길로 내려갔다. 이솝은 줄곧 고개를 저었고, 타는 냄새에 연신 재채기를 했다.

보트 상륙장으로 내려왔을 때 내가 마주친 광경은 격렬하기 이를 데 없는 동요 속으로 나를 몰아넣었다. 그곳에는 보트가 굴러 떨어진 바위에 짓눌려 짜부라져 있고, 에바가 그 옆에 너부러져 있었다. 그녀는 굴러 떨어진 바윗돌에 맞아 박살나 있었다. 옆구리와 배는 너덜너덜하게 찢겨 있었다. 에바는 즉사했던 것이다.

## 32

내가 더 이상 쓸 게 뭐가 있겠는가? 나는 며칠 동안 총을 쏘지 않았다. 식량도 없었고, 아무것도 먹지 않았다. 나는 오두막에 앉아 있었다. 에바는 하얗게 칠한 마크 씨의 집배에 실려 교회로 옮겨졌다. 나는 육로로 가서 무덤 옆에 나타났다.

에바가 죽었다. 수녀 같은 머리 모양을 한 그 작고 가녀린 그녀의 얼굴을 기억하는가? 그녀는 조용히 와서 짐을 내려놓고 미소를 지었다. 그 미소가 얼마나 생기 있게 빛나는지 보았는가? 조용히 해, 이솝! 나는 4세대 전인 이셀린 시대, 스타메르가 교구 목사였던 시절의 야릇한 전설을 기억하고 있다.

한 처녀가 돌탑에 감금되었다. 그녀는 영주를 사랑했다. 왜? 바람과 별들에게 물어보라. 생명의 신에게 물어보라. 다른 사람은 아무도 이런 것들을 모르므로. 영주는 그녀의 친구였고 연인이었지만, 시간이 흘렀다. 어느 맑은 날, 그는 다른 사람을 보았고 그의 마음은 그녀를 떠났다.

그는 젊은이답게 그 처녀를 사랑했다. 그는 그녀를 '나의 행복'이나 '내 비둘기'라고 불렀고, 그녀의 포옹은 뜨거운 파도 같았다. 그가 말했다. "네 마음을 줘!" 그녀는 마음을 주었다. 그가 말했다. "뭐 좀 부탁해도 돼, 내 사랑?" 그녀는 기쁜 마음으로 대답했다. "그럼요." 그녀는 그에게 모든 것을 다 주었지만, 그는 고맙다는 인사도 하지 않았다.

그는 다른 여자를 노예처럼, 미치광이처럼, 거지처럼 사랑했다. 왜? 길바닥의 먼지와 떨어지는 나뭇잎에 물어보라. 생명의 신비로운 신에게 물어보라. 다른 사람은 아무도 이런 것들을 모르므로. 그녀는 그에게 아무것도 주지 않았다. 아무것도 그에게 주지 않았지만, 그는 그녀에게 감사했다. 그녀가 말했다. "당신의 평화와 건강을 줘요." 그는 그녀가 그의 목숨을 요구하지 않은 것을 슬퍼했다.

그리고 처녀는 탑에 갇혔다……

뭘 하고 있나요, 아가씨? 웃고 있군요.

10년 전의 일을 생각하고 있어요. 내가 그를 만난 게 10년 전이었어요.

아직도 그를 기억하고 있나요?

아직도 그를 기억하고 있어요.

그리고 시간이 흐른다······.

뭘 하고 있나요, 아가씨? 왜 웃고 있죠?

그의 식탁보에 그의 이름을 수놓고 있어요.

누구 이름요? 당신을 가둔 남자의 이름?

네. 내가 20년 전에 만난 그 남자의 이름요.

그를 아직도 기억하는군요?

변함없이 기억하고 있어요.

그리고 시간이 흐른다······.

뭘 하고 있나요, 사랑의 포로여?

나는 늙어가고 있어요. 이제 눈이 보이지 않아서 바느질도 할 수가 없어요. 나는 벽에서 회반죽을 긁어내요. 그 회반죽으로 항아리를 만들 거예요. 그에게 줄 작은 선물로.

누구를 말하는 거죠?

내 연인, 나를 탑에 가둔 그 사람 말이에요.

그 사람은 당신을 가두었는데, 당신은 웃고 있군요?

그이가 뭐라고 할지 궁금해요. 아마 그이는 이렇게 말할 거예요. 이것 봐, 내 애인이 작은 항아리를 보내주었어. 30년이 지났는데도 그녀는 나를 잊지 않았어.

그리고 시간이 흐른다……

사랑의 포로여! 당신은 아무것도 하지 않고 웃기만 하는군요?

나는 늙어가고 있어요. 늙어가고 있다고요. 내 눈은 멀었어요. 나는 생각하는 것 말고는 아무것도 하지 않아요.

40년 전에 만난 그 사람을 생각하나요?

내가 젊었을 때 만난 그 사람을 생각해요. 아마 그건 40년 전일 거예요.

하지만 그가 죽은 걸 모르세요? 창백해지는군요, 할머니. 대답하지 않는군요. 당신의 입술은 파랗고, 이제는 숨을 쉬지 않는군요……

탑에 갇힌 처녀의 전설은 그런 식으로 진행되었다. 잠깐만 기다려, 이솝. 무언가를 잊어버렸어. 어느 날 그녀는 안마당에서 나는 애인의 목소리를 듣고는 무릎을 꿇고 얼굴을 붉혔다. 그때 그녀는 마흔 살이었다.

에바, 나는 너를 묻는다. 그리고 네 무덤 위에 입을 맞춘다. 너를 생각하면 화려한 장밋빛 추억이 내 가슴속을 미끄러지듯 지나간다. 너의 미소를 생각하면 축복이 나에게 빗발치듯 쏟아지는 것 같다. 너는 모든 것을 주었다. 너의 전부를 주었다. 그것은 너에게 어떤 노력도 요구하지 않았다. 너는 생명 자체의 팔팔한 딸이었으니까. 하지만 눈길조차 주기를 아까워하는 다른 사람들이 내 생각을 모두 사로잡고 있는지도 모른다. 왜? 열두 달에게 물어보라. 바다에 떠 있는 배들에게 물어보라. 마음의 신비로운 신에게 물어보라……

# 33

한 남자가 말했다.

"이제는 총을 쏘지 않는다고요? 이솝이 숲 속에서 짖고 있어요. 녀석은 토끼를 쫓아다니고 있어요."

나는 말했다.

"가서 나 대신 그 토끼를 쏘세요."

며칠이 지났다. 마크 씨가 나를 찾아왔다. 그의 눈은 퀭해 보였고, 얼굴은 잿빛이었다. 나는 생각했다. 내가 사람들을 꿰뚫어 볼 수 있다는 건 사실일까 아닐까? 나는 정말로 모르겠다.

마크 씨는 낙석 사고에 대해, 그 재난에 대해, 비극적인 우연의 일치에 대해 이야기했다.

"그건 결코 자네 책임이 아닐세."

내가 대답했다.

"어떤 희생을 치르더라도 에바와 나를 갈라놓고 싶어 한 사람이 있었다면, 그 사람은 목적을 달성한 셈이지요. 빌어먹을 놈 같으니!"

마크 씨는 의심스러운 듯 눈을 가늘게 뜨고 나를 바라보았다. 그는 아름다운 장례식에 대해 뭐라고 중얼거렸다. 비용을 전혀 아끼지 않았다고…….

나는 거기에 앉아 그의 약삭빠름에 감탄하고 있었다.

그는 내가 일으킨 산사태로 부서져버린 보트에 대해서는 어떤 보상도 바라지 않았다.

"하지만 안 돼요!" 내가 말했다. "보트와 타르와 솔 값을 정말로 나한테 청구하지 않을 겁니까?"

"이보게, 중위!" 그가 대답했다. "자넨 어떻게 그런 생각을 할 수 있나!"

그는 증오심이 가득 찬 눈으로 나를 바라보았다.


나는 3주 동안 에드바르다를 보지 못했다. 아니, 내가 빵을 사러 간 가게에서 그녀와 마주친 적이 딱 한 번 있었다. 그녀는 카운터 뒤에 서서 다양한 옷감을 뒤적거리고 있었다. 그녀 옆에 있는 사람은 두 점원뿐이었다.

나는 큰 소리로 인사를 했다. 그녀는 고개를 들었지만 대답하지는 않았다. 그녀 앞에서 빵을 주문할 수는 없다는 생각이 문득 떠올랐다. 그래서 나는 점원들 쪽으로 돌아서서 산탄과 화약을 달라고 말했다. 나는 점원이 무게를 다는 동안 줄곧 그녀한테서 눈을 떼지 않았다.

단춧구멍이 닳아 해진 작은 회색 드레스. 그녀의 납작한 젖가슴이 격렬하게 오르내렸다. 여름 동안 그녀는 얼마나 자랐는가! 그녀의 이마는 사려 깊어 보였고, 유난히 흰 눈썹은 그녀의 얼굴에 떠오른 두 개의 수수께끼 같았고, 그녀의 모든 움직임은 전보다 한결 성숙해져 있었다. 나는 그녀의 손을 보았다. 그 길고 섬세한 손가락들이 나타내는 표정은 나에게 강한 영향을 주었고, 나를 떨게 했다. 그녀는 여전히 옷감을 뒤적거리고 있었다.

나는 거기에 서서, 이솝이 카운터 뒤로 슬며시 들어가서 펄쩍 뛰어 그녀를 알아보기를 바라고 있었다. 그러면 나는 이솝을 당장 불러내고 사과할 수 있을 것이다. 그녀는 뭐라고 대답할까?

"여기 있습니다!" 점원이 말한다.

나는 돈을 내고 꾸러미를 집어 들고 그녀에게 작별 인사를 했다. 그녀는 고개를 들었지만, 이번에도 대답하지 않았다. 좋아! 나는 생각했다. 에드바르다는 이미 남작의 신부가 되었는지도 몰라. 나는 빵을 사지 않고 가게를 나왔다.

밖으로 나오자 나는 창문을 힐끗 쳐다보았다. 내 모습을 눈으로 좇고 있는 사람은 아무도 없었다.


# 34

그러던 어느 날 밤, 눈이 내렸다. 그리고 오두막이 썰렁하게 느껴지기 시작했다. 오두막에는 요리용 난로가 있었지만 땔나무는 잘 타지 않았고, 벽의 틈새를 최대한 잘 막았지만 그래도 외풍이 심했다. 가을은 지났고, 낮이 점점 짧아지고 있었다. 첫눈은 아직 햇볕 때문에 녹아버려서 다시 땅바닥이 드러났지만, 밤에는 추워서 물이 꽁꽁 얼었다. 그리고 풀과 곤충들은 모두 죽었다.

신비로운 침묵이 사람들 위에 내려앉았다. 그들은 생각에 잠겼고 말이 없었다. 그들의 눈은 겨울을 기다리고 있었다. 건조장에서는 어떤 외침 소리도 들리지 않았다. 항구도 조용했다. 모든 것이 해가 바닷속에서 잠자는 끝없는 오로라의 밤을 준비하고 있었다. 바다에 외롭게 떠 있는 보트에서 조용히 노 젓는 소리가 들려왔다.

한 여자가 노를 저어 왔다.

"그동안 어디 있었어?"

"어디에도 없었어요."

"어디에도 없었다고? 이봐, 나는 너를 알아. 우리는 지난여름에 만났잖아."

그녀는 배를 옆으로 대고 해안으로 올라오더니 보트를 고정시켰다.

"너는 양치기 소녀였어. 양말을 짜고 있었지. 우리는 어느 날 밤에 만났어."

희미한 홍조가 그녀의 뺨에 번진다. 그녀는 수줍게 웃었다.

"내 오두막에 들어와서 나에게 너를 보여줘. 그래 생각났어. 네 이름은 헨리에테였어."

하지만 그녀는 말없이 내 앞을 지나간다. 가을, 겨울이 그녀를 사로잡았다. 그녀의 감각은 잠들었다.

벌써 태양은 바닷속에 잠겨 있었다.

# 35

처음으로 나는 군복을 입고 시릴룬으로 내려갔다. 내 가슴은
두근거리고 있었다.

나는 에드바르다가 나에게 달려와 모든 사람 앞에서 나를
끌어안았던 그 첫날의 일을 기억해냈다. 지금 그녀는 벌써 몇
달 동안 이리저리 나를 던져서 내 머리를 백발로 만들고 있었
다. 내 잘못이라고? 그렇다. 내 별이 나를 잘못된 길로 인도했
다. 나는 생각했다. 오늘 내가 그녀의 발치에 몸을 던지고 내
마음의 비밀을 고백하면 그녀는 얼마나 고소해할까? 그녀는
나에게 의자를 권하고 포도주를 가져오게 할 거야. 그리고 나
와 함께 포도주를 마시려고 술잔을 입술로 들어 올리면서 말하
겠지. 우리가 함께 보낸 시간을 고맙게 생각해요, 중위님. 나는
절대로 잊지 않겠어요! 하지만 그때 내가 기쁨을 느끼고 희망
을 보이면, 그녀는 술을 마시는 척 시늉만 하고 술잔을 그대로
내려놓을 거야. 그리고 자기가 술을 마시는 척 시늉만 한다는
것을 나에게 감추지 않을 거야. 그게 바로 그녀가 나에게 보여
주고 싶은 거니까. 그게 그녀의 방식이지.

좋아! 오래지 않아 결정적인 시간이 올 거야.

나는 길을 걸어가면서 계속 생각했다. 내 군복이 그녀에게
깊은 인상을 줄 거야. 군복에 달린 장식끈은 새 것이고 멋있어.
장교용 칼은 마룻바닥에 닿아서 철걱철걱 소리를 낼 거야. 신
경질적인 기쁨이 온몸을 휩쓸었다. 나는 속으로 속삭였다. 무

슨 일이 일어날지 누가 알겠는가? 나는 고개를 들고 팔을 머리 위로 쳐들었다. 자기비하 따위는 하지 말자! 조금이라도 자존심을 갖자! 무슨 일이 일어나도 상관없다. 나는 더 이상 청혼하지 않겠다. 청혼하지 않아서 미안해, 아름다운 아가씨…….

나는 마당에서 마크 씨를 만났다. 그의 얼굴은 더 잿빛이 되었고 눈은 전보다 더 퀭해 보였다.

"떠날 건가? 하긴 요즘에는 별로 유쾌하게 지내지 못했겠지? 오두막도 불타버렸고." 이렇게 말하고 마크 씨는 빙긋 웃었다.

갑자기 나는 세상에서 가장 빈틈없고 약삭빠른 남자를 눈앞에 보고 있는 듯한 기분을 느꼈다.

"들어오게, 중위. 에드바르다는 안에 있어. 어쨌든 잘 가게. 우리는 아마 배가 떠날 때 부두에서 만나게 될 걸세." 그는 고개를 숙이고 생각에 잠긴 채 휘파람을 불면서 떠났다.

에드바르다는 거실에 앉아서 책을 읽고 있었다. 내가 들어가자 그녀는 내 군복 차림을 보고 잠깐 놀란 듯했다. 새처럼 곁눈질로 나를 슬쩍 보고는 얼굴을 붉히기까지 했다. 그녀의 입이 벌어졌다.

"작별 인사를 하러 왔어." 나는 겨우 입을 열었다.

그녀가 당장 일어났다. 그녀가 내 말에 충격을 받았다는 것을 알 수 있었다.

"떠난다고요? 지금요?"

"배가 오는 대로." 나는 그녀의 손을, 그녀의 두 손을 잡았

166

다. 어리석은 기쁨이 나를 사로잡았다. 그리고 나는 외쳤다. "에드바르다!" 그리고 그녀를 노려보았다.

같은 순간, 그녀는 차가웠다. 차갑고 도전적이었다. 그녀는 온 힘을 다해 나에게 저항했다. 그녀는 꼿꼿이 섰다. 나는 그녀 앞에서 거지가 된 기분을 느끼고 그녀의 손을 놓아주었다. 그 순간부터 나는 기계적으로 같은 말을 되풀이한 것을 기억한다. "에드바르다! 에드바르다!" 아무 생각도 하지 않고 그녀의 이름만 여러 번 불렀다. 그녀가 "네? 무슨 말을 할 건데요?" 하고 물었을 때 나는 한 마디 설명도 하지 않았다.

"당신이 벌써 떠난다니!" 그녀가 다시 말했다. "내년에는 누가 올까요?"

"다른 사람이 오겠지. 오두막은 다시 지어질 거야."

침묵. 그녀는 벌써 책으로 손을 뻗고 있었다.

"아버지가 안 계셔서 죄송해요. 하지만 아버지한테 안부는 전해드릴게요."

이 말에 나는 아무 대답도 하지 않았다. 나는 앞으로 나아가 다시 한 번 그녀의 손을 잡고 말했다.

"잘 있어, 에드바르다."

"안녕히 가세요."

나는 가려고 문을 열었다. 그녀는 벌써 책을 손에 들고 읽고 있었다. 정말로 책을 읽으면서 페이지를 넘기고 있었다. 나의 떠남은 그녀에게 아무런 영향도 주지 않았다.

나는 헛기침을 했다.

그녀는 나를 돌아보며 놀란 듯이 말했다.

"아니, 아직 안 떠나셨군요? 나는 당신이 떠난 줄 알았어요."

진실은 하느님만이 아시겠지만, 그녀는 지나치게 깜짝 놀란 표정을 지었다. 조심하는 것을 잊고, 그녀는 자신의 놀람을 과장했다. 어쩌면 그녀는 내가 뒤에 서 있는 것을 줄곧 알고 있었는지도 모른다는 생각이 들었다.

"이제 떠날 거야." 내가 말했다.

그러자 그녀는 일어나서 나에게 다가왔다.

"당신이 떠나니까, 당신의 기념품을 갖고 싶어요." 그녀가 말했다. "당신한테 뭔가를 요구할 작정이었는데, 그건 좀 지나친 요구인 것 같아요. 이솝을 나한테 주실래요?"

나는 생각해보지도 않고 대답했다.

"좋아."

"그럼 내일 이솝을 데려다주실 수 있겠네요?"

나는 떠났다.

나는 창문을 쳐다보았다. 그곳엔 아무도 없었다.

다 끝났다⋯⋯.


오두막에서의 마지막 밤. 나는 시간을 헤아리면서 곰곰 생각에 잠겼다. 아침이 되자 나는 마지막 식사를 준비했다. 추운 날이었다.

왜 그녀는 나한테 직접 개를 데려다달라고 부탁했을까? 나와 이야기하고 싶었을까? 마지막으로 나한테 뭔가를 말하고 싫었을까? 나는 더 이상 기대할 게 없었다. 그런데 그녀는 이솝을 어떻게 다룰까? 이솝, 그녀는 널 괴롭힐 거야! 나 때문에 너를 채찍질하고, 때로는 어쩌다 귀여워하기도 하겠지만, 이유도 없이 너를 채찍질하고 너를 망쳐놓을 거야…….

나는 이솝을 불러서 토닥여주고, 이솝과 머리를 맞대고 총을 움켜잡았다. 이솝은 우리가 사냥을 가는 줄 알고 기뻐서 낑낑거리고 있었다. 또다시 나는 이솝과 머리를 맞댔다. 그리고 총구를 이솝의 목에 눌러대고 방아쇠를 당겼다.

나는 사람을 불러서 이솝의 시체를 에드바르다에게 보냈다.


# 36


우편선은 오후에 떠날 예정이었다.

나는 부두로 내려갔다. 내 짐은 이미 배에 실려 있었다. 마크 씨는 나와 악수를 하고, 여행하는 동안 날씨가 좋을 거라는 말로 내 기운을 북돋워주었다. 이렇게 쾌적한 날씨라면 자기도 여행하기를 꺼리지 않을 거라고 말했다. 그때 의사가 에드바르다와 함께 다가왔다. 나는 무릎이 후들거리는 것을 느꼈다.

"당신이 무사히 배에 타는 것을 보고 싶었소." 의사가 말했다.

나는 고맙다고 말했다.

에드바르다는 내 눈을 똑바로 바라보며 말했다.

"개를 주셔서 정말 고맙습니다, 선생님."

그러고는 제 입술을 꼬집었다. 그녀의 입술이 새하얘졌다. 또다시 그녀는 나를 '선생님'이라고 불렀다.

"배는 언제 떠나죠?" 의사가 누군가에게 물었다.

"30분 뒤에요."

나는 아무 말도 하지 않았다.

에드바르다는 마음의 동요를 참지 못하고 몸을 이리저리 돌리고 있었다.

"우리는 다시 집에 가야 하지 않나요?" 그녀가 의사한테 물었다. "나는 볼일을 했어요."

"그래, 너는 볼일을 끝냈지." 의사가 말했다.

의사가 걸핏하면 그녀의 잘못된 표현을 고쳐주는 게 창피해서 그녀는 소리 내어 웃고 대답했다.

"내가 그렇게 말하지 않았나요?"

"아니." 의사는 짤막하게 대답했다.

나는 그를 바라보았다. 작달막한 남자가 거기에 서 있었다. 차갑고 견실한 남자였다. 그는 계획을 세우고 끝까지 거기에 따르고 있었다. 그럼에도 불구하고 그가 실패하면 어떻게 될까? 그래도 그는 그것을 내색하지 않을 것이다. 그는 절대로 얼굴 근육을 움직이지 않았다.

어두워지고 있었다.

"그럼 안녕히들 계세요." 나는 말했다. "그동안 고마웠습니다."

에드바르다는 말없이 나를 바라보았다. 그러다가 고개를 돌리고 배를 바라보며 서 있었다.

나는 배에 올라탔다. 에드바르다는 여전히 부두에 서 있었다. 내가 배에 탄 뒤 의사가 작별 인사를 외쳤다. 나는 해안을 바라보았다. 바로 그 순간 에드바르다가 돌아서서, 의사를 훨씬 뒤에 남겨둔 채 서둘러 부두를 떠났다. 그게 내가 본 그녀의 마지막 모습이었다.

슬픔의 물결이 내 가슴을 휩쓸고 지나갔다……

배가 출항했다. 마크 씨의 가게 간판이 보였다. '소금과 술통 판매'. 하지만 그것도 금세 보이지 않게 되었다. 달과 별이 나타났고, 산들이 주위에 솟아올랐다. 나는 끝없이 펼쳐진 숲을 볼 수 있었다. 저기 물방앗간이 있고, 저곳에는 불타버린 오두막이 있었다. 높은 회색 바위는 불탄 자리에 혼자 남아 있었다. 이셀린, 에바……

오로라의 밤이 언덕과 골짜기 위에 펼쳐져 있었다.


# 37

나는 시간을 보내기 위해 이 글을 썼다. 노를란에서 보낸 그 여름을 다시 생각하는 것은 즐거웠다. 그때 나는 종종 시간을 헤아렸지만, 시간은 쏜살같이 지나갔다. 모든 것이 변했다. 날들은 이제 더 이상 덧없이 흐르려 하지 않는다.

나는 여전히 많은 시간을 즐겁게 보내지만, 시간은 가만히 멈춰 서 있다. 나는 시간이 왜 그렇게 정지해 있는지 이해할 수가 없다. 나는 군대를 떠났고, 왕처럼 자유롭다. 모두 다 좋다. 나는 사람들을 만나고 마차를 탄다. 이따금 나는 한쪽 눈을 감고 집게손가락으로 허공에다 글을 쓴다. 나는 달의 턱 밑을 간질이고, 그러면 달은 턱 밑이 간지러운 것을 바보처럼 기뻐하며 큰 소리로 웃는 것 같다. 모든 것이 미소 짓는다. 나는 코르크 마개를 따고 즐거운 사람들을 불러 모은다.

에드바르다에 대해서는 생각하지 않는다. 그렇게 오랜 시간이 지났는데 내가 왜 그녀를 까맣게 잊어버리지 않았겠는가? 결국 나는 자존심을 갖고 있다. 조금이라도 후회스러운 일이 있느냐고 누군가가 물으면, 나는 단호히 아니라고 대답한다. 후회는 전혀 없다고……

코라가 나를 바라보고 있다. 전에는 이솝이었지만, 지금은 코라가 저기 엎드려서 나를 바라보고 있다. 시계가 벽난로 위에서 째깍거리고, 도시의 소음이 열린 창문 밖에서 우르르 울린다. 문을 두드리는 소리가 난다. 우체부가 편지 한 통을 건네준다. 편지에는 보관이 새겨져 있다. 나는 누가 보낸 편지인지 알아차린다. 당장 알아차린다. 아니, 어쩌면 나는 잠이 오지 않는 밤에 그것을 꿈꾸었는지도 모른다. 하지만 편지에는 아무것도 쓰여 있지 않다. 봉투 안에는 초록빛 깃털 두 개만 들어 있을 뿐이다.

얼어붙을 듯한 공포가 나의 온몸을 달린다. 나는 추워진다. 초록빛 깃털 두 개! 나는 혼잣말로 중얼거린다. 도대체 이걸 어쩌라는 거지? 그런데 왜 이렇게 추운 거야? 이런, 저기 열린 창문에서 외풍이 들어오고 있군!

나는 창문을 닫는다.

거기에는 그것이 놓여 있다. 초록빛 깃털 두 개! 나는 계속 생각한다. 나는 그걸 당연히 알고 있어야 할 것 같다. 그 깃털들은 노를란에서의 사소한 장난을 연상시킨다. 수많은 모험 속에 섞여 있었던 그 작은 모험들 가운데 하나. 그 두 개의 깃털을 다시 보는 것은 즐거웠다. 그런데 갑자기 어떤 얼굴이 보이고 어떤 목소리가 들리는 것 같다. 그 목소리가 말한다.

"당신의 깃털이에요, 선생님!"

당신의 깃털, 선생님……!

코라, 가만히 있어. 가만히 있지 않으면 널 죽일 거야!

날씨는 따뜻하다. 참을 수 없을 만큼 덥다. 창문을 닫을 때 나는 무슨 생각을 하고 있었지? 다시 창문을 열어. 문을 활짝 열어. 이리 오세요, 즐거운 이들이여. 들어오세요! 이봐, 짐꾼. 내 심부름을 해줘. 가서 사람들을 많이 데려와…….

하루는 지나가지만 시간은 가만히 멈춰 서 있다.


나는 이 글을, 순전히 나 자신의 즐거움을 위해 최대한 즐기면서 썼다. 나는 슬픔에 짓눌리지 않는다. 나는 다만 떠나고 싶을 뿐이다. 내가 모르는 곳으로, 하지만 멀리, 아프리카나 인도로 떠나고 싶다. 나는 숲과 고독에 속해 있으니까.

# 글란의 죽음
## —1861년의 기록

# 1

글란 가족은 오래전에 실종된 토마스 글란 중위를 찾기 위해
아직도 신문에 광고를 내고 있을지 모른다. 하지만 그는 결코
돌아오지 않을 것이다. 세상을 떠났기 때문이다. 나는 그가 어
떻게 죽었는지도 알고 있다.

　그 점에 관해서라면 그의 가족이 끈질기게 탐문을 계속하고
있는 것도 전혀 놀랍지 않다. 토마스 글란은 많은 점에서 특별
하고 사랑스러운 남자였기 때문이다. 글란은 여전히 내 비위에
거슬리고, 그를 생각하면 증오심이 솟구치지만, 그에게 공정
하게 말하자면 그 점은 나도 인정하지 않을 수 없다. 그는 매력
이 넘쳤고, 젊음으로 터질 것 같았으며, 누구나 반할 만한 태도
를 갖고 있었다. 그가 짐승 같은 눈으로 바라보면 누구나 그에
게 압도당하는 느낌을 받았다. 나도 그랬다. 여자라면 이렇게
말했을 것이다. "그가 나를 바라보면 나는 어쩔 줄 모르겠어요.

그 눈길은 나를 흥분시켜요. 마치 그 사람이 나를 만지는 것 같아요."

하지만 토마스 글란은 결점을 갖고 있었다. 나는 그를 싫어하니까, 그 결점을 그럴싸하게 얼버무릴 생각은 없다. 그는 마음이 착해서 이따금 어린애처럼 어리석게 굴 수도 있었다. 어쩌면 그것이 여자들을 사로잡은 이유인지도 모르지만, 진실은 하느님만이 알 것이다. 그는 여자들과 노닥거리는 것을 좋아했고, 그러면서도 여자들의 허튼소리를 비웃곤 했다. 그리고 이런 식으로 그는 여자들에게 깊은 인상을 주었다. 한번은 그가 시내에서 아주 뚱뚱한 남자를 보았는데 바지 속에 기름이 가득 들어 있는 것 같았다면서 자신의 농담에 웃음을 터뜨렸지만, 나 같으면 부끄러워서 도저히 그런 농담을 할 마음이 나지 않았을 것이다. 나중에 우리가 한집에서 살게 된 뒤에도 그는 자신의 어리석음을 뻔뻔스럽게 보여준 적이 있었다. 어느 날 아침 주인아주머니가 내 방에 와서 아침식사로 뭘 먹고 싶으냐고 물었다. 나는 아무렇게나 되는대로 대답했다. "빵 한 개와 달걀 한 조각." 그때 마침 내 방에 있던 토마스 글란(그는 지붕 밑에 있는 다락방에서 지내고 있었다)이 내 사소한 말실수를 가지고 어린애처럼 비웃기 시작했다. 그는 혼자 히죽히죽 웃으면서 말했다. "빵 한 개와 달걀 한 조각!" 그는 내가 놀라서 그만하라고 소리칠 때까지 그 말을 끝없이 되풀이했다.

앞으로도 아마 그의 우스꽝스러운 특징들이 더 생각날 것이고, 그러면 그것들도 빠짐없이 기록하겠다. 그는 아직도 내 적이니까 절대로 그에게 인정을 베풀지 않을 것이다. 내가 왜 관대해야 하는가? 그는 허튼소리를 지껄이기도 했는데, 술에 취했을 때만 그랬다는 것은 인정할 수밖에 없다. 하지만 술에 취하는 것 자체가 큰 잘못 아닌가?

1859년 가을에 만났을 때, 그는 서른두 살로 나와 동갑이었다. 그 당시 그는 턱수염을 기르고 목둘레선이 낮게 내려온 사냥셔츠를 입고 있었다. 그런데도 그는 이따금 맨 윗단추를 채우지 않았다. 처음에는 그의 목이 무척 아름다워 보였지만, 조금씩 그는 나를 적으로 만들었고, 그러자 그의 목이 내 목보다 결코 더 아름답지 않다고 생각하게 되었다. 하지만 나는 내 목을 그렇게 과시하지 않았다. 우리는 강을 오가는 배에서 처음 만났는데, 알고 보니 같은 곳으로 사냥을 하러 가는 길이었다. 철도가 더 이상 우리를 데려다주지 못할 때는 함께 소달구지를 타고 오지로 들어가기도 했다. 나는 누군가가 우리를 추적하지 못하도록 우리 행선지의 지명을 일부러 기록하지 않았다. 하지만 글란 가족은 그를 찾는 광고를 중단해도 된다. 그는 우리가 간 곳, 내가 지명을 밝히기를 삼가고 있는 그곳에 죽어 있기 때문이다.

그런데 나는 토마스 글란을 만나기 전에 그에 대해 들은 적이 있었다. 따라서 그의 이름을 전혀 모른 것은 아니었다. 나는 그가 노를란의 대갓집 딸인 젊은 여자와 연애를 했지만 웬일인지 그녀의 평판을 떨어뜨렸고, 그래서 그녀와 헤어지게 되었다는 소문을 들었다. 그러자 그는 어리석은 반항으로 자신에게 복수하겠다고 맹세했고, 그때부터 토마스 글란이란 이름이 알려지게 되었다. 그는 거리낌 없이 행동하고, 무모한 짓을 하고, 술에 취하고, 연달아 추문을 일으키고, 장교를 퇴역했다. 여자한테 차인 자신에게 복수하는 방법치고는 정말 기묘하지 않은가!

그와 그 여자의 관계에 대한 또 다른 소문도 나돌았다. 그는 결코 그녀의 평판을 떨어뜨린 일이 없으며, 오히려 그녀가 그를 배신했다는 것이다. 특히 스웨덴의 한 백작(이 사람의 이름은 언급하지 않겠다)이 그녀에게 청혼한 뒤로는 가족들까지 나서서 그를 내쫓는 것을 거들었다고 한다. 하지만 나는 이 소문을 별로 믿지 않으며, 첫 번째 소문이 더 사실에 가깝다고 생각한다. 어쨌든 나는 토마스 글란을 싫어하며, 그는 어떤 짓도 할 수 있는 사람이라고 생각한다. 하지만 속사정이야 어떻든, 그는 상류층 여자와의 이 연애에 대해서는 한 마디도 하지 않았고, 나도 물어보지 않았다. 그게 나하고 무슨 상관인가?

우리가 강을 오가는 배에 타고 있을 때, 우리의 목적지지만 둘 다 한 번도 가본 적이 없는 작은 마을 이외에 다른 이야기를 했는지는 기억나지 않는다.

"그곳에는 호텔도 있다고 들었소." 글란이 지도를 보면서 말했다. "운이 좋으면 그곳에 묵을 수 있을 거요. 호텔 여주인은 영국인의 피가 절반 섞인 할머니라고 들었소. 추장이 이웃 마을에 살고 있는데, 마누라가 여러 명이고, 개중에는 기껏해야 열 살밖에 안 된 마누라도 있다는군요."

나는 추장이 아내를 여럿 거느렸는지 어떤지, 그 마을에 호텔이 있는지 어떤지 전혀 알지 못했다. 그래서 아무 말도 하지 않았다. 하지만 글란은 미소를 지었고, 나는 그 미소가 아름답다고 생각했다.

  깜박 잊고 말하지 않았는데, 그는 아주 매력적으로 생겼지만 결코 완벽한 남자라고는 말할 수 없었다. 그는 왼발에 오래된 총상이 있었고, 이 상처는 날씨가 조금이라도 바뀌면 류머티즘처럼 쿡쿡 쑤신다고 말했다.


# 2


일주일 뒤, 우리는 영국인의 피가 절반 섞인 할머니가 운영하는 이른바 호텔이라는 커다란 오두막에 투숙했다. 아아, 그게 무슨 호텔인가! 벽은 진흙과 약간의 목재로 되어 있고, 목재는 사방을 기어 다니는 흰개미들한테 속속들이 갉아 먹혔다. 나는 거실 옆방에 살았다. 그 방에는 거리에 면한 초록색 유리창이 하나 있었는데, 하나뿐인 창유리는 별로 깨끗하지 않았다. 글란은 다락에 있는 구멍 같은 방을 택했는데, 그 방에도 거리에 면한 유리창이 하나 있었지만 훨씬 어둡고 살기에 불편했다. 해가 초가지붕에 내리쬐어, 그의 방은 밤에도 낮에도 견딜 수 없을 만큼 뜨거웠다. 게다가 그 방으로는 올라가는 계단도 없고, 있는 거라고는 가로대가 네 개인 사다리뿐이었다. 내가 어떻게 할 수 있었겠는가? 나는 글란에게 선택을 맡겼다.

"방이 두 개야. 하나는 아래층, 하나는 위층. 자네 마음대로 골라."

글란은 두 방을 살펴보고는 위층 방을 택했다. 아마 나에게 더 좋은 방을 주기 위해서였을 것이다. 하지만 나도 새삼스럽게 고마움을 표하지 않았다. 그에게 빚진 게 없었으니까.

더위가 기승을 부릴 때면 우리는 사냥을 삼가고 오두막 주변에 조용히 머물렀다. 더위가 지독했기 때문이다. 밤에는 벌레들 때문에 침대 주위에 모기장을 치고 누웠지만, 그래도 이따금 눈먼 박쥐들이 소리도 없이 날아와 부딪치는 바람에 모기장이 갈기갈기 찢기곤 했다. 글란에게는 이런 일이 너무 자주 일어났다. 더위 때문에 지붕으로 통하는 출입구의 뚜껑을 줄곧 열어놓아야 했기 때문이다. 낮에는 오두막 앞에 매트를 깔고 누워서 담배를 피우며, 다른 오두막들 주위의 일상을 관찰하곤 했다. 원주민들은 갈색 피부에 입술이 두꺼웠다. 모두 귀고리를 했고, 눈은 흐리멍덩한 갈색이었다. 그들은 거의 알몸이었다. 길고 가는 무명 조각이나 나뭇잎을 엮어서 만든 노끈 같은 것을 허리에 두르고 있을 뿐이었다. 여자들도 짧은 무명 치마로 몸을 가리고 있는 게 고작이었다. 아이들은 모두 밤낮으로 알몸이었고, 기름이 묻어서 번들거리는 배가 커다랗게 튀어나와 있었다.

"여자들이 너무 뚱뚱해." 글란이 말했다.

나도 여자들이 너무 뚱뚱하다고 생각했다. 먼저 그렇게 생

각한 것은 글란이 아니라 나 자신이었을지도 모른다. 하지만
나는 그 점을 따지지 않고 기꺼이 그의 공을 인정하겠다. 게다
가 여자들의 얼굴은 뚱뚱하고 크게 부풀어 있었지만, 그렇다고
모두 보기 싫지는 않았다. 나는 마을에 사는 한 여자를 만났는
데, 긴 머리에 새하얀 이를 가진 타밀족* 혼혈인 그 젊은 여자
는 그중에서도 제일 예뻤다. 나는 어느 날 저녁에 논두렁에서
우연히 그녀와 마주쳤는데, 그녀는 높이 자란 풀밭에 배를 깔
고 엎드린 채 두 다리로 허공을 걷어차고 있었다. 그녀는 나와
이야기할 수 있었기 때문에, 나는 실컷 그녀와 이야기를 나누
었다. 우리가 헤어진 것은 아침이 다 되어서였다. 그녀는 곧장
집으로 가지 않고, 이웃 마을에서 밤을 보낸 척했다. 그날 저
녁, 글란은 마을 한복판에 있는 작은 오두막 바깥에서 겨우 열
살밖에 안 되어 보이는 어린 두 소녀와 함께 앉아 있었다. 그는
소녀들과 새롱거리며 쌀맥주를 마시고 있었다. 그것이 그가 좋
아하는 일이었다.

　며칠 뒤에 우리는 사냥을 하러 나갔다. 우리는 차밭과 논과
초원을 지나고 마을을 벗어나 강 쪽으로 걸어갔다. 우리는 낯
설고 이국적인 나무들, 대나무와 망고나무, 타마린드와 티크
와 소금나무, 기름나무와 고무나무가 자라는 숲으로 들어갔다.
그것들이 어떤 종류의 나무인지는 아무도 모르고, 우리도 둘
다 거기에 대해 잘 알지 못했다. 하지만 강에는 물이 별로 없었

*인도 동남부와 스리랑카 동북부 등지에 사는 드라비다족의 한 갈래.

고, 우기까지는 계속 그런 상태였다. 우리는 멧비둘기와 자고새를 잡았고, 오후에는 표범 두 마리를 보았다. 머리 위에서는 앵무새들이 이리저리 날아다녔다. 글란은 명사수여서 사냥감을 빗맞힌 적이 없었다. 하지만 그것은 사실 그의 총이 내 총보다 좋았기 때문이고, 나도 자주 명사수였다. 나는 그것을 자랑한 적이 없었지만, 글란은 종종 "저 녀석의 꼬리에 구멍을 내주겠어"라든가 "저 녀석의 머리를 박살내주겠어" 하고 말하곤 했다. 그는 방아쇠를 당기기 전에 이런 말을 했고, 새가 땅에 떨어졌을 때 보면 정말로 꼬리나 머리를 맞힌 것을 알 수 있었다. 표범 두 마리와 마주쳤을 때 글란은 엽총으로 그 짐승들도 공격하겠다고 말했다. 하지만 나는 그를 단념시켰다. 날이 어두워지고 있었고, 우리에게 남은 탄약통은 두 개뿐이었다. 그는 여기에 대해 뽐내기도 했다. 자기가 엽총으로 표범을 공격할 만큼 용감하다는 걸 보여주었다고.

"결국 총을 쏘지 않은 게 아쉽군." 그가 말했다. "자네는 왜 그렇게 겁이 많나? 늙어 죽을 때까지 살고 싶나?"

"내가 자네보다 분별이 있다는 걸 알아줘서 기쁘군." 내가 대답했다.

"이런 문제로 말다툼하지는 말자고." 그가 말했다.

그것은 내 말이 아니라 그가 한 말이었다. 그가 싸움을 걸고 싶었다면, 나도 좋다. 나는 그의 경솔한 언행과 여자를 호리는 방식 때문에 그가 왠지 싫어지고 있었다. 그 전날 밤, 나는 내 친구인 타밀족 소녀 매기와 조용히 산책을 하고 있었다. 우리는 둘 다 기분이 아주 좋았다. 그런데 오두막 앞에 글란이 앉아 있다가 우리가 지나가자 고개를 끄덕이며 빙긋 웃었다. 그때 그를 처음 본 매기는 호기심에 사로잡혀 그에 대한 정보를 캐내려고 나에게 끈질기게 물었다. 그가 그녀에게 너무나 강한 인상을 주었기 때문에, 헤어질 때가 되자 우리는 각자 자기 길로 갔다. 그녀는 나와 함께 집으로 돌아가지 않았다.

내가 그 이야기를 하자 글란은 그게 전혀 중요하지 않은 것처럼 무시하고 싶어 했다. 하지만 나는 잊지 않았다. 우리가 오두막 앞을 지나갈 때 그가 미소를 지어 보인 상대는 내가 아니라 매기였다.

"그 여자는 내내 뭘 씹고 있었지?" 그가 나에게 물었다.

"나도 몰라. 그냥 씹고 있을 뿐이야. 그게 그 여자한테 이가 있는 이유겠지."

매기가 끊임없이 무언가를 씹고 있다는 것은 나에게도 결코 새로운 정보는 아니었다. 나는 오래전부터 그것을 알아차리고 있었다. 하지만 그녀가 씹은 것은 빈랑나무 열매가 아니었다. 그녀의 이는 얼룩 하나 없이 완벽한 하얀색을 띠고 있었기 때문이다. 그녀는 온갖 것을 씹는 게 버릇이어서, 온갖 것을 입에 넣고 사탕이라도 되는 것처럼 씹어댔다. 어떤 것도 씹을 수 있었다. 동전, 종잇조각, 깃털—이 모든 것을 한꺼번에 씹곤 했다. 그래도 이것은 그녀를 헐뜯을 이유는 아니었다. 그녀는 여전히 마을에서 제일 예쁜 여자였기 때문이다. 하지만 글란은 나를 시샘했다. 그것이 문제의 핵심이었다.

어쨌든 이튿날 저녁에 나는 다시 매기와 화해했고, 우리는 글란을 전혀 보지 못했다.

## 3

일주일이 지났다. 우리는 날마다 사냥을 나가서 많은 사냥감을 잡았다. 어느 날 아침, 우리가 막 숲으로 들어가고 있을 때 글란이 내 팔을 잡고 속삭였다. "정지!" 그러고는 라이플총을 뺨에 대고 발사한다. 그가 쏜 것은 표범 새끼였다. 나도 쏠 수 있었겠지만, 글란은 그 명예를 스스로 차지하여 먼저 총을 쏘았다. 그는 이것을 또 얼마나 자랑할까! 우리는 죽은 짐승에게 다가갔다. 새끼 표범은 완전히 죽어 있었다. 왼쪽 옆구리가 찢어졌고, 총알은 등에 박혀 있었다.

나는 누가 내 팔을 잡는 걸 좋아하지 않는다. 그래서 말했다. "나도 쏠 수 있었을 거야."

글란은 나를 바라보았다.

나는 다시 말했다.

"내가 쏠 수 있었을 거라고 생각지 않는 모양이군?"

글란은 여전히 대답하지 않았다. 그는 계속 어린애 같은 태도를 보이며 죽은 표범에게 다시 총을 쏘았다. 이번에는 총알이 머리를 관통했다. 나는 깜짝 놀라서 그를 바라보았다.

"내가 표범의 옆구리를 맞혔다는 걸 남들에게 알릴 수는 없지." 그가 설명했다.

그의 허영심은 그렇게 서투른 사격을 참을 수 없었던 것이다. 그는 항상 일등이기를 원했다. 그 무슨 허영심이란 말인가! 하지만 그것은 내가 알 바 아니었다. 그의 비밀을 폭로할 작정도 아니었다.

그날 저녁에 죽은 표범과 함께 마을로 돌아오자, 많은 원주민들이 표범을 보러 왔다. 하지만 글란은 아침에 표범을 잡았다고만 말하고, 표범을 별로 자랑하지 않았다. 매기도 모습을 나타냈다.

"누가 잡았어요?" 그녀가 물었다.

"너도 알 수 있잖아? 상처가 두 개야. 우리는 오늘 아침에 사냥하러 나갔을 때 이걸 잡았어." 그는 표범을 뒤집어 총상 두 개—옆구리의 총상과 머리의 총상—를 모두 그녀에게 보여주었다. "여기가 내 총알이 들어간 곳이야." 그는 옆구리의 총상을 가리키며 말했다.

그의 허영심은 표범의 머리를 쏜 공을 나에게 넘겨주고 싶어 했다. 나는 군이 그의 말을 바로잡을 기분도 나지 않았고, 실제로도 바로잡지 않았다. 그러자 글란이 원주민들에게 쌀맥주를 대접하기 시작했다. 누구든 마시고 싶어 하는 사람에게는 술을 잔뜩 주었다.

"둘 다 표범을 쏘았군요." 매기가 혼잣말로 중얼거렸다. 하지만 그녀는 줄곧 글란을 바라보고 있었다.

나는 그녀를 옆으로 데려가서 말했다.

"왜 줄곧 저 친구만 바라보고 있지? 나도 여기 있잖아?"

"알았어요." 그녀가 대답했다. "오늘 밤에 갈게요."

글란이 편지를 받은 것은 그 이튿날이었다. 강변역에서 그에게 온 속달편지는 250킬로미터나 되는 먼 길을 돌아서 왔다. 편지는 여자의 필체로 쓰여 있었다. 나는 글란의 옛 친구인 그 상류층 여자한테서 온 편지일 거라고 생각했다. 글란은 편지를 읽고 신경질적으로 웃으면서 편지를 가져온 소년에게 지폐 한 장을 덤으로 주었다. 하지만 오래지 않아 그는 말이 없어지고 우울해져서 허공만 바라볼 뿐이었다. 저녁에 그는 원주민인 난쟁이 노인과 그의 아들과 함께 술에 취했고, 나까지 끌어들여 함께 술을 마시자고 요구했다.

"오늘 밤에는 아주 친절하군." 내가 말했다.

그러자 그는 아주 큰 소리로 웃으면서 말했다.

"우리 두 사람은 인도 한복판에서 사냥감을 쏘면서 시간을 보내고 있어. 정말 재미있지 않나? 세상의 모든 왕국과 나라를 위해 건배! 결혼했거나 안 했거나, 멀리 있거나 가까이 있는 모든 미인을 위해 건배! 오호! 생각해봐. 결혼한 여자가 남자한테 청혼하다니. 결혼한 여자가 말이야!"

"백작부인?" 나는 냉소적으로 말했다. 몹시 빈정거리는 투로 그 말을 했고, 그것은 고통을 주었다. 고통을 주었기 때문에 그는 개처럼 낑낑거렸다. 그러다가 갑자기 눈살을 찌푸리고, 자기가 말을 너무 많이 한 게 아닐까—그래서 자신의 그 작은 비밀에 대해 너무 진지하게 행동한 건 아닐까 하고 생각하면서 눈을 깜박거리기 시작했다. 하지만 바로 그때 몇몇 아이가 고함과 비명을 지르며 우리 오두막으로 달려왔다.

"호랑이예요. 호랑이가 나타났어요!"

마을에서 그리 멀리 떨어지지 않은 곳, 마을과 강 사이에 있는 덤불에서 한 아이가 호랑이한테 물렸다.

술에 취한 데다 슬픔으로 마음이 갈기갈기 찢어져 있던 글란에게는 그것만으로 충분했다. 그는 라이플총을 움켜쥐더니 순식간에 덤불 쪽으로 달려갔다. 모자도 쓰지 않았다. 하지만 그가 정말로 그렇게 용감하다면 왜 엽총 대신 라이플총을 가져갔을까? 그는 강을 건너야 했다. 강을 건너는 데에는 위험이 없지 않았지만, 우기가 되기 전인 이 무렵에는 강물이 거의 말라 있었다. 잠시 후 나는 두 발의 총성을 들었고, 그 직후에 세번째 총성을 들었다. 호랑이 한 마리에 총을 세 발이나 쏘다니! 사자라도 두 발만 쏘면 쓰러졌을 텐데, 이건 겨우 호랑이 한 마리야! 하지만 그 세 발의 총알도 효과가 없었다. 글란이 그곳에 도착했을 때 어린애는 갈기갈기 찢겨서 반쯤 먹힌 상태였다. 글란이 그렇게 취하지 않았다면 아이를 구하려는 시도조차 하지 않았을 것이다.

그는 옆집에서 과부와 그녀의 두 딸과 함께 법석대며 밤을 보냈지만, 그 여자들 가운데 누구와 같이 잤는지는 아무도 모른다.

이틀 동안 글란은 한시도 맑은 정신일 때가 없었다. 그는 또한 함께 마실 술친구를 많이 얻었다. 그는 나도 그 술자리에 끌어들이려 했지만 허사로 끝나자, 내가 그를 시샘하고 있다고 비난했다.

"자네는 질투심 때문에 눈이 멀었어." 그가 말했다.

질투심이라고? 내가 그를 질투한다고?

"이거야 정말!" 내가 말했다. "내가 자네를 질투한다고? 내가 무엇 때문에 자네를 질투하지?"

"좋아. 그럼 자네는 나를 질투하지 않아. 그런데 나는 오늘 저녁에 매기한테 인사를 했어. 그때도 여느 때처럼 무언가를 씹고 있더군."

나는 대답을 꿀꺽 삼키고 그 자리를 떠났다.


# 4


우리는 다시 사냥을 나가기 시작했다. 글란은 나를 모욕했다고 느끼고 사과했다.

"어쨌든 나는 모든 일에 진력이 났어." 그가 말했다. "나는 어느 날 자네가 표적을 빗맞혀서 내 목에 총알이 박히기를 바랄 뿐이야."

백작부인한테서 온 편지가 그의 기억 속에서 다시 연기를 내고 있었는지도 모른다.

나는 이렇게 대답했다.

"자네는 씨를 뿌렸으니까, 이젠 거두어들이면 돼."

그는 날이 갈수록 점점 말이 없어지고 우울해졌다. 이제는 술도 마시지 않았고 말도 하지 않았다. 그의 볼은 야위어서 움푹 들어갔다.

어느 날 창문 밖에서 갑자기 재잘거리는 소리와 웃음소리가 들렸다. 나는 밖을 내다보았다. 글란이 또다시 유쾌한 표정을 지으며 큰 소리로 매기와 이야기를 나누고 있었다. 그는 매기에게 자신의 매력을 한껏 발휘하고 있었다. 매기는 집에서 곧장 온 게 분명했고, 글란은 그녀를 찾고 있었다. 그들은 내 창문 바로 밖에서 만나는 것을 조금도 꺼리지 않았다.

나는 온몸에 전율을 느꼈다. 나는 내 라이플총의 공이치기를 당겼지만, 다시 내렸다. 나는 광장으로 나가서 매기의 팔을 잡았다. 우리는 말없이 마을안길을 걸어갔다. 글란은 당장 오두막 안으로 사라졌다.

"왜 저 친구와 또 이야기를 하지?" 내가 매기에게 물었다.

그녀는 대답하지 않았다.

나는 절망에 빠졌고, 심장이 너무 심하게 고동쳐서 숨을 쉴 수도 없었다. 매기가 그때처럼 아름다워 보인 적이 없었다. 그렇게 아름다운 여자를 본 적이 없었다. 그래서 나는 그녀가 타밀족이라는 것을 잊었고, 그녀를 위해 모든 것을 잊었다.

"대답해. 왜 저 친구와 만나는 거야?"

"난 그 사람이 더 좋아요." 그녀가 대답했다.

"나보다 그를 더 좋아한다고?"

"그래요."

나는 그에게 굴하지 않을 수 있지만, 확실히 그녀는 그를 더 좋아했다! 나는 항상 그녀에게 친절했고 돈과 선물을 주지 않았던가? 그런데 그는 도대체 뭘 했지?

"그는 너를 놀려대고, 네가 항상 무언가를 씹고 있다고 말했어."

이 말을 그녀는 이해하지 못했다. 그래서 나는 그녀가 온갖 것을 입에 넣고 씹는 버릇이 있고, 글란은 그 버릇 때문에 너를 놀렸다고 설명해주었다. 이 말은 내가 한 어떤 말보다 더 강한 인상을 그녀에게 주었다.

"이것 봐, 매기." 나는 말을 이었다. "너는 영원히 내 여자가 될 거야. 그게 싫어? 나는 줄곧 그걸 생각했어. 나는 여기를 떠날 때 너를 데려갈 거야. 너와 결혼하고 싶어. 우리는 함께 내 고향으로 가서 거기서 살 거야. 그게 싫어?"

이 말도 그녀에게 깊은 인상을 주었다. 매기는 쾌활해졌고, 걸으면서 나에게 많은 이야기를 했다. 딱 한 번 그녀는 글란을 언급하면서 이렇게 물었다.

"우리가 떠날 때 글란도 함께 가나요?"

"아니, 글란은 가지 않을 거야. 왜, 그게 슬퍼?"

"아뇨. 아니에요." 그녀는 얼른 덧붙였다. "기뻐요."

그녀가 글란에 대해 말한 것은 이것뿐이었다. 나는 안심했다. 매기는 내가 요구하자 나와 함께 집으로 왔다.

두어 시간 뒤에 그녀가 나를 떠나자, 나는 글란의 방으로 통하는 사다리를 올라가서 얇은 갈대 문을 노크했다. 그는 방에 있었다.

"우리는 아마 내일 사냥을 가지 못할 거야. 이 말을 하러 왔어." 내가 말했다.

"왜?" 글란이 물었다.

"내가 표적을 빗맞히지 않으리라는 것, 자네 목에 총알을 박아넣지 않으리라는 것을 보장할 수 없으니까."

글란은 대답하지 않았다. 나는 다시 아래로 내려왔다. 그렇게 경고했으니 그는 아침에 감히 사냥을 나가지 않을 것이다. 하지만 왜 그는 매기를 내 창문 밑에서 유혹하고 매기와 큰 소리로 새롱거렸을까? 편지가 정말로 그를 다시 불렀다면, 왜 그는 집으로 돌아가지 않는 것일까? 집으로 돌아가는 대신, 그는 자주 이를 악물고 난데없이 외치곤 했다. "안 갈 거야. 절대로! 차라리 사지가 찢기는 게 나아!"

하지만 내가 경고한 이튿날 아침, 글란은 내 침대 앞에 서서 외쳤다.

"일어나! 일어나, 친구! 정말 아름다운 날이야. 우리는 뭔가를 잡아야 해. 어쨌든 자네가 어젯밤에 한 말은 너무 어리석었어."

네 시도 지나지 않았지만, 나는 당장 일어나서 함께 갈 준비를 했다. 그가 내 경고를 무시했기 때문이다. 나는 떠나기 전에 총을 장전하고, 그가 옆에 서서 그것을 지켜보게 했다. 어쨌든 그가 말한 것처럼 그렇게 아름다운 날은 아니었다. 비가 내리고 있었다. 그 때문에 그의 조롱은 정도가 더욱 심해졌다. 하지만 나는 태연한 얼굴로 꾹 참고, 말없이 그와 함께 걸었다.

우리는 각자 생각에 잠겨 온종일 숲 속을 헤맸다. 우리는 사냥이 아닌 딴생각을 하고 있었기 때문에 사냥감을 번번이 놓쳐서 아무것도 잡지 못했다. 정오 무렵, 글란이 나보다 조금 앞서 걷기 시작했다. 내가 그에게 하고 싶은 일을 실행할 기회를 주려는 것 같았다. 그는 내 총구 바로 앞에서 걷고 있었지만, 나는 이 수모도 참았다. 우리는 아무 일 없이 저녁때 집으로 돌아왔다. 나는 속으로 생각했다. 이제는 글란도 조심해서 매기를 건드리지 않을 거야!

그날 저녁 우리가 오두막 옆에 서 있을 때 글란이 말했다.

"오늘은 내 평생에 가장 긴 하루였어!"

우리 사이에는 더 이상 아무 말도 오가지 않았다.

그 후 며칠 동안 그는 몹시 우울했다. 그 편지 때문인 게 분명했다. "도저히 참을 수 없어. 참을 수 없어!" 그는 밤중에 이따금 말하곤 했다. 오두막 전체에 그 소리가 들렸다. 그는 여주인의 상냥한 질문에도 대답하지 않을 만큼 부루퉁해졌고, 게다가 잠을 자면서 신음 소리를 냈다. 그는 양심에 거리끼는 일이 많은 게 분명했다. 나는 생각했다. 그런데 글란은 도대체 무엇 때문에 집에 가지 않을까? 그의 오만함이 그의 발길을 막는 것은 의심할 여지가 없었다. 그는 한 번 배척당한 곳으로 돌아갈 사람이 아니었다.

나는 저녁마다 매기를 만났고, 글란은 더 이상 그녀에게 말을 걸지 않았다. 나는 매기가 씹는 것을 그만둔 사실을 알아차렸다. 그녀는 이제 아무것도 씹지 않았다. 나는 거기에 만족하여 속으로 생각했다. 매기는 이제 아무것도 씹지 않아. 그것으로 결점이 하나 줄어들었어. 나는 전보다 두 배로 매기를 사랑해! 어느 날 그녀가 글란에 대해 물었다. 아주 조심스럽게 물었다. 그 사람은 아팠나요? 떠났나요?

"죽거나 떠난 게 아니라면 아마 집에 누워 있을 거야. 어느 쪽이든 나하고는 상관없어. 그는 도저히 참을 수 없게 되어버렸어." 내가 대답했다.

하지만 우리가 오두막에 도착해보니 글란은 땅바닥에 매트를 깔고 길게 누워서 두 손을 목 뒤에서 깍지 끼고 하늘을 쳐다보고 있었다.

"어쨌든 저기 글란이 있군." 내가 말했다.

매기는 내가 미처 말릴 새도 없이 그에게 곧장 다가가서 쾌활한 목소리로 말했다.

"나는 이제 아무것도 씹지 않아요. 보세요! 깃털도, 동전도, 종잇조각도 아무것도 없어요!"

글란은 그녀를 쳐다보지도 않고 가만히 누워 있었다. 매기와 나는 그 자리를 떠났다. 약속을 어기고 또다시 글란에게 말을 걸었다고 내가 나무라자, 그녀는 그를 비난하고 싶었을 뿐이라고 대답했다.

"그래, 그건 좋아. 글란을 비난해. 하지만 네가 아무거나 씹는 걸 그만둔 게 글란을 위해서는 아니겠지?"

그녀는 대답하지 않았다. 아니, 대답하기를 거부한 걸까?

192

"내 말 듣고 있어? 말해봐. 글란을 위해서였어?"

"아니에요. 당신을 위해서였어요."

나도 달리 생각할 수는 없었다. 매기가 왜 글란을 위해 무언가를 하겠는가?

그날 저녁에 매기는 나한테 다시 오겠다고 약속했고, 약속을 지켰다.

# 5

그녀는 열 시에 왔다. 밖에서 그녀의 목소리가 들렸다. 그녀는 손을 잡고 데려온 어린애한테 큰 소리로 말하고 있었다. 그녀는 왜 들어오지 않을까? 왜 어린애를 데리고 왔을까? 그녀를 지켜보는 동안, 그녀가 어린애한테 저렇게 큰 소리로 말하는 것은 어쩌면 글란에게 신호를 보내고 있는 게 아닐까 하는 생각이 들었다. 나는 또한 그녀가 다락방 쪽으로, 글란의 창문 쪽으로 계속 눈길을 보내는 것도 알아차렸다. 그녀가 밖에서 이야기하는 소리를 듣고 그는 그녀에게 고개를 끄덕였을까? 아니면 창문 뒤에서 그녀에게 손을 흔들었을까? 어쨌든 땅바닥에서 어린애한테 말할 때 하늘을 쳐다볼 필요가 없다는 것쯤은 나도 안다.

나는 밖으로 나가서 그녀의 팔을 잡으려고 마음먹었다. 하지만 바로 그때 그녀가 아이의 손을 놓고, 아이를 거기 세워둔 채 혼자 오두막 안으로 들어왔다. 그녀가 복도를 걸어온다. 드디어 왔군. 매기가 오면 혼내줘야지!

매기가 복도를 걸어오는 소리가 들린다. 내 방문 앞에 이르렀다. 하지만 내 방으로 들어오는 대신, 다락방으로, 글란의 구멍 같은 방으로 올라간다. 사다리를 올라가는 그녀의 발소리가 들린다. 너무나 잘 들린다. 나는 내 방문을 활짝 열지만, 매기는 벌써 다락에 올라가 있다. 문이 닫히고, 더 이상 아무 소리도 들리지 않는다. 그게 열 시였다.

나는 내 방으로 들어가서 앉는다. 한밤중이지만 총을 집어들고 장전한다. 열두 시에 나는 사다리를 타고 올라가 글란의 방문에 귀를 대고 엿듣는다. 그 안에 있는 매기의 목소리가 들린다. 매기가 글란에게 애교 떠는 소리가 들린다. 나는 다시 내려온다. 한 시에 다시 올라가보니 조용하다. 나는 그들이 깰 때까지 문밖에서 기다린다. 세 시가 되고, 네 시가 된다. 다섯 시에 그들은 일어났다. 좋아! 나는 속으로 생각했다. 나는 그들이 지금 깨어 있고 그것이 아주 좋다는 사실밖에는 아무것도 생각하지 않았다. 하지만 그 직후에 아래층의 여주인 방에서 시끄러운 소리와 소동이 들렸다. 그래서 나는 서둘러 다시 내려가야 했다. 글란과 매기는 분명 깨어 있었고, 나는 훨씬 많은 것을 엿들을 수 있었겠지만 내려갈 수밖에 없었다.

복도에서 나는 속으로 말했다. 봐, 매기는 여기로 왔어. 내 방문을 팔로 스쳤지만, 문을 열지 않고 곧장 사다리를 올라갔어. 여기 사다리가 있어. 매기의 발자국이 이 네 개의 가로대에 찍혀 있어.

나는 침대에 누워서 자지 않았고, 지금도 침대에 눕지 않았다. 나는 창가에 앉아 라이플총을 만지작거렸다. 내 심장은 고동치지 않고 두근거렸다.

30분 뒤에 나는 사다리를 밟는 매기의 발소리를 들었다. 나는 창문에 기대어 그녀가 오두막에서 나가는 것을 보았다. 그녀는 무릎에도 닿지 않는 그 짧은 무명 치마를 입었고, 어깨에는 글란에게 빌린 모직 스카프를 두르고 있었다. 그것을 제외하고는 완전한 알몸이었고, 짧은 무명 치마는 몹시 구겨져 있었다. 그녀는 평소 버릇대로 천천히 걸었고, 내 창문에는 눈길조차 던지지 않았다. 이윽고 그녀는 오두막들 사이로 사라졌다.

잠시 후, 글란이 라이플총을 겨드랑이에 끼고 사냥 준비를 갖춘 채 내려왔다. 그는 우울해 보였고, 나에게 아침 인사도 하지 않았다. 하지만 그는 말쑥하게 모양을 냈고, 몸단장에 유난히 신경을 썼다. 신랑처럼 몸치장을 했군 하고 나는 생각했다.

나는 당장 준비하고 그와 함께 떠났다. 둘 다 한 마디도 하지 않았다. 우리가 처음에 잡은 자고새 두 마리는 라이플총으로 쏘았기 때문에 엉망으로 갈기갈기 찢어졌지만, 우리는 나무 밑에서 그것을 최대한 잘 구워서 먹었다. 정오까지 시간이 그렇게 지나갔다.

글란이 나에게 외쳤다.

"총을 장전한 게 확실해? 예기치 않게 무언가와 마주칠 수도 있어. 만약의 경우에 대비해서 미리 장전해둬."

"장전했어." 나는 대꾸했다.

그러자 그는 잠시 덤불 뒤로 사라졌다. 그를 쏘면, 그를 개처럼 쏘아 죽이면 얼마나 통쾌할까! 서두를 필요는 없었다. 그는 아직도 그것을 생각하면서 느긋하게 즐겨도 된다. 그는 내 마음속에 있는 생각을 분명히 알아차렸기 때문이다. 총을 장전했느냐고 물은 것은 바로 그 때문이었다. 오늘도 그는 자만심에 빠져 잔뜩 멋을 부리고 새 셔츠를 입는 것을 삼가지 못했다. 그의 태도는 지나치게 거만했다.

한 시쯤 그가 창백하고 성난 얼굴로 내 앞에 멈춰 서서 말했다.

"도저히 참을 수가 없군! 정말로 장전했는지 점검해봐. 자네가 총 속에 무언가를 넣었는지 말이야!"

"미안하지만 자네 총에나 신경 써!" 나는 대꾸했다. 하지만 나는 그가 끊임없이 내 총에 대해 묻는 이유를 잘 알고 있었다.

다시 그는 내게서 멀어졌다. 내 대답이 그를 너무 심하게 좌절시켰기 때문에, 그는 온순해져서 고개를 숙이고 멀어져갔다.

잠시 후 나는 비둘기 한 마리를 쏘고 다시 장전했다. 내가 이 일을 하느라 바쁠 때, 글란은 내가 정말로 장전을 하고 있는지 확인하려고 나무줄기 뒤에 반쯤 숨어서 지켜보고 있었다. 그 직후에 그는 큰 소리로 찬가를 부르기 시작했다. 결혼식 찬가였다. 그는 결혼식 찬가를 부르고, 일요일에 입는 가장 좋은 나들이옷을 입고 있구나 하고 나는 속으로 생각했다. 그것은 오늘 가장 매력적으로 보이려고 애쓰는 그의 방식이다. 그는 노래를 다 끝내기도 전에 내 앞에서 천천히 걷기 시작했다.

고개를 숙이고 걸으면서도 여전히 노래를 불렀다. 또다시 그는 내 라이플총의 총구 바로 앞에 자리를 잡았다. 자, 이제 그일이 일어날 거야, 내가 결혼식 찬가를 부르고 있는 건 바로 그때문이야 하고 그는 생각하는 것 같았다. 하지만 아직 아무 일도 일어나지 않았다. 그는 입을 다물고 나를 돌아보아야 했다.

"오늘은 아무것도 쏘지 못하겠군." 그는 말하고, 사냥을 하고 있는 동안 노래를 부른 것을 사과하고 보상할 셈으로 빙긋 웃었다. 그 순간에도 그의 미소는 아름다웠다. 그는 속으로 울고 있는 것 같았다. 그는 그렇게 엄숙한 순간에 웃을 수 있는 자신을 자랑했지만, 사실 그의 입술은 바르르 떨리고 있었다.

나는 여자가 아니었고, 그는 나에게 어떤 인상도 주고 있지 않다는 것을 알아차린 게 분명했다. 그는 초조해지고 창백해져서 격렬한 걸음으로 내 주위를 맴돌았다. 때로는 내 왼쪽으로 갔다가 때로는 내 오른쪽으로 갔다가, 이따금 멈춰 서서 나를 기다리기도 했다. 다섯 시쯤 갑자기 탕 소리가 들리더니, 총알이 내 왼쪽 귀를 스치고 지나갔다. 고개를 들어 보니, 글란이 몇 발짝 떨어진 곳에 서서 꼼짝도 않고 나를 노려보고 있었다. 팔에는 연기가 피어오르는 라이플총을 안고 있었다. 그는 나를 쏘려고 했을까?

"빗나갔군. 자네는 요즘 계속 서투른 사수였어." 내가 말했다.

하지만 그는 서투른 사수가 아니었다. 그의 총알은 빗나간 적이 없었다. 그는 나를 도발하고 싶었을 뿐이다.

"그럼 복수해. 빌어먹을!" 그가 외쳤다.

"때가 오면." 나는 이를 악물고 말했다.

우리는 서로 노려보며 서 있었다. 갑자기 글란이 어깨를 으쓱하며 나에게 "겁쟁이!" 하고 외쳤다. 왜 나를 겁쟁이라고 부르는 거야? 나는 라이플총을 뺨에 대고 그의 얼굴을 똑바로 겨냥하여 방아쇠를 당겼다.

자기가 뿌린 씨는 자기가 거두어야지…….

하지만 이제 글란 가족은 더 이상 그를 찾을 필요가 없다. 죽은 사람에 대한 정보를 제공하면 이러저러한 사례를 하겠다고 제의하는 이 미련한 광고를 보면 나는 짜증이 난다. 토마스 글란은 사고로 죽었다. 인도에서 사냥을 하다가 우발적인 사고로 죽었다. 법원은 구멍을 뚫어 실을 꿴 종이에 그의 이름과 사망 상황을 기록했다. 그 기록은 그가 죽었다고, 게다가 빗나간 총알에 맞아 사고로 죽었다고 말하고 있다.

빅토리아

# 1

물방앗간 아들은 걸으면서 생각하고 있었다. 그는 열네 살이었
다. 나이에 비해 몸집이 크고, 햇볕과 바람 때문에 피부는 갈색
을 띠고 있고, 머리는 온갖 생각들로 터질 듯했다.

　나는 자라서 어른이 되면 성냥공장에서 일할 거야. 그건 유
쾌하게 위험한 일일 테고, 손가락에 황을 바르면 아무도 감히
나와 악수를 하지 못할 거야. 친구들은 내 직업 때문에 존경하
는 마음으로 나를 대하겠지.

　그는 숲 속에서 자기 새들을 찾았다. 그는 물론 그 새들을
모두 알고 있었다. 둥지가 어디 있는지도 알았고, 울음소리만
들어도 그게 어떤 새인지 분간할 수 있었고, 다양한 소리로 거
기에 응답했다. 아버지의 물방앗간에 있는 밀가루를 반죽하여
둥글게 뭉쳐서 새들에게 준 적도 한두 번이 아니었다.

　길가에 늘어서 있는 나무들도 모두 그의 좋은 친구들이었

다. 봄이면 그는 나무로부터 수액을 채취했다. 겨울이면 나뭇가지를 무겁게 짓누르는 눈을 털어주곤 했는데, 이런 그가 나무들에게는 아버지나 마찬가지였다. 버려진 화강암 채석장에 있는 어떤 돌도 그에게 낯설지 않았다. 그는 모든 돌에 글자와 기호를 새겼고, 돌을 들어서 사제를 둘러싼 신자들처럼 배열했다. 이 오래된 채석장에서는 온갖 불가사의한 일들이 일어났다.

그는 방향을 바꾸어 물방아용 저수지로 내려갔다. 물방아는 돌아가고 있었다. 윙윙거리는 요란한 소리가 허공을 가득 채우고 있었다. 그는 혼잣말을 중얼거리면서 이 주변을 자주 돌아다녔다. 물보라의 물방울 하나하나가 역사처럼 자신의 축도를 갖고 있었다. 물은 보를 넘어 수직으로 떨어졌다. 말리려고 널어놓은 울긋불긋한 색깔의 옷감 같았다. 폭포 아래 저수지에는 물고기가 있었다. 이따금 그는 낚싯대를 들고 그곳에 섰다.

나는 자라서 어른이 되면 잠수부가 될 거야. 배의 갑판에서 내려가 외국 땅을 밟을 거야. 불가사의한 숲들이 가지를 흔들고 바다 밑바닥에 산호 성이 있는 왕국들. 그리고 창가에서 그에게 손짓하며 '들어오세요!'라고 말하는 공주.

그때 그의 이름을 부르는 소리가 들렸다. 아버지가 뒤에 서서 외치고 있었다.

"요하네스! 성에서 너를 부르려고 사람을 보냈어. 젊은이들을 배에 태워서 섬으로 데려가야 해."

그는 서둘러 떠났다. 새롭고 놀라운 축복이 물방앗간 아들에게 주어진 것이다.

영주 저택은 작은 성처럼, 초록빛 풍경 속에 외따로 서 있는 환상적인 궁전처럼 보였다. 그것은 하얗게 칠한 목조 건물이었고, 수많은 퇴창과 천창이 있고, 둥근 탑에서는 성에 머무는 손님이 있을 때마다 깃발이 펄럭였다. 사람들은 그 저택을 '성'이라고 불렀다. 성 한쪽에는 협만이 있고, 다른 쪽에는 넓은 숲이 있었다. 저 멀리 작은 오두막 몇 채가 보였다.

요하네스는 부두에서 젊은이들을 만나 보트에 태웠다. 그는 그들을 이미 알고 있었다. 성의 아이들과 시내에서 온 친구들이었다. 거의 다 물을 걸어서 건너기 위해 긴 부츠를 신고 있었다. 하지만 빅토리아는 가벼운 무도화를 신고 있었고, 열 살밖에 안 되었기 때문에, 섬에 도착했을 때는 해안까지 안고 가야 했다.

"내가 안고 갈까?" 요하네스가 물었다.

"내가 할게!" 여름을 열다섯 번쯤 보낸 오토가 말하고는 빅토리아를 안아 올렸다.

요하네스는 빅토리아가 무사히 바닷물 밖으로 옮겨지는 것을 지켜보았고, 그녀가 고맙다고 말하는 소리를 들었다. 그러자 오토가 어깨 너머로 뒤돌아보며 말했다.

"보트 잘 지키고 있어. 네 이름이 뭐든 간에."

"요하네스야." 빅토리아가 대답했다. "그래, 요하네스는 보트를 잘 지킬 거야."

그는 혼자 뒤에 남겨졌다. 다른 사람들은 새알을 주우러 바구니를 들고 섬 한복판으로 걸어 들어갔다. 그는 한동안 생각에 잠긴 채 서 있었다. 그는 다른 사람들과 함께 가고 싶은 마음이 굴뚝같았고, 보트를 해안으로 끌어올려둘 수도 있었을 것이다. 너무 무겁지 않으냐고? 보트는 별로 무겁지 않았다. 그는 보트를 잡고 몇 센티미터쯤 끌어올렸다.

젊은이들이 멀어져갈 때, 그들의 웃음소리와 재잘거리는 소리가 들렸다. 그래, 지금은 잘 가라. 하지만 나를 데려갈 수도 있었을 텐데. 나는 새 둥지들을 잘 알고 있으니까 그들을 그곳으로 데려갈 수도 있을 테고, 부리에 뻣뻣한 털이 난 맹금류가 사는 바위틈의 기묘한 구멍들을 그들에게 보여줄 수도 있을 텐데. 언젠가 그는 족제비를 본 적도 있었다.

그는 보트를 바다로 밀어내고, 노를 저어 섬의 반대쪽으로 돌아가기 시작했다. 상당한 거리를 갔을 때 외침 소리가 그를 불렀다.

"돌아가! 너 때문에 새들이 놀라고 있어."

"나는 족제비가 있는 곳을 보여주고 싶었을 뿐이야." 그는 조심스럽게 대답했다. 그리고 잠시 기다렸다가 덧붙였다. "살무사 둥지에 연기를 피워서 뱀을 쫓아낼 수도 있을 거야. 나한테 성냥이 있거든."

대답이 없었다. 그는 방향을 돌려 상륙장으로 다시 노를 저어 간 뒤, 보트를 물 밖으로 끌어올렸다.

나는 자라서 어른이 되면 술탄한테 섬을 하나 사서 아무도 접근하지 못하게 할 거야. 포대가 섬의 해안을 지킬 거야. 노예들이 달려와 보고하겠지. "각하, 암초에 걸린 배가 하나 있습니다. 배에 탄 젊은이들이 죽을 겁니다." 그러면 나는 "죽게 내버려둬!" 하고 대답한다. "각하, 젊은이들이 살려달라고 아우성입니다. 우리는 아직 그들을 구할 수 있습니다. 그들 가운데 하얀 옷을 입은 여자가 하나 있는데……." "그렇다면 그들을 구하라!" 하고 나는 천둥 같은 목소리로 명령한다. 그 후 오랜 세월이 지난 뒤에 성의 아이들을 다시 만난다. 빅토리아가 내 발치에 엎드려, 목숨을 구해주어서 고맙다고 말한다. "나한테 고마워할 것 없어요. 할 일을 했을 뿐이니까. 내 땅에서 어디든 당신이 가고픈 곳으로 자유롭게 가도 좋아요." 나는 대답하고, 이어서 성문을 열라고 명령한다. 그들 일행은 황금 접시에 담긴 음식을 대접받는다. 300명의 까무잡잡한 노예 소녀들이 밤새도록 노래하고 춤을 춘다. 하지만 성의 아이들이 떠나야 할 때가 되자 빅토리아는 떠나는 게 싫어서 내 앞에 엎드려 흐느낀다. 나를 사랑하니까. "나를 여기 있게 해주세요. 나를 물리치지 마세요. 나를 당신의 노예로 삼아주세요……."

그는 격렬한 감정으로 몸을 떨면서 섬의 한복판을 향해 빠른 걸음으로 걷기 시작했다. 그래, 그래. 나는 성의 아이들을 구해줄 거야. 그들은 지금쯤 섬에서 길을 잃었을지도 몰라. 어쩌면 빅토리아는 두 바위 사이에 꼼짝없이 끼어서 빠져나오지 못하고 있을지도 몰라. 나는 팔을 뻗어서 빅토리아를 꺼내주기만 하면 돼.

하지만 그가 따라잡았을 때 아이들은 놀라서 그를 바라보았다. 배는 내버려두고 온 거야?

"배를 지키고 있으라고 했을 텐데?" 오토가 말했다.

"나는 나무딸기가 있는 곳을 가르쳐줄 수 있어." 요하네스가 더듬거리며 말했다.

침묵. 이윽고 빅토리아가 그를 도와주려는 듯이 말했다.

"그래? 어딘데?"

하지만 시내에서 온 젊은이들은 재빨리 제정신을 차리고 말했다.

"지금은 그런 데 신경 쓸 수 없어."

요하네스가 말했다.

"나는 홍합을 어디서 찾을 수 있는지도 알고 있어."

다시 침묵.

"홍합 속에 진주도 들어 있냐?" 오토가 물었다.

"그게 정말이야?" 빅토리아가 말했다.

요하네스는 거기에 대해서는 잘 모르겠다고 대답했다.

"하지만 홍합은 멀리 바닷속 하얀 모래밭에 놓여 있어. 그곳에 가려면 보트가 필요하고, 잠수를 해야 돼."

그래서 그들은 그 생각을 웃어넘겼고, 오토가 말했다.

"내 눈에는 네가 잠수부처럼 보이는데?"

요하네스는 거칠게 숨을 몰아쉬기 시작했다.

"네가 원한다면 저기 저 절벽을 올라가서 커다란 바윗돌을 바다로 굴려 보낼 수도 있어."

"무엇 때문에?"

"이유는 없어. 그냥 구경거리야."

하지만 이 제안도 받아들여지지 않았다. 요하네스는 낭패한 얼굴로 입을 다물었다. 그는 곧 일행한테서 멀리 떨어져 섬의 다른 지역에서 새알을 찾기 시작했다.

일행이 다시 보트 옆에 모였을 때 요하네스는 다른 사람들보다 훨씬 많은 새알을 갖고 있었다. 그는 새알을 모자에 담아서 조심스럽게 가져왔다.

"그렇게 많은 새알을 어떻게 찾았지?" 오토가 물었다.

"나는 둥지가 있는 곳을 알고 있거든." 요하네스는 즐겁게 대답했다. "빅토리아, 이 새알들을 네가 주운 새알과 함께 놔둘게."

"잠깐!" 오토가 외쳤다. "대체 어쩔 작정이야?"

모두 그를 바라보았다. 오토는 모자를 가리키며 말했다.

"그 모자가 깨끗한지, 어떻게 알아?"

요하네스는 아무 대꾸도 하지 않았다. 그의 행복은 사라졌다. 그는 새알을 들고 섬을 가로질러 돌아가기 시작했다.

"저 애가 왜 저러지? 어디 가는 거야?" 오토가 짜증스럽게 물었다.

"요하네스, 어디 가?" 빅토리아가 그를 따라 달려가면서 외쳤다.

그는 멈춰 서서 조용히 대답했다.

"새알을 둥지에 놔줄 거야."

그들을 서로 마주 보며 잠시 서 있었다.

"오늘 오후엔 채석장에 갈 거야." 그가 덧붙였다.

대답은 없었다.

"너한테 동굴을 보여줄 수 있어."

"하지만 나는 무서워. 네가 그랬잖아. 동굴은 캄캄하다고."

그러자 요하네스는 마음의 고통에도 불구하고 빙긋 웃으며 대담하게 말했다.

"그래. 하지만 내가 함께 있어줄게."

그는 어릴 적부터 화강암 채석장에서 놀기를 좋아했다. 사람들은 그가 그곳에서 일하면서 혼잣말로 재잘거리는 소리를 들었다. 이따금 그는 사제가 되어 예배를 드리기도 했다.

그곳은 오래전에 버려진 곳이었다. 돌들은 이끼에 덮여 있었고, 정으로 구멍을 뚫거나 쐐기를 박은 흔적은 거의 다 사라졌다. 하지만 물방앗간 아들에게는 비밀 동굴이 있었다. 그는 그 동굴을 깨끗이 치우고 위대한 예술품으로 장식했다. 그리고 이곳에 머물렀다. 그는 세상에서 가장 대담한 도적떼의 두목이었다.

그가 은종을 울리면, 모자에 다이아몬드 브로치를 단 난쟁이가 뛰어 들어온다. 그의 집사다. 난쟁이는 그 앞에서 바닥에 닿도록 허리를 숙인다. "빅토리아 공주가 오거든 안으로 안내해!" 하고 요하네스는 큰 소리로 지시한다. 난쟁이는 다시 바닥에 닿도록 허리를 숙이고 사라진다. 요하네스는 푹신한 소파에 팔다리를 뻗고 누워서 생각에 잠긴다. 빅토리아가 오면 여기 앉혀야지. 은접시와 금접시에 진수성찬을 담아서 내놓아야지. 활활 타는 모닥불이 동굴을 환하게 밝힐 거야. 동굴의 맨 안쪽, 금실로 짠 두꺼운 커튼 뒤에 그녀의 잠자리가 준비될 것이고, 열두 명의 기사가 불침번을 설 거야……

요하네스는 일어나 동굴 밖으로 나가서 귀를 기울였다. 아래쪽 오솔길에서 나뭇가지와 나뭇잎이 바스락거리는 소리가 났다.

"빅토리아!" 그가 외쳤다.

"여기야." 대답이 들려왔다.

그는 그녀를 마중하러 나갔다.

"나는 조금 전까지 저기 있었어. 저게 내가 나온 곳이야." 그가 말했다.

그들은 동굴로 들어갔다. 그는 바윗돌 위에 앉으라고 그녀에게 손짓하면서 말했다.

"그건 거인이 앉았던 바위야."

"그만해. 더 이상 말하지 마. 무섭지 않았어?"

"아니."

"하지만 그 거인은 눈이 하나뿐이었다며? 그러니까 그건 거인이 아니라 트롤*이었을 거야."

"원래는 눈이 두 개였는데, 한쪽 눈이 멀었대. 자기 입으로

*스칸디나비아 전설에 등장하는, 인간과 비슷한 모습의 거인족.

그렇게 말했어."

"또 무슨 말을 했어? 아니, 말하지 마!"

"자기를 섬기겠느냐고 나한테 물었어."

"그러겠다고 말하지는 않았겠지? 제발!"

"싫다고는 하지 않았어."

"미쳤구나! 산 속에 갇히고 싶어?"

"모르겠어. 땅 위도 너무 무서워."

침묵. 이윽고 요하네스가 말했다.

"시내에서 아이들이 온 뒤로 너는 모든 시간을 그 애들과 함께 보냈어."

또다시 침묵. 요하네스가 말을 이었다.

"그래도 나는 너를 안아서 옮기거나 보트에서 들어 올릴 때는 그들 가운데 누구보다도 힘이 세. 나는 너를 한 시간이라도 안고 갈 수 있어. 자, 봐."

그는 그녀를 안아서 들어 올렸다. 그녀는 그의 목에 매달렸다.

"알았어. 그런데 어서 내려놔. 다치기 전에."

그는 그녀를 내려놓았다.

그녀가 말했다.

"오토도 힘이 세. 오토는 어른들과도 싸웠어."

요하네스는 의심스러운 듯이 물었다.

"어른들? 어른 남자들?"

"응. 정말이야. 시내에서."

침묵. 요하네스는 생각에 잠겼다가 입을 열었다.

"아, 그래? 그럼 그 이야기는 그만하자. 나는 내가 뭘 해야 할지 알고 있어."

"뭘 할 건데?"

"거인을 섬길 거야."

"너, 미쳤구나. 완전히 미쳤어!" 빅토리아가 소리쳤다.

"상관없어. 그게 내가 하려는 일이야."

빅토리아는 해결책을 생각해내려고 애썼다.

"그래. 하지만 거인은 아마 다시는 돌아오지 않을걸."

"돌아올 거야."

"여기로?"

"그럼."

빅토리아는 일어나서 동굴 입구 쪽으로 갔다.

"여기서 빨리 나가자."

"서두를 필요 없어." 요하네스가 창백해진 얼굴로 말했다. "오늘 밤까지는 돌아오지 않을 테니까. 자정에 돌아올 거야."

빅토리아는 마음을 가라앉히고 다시 앉으려 했다. 하지만 요하네스는 자기가 불러일으킨 공포 분위기에 거의 압도당했다. 동굴은 너무 위험해져서 마음에 들지 않았다.

"네가 정말로 가고 싶다면, 너한테 보여주고 싶은 돌이 밖에 있어. 네 이름이 새겨진 돌이야."

그들은 동굴에서 나와 그 돌을 찾았다. 빅토리아는 흐뭇하고 기뻤다. 요하네스는 그녀의 반응에 감동하여 하마터면 울 뻔했다.

"내가 멀리 떠나 있을 때, 이 돌을 보거든 이따금 나를 생각해야 돼. 상냥한 마음으로 나를 생각해줘."

"알았어." 빅토리아가 말했다. "하지만 돌아올 거지?"

"그건 아무도 몰라. 아니, 나는 아마 돌아오지 않을 거야."

그들은 집으로 돌아가기 시작했다. 요하네스는 금방이라도 울 것 같았다.

"그럼 잘 가." 빅토리아가 말했다.

"너랑 좀 더 갈 거야."

하지만 작별을 서두르는 그녀의 무정한 태도 때문에 그는 감정이 상했고, 그의 가슴은 분노로 부풀어 올랐다.

그는 우뚝 멈춰 서서 화난 얼굴로 말했다.

"빅토리아, 너한테 말할 수 있는 게 한 가지 있는데, 너는 나만큼 너한테 친절하게 굴 사람을 찾지 못할 거야. 내가 너한테 말할 수 있는 것 한 가지는 바로 그거야."

"하지만 오토도 친절해." 그녀가 반박했다.

"알았어. 그럼 오토를 가져."

그들은 말없이 몇 걸음 걸어갔다.

"나는 어쨌든 멋진 시간을 보낼 테니까 걱정하지 마. 너는 내가 보답으로 뭘 얻게 될지도 모르고 있어."

"몰라. 뭘 얻을 건데?"

"왕국의 절반. 그건 시작일 뿐이야."

"그게 정말이야?"

"나는 공주도 얻을 거야."

빅토리아가 멈춰 섰다.

"그건 사실이 아니야. 그렇지?"

"거인은 그렇게 말했어."

침묵. 이윽고 빅토리아가 말했다.

"공주가 어떻게 생겼을지 궁금하네."

"공주는 이 세상 누구보다도 아름다워. 그건 누구나 알고 있어."

빅토리아는 졌다.

"그래서 공주를 가질 거야?"

"물론이지."

빅토리아는 완전히 동요했다. 그래서 그는 덧붙여 말했다.

"그래도 언젠가는 다시 돌아올지 몰라. 지상으로 여행을 오는 거지."

"하지만 공주는 데려오지 마." 그녀가 간청했다. "왜 공주랑 함께 오고 싶어 하는 거야?"

"네가 원하면 나 혼자 올 수도 있어."

"약속할 수 있어?"

"좋아, 약속할게. 하지만 도대체 왜 그걸 걱정하지? 네가 왜 그걸 걱정하는지, 나는 정말로 알 수가 없어."

"너는 그런 말을 할 권리가 없어. 공주는 나만큼 너를 좋아하지 않을 테니까."

그의 어린 가슴은 기쁨으로 떨리고 있었다. 그녀의 말을 듣고 기쁨과 수줍음 때문에 땅바닥에 털썩 주저앉을 수도 있었을 것이다. 그는 그녀를 바라볼 용기가 나지 않아서 고개를 돌렸다. 그는 곧 땅바닥에서 나뭇가지 하나를 집어 들어 이빨로 나무껍질을 벗긴 다음, 그것으로 제 손바닥을 때리기 시작했다. 마침내 그는 당혹감을 감추려고 휘파람을 불기 시작했다.

"이젠 집에 가는 게 좋겠어." 그가 말했다.

"그럼 잘 가." 그녀가 그에게 손을 내밀면서 대답했다.


# 2


물방앗간 아들이 집을 떠났다. 오랫동안 집을 떠나서 학교에 다니며 많은 것을 배웠고, 키가 크고 건강한 사내로 자랐고, 코 밑에 거뭇한 솜털을 얻었다. 시내까지는 너무 먼 길이었고, 왕복 여행에는 비용이 너무 많이 들었기 때문에, 알뜰한 물방앗간 주인은 몇 년 동안 여름과 겨울에도 아들을 시내에 두고 공부를 시켰다.

하지만 이제 그는 열여덟 내지 스무 살 정도의 어른으로 성장했다.

어느 봄날 오후에 그는 기선에서 내렸다. 성에서는 방학을 맞아 같은 배로 오는 아들의 귀환을 축하하기 위해 깃발이 펄럭이고 있었다. 부두에는 영주의 아들을 태우고 갈 마차가 기다리고 있었다. 요하네스는 모자를 벗고 영주와 그의 부인과 빅토리아에게 절을 했다. 빅토리아도 많이 컸다! 그녀는 그의 인사에 답례하지 않았다.

모자를 들고 잠시 서 있던 그는 그녀가 디틀레프에게 묻는
소리를 들었다.

"오빠, 저 사람은 누구야?"

그러자 디틀레프가 대답했다.

"요하네스야. 요하네스 뮐러."

그녀는 다시 그를 힐끗 보았다. 하지만 그는 너무 당황해서
인사치레를 계속할 수 없었다.

요하네스는 집으로 향했다.


그의 집은 얼마나 작고 초라한 곳인가! 문을 지나려면 허리
를 숙여야 했다. 부모는 그를 축하하기 위해 마실 것을 내놓았
다. 짜릿한 감정이 그를 사로잡았다. 모든 것이 너무 감동적이
고 소중했다. 백발이 성성하고 마음이 착한 아버지와 어머니는
그를 반갑게 맞이하고, 번갈아 그에게 손을 내밀고, 그가 집에
돌아온 것을 환영했다.

첫날 저녁, 그는 순례 여행을 떠났다. 물방앗간과 채석장과
낚시터를 돌아보고, 벌써 나무에 둥지를 짓고 있는 낯익은 새
들의 노랫소리에 귀를 기울이며 향수에 젖고, 숲 속의 거대한
개미탑까지 먼 길을 돌아갔다. 개미들은 사라졌고, 개미탑은
활력을 잃었다. 그는 개미탑을 쿡쿡 찔러보았지만 생명의 징후
는 전혀 없었다. 그는 걸으면서 숲에 있던 나무들이 많이 벌채
된 것을 알아차렸다.

"그곳을 알아보겠더냐?" 아버지가 농담으로 물었다. "너의 개똥지빠귀들을 찾았니?"

"전혀 몰라보겠던데요. 숲의 나무가 많이 줄었더군요."

"그건 영주네 숲이야. 영주의 나무를 세는 건 우리가 할 일이 아니지. 누구나 돈이 부족할 수 있어. 영주는 우리 같은 서민보다 더 돈이 부족해."

날들이 지나갔다. 온화하고 아름다운 날들은 고독의 행복과 어린 시절의 달콤한 추억으로 가득 차 있었다―땅과 하늘, 허공과 언덕으로 다시 그를 부르는 소리.


그는 성으로 이어진 길을 걷고 있었다. 그날 아침 그는 말벌에 쏘여서 윗입술이 퉁퉁 부어올랐다. 누군가를 만나면 그냥 고개 숙여 인사만 하고 지나칠 생각이었다. 하지만 그는 아무도 만나지 않았다. 성의 안마당에서 한 여자를 만났지만, 깊이 고개 숙여 인사만 하고 지나쳤다. 성의 여주인이었다. 성을 지날 때는 늘 그랬던 것처럼 가슴이 두근거리는 것을 느낄 수 있었다. 창문이 많은 큰 집에 대한 경외심, 근엄하고 고귀해 보이는 성의 주인에 대한 존경심은 그의 피 속에 흐르고 있었다.

그는 부두로 가는 길을 내려가다가 느닷없이 디틀레프와 빅토리아를 만났다. 요하네스는 안절부절못했다. 그들은 그가 뒤를 쫓아왔다고 생각할지도 모른다. 게다가 그는 입술이 퉁퉁 부어 있었다. 그는 계속 가야 할지 어떨지 몰라서 속도를 늦춘 채 천천히 걸어갔다. 그리고 그들과 마주치기 훨씬 전에 벌써 허리를 숙이고 모자를 벗었다. 그들이 지나치는 동안 줄곧 그는 모자를 손에 들고 있었다. 그들은 둘 다 그의 인사에 말없이 답례하면서 천천히 지나갔다. 빅토리아는 그를 똑바로 바라보았다. 그녀의 표정이 조금 바뀌었다.

요하네스는 계속 부두로 내려갔다. 그는 마음이 동요한 탓에 불안한 태도로 걸었다. 아아, 빅토리아는 얼마나 많이 자랐는가. 이제 처녀가 다 됐어. 그리고 어느 때보다도 사랑스러워. 눈썹은 거의 맞닿아 있었고, 두 줄의 섬세한 벨벳 선처럼 보였어. 그리고 짙푸른 눈은 전보다 더 짙은 색을 띠고 있었지.

집으로 가는 길에 그는 성 밖의 숲을 지나는 오솔길을 택했다. 그가 성의 오누이를 미행하고 있었다고는 아무도 말하지 못할 것이다. 그는 언덕마루에 이르자 돌을 하나 찾아서 그 위에 앉았다. 새들이 야성적이고 정열적인 음악을 만들어내고 있었다. 새들은 서로 짝을 부르고, 서로 쫓아다니고, 부리에 나뭇가지를 물고 날아다녔다. 공기는 흙냄새, 벌어지는 꽃봉오리 냄새, 썩어가는 나무 냄새가 뒤섞인 달착지근한 냄새로 가득 차 있었다.

그는 빅토리아와 마주쳤다. 그녀는 반대쪽에서 곧장 걸어오고 있었다.

무력한 초조감이 그를 사로잡았다. 여기서 멀리 떨어진 곳에 있다면 얼마나 좋을까. 빅토리아도 이번에는 내가 자기를 따라오고 있었다고, 그렇게 생각할 수밖에 없을 거야. 빅토리아에게 또 인사해야 하나? 어쩌면 고개를 돌려 다른 쪽을 볼 수도 있을 거야. 게다가 나는 말벌한테 쏘여서 이렇게 입술이 퉁퉁 부었잖아.

하지만 그녀가 가까이 다가오자 그는 일어나서 모자를 벗었다. 그녀는 고개를 끄덕이며 빙긋 웃었다.

"오랜만이네. 집에 돌아온 걸 환영해." 그녀가 말했다.

또다시 그녀의 입술이 조금 떨리는 것 같았다. 하지만 그녀는 당장 냉정을 되찾았다.

"이건 좀 이상해 보일지 모르지만, 나는 네가 여기 있는 줄 몰랐어." 그가 말했다.

"그래, 몰랐을 거야. 그건 내 변덕이었어. 나는 그냥 이쪽으로 오고 싶었을 뿐이야. 집에 얼마나 오래 있을 거야?"

"방학 동안." 그는 간신히 대답했다. 그녀가 갑자기 멀게 느껴졌다. 그렇다면 왜 나한테 말을 걸었을까?

"네가 얼마나 잘하고 있는지 오빠한테 들었어. 항상 시험을 잘 본다면서? 참, 네가 시를 쓴다고 오빠가 그러던데, 사실이야?"

그는 머뭇거리며 무뚝뚝하게 대답했다.

"응. 하지만 시는 누구나 다 쓰잖아."

그녀는 아무 대답도 하지 않았다.

"나는 오늘 말벌한테 쏘였어." 그는 자기 입을 가리키며 말했다. "내가 이렇게 보이는 건 그 때문이야."

"네가 너무 오랫동안 이곳을 떠나 있었나봐. 말벌이 너를 알아보지 못한 걸 보니."

그러니까 말벌 때문에 그가 꼴사나워졌는지 어떤지는 그녀에게는 상관없는 일이었다. 그녀는 금박이 새겨진 손잡이가 달린 빨간 양산을 어깨에 대고 빙빙 돌리면서 서 있었다. 마치 그것이 유일한 관심사라도 되는 것 같았다. 하지만 그는 영주의 딸인 그녀를 안아서 옮긴 적이 한두 번이 아니었다.

"나도 말벌을 알아보지 못해." 그가 대답했다. "말벌들도 전에는 친구였는데."

하지만 이 심오한 말도 그녀에게는 효과가 없었다. 그녀는 아무 대답도 하지 않았다. 그래도 역시 그 말은 정말로 심오했다.

"나는 여기서 아무것도 알아보지 못해. 숲의 나무들도 많이 잘렸더군."

그녀는 조금 움찔했다.

"그럼 여기서는 시를 못 쓰겠지?" 그녀가 말했다. "한번 생각해봐. 일간 네가 나한테 시를 한 편 써주면 어떨까? 아니, 내가 무슨 말을 하고 있는 거지? 내가 시에 대해 잘 모른다는 건 너도 알 거야."

그는 괜히 화가 나서 말없이 땅바닥을 내려다보았다. 그녀는 이렇게 생색을 내면서, 그 효과가 나타나기를 기다리면서 나를 바보로 취급하고 있어. 미안하지만 나는 모든 시간을 글을 쓰는 데 바치지도 않았고, 쓰기보다는 읽기를 더 많이 했어…….

"좋아. 그럼 다시 만나길 기대할게. 지금은 잘 가." 그는 모자를 벗고 그녀의 말에는 대답도 하지 않고 그 자리를 떠났다.

그가 쓴 시는 모두 그녀에게 바쳐졌다는 것, 하나도 빠짐없이 모두, 밤을 노래한 시도, 늪의 정령을 노래한 시도 모두 다른 누구도 아닌 그녀에게 바쳐졌다는 것을 그녀가 알기만 하면 좋으련만. 하지만 그녀는 절대로 모를 거야.

일요일에 디틀레프가 요하네스를 불러서 함께 섬에 가달라고 말했다. 그러니까 나는 또 노 젓는 사공이 되는군. 그는 부두로 갔다. 몇 사람이 일요일 산책을 하고 있었다. 그것을 제외하면 그곳은 따뜻한 햇빛 속에서 무척 평화로웠다. 갑자기 멀리서, 바다와 섬들 너머에서 음악 소리가 들려왔다. 우편선이 넓은 원을 그리며 부두로 접근하고 있었다. 배에는 악단이 타고 있었다.

요하네스는 보트를 풀고 노가 있는 곳에 자리를 잡았다. 이 활짝 갠 날, 그는 께느른하고 우유부단한 기분이었다. 배에서 들려오는 음악 소리는 그의 눈앞에서 꽃들과 황금빛 곡식으로 이루어진 천을 짜고 있었다.

디틀레프는 왜 안 올까? 그는 마른 땅에 서서, 더 이상 갈 생각이 없는 것처럼 사람들과 배를 바라보고 있었다. 나는 더 이상 여기 앉아 있지 않겠어. 그만 가버릴 거야. 그는 보트를 돌리기 시작했다.

갑자기 하얀 물체가 그의 시선을 가로질렀다. 이어서 첨벙하는 소리가 들렸다. 절망적인 외침 소리가 배와 해안에서 터져 나와 수라장을 이루었다. 수많은 손과 눈이 하얀 물체가 사라진 지점을 가리켰다. 그와 동시에 음악 소리가 그쳤다.

순식간에 요하네스는 거기 있었다. 그는 깊이 생각하거나 의식적인 결정을 내리지 않고 완전히 본능적으로 행동했다. 그는 한 어머니가 갑판 위에서 "내 딸! 내 딸!" 하고 비명을 지르는 것을 듣지도 못했다. 어떤 얼굴도 보지 못했다. 그는 잠시도 지체하지 않고 보트에서 뛰어내려 물속으로 자맥질해 들어갔다.

그는 잠시 시야에서 사라졌다. 아주 잠시였다. 그들은 그가 뛰어든 곳에서 물이 소용돌이치는 것을 볼 수 있었고, 그가 열심히 움직이고 있는 것을 알았다. 배에서는 비탄에 빠진 외침 소리가 계속 터져 나왔다.

이윽고 그가 멀리서, 사고 현장과 조금 떨어진 곳에서 물 위로 머리를 내밀었다. 사람들이 손가락으로 가리키며 소리쳤다.

"아니, 여기야, 여기!"

그는 다시 물속으로 잠수했다.

또다시 고통스러운 시간이 지났다. 갑판 위의 남자와 여자들은 끊임없이 울부짖고 두 손을 쥐어짰다. 항해사가 상의와 구두를 벗어 던지고 물속으로 뛰어들었다. 그는 아이가 가라앉은 곳을 찾아냈고, 이제 모든 희망은 그에게 걸려 있었다.

그때 요하네스의 머리가 훨씬 먼 곳에서 다시 수면 위로 올라왔다. 그는 모자를 잃어버렸다. 그의 머리가 햇빛을 받아 물개 머리처럼 빛났다. 그는 분명 무언가와 싸우고 있었다. 그는 한쪽 팔을 제대로 쓰지 못해서 간신히 헤엄을 쳤다. 잠시 후 그는 입에 뭔가를 물었다. 이빨 사이에 커다란 꾸러미를 문 것이다. 그것은 어린애였다. 놀란 외침 소리가 육지와 바다에서 울

려 퍼졌다. 항해사도 이 외침 소리를 들은 게 분명했다. 그가
물 밖으로 머리를 내밀고 주위를 둘러보았기 때문이다.

보트는 물결에 떠내려갔지만, 마침내 요하네스는 보트에 다
다라 어린애를 먼저 태우고, 이어서 자기도 보트로 기어올랐
다. 잠시도 머뭇거리지 않았다. 그는 어린 소녀 위에 허리를 숙
이고 아이 옷을 등 쪽에서 잡아 찢었다. 그런 다음 노를 잡고
미친 사람처럼 배를 향해 저어 갔다. 아이를 잡아서 배로 끌어
올리자 사방에서 환호성이 터져 나왔다.

"어떻게 그렇게 먼 곳을 찾아볼 생각을 했어요?" 사람들이
그에게 물었다.

"저는 여울목을 압니다. 그리고 이곳엔 조류가 있어요. 전
그걸 알거든요."

한 남자가 사람들을 헤치고 뱃전으로 다가왔다. 그는 송장
처럼 창백한 얼굴에 일그러진 미소를 띠었고, 속눈썹은 눈물에
젖어 있었다.

"잠시만 배로 올라오세요!" 그가 아래쪽을 향해 외쳤다. "당
신에게 감사하고 싶소. 무한한 감사의 말씀을 드리지 않을 수
없어요. 잠시만 올라오세요."

그 남자는 여전히 송장처럼 창백한 얼굴로 난간에서 물러섰다.
배의 현문이 열리고, 요하네스는 갑판으로 올라갔다.

그는 배에 잠깐만 머물렀다. 그가 이름과 주소를 말하자, 한
여자가 물에 흠뻑 젖은 그를 끌어안았고, 창백한 남자는 손목
시계를 그의 손에 억지로 쥐어주었다. 그가 선실로 들어가보니

두 남자가 하마터면 익사할 뻔한 소녀 위에 상체를 숙이고 있었다.

"의식이 돌아오고 있어요. 맥박이 뛰고 있어요!" 그들이 말했다.

요하네스는 환자를 보았다. 등 쪽이 찢어진 짧은 드레스를 입은 금발 소녀였다. 그때 누군가가 그의 머리에 모자를 씌워 주고 밖으로 데리고 나갔다.

그는 보트를 해안으로 가져왔지만, 어떻게 가져왔는지는 알 수가 없었다. 그는 보트를 물 밖으로 끌어냈다. 기선이 다시 떠날 때 더 많은 환호와 경쾌한 음악 소리가 들렸다. 시원하고 달콤한 행복감이 머리끝부터 발끝까지 그의 온몸을 흘렀다. 그는 미소를 지었다. 그의 입술이 움직였다.

"오늘 소풍은 취소인가?" 디틀레프가 말했다. 그는 기분이 상한 것 같았다.

빅토리아가 거기 있었다. 그녀가 앞으로 나오더니 서둘러 말했다.

"오빠, 미쳤어? 요하네스는 곧장 집에 가서 옷을 갈아입어야 돼!"

그가 태어난 지 19년째 되는 해에 얼마나 엄청난 일이 일어났던가!

요하네스는 집을 향해 출발했다. 음악 소리와 요란한 환호 소리가 아직도 귓전에 울려 퍼지고 있었다. 강렬한 감정이 그를 몰아쳤다. 그는 집을 그냥 지나치고 숲을 지나서 오솔길을 통해 채석장으로 올라갔다. 채석장에 이르자 햇볕에 잘 달구어진 곳을 찾았다. 그의 옷에서 김이 나고 있었다. 그는 거기에 앉았다. 미친 듯한 기쁨 때문에 그는 다시 일어나 주위를 돌아다녔다. 그의 가슴에는 행복감이 넘쳐흘렀다. 그는 무릎을 꿇고 오늘을 신에게 감사했다. 눈에 뜨거운 눈물이 고였다. 그녀가 거기에 있었다. 사람들의 환성을 들었다. 집에 가서 마른 옷으로 갈아입으라고 그녀가 말했다.

그는 앉아서 몇 번이고 웃었다. 기뻐서 미칠 것 같았다. 그래, 빅토리아는 내가 영웅적인 일을 해내는 걸 보았어. 내가 물에 빠진 소녀를 구했을 때 그녀는 자랑스러운 눈으로 나를 좇았어. 빅토리아, 빅토리아! 나는 네 거야. 알아줬으면 좋겠어. 나는 평생 한순간도 빠짐없이 네 거야. 나는 너의 종이 되고 노예가 되어, 이 어깨로 너의 앞길을 쓸어줄 거야. 그리고 너의 구두에 입을 맞추고, 너의 마차를 끌고, 추운 날에는 너의 난로에 땔나무를 채울 거야. 아아, 빅토리아!

그는 주위를 둘러보았다. 아무도 그의 말을 듣지 못했다. 그는 혼자였다. 그는 손에 비싼 시계를 쥐고 있었다. 시계가 째깍거렸다. 시계는 가고 있었다.

고맙다. 이 축복받은 날이 고맙다! 그는 돌 위에 낀 이끼를 토닥이고, 땅바닥에 떨어진 나뭇가지를 토닥였다. 빅토리아는 나에게 미소를 짓지 않았어. 그건 확실해. 하지만 그것은 그녀의 방식이 아니었어. 그녀는 부두에 서 있었을 뿐이야. 그녀의 두 뺨에 발그레한 빛이 어른거렸어. 내가 이 시계를 주었다면 그녀는 아마 좋아했겠지?

　해가 기울고, 온기가 공기를 떠났다. 그는 몸이 젖었다는 것을 알아차렸다. 그는 깃털처럼 가볍게 집으로 달려갔다.


　성에는 여름 손님들이 있었다. 시내에서 온 일행은 춤을 추고 음악을 즐겼다. 깃발은 일주일 동안 밤낮으로 둥근 탑에서 펄럭였다.

　건초를 들여놓았지만, 들떠서 흥겹게 떠드는 손님들이 말을 차지하고 있어서 건초는 그대로 남았다. 풀을 베지 않은 목초지도 넓게 펼쳐져 있었지만, 일꾼들은 마차를 몰거나 노를 저어야 했기 때문에 목초는 그대로 남아서 못쓰게 되었다.

　'노란 방'에서는 여전히 음악 소리가 계속되었다.

　그 며칠 동안 늙은 물방앗간 주인은 물방아를 세우고 문을 닫았다. 그는 지혜를 배웠다. 전에는 기운찬 시내 사람들이 이따금 몰려와서 그의 옥수수 자루를 가지고 재미있게 놀았다. 밤은 따뜻하고 밝았기 때문에 그들이 창의성을 발휘할 여지도 충분했다. 부유한 궁정 관리인 어느 시종이 젊은 시절에 개미탑이 들어 있는 구유를 물방앗간에 가져와서 거기다 놓고 간 적이 있었다. 시종은 세월이 흐르면서 착실해졌지만, 그의 아들 오토는 아직도 성에 와서 기묘한 방식으로 즐겼다. 그에 대한 소문이 많았다……

　숲에서 말발굽 소리와 사람들의 목소리가 들렸다. 젊은이 몇 명이 말을 타고 있었다. 성의 말들은 반들반들 윤이 났고 홍분해 있었다. 말 탄 사람들은 물방앗간 집 출입문까지 와서 채찍으로 문을 두드리고 말을 탄 채 안으로 들어가고 싶어 했다. 문이 아주 낮았지만, 그래도 그들은 말을 탄 채 들어가고 싶어 했다.

"실례합니다. 안녕하세요." 그들이 외쳤다.

물방앗간 주인은 그들에게 비굴하게 웃었다.

그들은 말에서 내려 말을 매놓고 물방아를 돌리기 시작했다.

"깔때기가 비어 있어요." 물방앗간 주인이 외쳤다. "그러다가는 물방아가 망가질 거요."

하지만 그의 말은 소음에 먹혀버렸다.

"요하네스!" 물방앗간 주인은 채석장 쪽을 향해 목청껏 외쳤다.

요하네스가 왔다.

"저 사람들이 맷돌을 빈 채로 돌리고 있구나." 아버지가 젊은이들을 가리키며 외쳤다.

요하네스는 천천히 그들에게 다가갔다. 그의 얼굴은 창백했고, 관자놀이의 혈관이 튀어나와 있었다. 그는 시종의 아들인 오토를 알아보았다. 오토는 사관생도의 제복을 입고 있었다. 두 사람이 그와 함께 있었다. 그중 한 사람은 요하네스를 달래기 위해 미소를 지으며 큰 소리로 인사를 했다.

요하네스는 아무 말도 하지 않고 아무 손짓도 하지 않고 오토를 향해 곧장 걸어갔다. 그 순간 그는 말 탄 여자 둘이 숲에서 나오는 것을 보았다. 한 사람은 빅토리아였다. 그녀는 초록색 승마복 차림에 하얀 암말을 타고 있었다. 그녀는 의아한 눈으로 그 장면을 바라보았다.

요하네스는 방향을 바꾸어 물레방아용 둑으로 올라가서 수문을 열었다. 소리가 천천히 가라앉고 물방아가 멈춰 섰다.

오토가 외쳤다.

"안 돼. 물방아를 돌려! 왜 그러는 거야? 물방아를 돌려! 내 말 안 들려?"

"물방아를 돌린 게 너였어?" 빅토리아가 물었다.

"그래." 오토가 웃으면서 대답했다. "왜 물방아가 서 있지? 돌아가면 왜 안 되는 거지?"

"비어 있으니까." 요하네스가 그를 노려보며 대답했다. "알겠어? 물방아가 비어 있다고."

"물방아가 비어 있었어." 빅토리아가 같은 말을 되풀이했다.

"그걸 내가 어떻게 알 수 있었겠어?" 오토가 웃으면서 말했다. "왜 비어 있었는지 알고 싶군. 물방아 안에 곡식이 전혀 없었나?"

"네 말로 돌아가!" 사건을 마무리하기 위해 다른 남자가 끼어들었다.

그들은 말에 올라탔다. 떠나기 전에 한 사람이 요하네스에게 사과했다.

빅토리아가 마지막으로 떠났다. 그녀는 조금 가다가 말을 돌려 돌아왔다.

"미안하게 됐다고, 네 아버지한테 전해줘." 그녀가 말했다.

"사관생도가 직접 사과했다면 더 좋았을 텐데." 요하네스가 말했다.

"물론 그렇지. 당연해. 하지만 오토는 무모하고 엉뚱한 생각으로 가득 차 있어. 어쨌든 정말 오랜만이야, 요하네스."

그는 그 말을 믿을 수가 없어서 그녀를 쳐다보았다. 지난 일요일, 그 굉장했던 날을 그녀는 잊어버렸나?

"일요일에 부두에서 널 보았어."

"물론 그랬지." 그녀가 얼른 말했다. "그 배의 항해사가 바다 밑바닥에서 그 애를 끌어올리는 것을 네가 도와줄 수 있었던 것은 정말 행운이었어. 네가 그 여자애를 발견했다며?"

그는 깊은 상처를 입고 짤막하게 대답했다.

"그래. 우리가 그 애를 발견했지."

"아니면……" 그녀는 문득 무슨 생각이 떠오른 것처럼 말을 이었다. "너 혼자였어? 사실 그건 중요하지 않아. 아아, 네 아버지한테 잘 말씀드려줘. 그럼 잘 있어."

그녀는 고개를 끄덕이고 미소를 짓더니 고삐를 잡고 달려갔다.

빅토리아가 시야에서 사라지자 요하네스는 그녀를 따라 숲속으로 들어갔다. 그는 속이 상했고 화가 났다. 그는 빅토리아가 나무 옆에 혼자 서 있는 것을 보았다. 그녀는 나무에 기대어 흐느끼고 있었다.

말에서 떨어졌나? 다쳤나?

그는 다가가서 물었다.

"왜 그래? 뭐가 잘못됐어?"

그녀는 그에게 한 발짝 다가와서 두 팔을 내밀고 환한 표정을 지었다. 그러다가 멈춰 서서 팔을 내리고 말했다.

"아니, 잘못된 건 없어. 나는 말에서 내렸고, 암말이 계속 앞으로 가게 내버려두었지. 요하네스, 그런 눈으로 나를 보지 마. 너는 물방아용 저수지 옆에 서서 나를 보고 있었지. 원하는 게 뭐야?"

그는 더듬거렸다.

"원하는 게 뭐냐고? 모르겠어."

"넌 정말 굵구나." 그녀가 갑자기 자기 손을 그의 손 위에 놓으면서 말했다. "손목이 아주 굵어. 그리고 햇볕에 완전히 갈색으로 그을었어. 나무딸기처럼 갈색이야."

그는 그녀의 손을 잡으려고 했다. 하지만 그녀는 승마복을 여미면서 말했다.

"그래, 나한테는 아무 일도 없었어. 난 그냥 집까지 걸어가고 싶었을 뿐이야. 안녕."


# 3


요하네스는 시내로 돌아갔다. 몇 해가 지났고 하루하루가 지나갔다. 공부와 꿈, 수업과 시로 채워진 길고도 활기찬 시절이었다. 그는 잘해내고 있었다. 그는 〈페르시아 왕비가 된 유대 소녀 에스터〉라는 시를 썼는데, 이 시는 출판되어 그에게 약간의 돈을 안겨주었다. 그가 수도사 벤트의 입을 빌려 말한 〈사랑의 길〉이라는 시는 그의 이름을 널리 알렸다.

그렇다면 사랑이란 무엇인가? 장미꽃들 사이에서 속삭이는 바람—아니, 피 속의 노란 인광. 가장 늙고 가장 쇠약한 심장조차 끼어들지 않을 수 없는 '죽음의 무도'. 사랑은 밤이 다가오면 활짝 피는 마거리트 같고, 가벼운 입김에도 꽃잎을 닫고 살짝 만지기만 해도 죽어버리는 아네모네 같다.

사랑은 그런 것.

사랑은 한 남자를 망칠 수도 있고, 다시 일으켜 세울 수도 있고, 그에게 다시 낙인을 찍을 수도 있다. 사랑은 변덕스러워서, 오늘은 나에게, 내일은 너에게, 내일 밤은 낯선 이에게 호의를 베풀 수 있다. 하지만 사랑은 또 한편으로는 불변성을 갖고 있어서, 누구도 침범할 수 없는 봉인처럼 굳게 지속될 수도 있고, 죽음의 순간까지 꺼지지 않고 타오를 수도 있다. 그렇다면 사랑의 본질은 무엇인가?

사랑은 하늘에 별이 빛나고 땅에 향기가 가득한 여름밤이다. 하지만 왜 사랑은 젊은이로 하여금 은밀한 길을 따라가게 하고 노인으로 하여금 외로운 방에서 발끝으로 서 있게 할까? 아아, 사랑은 사람의 마음을 버섯밭으로, 신비롭고 무참한 독버섯이 자라는 무성하고 뻔뻔한 밭으로 바꾸어놓기 때문이다.

사랑은 수도사로 하여금 한밤중에 높은 담장을 둘러친 정원에 몰래 들어가 침실 창문을 통해 잠자는 사람들을 엿보게 한다. 사랑은 수녀를 어리석음으로 사로잡고 공주의 분별력을 흐리게 한다. 사랑은 왕이 혼잣말로 음란한 말을 속삭이고 소리 내어 웃고 혀를 내밀 때 그의 머리카락이 길가 먼지를 쓸 만큼 왕의 머리를 길가에 낮게 내려놓는다.

사랑의 본질이란 그런 것이다.

아니, 사랑은 세상의 어떤 것과도 같지 않은 또 다른 무엇이다. 사랑은 젊은이가 두 눈으로 두 눈을 보는 봄날 밤에 지구를 찾아온다. 젊은이는 응시하고, 입술에 입을 맞춘다. 두 개의 빛이 그의 가슴속에서 만난 듯한 느낌, 별을 섬광처럼 비추는 태양 같은 느낌이다. 그는 그녀의 품에 안긴다. 온 세상이 조용해지고 그의 눈에는 아무것도 보이지 않게 된다.

사랑은 하느님의 입에서 나온 첫 마디였고, 하느님의 마음을 스치고 지나간 첫 생각이었다. 하느님이 말했다. "빛이 있으라." 그러자 사랑이 있었다. 하느님이 만든 것은 모두 아주 좋았고, 그 가운데 하느님이 다시 파괴하고 싶었던 것은 아무것도 없었다. 사랑은 창조의 원천, 창조의 잣대였다. 하지만 모든 사랑의 길에는 꽃과 피가 흩뿌려져 있다. 꽃과 피가……

9월의 어느 날.

이 한적한 길은 그의 산책길이었다. 거기서 그는 자기 방에 있는 것처럼 자유롭게 어슬렁거렸다. 거기서는 누군가를 만난 적이 없었기 때문이다. 그리고 길 양쪽에는 정원이 있었고, 잎이 붉고 노랗게 물든 나무들이 있었다.

빅토리아가 여기를 걸으면서 뭘 하고 있는 거지? 무엇이 빅토리아를 이쪽으로 데려온 것일까? 그가 잘못 본 게 아니었다. 그것은 빅토리아였다. 어제저녁에 그가 창밖을 내다보았을 때 그곳을 걸은 것도 아마 빅토리아였을 것이다.

그의 심장이 격렬하게 고동치고 있었다. 그는 빅토리아가 시내에 있다는 말을 들었다. 하지만 그녀가 활동하는 사회는 물방앗간 아들에게는 닫혀 있는 세계였다. 그는 디틀레프도 만나지 못했다.

그는 마음을 가라앉히고 그녀 쪽으로 걸어갔다. 그를 알아보지 못한 것일까? 그녀는 생각에 잠긴 채 진지한 태도로 걷고 있었다. 그녀의 머리는 가느다란 목 위에 자랑스럽게 놓여 있었다.

그가 그녀에게 인사를 했다.

"안녕." 그녀가 낮은 목소리로 대답했다.

그녀는 멈춰 설 기미를 보이지 않았다. 그는 말없이 그녀를 지나쳐 갔다. 그의 다리가 씰룩거리고 있었다. 좁은 길 끝에서 그는 여느 때처럼 돌아섰다. 눈을 들지 말고 길바닥에 눈을 맞춰야지 하고 생각했다. 열두 걸음을 걸은 뒤에야 그는 눈을 들었다.

그녀가 창가에 서 있었다.

옆길로 살며시 빠져야 하나? 빅토리아는 왜 저기 있는 걸까? 그 창문은 하잘것없는 것이었다. 붉은 비누 몇 개, 유리병에 든 보리알, 소인이 찍힌 우표 몇 장을 팔기 위해 진열해놓은 작은 가게의 진열장이었다.

또다시 열두 걸음을 걷고 나서 돌아올 수도 있을 거야.

그때 그녀가 그를 보았다. 갑자기 그녀가 두 번째로 그를 향해 다가왔다. 그녀는 용기를 낸 것처럼 빠르게 걸었고, 목이 멘 목소리로 말했다. 그녀는 신경질적인 미소를 지었다.

"안녕. 만나서 반가워."

그의 심장은 얼마나 분투하고 있는가. 고동치기보다는 오히려 떨고 있었다. 그는 말을 하려고 애썼다. 입술이 실룩거렸지만, 아무 소리도 나오지 않았다. 그녀의 옷에서, 노란 드레스에서, 어쩌면 그녀의 입에서 향내가 났다. 그 순간 그녀의 얼굴은 그에게 뚜렷한 인상을 주지 않았다. 하지만 그는 그녀의 우아한 어깨를 알아보았고, 양산 손잡이를 쥐고 있는 길고 가는 손을 보았다. 그녀의 오른손이었다. 오른손에 반지가 끼워져 있었다.

처음 몇 초 동안, 그는 이것을 전혀 생각하지 않았다. 재난이 일어났다는 의식도 전혀 없었다. 그녀의 손은 얼마나 아름다운가!

"나는 일주일 동안 시내에 있었어." 그녀가 말했다. "하지만 어디서도 너를 보지 못했어. 아니, 잠깐만. 거리에서 한 번 봤구나. 누군가가 그게 너라고 말해주었지. 너는 키가 너무 많이 자랐어!"

그는 중얼거렸다.

"네가 시내에 있다는 건 나도 알고 있었어. 여긴 오래 있을 거야?"

"며칠. 아니, 그렇게 오래 있진 않을 거야. 다시 집에 갈 거야."

"너하고 말하게 해줘서 고마워."

침묵.

"나는 길을 잃은 것 같아." 그녀가 마침내 말했다. "나는 시종 댁에 머물고 있어. 그 집은 어느 쪽이지?"

"내가 함께 가줄게. 괜찮다면."

그들은 함께 출발했다.

"오토는 집에 있어?" 그는 대화를 계속하기 위해 물었다.

"응, 집에 있어." 그녀는 짤막하게 대답했다.

몇 사람이 대문에서 나왔다. 그들은 피아노를 나르고 있어서 두 사람의 길을 막았다. 빅토리아는 한쪽으로 비켜섰다. 그때 그녀의 왼팔과 왼쪽 다리가 그에게 닿았다. 요하네스는 그녀를 바라보았다.

"미안해." 그녀가 말했다.

그녀와 몸이 닿자 기쁨의 전율이 그의 몸을 꿰뚫었다. 그는 잠시 그녀의 입김을 뺨에 느꼈다.

"반지를 끼고 있군." 그가 말했다. 그리고 무관심한 체하며 미소를 지었다. "축하해야 하나?"

그녀는 뭐라고 대답할까? 그는 숨을 죽이고 그녀의 눈을 피했다.

"너는?" 그녀가 대답했다. "반지를 받지 않았어? 아니라고? 누군가한테 분명히 들었는데…… 우리는 요즘 너에 대해 많은 이야기를 듣고 있어. 신문에서."

"시를 몇 편 발표했어. 하지만 내 시를 보지는 않았겠지?"

"시집을 내진 않았어?"

"한 권 내긴 했지. 아주 얇은 책이야."

그들은 광장에 이르렀다. 그녀는 시종 저택으로 가는 길이었지만, 전혀 서두르지 않았다. 그녀는 벤치에 앉았다. 그는 그녀 앞에 섰다.

갑자기 그녀가 그의 손을 잡으며 말했다.

"너도 앉아."

그가 앉은 뒤에야 그녀는 그의 손을 놓았다.

지금이 절호의 기회야! 이렇게 생각하면서 그는 또다시 장난스럽고 무관심한 태도를 취하려고 애썼다. 그는 미소를 지으며 허공을 바라보았다.

"그러니까 넌 약혼했는데 나한테 그걸 말하려고도 하지 않는구나. 집에 돌아온 네 이웃인 나한테."

그녀는 생각에 잠겼다가 입을 열었다.

"오늘 내가 너한테 말하고 싶었던 건 그게 아니었어."

그는 당장 진지해져서 낮은 목소리로 말했다.

"물론 나는 아무 소용도 없다는 걸 줄곧 알고 있었어. 그러니까 나는 아니라는 걸. 나는 물방앗간 아들일 뿐이고, 너는…… 그래, 그게 현실이야. 그리고 나는 여기 너와 나란히 앉아서 어떻게 그런 말을 할 수 있었는지, 어떻게 그런 용기를 낼 수 있었는지도 모르겠어. 나는 네 앞에 서 있거나 무릎을 꿇고 있어야 하니까. 그게 적절한 일이겠지. 하지만 웬일인지 모르지만, 내가 떠나 있었던 지난 몇 년이 나한테 어떤 영향을 미쳤어. 내가 더 많은 용기를 갖게 된 것 같아. 이제 나는 보다시피 더 이상 어린애가 아니라는 것을 아니까. 그리고 설령 네가 원한다 해도 나를 감옥에 보낼 수는 없으리라는 것을 아니까. 내가 이런 말을 할 수 있는 것은 그 때문이야. 하지만 나한테 화를 내면 안 돼. 화를 내면 나는 아무 말도 하지 않을 거야."

"아니야, 계속해. 하고 싶은 말을 다 해봐."

"그래도 돼? 내가 하고 싶은 말? 그 반지 때문에 내가 하면 안 되는 말이 있겠지?"

"아니." 그녀는 낮은 목소리로 대답했다. "반지 때문에 네가 못 할 말은 아무것도 없어. 아무것도."

"뭐라고? 그게 다 무슨 소리야? 아니, 빅토리아, 내가 잘못 생각한 거겠지?" 그는 벌떡 일어나 몸을 앞으로 숙여서 그녀의 얼굴을 똑바로 들여다보았다. "아니면 그 반지는 아무 의미도 없는 거야?"

"다시 앉아."

그는 앉았다.

"내가 너를 얼마나 생각했는지 알아줬으면 좋겠어. 내 마음속에 다른 생각이 단 하나라도 있었던 적이 있을까? 내가 지금까지 보고 들은 그 많은 사람들 가운데 내가 생각한 사람은 이 세상에 너밖에 없었어. 내가 생각할 수 있었던 건, 빅토리아는 세상에서 가장 사랑스럽고 멋지다, 그런 빅토리아를 나는 안다!—나는 항상 너를 그렇게 생각했어. 아무도 나만큼 너와의 거리가 멀 수 없다는 건 나도 잘 알고 있었어. 하지만 네가 세상에 존재한다는 것, 그리고 그것은 나한테 결코 하찮은 일이 아니라는 것을 나는 알았고, 네가 거기에 있다는 것, 네가 숨을 쉬고 이따금 나를 기억하기도 하리라는 것을 알았지. 물론 너는 나를 기억하지 못했어. 하지만 여기 의자에 앉아서 어쩌면 네가 이따금 나를 기억해줄 거라고 생각한 밤이 얼마나 많았는지 몰라. 그러면 천국의 문이 나한테 활짝 열린 것 같았지. 그러면 나는 너한테 바치는 시를 썼고, 너한테 줄 꽃을 사느라 내가 가진 돈을 몽땅 쓰고, 그 꽃을 집으로 가져가서 꽃병에 꽂아 두었지. 내 시는 몇 편을 빼고는 모두 너한테 바치는 시야. 그건 발표되지 않았어. 하지만 발표했더라도 네가 과연 읽었을까? 나는 지금 대작을 쓰기 시작했어. 너한테 얼마나 감사하고 있는지 몰라. 너는 나를 가득 채우고 있어. 너는 내 행복의 유일한 원천이야. 항상, 매 순간, 낮이건 밤이건 내가 듣거나 보는 것들은 무엇이든 너를 생각나게 해. 나는 천장에다 네 이름을 써놓고, 그걸 바라보면서 누워 있어. 하지만 내 방을 돌보는 여자는 그걸 알지 못해. 나 혼자만 볼 수 있도록 아주 작은 글씨로 써놓았거든. 그건 나한테 항상 기쁨을 주지."

그녀는 몸을 돌리더니 보디스*의 단추를 풀고 쪽지를 한 장 꺼냈다.

"봐!" 그녀가 숨을 깊이 들이마시면서 말했다. "내가 그걸

---

*코르셋 위에 입는 여성 옷의 하나. 가슴과 허리둘레가 꼭 맞게 되어 있다.

오려서 보관했어. 나는 밤에 그걸 읽었어. 맨 처음 그걸 나한테 보여준 건 아빠였지. 나는 그걸 읽으려고 창가로 갔어. '어디 있어요? 안 보이는데.' 나는 종이를 뒤집으면서 말했지만, 벌써 그것을 발견하고 읽은 뒤였어. 그리고 정말 행복했어."

그녀의 가슴에서 나는 향기가 종이에서 풍겨왔다. 그녀는 종이를 펼쳐서 그에게 보여주었다. 그것은 그가 초기에 쓴 시였다. 백마를 탄 여자, 즉 그녀에게 바치는 짧은 연 네 개로 이루어진 시였다. 그것은 애정을 진술하고 열렬하게 토로하는 시였고, 억누를 수 없는 외침, 저물녘의 별처럼 페이지에서 터져 나오는 외침 소리였다.

"그래." 그가 말했다. "내가 썼어. 아주 오래전에 썼지. 포플러 나무들이 내 방 창문 밖에서 바스락거리던 어느 날 밤에 쓴 시야. 아니, 정말로 그걸 보관할 작정이야? 고마워. 아직도 그걸 간직하고 있다니. 아아!" 그는 황홀하여 외쳤다. 그의 목소리가 낮아졌다. "네가 이렇게 가까이 있다니. 나는 네 팔이 내 팔에 닿는 것을 느낄 수 있고, 네 온기를 느낄 수 있어. 나는 혼자서 너를 생각하며 앉아 있을 때, 감정으로 와들와들 떤 적이 얼마나 많았는지 몰라. 하지만 지금 나는 따뜻해. 지난번에 내가 집에 갔을 때, 그때도 너는 사랑스러웠지. 하지만 지금은 훨씬 더 사랑스러워. 너의 눈, 눈썹, 너의 미소—아니, 전부 다 사랑스러워. 너의 모든 것이 다 사랑스러워."

그녀는 미소를 짓고, 긴 속눈썹 밑에서 짙푸른 눈동자를 반짝이며 반쯤 감은 눈으로 그를 바라보았다. 그녀의 피부는 따뜻하게 달아올랐다. 그녀의 손이 무의식적으로 움직여 그에게 뻗어올 때, 그녀는 기쁨에 넋을 잃은 것처럼 보였다.

"고마워!" 그녀가 말했다.

"아니야, 빅토리아. 나한테 감사하지 마." 그가 대답했다. 그의 영혼이 그녀를 향해 분출했다. 그는 더 많이 말하고 싶었다. 취한 것처럼 혼란스러운 외침 소리가 그의 입술에서 터져 나왔다. "그래. 하지만 빅토리아, 네가 나를 조금이라도 좋아한다면…… 네가 나를 좋아하는지 어떤지 모르겠지만, 그게 사실이 아니라 해도 좋아한다고 말해줘. 제발! 아아, 약속할게. 나는 유명해질 거야. 높은 명성, 거의 유일무이한 명성을 얻을 거야. 너는 내가 뭘 할 수 있는지 전혀 몰라. 나는 이따금 그걸 생각할 때면 내가 완성되기를 기다리는 일거리라는 걸 깨닫게 돼. 느낌이 나한테서 쏟아져 나올 때가 많아. 밤이면 나는 환상으로 가득 차서 내 방을 오락가락하지. 옆방에 잠들지 못하는 남자가 있어서, 그가 벽을 두드려. 동이 트자마자 그는 화가 나서 내 방으로 달려오지. 그건 중요하지 않아. 나는 그에게 신경 쓰지 않아. 그때쯤에는 네가 내 생각속에 너무 오래 있었기 때문에, 마치 네가 나와 함께 있는 듯한 느낌이 들어. 나는 창가로 가서 노래를 불러. 날이 점점 밝아오고, 밖에서는 포플러 나무들이 바스락거리지. '잘 자!' 새 날이 시작될 때 나는 그렇게 말해. 내가 그 말을 하는 상대는 너야. 지금 빅토리아는 자고 있겠지 하고 생각하면서 말하는 거야. 잘 자, 빅토리아. 하느님의 가호가 있기를! 그런 다음 침대로 가지. 그런 일이 밤마다 계속돼. 하지만 네가 이렇게 사랑스러울 수 있으리라고는 생각지 않았어. 이제 네가 떠나면 나는 널 지금 모습대로 기억할 거야. 분명히 그렇게 기억할 거야…….”

“집에 오지 않을 거야?”

“아니, 준비가 안 됐어. 아니, 갈 거야. 이제 갈 거야. 준비가 안 됐지만. 그게 무슨 상관이야. 넌 아직도 집에서 정원을 산책해? 저녁때 외출하기도 하겠지? 나는 너를 볼 수 있을 테고, 아마 너한테 저녁 인사를 할 수도 있을 거야. 그것뿐이야. 하지만 네가 조금이라도 나를 좋아한다면, 네가 나를 참을 수 있다면, 나를 참을 수 있다면 말해줘. 나에게 그 행복을 줘. 수명이 70년이나 되지만 평생에 단 한 번 꽃을 피우는 야자나무가 있다는 거 알아? 탈리포* 야자야. 그 야자는 딱 한 번만 꽃을 피우지. 지금 나는 꽃을 피우고 있어. 그래, 나는 돈을 좀 벌어서 집에 갈 거야. 내가 쓴 작품을 팔 거야. 지금 대작을 쓰고 있으니까, 그것도 내일 당장 팔 거야. 완성한 만큼 팔 거야. 그 작품으로 꽤 많은 돈을 받을 거야. 내가 집에 가기를 원해?”

“응.”

“고마워, 고마워! 내가 지나친 기대를 품고 있다면, 너무 많이 믿고 있다면 나를 용서해줘. 이번만은 맹목적으로 믿는 게 너무 즐거워. 오늘은 내 평생 가장 행복한 날이야.”

그는 모자를 벗어서 옆에 내려놓았다.

---

*남아시아 스리랑카 등지에서 자라는 부채 모양의 큰 잎을 가진 야자나무.

빅토리아가 주위를 둘러보았다. 한 여자가 길을 걸어오고 있었고, 그 뒤에 바구니를 든 여자가 보였다. 그녀는 불안해져서 회중시계를 꺼냈다.

"지금 가야 돼?" 그가 물었다. "가기 전에 말해줘. 나한테 들려줘. 나는 널 사랑해. 이젠 너도 알고 있겠지. 그러니까 네 대답에 달려 있어. 너는 나를 완전히 네 마음대로 할 수 있어. 네 대답은 뭐야?"

침묵.

그는 고개를 숙였다.

"아니, 말하지 마!" 그가 간청했다.

"여기서는 안 돼." 그녀가 대답했다. "저기 가면 말해줄게."

그들은 걷기 시작했다.

"네가 구해준 여자애와 결혼할 거라는 말을 들었어. 그 애 이름이 뭐지?"

"카밀라 말이야?"

"카밀라 세이어. 네가 그 애랑 결혼할 거라는 말을 들었어."

"정말로 그렇게 들었어? 카밀라는 아직 어린애야. 그 애 집에 갔었는데, 멋지고 큰 집이었어. 너의 집처럼 아름다운 성이야. 나는 그 집에 자주 갔어. 아니, 그 애는 아직 어린애야."

"열다섯 살이야. 나도 그 애를 만났어. 함께 시간을 보냈는데, 나는 그 애한테 마음이 끌렸어. 정말 매력적인 애야."

"나는 그 애랑 결혼하지 않을 거야."

"그래?"

그는 그녀를 바라보았다. 어두운 그늘이 그의 얼굴을 스쳤다.

"하지만 왜 그런 말을 하는 거지? 내 주의를 딴 데로 돌리려는 거야?"

그녀는 빠른 걸음으로 걸으면서 아무 대답도 하지 않았다. 그들은 어느새 시종 저택 앞에 와 있었다. 그녀는 그의 손을 잡고 문으로 들어가 계단을 올라갔다.

"나는 들어가지 않겠어." 그가 놀라서 말했다.

그녀가 초인종을 울리고는 그에게 돌아섰다. 그녀의 가슴이 부풀어 올랐다.

"나는 널 사랑해." 그녀가 말했다. "알겠어? 내가 사랑하는 건 너야."

그녀는 갑자기 빠른 동작으로 그를 서너 계단 아래로 끌어내리더니, 그를 끌어안고 입을 맞췄다. 그녀는 그에게 기대서서 바들바들 떨고 있었다.

"내가 사랑하는 건 너야." 그녀가 되풀이해 말했다.

문이 열렸다. 그녀는 몸을 떼고 재빨리 계단을 뛰어 올라갔다.


# 4

새벽이었다. 동이 트고 있었다. 푸르스름하고 신경질적인 9월의 하루였다.

정원의 포플러 나무들 쪽에서 낮은 중얼거림이 들려왔다. 창문 하나가 열려 있고, 한 남자가 몸을 창밖으로 내밀고 콧노래를 불렀다. 그는 윗옷을 입지 않았고, 밤새도록 행복해서 미련하게 취해버린 반벌거숭이 미치광이처럼 세상을 내다보았다.

갑자기 그는 창문에서 몸을 돌려 출입문 쪽을 바라보았다. 누군가가 문을 두드린 것이다.

"들어오세요!" 그가 외쳤다.

한 남자가 들어왔다.

"안녕하세요!" 그가 손님에게 말했다.

손님은 나이 지긋한 중년 사내였다. 사내는 화가 나서 얼굴이 창백해졌고 손에 등잔을 들고 있었다. 아직 어두웠기 때문이다.

"다시 한 번 묻겠는데, 뮐러 씨, 요하네스 뮐러 씨, 당신은 이게 분별 있는 짓이라고 생각하시오?" 그는 화가 나서 말을 더듬고 있었다.

"아닙니다." 요하네스가 대답했다. "당신 말씀이 맞습니다. 나는 글을 쓰고 있었어요. 글이 아주 쉽게 쓰였지요. 보세요. 이걸 다 썼답니다. 오늘 밤에는 운이 좋았어요. 하지만 이제 다 끝났습니다. 그래서 창문을 열고 노래를 좀 불렀던 겁니다."

"당신은 고함을 지르고 있었소." 사내가 말했다. "그렇게 큰 소리로 노래를 부르다니! 게다가 아직 한밤중이란 말이오."

요하네스는 탁자 위의 종이로 손을 뻗어 크고 작은 종이를 한 다발 집어 들었다.

"자, 보세요!" 그가 외쳤다. "정말이지, 글이 이렇게 잘 쓰인

적이 없었다고요. 오랫동안 계속되는 번개 같더군요. 나는 전에 번개가 전선줄을 따라 달리는 것을 본 적이 있는데, 꼭 불바다 같았어요. 오늘 밤 내 생각도 꼭 그렇게 흘렀답니다. 그런데 내가 어떻게 해야 하죠? 이야기를 다 듣고 난 뒤에도 계속 화를 내실 수 있을까요? 나는 줄곧 여기 앉아서 글을 썼어요. 한 번도 움직이지 않았습니다. 당신이 생각나서 조용히 앉아 있었어요. 그러다가 당신 생각이 내 기억에서 빠져나간 순간이 왔지요. 나는 여분의 증기를 빼내야 했어요. 그래서 한두 번 방을 걸어 다녔습니다. 너무 행복했거든요."

"이번엔 밤중에 당신이 내는 소리를 별로 듣지 못했소." 사내가 말했다. "하지만 이 시간에 창문을 열고 그렇게 고함을 지르는 건 용서할 수 없어요."

"예, 예, 옳으신 말씀입니다. 용서할 수 없는 짓이죠. 하지만 방금 설명드렸잖아요. 나도 이런 밤은 겪어본 적이 없습니다. 어제 나한테 무슨 일인가가 일어났어요. 나는 거리로 나가서 내 기쁨, 내 행복을 만났죠. 들어주세요. 나는 나의 별, 나의 행복을 만났어요. 그리고 그녀가 나에게 입을 맞추었지요. 그녀의 입술은 너무 붉었고, 나는 그녀를 사랑합니다. 그녀는 나한테 키스했고, 나를 취하게 했어요. 말을 할 수 없을 만큼 입술이 떨린 적이 있나요? 나는 말을 할 수가 없었어요. 심장이 너무 두근거려서 온몸이 떨릴 정도였지요. 나는 집으로 달려와 잠들었습니다. 여기 이 의자에 앉아서 잠들었지요. 그러다가 저녁때 깨어났는데, 내 영혼은 흥분 때문에 팔짝팔짝 뛰면서 춤을 추고 있더군요. 그래서 나는 글을 쓰기 시작했지요. 뭘 썼냐고요? 여기 있습니다! 나는 야릇하고 멋진 생각의 흐름에 사로잡혔어요. 하늘이 열렸고, 내 영혼에는 따뜻한 여름날이었죠. 천사가 포도주를 주었어요. 나는 그걸 마셨죠. 독한 포도주였어요. 나는 커다란 심홍색 술잔으로 포도주를 마셨답니다. 시계가 치는 소리를 들었을까요? 등불이 다 타버린 것을 보았을까요? 당신이 이해할 수만 있다면 좋겠는데! 나는 모든 것을 새롭게 살았어요. 같은 거리를 내가 사랑하는 사람과 함께 다시 걸었고, 모두 고개를 돌려 그녀를 바라보았죠. 우리는 공원을 걷다가 왕을 만났어요. 나는 기뻐서 왕 앞에서 모자로 땅바닥을 쓸었고, 왕도 고개를 돌려 그녀를, 내가 사랑하는 여자를 바라보았죠. 그녀는 키가 크고 너무 아름다웠으니까요. 우리는 다시 시내로 들어갔고, 모든 학생들이 고개를 돌려 그녀를 바라보았죠. 그녀는 젊고 밝은 색깔의 드레스를 입고 있었으니까요. 이어서 우리는 붉은 벽돌집으로 가서 안으로 들어갔어요. 나는 그녀를 따라 위층으로 올라갔고, 그녀의 발치에 무릎을 꿇고 싶었어요. 그때 그녀가 나를 끌어안고 키스했어요. 이 모든 일이 어제저녁에 일어났답니다. 아주 최근이죠. 뭘 썼느냐고 물으신다면, 사랑과 행복을 읊은 연작 장시를 썼어요. 행복이 기다란 목으로 소리 내어 웃으면서 내 앞에 알몸으로 누워 나에게 오고 싶어 하는 것 같았죠."

"이보시오. 나는 정말로 이 대화를 계속하고 싶지 않아요." 사내는 기운 없고 성급한 어조로 말했다. "이번에 마지막으로 당신한테 말한 거요."

요하네스는 문간에 있는 그를 불러 세웠다.

"잠깐만요. 당신은 방금 당신 얼굴이 환해진 것을 보았어야 하는데. 나는 당신이 돌아설 때 보았어요. 그건 등불이었죠. 등불이 당신 이마에 흑점을 만들었어요. 당신은 화가 좀 가라앉았죠. 나는 그걸 알 수 있었어요. 내가 창문을 연 것, 너무 큰 소리로 노래를 부른 건 나도 알아요. 나는 모든 인류의 행복한 형제예요. 이따금 그래요. 당신은 잠들어 있었어요."

"시내 전체가 자고 있소."

"그래요, 아직은 이른 시간이죠. 당신에게 선물을 드리고 싶군요. 이걸 받아주시겠습니까? 이건 은제품인데, 나도 선물로 받은 겁니다. 언젠가 내가 목숨을 구해준 여자애가 주었죠. 자, 받으세요! 담배가 스무 개피 들어가요. 안 받으실 겁니까? 아, 알았어요. 담배를 피우지 않는군요. 하지만 담배를 배우게 될 겁니다. 내가 내일 가서 사과해도 될까요? 나를 용서해달라고 부탁하고……."

"잘 자시오."

"안녕히 가세요. 나는 지금 잠자리에 들겠습니다. 약속합니다. 이젠 나한테서 아무 소리도 듣지 못할 겁니다. 그리고 앞으로는 좀 더 조심하겠습니다."

사내는 떠났다.

요하네스는 갑자기 문을 열고 덧붙였다.

"그 말을 하니까 생각나는데, 나는 떠날 겁니다. 더 이상 당

신한테 폐를 끼치지 않을 거예요. 내일 떠날 겁니다. 말씀드리
는 걸 깜박 잊었네요."

　하지만 그는 떠나지 않았다. 여러 가지 일이 그를 붙잡았다.
해결해야 할 일들, 사야 할 물건들, 지불해야 할 돈. 아침이 가
고 저녁이 왔다. 그는 미친 듯이 돌아다녔다.
　마침내 그는 시종 저택의 초인종을 울렸다. 빅토리아는 거
기 있을까?
　빅토리아는 쇼핑을 하러 나가고 없었다.
　그는 빅토리아 아가씨와 자기가 같은 고향 출신이고, 그녀
가 있다면 문안을 드리고 싶었을 뿐이라고, 실례를 무릅쓰고
빅토리아 아가씨에게 경의를 표하고 싶었을 뿐이라고 설명했
다. 그는 집에 가져갈 전갈을 그녀에게 주고 싶었을 것이다. 하
지만 상관없다.
　이어서 그는 시내로 들어갔다. 어쩌면 그녀를 만날 수 있을
지도 모른다. 그녀를 찾아낼 수 있을지도 모른다. 그녀는 마차
에 앉아 있을지도 모른다. 그는 저녁때까지 돌아다녔다. 극장
밖에서 그는 그녀를 보고 인사를 했다. 미소를 지으며 절을 했
다. 그녀는 그의 인사에 답례했다. 그는 그녀에게 다가가려고
했다. 그는 몇 걸음 떨어져 있었다. 그때 그는 그녀가 혼자가
아니라는 것을 알았다. 그녀는 시종의 아들인 오토와 함께 있
었다. 오토는 중위의 군복을 입고 있었다.
　요하네스는 생각했다. 아마 빅토리아는 이제 곧 나한테 신

호를 보낼 거야. 눈짓으로 살짝 신호를 보내지 않을까? 그녀는 숨으려고 애쓰는 것처럼 고개를 숙이고 얼굴을 붉히며 서둘러 극장 안으로 들어갔다.

극장에 들어가면 그녀를 볼 수 있겠지? 그는 표를 사서 극장에 들어갔다.

그는 시종이 극장에 지정석을 갖고 있다는 것을 알았다. 당연히 그런 부자들은 칸막이가 된 특등 관람석을 갖고 있을 것이다. 그녀는 자랑스럽게 거기 앉아서 주위를 둘러보고 있었다. 그녀는 나를 보았을까? 천만에!

1막이 끝나자 그는 그녀가 통로로 나오기를 기다렸다. 그리고 다시 인사를 했다. 그녀는 조금 놀란 눈으로 그를 바라보며 고개를 끄덕였다.

"저기 가면 물을 한 잔 얻을 수 있어." 오토가 손으로 가리키며 말했다.

그들은 그 옆을 지나갔다.

요하네스는 그들을 눈으로 좇았다. 이상한 안개가 눈앞에 드리워졌다. 이 모든 사람들이 그 때문에 짜증을 냈고, 지나가면서 그를 팔꿈치로 밀어제쳤다. 그는 반사적으로 사과하고 그 자리에 계속 서 있었다. 그녀는 시야에서 사라졌다.

그녀가 돌아오자 그는 깊이 허리 숙여 절을 하고 말했다.

"죄송하지만 아가씨……."

그녀가 그를 소개했다.

"이쪽은 요하네스야. 알아보겠어?"

오토는 실눈으로 그를 바라보면서 대답을 중얼거렸다.

"너희 가족의 안부가 궁금하겠지?" 그녀의 얼굴은 침착하고 아름다웠다. "솔직히 말하면 잘 몰라. 하지만 아주 건강하게 지내고 있는 건 확실해. 집에 돌아가면 너희 가족을 찾아가볼게."

"고맙습니다. 곧 떠나실 겁니까, 빅토리아 아가씨?"

"며칠 안에 떠날 거야. 너희 가족을 찾아가볼게."

그녀는 고개를 끄덕이고 가버렸다.

요하네스는 그녀가 시야에서 사라질 때까지 또 그녀를 지켜보다가 극장을 나왔다. 시간을 보내기 위해 그는 끝없는 배회를 시작했다. 무거운 발걸음으로 우울하게 터벅터벅 거리를 돌아다니는 것이다. 열 시쯤 그는 시종 저택 바깥에 서서 기다리고 있었다. 연극은 곧 끝날 테고, 그녀는 이곳으로 올 거야. 어쩌면 나는 그녀의 마차 문을 열어주고, 모자를 벗어 인사할 수 있을지도 몰라. 마차 문을 열어준 다음 코가 땅에 닿도록 절을 하게 될지도 몰라.

30분 뒤에 마침내 그녀가 왔다. 여기 대문 옆에 남아서 나의 존재를 다시 한 번 그녀에게 일깨울 수 있을까? 그는 뒤도 돌아보지 않고 서둘러 길을 걸어갔다. 시종 저택의 대문이 열리고 마차가 안으로 들어가고 대문이 닫히는 소리가 들렸다. 그제야 그는 돌아섰다.

그는 한 시간 동안 집 앞을 계속 오락가락했다. 그가 기다릴 수 있는 사람은 아무도 없었다. 그는 이곳에 볼일이 없었다. 그때 갑자기 문이 열리더니 빅토리아가 거리로 나왔다. 그녀는 모자도 쓰지 않고 어깨에 숄만 두르고 있었다. 그녀는 수줍음과 곤혹스러움이 반씩 섞인 미소를 그에게 보이며 장기의 첫 수를 두듯 물었다.

"그러니까 넌 깊은 생각에 잠겨서 이곳을 걷고 있구나."

"아니." 그가 대답했다. "깊은 생각에 잠겨 있다고? 아니야. 난 그냥 이곳을 걷고 있을 뿐이야."

"네가 여기서 오락가락하는 걸 보았어. 그래서 내 방 창문에서 너를 보았지. 나는 곧바로 돌아가야 할 거야."

"이렇게 와줘서 고마워. 조금 전까지만 해도 나는 절망에 빠져 있었지만, 지금은 그 절망이 다 사라졌어. 극장에서 너한테 말을 걸어서 미안해. 여기 시종 저택에서도 네가 없느냐고 물었어. 너를 보고 싶었고, 네 말이 무슨 뜻이었는지 알아내고 싶었어. 네 마음속에 무슨 생각이 들어 있었는지."

"하지만 넌 그걸 알고 있잖아. 요전날 오해할 수 없을 만큼 충분히 말했을 텐데."

"나는 아직도 모든 게 혼란스러워."

"그 얘기는 그만하자. 나는 충분히 말했어. 아니, 지나치게 많이 말했지. 그리고 이제 나는 너한테 상처를 주고 있어. 나는 널 사랑해. 지난번에도 나는 거짓말을 하지 않았고, 그건 지금도 마찬가지야. 하지만 우리를 갈라놓는 게 너무 많아. 나는 너를 좋아하고, 다른 누구보다도 너와 이야기하는 게 좋지만……이제 가봐야 해. 사람들이 창문으로 우리를 볼 수도 있어. 요하네스, 네가 모르는 이유가 너무 많아. 내 말이 무슨 뜻인지 계속 물으면 안 돼. 나는 밤낮으로 그걸 생각했어. 내 마음은 내가 말한 대로야. 하지만 그건 불가능해."

"뭐가 불가능한데?"

"모든 게 다 불가능해. 모든 게 다. 요하네스, 제발 너한테도 자존심이 있다는 걸 보여줘. 모든 걸 나한테 떠넘기지 마."

"절대 그러지 않겠어. 하지만 나는 요전날 네가 나를 바보로 취급했다는 생각이 들기 시작했어. 너는 길거리에서 우연히 나를 만났고, 기분이 좋아서……."

그녀는 돌아서서 갈 것처럼 행동했다.

"내가 뭘 잘못했지?" 그가 물었다. 그의 얼굴은 창백했고 몰라볼 정도였다. "그러니까 내 말은…… 내가 너의 사랑을 잃을 짓을 했나? 지난 이틀 사이에 내가 무슨 범죄라도 저질렀나?"

"그런 건 아니야. 다만 내가 그 문제를 다시 심사숙고했을 뿐이야. 넌 안 그랬어? 너도 알다시피 그건 처음부터 불가능했어. 나는 너를 좋아하고 너를 존중해……."

"그리고 넌 신중하게 행동하지."

그녀는 그를 바라보았다. 그녀는 그의 미소가 모욕적이라고 느끼고, 더 흥분하여 말을 이었다.

"아빠가 그걸 금지하리라는 걸 모르겠어? 왜 나한테 그 말을 하도록 강요하지? 너도 알고 있잖아. 그게 무슨 소용이 있겠어? 내 말이 틀려?"

침묵.

"그래." 그가 말했다.

"게다가……" 그녀가 다시 말을 이었다. "아주 많은 이유가 있어. 아니, 다시는 극장까지 나를 따라오면 안 돼. 너 때문에 깜짝 놀랐어. 다시는 그러면 안 돼."

"알았어." 그가 말했다.

그녀는 그의 손을 잡았다.

"잠시 집에 올 수 없어? 네가 집에 온다면, 나는 그걸 큰 낙으로 삼고 기다릴 텐데. 네 손은 정말 따뜻해. 나는 지금 몹시 추워. 아니, 이제 가봐야 돼. 잘 가."

"잘 있어." 그가 말했다.

시내를 지나는 길은 춥고, 모래띠처럼 잿빛으로 뻗어 있었다. 그 거리가 끝없이 멀게 느껴졌다. 그는 시들고 빛바랜 장미꽃을 팔고 있는 소년을 만났다. 그는 아이를 불러 장미 한 송이를 받고, 5크로네짜리 금화 한 닢을 선물로 주고는 가던 길을 계속 갔다. 잠시 후 그는 문 근처에서 놀고 있는 아이들을 보았다. 열 살쯤 된 소년이 그들을 지켜보며 조용히 앉아 있었다. 아이들의 놀이를 지켜보고 있는 소년은 조숙해 보이는 푸른색 눈에 움푹 들어간 볼과 네모난 턱을 가졌고, 머리에는 헝겊 모자를 쓰고 있었다. 아니, 모자라기보다, 모자의 안감을 쓰고 있었다. 그 아이는 가발을 쓰고 있었다. 두피에 생긴 병이 그의 머리 모양을 꼴사납게 손상시켰다. 아마 그의 영혼도 똑같이 볼품없게 움츠러들었을 것이다.

요하네스는 자기가 시내의 어느 지역에 있는지, 어디로 가고 있는지도 몰랐지만, 그 모든 것을 눈여겨보았다. 그때 비가 내리기 시작했다. 그는 알아차리지 못하고, 온종일 우산을 갖고 다녔는데도 우산을 펴지 않았다.

결국 그는 광장에 이르러 벤치에 앉았다. 비는 점점 심해졌다. 무의식적으로 그는 우산을 펴고 계속 앉아 있었다. 곧 이겨낼 수 없는 졸음이 그를 덮쳤다. 안개가 그의 머리에 내려앉았다. 그는 눈을 감고 꾸벅꾸벅 졸기 시작했다.

얼마 후 그는 큰 소리로 이야기하며 지나가는 행인 때문에 잠에서 깨어났다. 그는 일어나서 가던 길을 계속 갔다. 머리가 맑아져서, 그날 일어난 사건을 모두 기억해냈다. 어떤 소년에게 장미 한 송이를 사고 5크로네를 선물로 준 것까지도 기억해냈다. 잔돈 사이에서 금화를 발견했을 때 그 아이는 얼마나 기뻐할까. 이런 상상과 더불어, 자기가 준 것이 25외레짜리 동전이 아니라 5크로네짜리 금화였다는 것을 깨달았다. 빌어먹을!

다른 아이들은 아마 비 때문에 다른 곳으로 자리를 옮길 수밖에 없었을 것이고, 지금은 비를 피할 수 있는 곳에서 돌차기나 공기놀이를 하고 있을 것이다. 그리고 꼴사납게 모양이 손상된 열 살배기 노인은 그들을 지켜보며 앉아 있었다. 아니, 누가 알겠는가. 어쩌면 그는 어떤 식으로든 즐기면서 앉아 있을지도 모른다. 또 어쩌면 그는 작은 뒷방에 꼭두각시 인형이나 팽이 같은 장난감을 갖고 있을지도 모른다. 어쩌면 그는 인생에서 모든 것을 잃지는 않았을지도 모른다. 그의 시든 영혼 속에는 아직 희망이 남아 있을지도…….

우아하고 날씬한 귀부인이 어디선가 그의 앞에 나타났다.

그는 우뚝 멈춰 섰다. 아니, 그는 그녀를 알지 못했다. 그녀는 옆길에서 나왔고, 비가 쏟아지고 있는데도 우산이 없었기 때문에 서둘러 걷고 있었다. 그는 그녀를 따라잡은 뒤, 옆을 지나가면서 그녀를 바라보았다. 얼마나 젊고 우아한가! 그녀는 몸이 젖고 있었다. 감기에 걸리겠군. 하지만 그는 감히 그녀에게 접근하지 못했다. 그 대신 그녀 혼자만 비에 젖지 않도록 자기 우산을 내렸다. 그가 집에 도착한 것은 자정이 지나서였다.

편지 한 통이 탁자 위에 놓여 있었다. 초대장이었다. 세이어 부부가 보낸 것이었다. 우리는 내일 저녁에 귀하와 사귀는 즐거움을 기대합니다. 여기 오시면 아는 분들을 만날 수 있을 것입니다. 성주의 따님인 빅토리아 양도 오실 거예요. 이만 총총.

그는 의자에 앉은 채 잠이 들었다. 두어 시간 뒤에 한기를 느끼고 깨어났다. 반은 깨고 반은 잠든 상태로 온몸을 떨면서, 그는 불운한 하루 때문에 지친 몸으로 탁자 앞에 앉아 초대장에 답장을 쓰려고 애썼다. 그는 이 초대를 거절할 작정이었다.

그가 답장을 써서 우체통에 넣으려 할 때였다. 빅토리아도 초대를 받았다는 생각이 불현듯 떠올랐다. 빅토리아는 거기에 대해 아무 말도 하지 않았다. 빅토리아는 내가 갈까봐 두려웠던 거야. 그래, 빅토리아는 거기서, 낯선 사람들 사이에서 나를 만나는 게 싫었던 거야.

그는 답장을 갈기갈기 찢고 새로 썼다. 고맙습니다. 참석하겠습니다. 그의 손은 억누른 분노로 떨리고 있었다. 야릇하게 우쭐한 분노가 그를 휩쓸었다. 왜 내가 가면 안 되지? 왜 내가 숨어야 하지? 이젠 충분해!

그의 격렬한 흥분은 이제 걷잡을 수 없었다. 그는 벽에 걸린 달력에서 종이를 한 줌 떼어내어 시간을 일주일 앞당겼다. 그는 무언가에 만족하고 지나치게 기뻐하기로 결심했다. 파이프 담배처럼 이 순간을 즐겨야 돼. 의자에 앉아서 파이프를 마음 껏 음미해야 돼. 그의 파이프는 불이 붙기를 거부했다. 그는 나이프와 스크레이퍼를 찾았지만 보이지 않았다. 갑자기 그는 파이프를 청소하기 위해 방구석의 시계에서 시곗바늘 하나를 잡아뗐다. 이 문화 파괴 행위에 그는 뿌듯한 만족감을 느꼈다. 그는 속으로 웃으면서, 대혼란을 일으킬 더 많은 방법들을 궁리했다.

시간이 흘렀다. 마침내 그는 젖은 옷을 그대로 입은 채 침대에 몸을 던지고 잠이 들었다.

잠에서 깨어났을 때는 날이 밝은 지 한참 뒤였다. 여전히 비가 내리고 있었고, 길은 젖어 있었다. 그의 머리는 혼란에 빠져 있었다. 간밤에 꾼 꿈의 단편들이 어제 일어난 사건들과 뒤섞여 있었다. 열은 없었다. 반대로 그의 체온은 떨어졌다. 서늘함이 앞에 놓여 있었다. 숨 막힐 듯한 숲 속을 밤새도록 걸어 다닌 사람 앞에 펼쳐진 호수처럼.

문을 두드리는 소리가 나더니 우체부가 편지 한 통을 가져 왔다. 그는 편지를 열고 대충 훑어본 다음 꼼꼼히 읽고 나서야 간신히 내용을 이해했다. 그것은 빅토리아가 보낸 편지였다. 편지라기보다는 쪽지에 쓴 메모였다. 오늘 저녁 세이어 댁에 갈 거라고 말하는 것을 깜박 잊었어. 거기서 너를 만나고 싶어. 만나면 사정을 설명하고, 나를 잊어달라고, 남자답게 받아들여달라고 부탁할 작정이야. 이런 초라한 종이에 편지를 써서 미안해. 이만 총총.

그는 시내로 나가서 식사를 하고 다시 집에 가서 결국 세이어 부부에게 초대에 응할 수 없어 미안하다는 편지를 썼다. 오늘 저녁에는 갈 수 없습니다. 다른 기회를 기대하겠습니다. 내일 저녁이라도.

그는 편지를 인편에 보냈다.


5


가을이 왔다. 빅토리아는 집으로 돌아갔고, 휴양지 같은 분위기를 풍기는 작은 거리는 전처럼 한적해졌다. 요하네스의 방에서는 밤마다 등불이 타올랐다. 등불은 저물녘에 별들과 함께 켜졌고 첫 새벽빛과 함께 꺼졌다. 그는 노력하고 분투하며 위대한 작품을 쓰고 있었다.

몇 주가 지나고 몇 달이 지났다. 그는 누구하고도 어울리지 않았고, 아무도 찾아가지 않았다. 세이어 부부의 집에도 더 이상 가지 않았다. 그의 상상력은 종종 그에게 장난을 쳐서 부적절한 생각을 그의 책에다 포함시켰다. 나중에 그는 그것을 삭제하고 내다버려야 했다. 이것은 그에게 상당한 방해가 되었다. 밤의 적막 속에서 들려오는 갑작스러운 소음, 덜컹거리며 길을 지나가는 마차는 생각의 맥락을 끊을 수 있었고, 그를 갑자기 옆길로 보낼 수 있었다.

"조심해! 마차가 지나가도록 길을 비켜!"

하지만 왜? 왜 마차를 조심해야 하지? 마차는 지나갔다. 지금쯤은 길모퉁이에 다다랐을지도 모른다. 어쩌면 그곳에 한 남자가, 외투도 입지 않고 모자도 쓰지 않은 사내가 몸을 앞으로 숙인 채 서 있다가 달려오는 마차에 부딪힐지도 모른다. 그는 마차에 치여 치명상을 입고 죽을 것이다. 그는 이유가 있어서 죽고 싶어 한다. 그는 더 이상 셔츠 단추를 채우지 않는다. 아침에 구두끈을 묶는 것도 그만두었다. 그는 단정치 못한 차림새로 돌아다닌다. 그의 가슴은 드러나 있고 움푹 꺼져 있다. 그는 죽으려 한다……. 한 남자가 죽음의 침상에 누워 있다. 그는 친구에게 편지를 쓴다. 사소한 부탁을 적은 쪽지. 남자는 이 쪽지를 남기고 죽는다. 쪽지를 쓴 사람은 한 시간 안에 죽겠지만, 쪽지에는 날짜와 서명이 적혀 있고, 대문자와 소문자가 섞여 있다. 정말 이상하다. 그는 여느 때처럼 한껏 멋 부린 장식체로 서명을 끝내기까지 했다. 그리고 한 시간 뒤에 그는 죽는다……. 또 다른 남자가 있다. 그는 벽이 널빤지로 장식되어 있고 푸른색 페인트가 칠해진 작은 방에 혼자 누워 있다. 그 뒤에는 어떻게 될까? 아무것도 아니다. 이 넓은 세상에서 죽어야 할 사람은 바로 그 사람이다. 그는 다른 건 아무것도 생각하지 않는다. 기진맥진할 때까지 그것만 생각한다. 그는 지금이 저녁이라는 것, 벽에 걸린 시계가 여덟 시를 알리고 있다는 것을 알 수 있지만, 시계가 왜 울리지 않는지는 생각할 수 없다. 시계는 울리지 않는다. 여덟 시가 몇 분 지났고, 시계는 여전히 째깍거리지만, 시각을 알리지는 않는다. 가엾게도 그의 머리는 벌써 잠들어 있다. 시계가 울렸는데도 그는 알아차리지 못했다. 그는 벽에 걸린 어머니의 초상화를 찢는다. 지금 그에게 초상화가 무슨 소용인가? 그가 떠나는데 초상화는 왜 그대로 남아 있어야 하나? 그의 지친 눈이 탁자 위의 화분을 발견한다. 그는 천천히 신중하게 손을 뻗어 화분을 바닥으로 밀어낸다. 화분은 바닥에 떨어져 산산이 부서진다. 화분이 왜 거기에 그대로 남아 있어야 하나? 이어서 그는 호박으로 만든 담배 물부리를 창밖으로 던진다. 지금 그에게 물부리가 무슨 소용인가? 물부리를 남겨두어봤자 아무 의미도 없다. 일주일 뒤면 남자는 죽을 것이다…….

요하네스는 일어나서 오락가락했다. 옆방에 사는 이웃이 깨어났다. 코 고는 소리가 그쳤고, 한숨을 내쉬는 소리와 괴로워서 신음하는 소리가 들렸다. 요하네스는 발꿈치를 들고 살금살금 탁자로 가서 다시 앉았다. 바람이 창밖의 포플러 나무들을 뚫고 불어와 그를 떨게 했다. 오래된 포플러 나무들은 잎이 다 떨어져서 자연의 불행한 장난처럼 보였다. 벽을 스치는 울퉁불퉁한 가지들은 나무로 만든 기계처럼 삐걱거리는 소리를 냈다. 결코 멈추지 않는 채석장의 금 간 쇄석기 같았다.

그는 눈을 원고로 떨어뜨리고 훑어보았다. 흐음, 내 상상력이 또다시 나를 옆길로 데려갔군……. 그는 죽음이나 지나가는 마차에는 관심이 없었다. 그는 정원에 대해, 고향집 근처의 울창한 초록빛 정원에 대해, 성의 정원에 대해 쓰고 있었다. 그가 쓰고 있었던 것은 바로 그것이었다. 이 순간 정원은 깊은 눈 속에 파묻혀 생기를 잃고 죽은 듯이 누워 있었지만, 그래도 그는 그 정원에 대해 쓰고 있었고, 글 속에서 정원은 눈 덮인 겨울이 아니라 봄이고, 공기는 향기롭고 산들바람은 부드럽다. 그리고 때는 저녁이다. 아래쪽의 물은 납빛 바다처럼 잔잔하고 깊다. 라일락은 향기를 내뿜고, 산울타리는 차례로 봉오리나 초록빛 잎을 내고, 공기는 너무 조용해서 멧닭들이 구구거리는 소리를 협만 건너편에서 들을 수 있을 정도였다. 정원 오솔길에 빅토리아가 서 있다. 하얀 옷차림으로 혼자 있다. 나이는 스무 살. 가장 큰 장미보다 더 키가 크다. 그녀는 산책을 하다가 걸음을 멈춘 채, 물을 바라보고, 숲을 바라보고, 멀리 떨어진 졸린 듯한 산들을 바라본다. 그녀의 모습은 초록빛 정원 한복판에 서 있는 하얀 정령 같다. 아래쪽 길에서 발소리가 들린다. 그녀는 몇 걸음 앞에 있는 정자로 가서, 팔꿈치를 벽에 기대고 벽 너머로 아래를 내려다본다. 길에 있던 남자가 모자를 벗더니, 모자가 땅에 닿도록 허리를 숙이면서 인사를 한다. 그녀는 그에게 고개를 끄덕여 보인다. 남자는 주위를 둘러본다. 길에서 엿보는 염탐꾼은 없다. 그는 벽 쪽으로 몇 걸음 다가간다. 그러자 그녀는 뒷걸음치면서 소리친다. "안 돼요. 안 돼!" 그러고는 팔로 그를 마구 때린다. 그가 말한다. "빅토리아, 언젠가 당신이 한 말은 영원한 진리였소. 나는 나 자신을 속이지 말았어야 했소. 그건 불가능하니까." 그녀가 대답한다. "그래요. 그럼 당신이 원하는 게 뭐죠?" 그가 그녀에게 바싹 다가선다. 이제 그들을 갈라놓고 있는 것은 벽뿐이다. 그가 말한다. "내가 뭘 원하느냐고? 나는 이곳에 1분 동안만 머물고 싶을 뿐이오. 이번이 마지막이오. 나는 최대한 당신에게 가까이 가고 싶소. 지금 나는 그렇게 멀리 떨어져 있지 않아요!" 그녀는 침묵한다. 1분이 지났다. "그럼, 안녕." 그가 말하고는 다시 모자가 땅에 닿도록 허리를 숙인다. "안녕." 그녀가 대답한다. 그는 뒤도 돌아보지 않고 가버린다……

죽음, 그것과 그는 무슨 관계가 있었던가? 그는 글을 끼적거린 종이를 구겨서 난로 쪽으로 던졌다. 난로 안에서는 글을 끼적거린 다른 종이들도 불에 태워지기를 기다리고 있었다. 그 종이들은 지나치게 풍부한 상상력의 덧없는 변덕에 불과했다. 그리고 그의 펜은 아래쪽 길에 있는 남자, 인사를 한 다음 시간이 지나자 작별 인사를 하는 방랑자한테로 돌아갔다. 그의 뒤쪽에 있는 정원에는 하얀 옷을 입은 스무 살의 여자가 서 있다. 그녀는 그와 결혼하지 않을 것이다. 그것으로 끝이다. 하지만 그는 그녀가 살고 있는 집의 벽 옆에 서 있다. 한때 그는 그녀와 그렇게 가까이 있었다.


또다시 몇 주가 지나고 몇 달이 지났다. 다시 봄이 돌아왔다. 눈은 이미 사라졌다. 눈 녹은 물이 멀리서 으르렁거리는 소리는 해와 달에서 소리가 나오는 듯한 착각을 주었다. 제비들이 돌아왔고, 교외의 숲에서는 깡충깡충 뛰어다니는 온갖 종류의 짐승들과 기묘한 소리를 가진 새들이 갑자기 활기를 찾았다. 땅에서는 신선하고 달콤한 냄새가 풍겨왔다.

그의 작업은 겨우내 계속되었다. 포플러 나무들은 계속 반복되는 후렴처럼 마른 나뭇가지들을 밤낮으로 벽에 문질러댔다. 이제 봄이 왔고, 폭풍은 끝났고, 쇄석기는 끼익 소리를 내며 멈춰 섰다.

그는 창문을 열고 밖을 내다보았다. 아직 자정도 안 되었는데 거리는 벌써 조용했다. 구름 한 점 없는 하늘에서 별들이 반짝였다. 모든 것이 따뜻하고 화창한 내일을 예고했다. 그는 멀리서 끊임없이 들려오는 으르렁거림과 섞인 시내의 덜컹거리는 소음을 들었다. 갑자기 기관차가 새된 소리를 질러댔다. 야간열차의 신호였다. 그것은 평화로운 밤에 외로운 수탉이 우는 소리처럼 들렸다. 지금은 일할 시간이었다. 겨우내 이 열차의 기적 소리는 그에게 일을 시작하라는 명령으로 작용했다.

그는 창문을 닫고 다시 탁자 앞에 앉았다. 읽고 있던 책들을 옆으로 밀어놓고, 종이를 준비했다. 그리고 펜을 들었다.

작품은 거의 완성되었다. 이제 마지막 장, 항해 중인 배에서 보내온 작별의 메시지만 덧붙이면 되었다. 사실 그것은 이미 그의 마음속에 들어 있었다.


한 신사가 길고 긴 여행길에 그곳을 지나가다가 길가 주막에 앉아 있다. 그는 머리와 턱수염이 희끗희끗할 만큼 나이를 먹었다. 하지만 아직은 튼튼하고 건장하다. 그리고 겉보기만큼 그렇게 늙지도 않았다. 그가 세낸 마차는 밖에 있다. 말들은 휴식을 취하고 있고, 마부는 낯선 손님한테 포도주와 음식을 대접받았기 때문에 행복하고 만족스럽다. 신사가 숙박부에 이름을 쓰자, 주막 주인은 그를 알아보고는 깊이 고개 숙여 인사를 하고 아주 정중하게 그를 대한다. "지금 성에는 누가 살고 있소?" 신사가 묻는다. "대령님이 살고 계시지요. 큰 부자예요. 부인도 계신데, 누구에게나 친절하답니다." 주막 주인이 대답한다. "누구에게나?" 신사는 수수께끼 같은 미소를 지으며 혼잣말로 중얼거린다. "나한테도 친절할까?" 그는 의자에 앉아서 글을 쓴다. 다 쓰자, 원고를 훑어본다. 그것은 시다. 장중하면서 부드러운 시지만, 신랄한 어휘로 가득 차 있다. 하지만 그는 시를 다시 한 번 읽어보고는 종이를, 조각이 될 때까지 찢고 또 찢는다. 노크 소리가 나고, 노란 옷을 입은 여자가 들어온다. 그녀는 머리에 쓴 베일을 걷어 올린다. 성의 안주인인 빅토리아 부인이다. 신사는 벌떡 일어난다. 그의 우울한 영혼은 횃불에 비추어진 것처럼 잠시 환해진다. "나한테까지 와주시다니, 당신은 정말 누구한테나 친절하시군요." 신사가 씁쓸하게 말한다. 그녀는 아무 대답도 하지 않고 그를 바라보며 서 있다. 그녀의 얼굴이 빨개진다. "뭘 원하시죠?" 그는 전처럼 신랄하게 묻는다. "나한테 과거를 상기시키러 오셨나요? 그렇다면 부인, 이번이 마지막입니다. 이제 나는 영원히 떠날 테니까요." 그래도 성의 젊은 안주인은 아무 대답도 하지 않지만, 입술이 바르르 떨린다. 그가 말한다. "내가 한때의 어리석음을 인정한 것으로는 충분치 않습니까? 그렇다면 들어주세요. 다시 그렇게 할 테니까요. 내 마음은 당신을 원했지만, 나는 그럴 가치가 없었습니다. 이렇게 말하면 만족하시겠습니까?" 그는 점점 격하게 말을 잇는다. "당신은 나를 내치고 다른 사람을 택했습니다. 나는 가난한 농부에 시골뜨기였고, 젊은 시절 고귀한 영역에 잘못 들어간 야만인이었지요!" 하지만 그는 의자에 털썩 주저앉아 울음을 터뜨리면서 간청한다. "아아, 나를 용서하세요. 그리고 가세요!" 그녀의 얼굴에서 모든 색깔이 희미해진다. 그녀가 말한다. 천천히 그리고 분명하게 한 마디씩 발음한다. "나는 당신을 사랑해요. 더는 나를 오해하지 마세요. 내가 사랑하는 건 당신이에요. 잘 가세요!" 그러고는 두 손으로 얼굴을 가리고 재빨리 방에서 나간다……

그는 펜을 내려놓고 몸을 의자 등받이에 기댔다. 여기서 종지부. 거기에 책이 놓여 있었다. 글자가 적힌 페이지들, 아홉 달 동안 노력을 쏟은 결과물. 작품이 완성되자, 따뜻한 만족감이 잔물결처럼 그의 온몸에 퍼져갔다. 거기에 앉아서 창문으로 어스레한 첫 새벽빛을 보고 있을 때 그의 머리는 윙윙거리고 욱신거렸다. 그의 마음은 아직도 일을 하고 있었다. 그는 몹시 흥분했다. 그의 머리는 땅에서 안개가 피어오르는 방치된 정원과 비슷했다.

어떻게 갔는지는 설명할 수 없지만, 그는 어떤 생물도 찾아볼 수 없는 황폐하고 깊은 골짜기에 와 있었다. 멀리서 외롭게 버려진 오르간이 음악을 연주하고 있다. 그는 가까이 다가가서 오르간을 살펴본다. 오르간은 피를 흘리고 있다. 오르간 옆구리에서 피가 흘러나온다. 그는 다시 걸음을 옮겨 시장에 온다. 그곳은 모든 것이 황폐하다. 나무 한 그루도 보이지 않고 아무 소리도 들리지 않는 그저 황폐한 시장일 뿐이다. 하지만 모래에는 발자국이 찍혀 있고, 허공에는 그 시장에서 마지막으로 발설된 말들이 아직도 떠도는 것 같다. 시장은 그만큼 최근에 버려졌다. 기묘한 감각이 그를 사로잡는다. 시장 위의 허공에 아직도 떠돌고 있는 말들이 그를 놀라게 한다. 그 말들은 점점 가까이 다가와 그를 거칠게 떠민다. 그는 그것들을 밀쳐내지만, 그들은 다시 온다. 그들은 말이 아니라 노인들이다. 한무리의 춤추는 노인들. 그는 이제 그들을 볼 수 있다. 왜 그들은 춤을 추는 것일까? 왜 그들은 춤을 출 때 조금도 즐거워하지 않는 것일까? 노인들에게서 찬바람이 불어온다. 그들은 그를 보지 않는다. 그들은 장님이다. 그가 소리를 질러도 그들은 그의 말을 듣지 못한다. 그들은 죽었다……

그는 동쪽으로, 태양을 향해 걸어간다. 그는 산에 이른다. 어떤 목소리가 외친다. "너는 산 가까이에 있느냐?" "네, 나는 산 옆에 서 있습니다." 그가 대답한다. 그러자 목소리가 말한다. "네가 가까이 서 있는 그 산은 내 발이다. 나는 땅 끝에 묶여서 누워 있다. 와서 나를 풀어다오!" 그래서 그는 땅 끝을 향해 출발한다. 다리 근처에서 한 남자가 그를 불러 세운다. 사향 냄새 풍기는 이 남자는 숨어서 그림자를 모으고 있다. 그는 그의 그림자를 빼앗고 싶어 하는 남자를 보고 차가운 공포에 사로잡힌다. 그는 남자에게 침을 뱉고 주먹을 움켜쥐며 위협하지만, 남자는 꼼짝도 하지 않고 그를 기다리고 있다. "돌아와!" 뒤에서 목소리가 외친다. 그는 돌아선다. 머리 하나가 그에게 길을 알려주기 위해 길을 따라 대굴대굴 굴러가는 것이 보인다. 그것은 사람의 머리이고, 이따금 소리 없이 음울하게 웃는다. 그는 그 머리를 따라간다. 머리는 며칠 동안 밤낮으로 구른다. 그는 그 머리를 따라간다. 바닷가에 이르자 머리는 땅속으로 미끄러져 내려가 시아에서 사라진다. 그는 거대한 문 앞에 서 있다. 거기서 그는 짖는 듯한 소리를 내는 거대한 물고기를 만난다. 물고기는 등에 갈기가 나 있고, 개처럼 그를 향해 짖는다. 물고기 뒤에 빅토리아가 서 있다. 그는 그녀에게 두 손을 내민다. 그녀는 실오라기 하나 걸치지 않은 알몸이다. 그녀가 그를 보고 웃는다. 강풍이 그녀의 머리카락 사이로 지나간다. 그는 그녀에게 소리를 지르고, 자신의 외침 소리를 듣는다—그리고 잠에서 깨어난다.

요하네스는 일어나서 창가로 갔다. 날이 거의 다 밝았다. 창턱에 놓인 작은 거울 속에서 그는 자신의 관자놀이가 붉어진 것을 보았다. 그는 등불을 끄고, 어스레한 햇빛으로 작품의 마지막 페이지를 다시 한 번 읽었다. 그리고 침대로 갔다.

그날 오후 늦게 요하네스는 방세를 치르고 원고를 출판사에 넘기고 시내를 떠났다. 그는 해외로 갔다. 어디로 갔는지는 아무도 알지 못했다.

# 6

위대한 책이 출간되었다. 감정과 목소리와 환상들로 이루어진 작은 왕국. 책은 팔렸고 읽혔고 서가에 꽂혔다. 몇 달이 지났다. 가을에 요하네스는 다른 책을 단숨에 써냈다. 다음에는 뭐지? 그의 이름은 당장 사람들 입에 오르내렸고, 그의 성공은 고향에서 멀리 떨어진 외딴 곳까지 그를 따라왔다. 그는 그곳에서 책을 썼다. 포도주처럼 잔잔하면서도 강렬한 책이었다.

독자여, 이것은 디데릭과 이셀린의 이야기다. 아름다운 계절, 모든 것이 참기 쉬웠던 작은 슬픔의 시절에 쓴 책이다. 신이 사랑으로 매혹시킨 디데릭에 대한 선의로 쓴 책이다.

요하네스는 해외에 있었다. 그곳이 어딘지는 아무도 몰랐다. 1년이 넘도록 아무도 그의 소식을 듣지 못했다.

"문간에 누가 와 있는 것 같아."
어느 날 저녁에 늙은 물방앗간 주인이 말했다.
아내는 조용히 귀를 기울였다. 그러고는 잠시 후에 말했다.

"아니, 아무도 없어요. 열 시예요. 잠자리에 들 시간이라고
요."

그리고 몇 분이 지났다.

그때 노크 소리가 들렸다. 누군가가 비로소 용기를 낸 것처
럼 크고 결연한 소리였다. 물방앗간 주인이 문을 열었다. 성주
의 딸이 문밖에 서 있었다.

"저예요. 두려워 마세요." 그녀는 수줍은 미소를 지으며 말
했다. 그러고는 안으로 들어왔다. 그녀를 위해 의자를 가져왔
지만 그녀는 계속 서 있었다. 아직은 봄이 오지 않았고 길도 질
척했지만, 그녀는 머리에 숄을 둘렀을 뿐이고 발에는 가벼운
구두를 신고 있었다.

"봄에 중위가 올 거라는 소식을 알려드리고 싶었을 뿐이에
요." 그녀가 말했다. "중위는 제 약혼자예요. 그이가 이 근방에
서 멧도요를 쏠지 몰라요. 두 분이 놀라시지 않도록 알려드리
고 싶었어요."

물방앗간 주인과 아내는 놀라서 그녀를 바라보았다. 성에
온 손님들이 숲과 들판으로 사냥을 하러 갈 때 이렇게 미리 경
고를 받은 것은 이번이 처음이었다. 그들은 그녀에게 고맙다고
말했다. 얼마나 친절한 일인가!

빅토리아는 벌써 문간에 가 있었다.

"제가 온 이유는 그것뿐이에요." 그녀가 말했다. "두 분은
늙으셨고, 그러니 알려드려도 나쁠 건 없을 거라고 생각했어
요."

물방앗간 주인이 말했다.

"젊은 분께서 그런 생각을 하시다니!"

"어쨌든 저는 이쪽으로 걷고 있었어요. 안녕히 계세요."

그녀는 빗장을 열고 밖으로 나갔다. 문간에서 그녀가 돌아섰다.

"그런데 요하네스한테서는 소식이 있었나요?"

"아뇨. 아무 소식도 없답니다. 정말 고맙습니다. 아무 소식도 없어요."

"곧 올 거예요. 혹시 소식을 알고 계실지도 모른다고 생각했어요."

"지난봄 이후로 소식이 없군요. 요하네스는 지금 외국에 있답니다."

"아, 네, 외국에요. 요하네스는 잘 지내고 있나봐요. 작은 슬픔의 시절을 겪고 있다고, 책에 그렇게 쓰여 있더군요. 그러니까 잘 지내고 있는 게 분명해요."

"그건 아무도 모르죠. 우리는 그 애를 기다리고 있지만, 그 애는 우리한테도, 다른 누구한테도 편지를 보내지 않아요. 우리는 그저 그 애를 기다리고 있답니다."

"요하네스는 아마 지금 있는 곳에서 더 잘 지내고 있을 거예요. 슬픔이 작으니까요. 그건 요하네스에게 달렸죠. 올 봄에는 요하네스가 집에 오지 않을까, 저는 그게 알고 싶었을 뿐이에요. 그럼 안녕히 계세요."

"안녕히 가세요, 아가씨."

물방앗간 주인과 아내는 그녀를 따라 문으로 가서, 그녀가 고개를 쳐들고, 길 한복판의 물웅덩이를 가볍게 뛰어넘으며 성을 향해 걸어가는 것을 지켜보았다.

며칠 뒤, 요하네스한테서 편지가 왔다. 지금부터 한 달 뒤에, 지금 쓰고 있는 책을 마무리하면 집에 갈 예정이다, 이번에는 일이 순조롭게 진행되고 있다, 또 다른 작품도 거의 준비되었고, 머리는 활기로 들끓고 있다…….

물방앗간 주인은 성으로 출발했다. 가는 길에 빅토리아의 머리글자가 새겨진 손수건을 발견했다. 요전날 저녁에 그녀가 떨어뜨린 게 분명했다.

성주의 딸은 위층에 있었지만, 하녀가 전갈을 받으러 나왔다.

"전할 말씀이 뭐죠?"

그러나 물방앗간 주인은 아가씨한테 직접 전하고 싶었다. 그래서 기다리겠다고 말했다.

마침내 빅토리아가 나타났다. 그러고는 어떤 방으로 안내하면서 말했다.

"저한테 하고 싶은 말이 있다고요?"

방으로 들어가자 물방앗간 주인은 길에서 주운 손수건을 돌려주었다.

"정말 고마워요. 제 손수건이 맞아요."

"그리고 요하네스가 편지를 보내왔는데…….."

"아, 그래요?" 그녀의 얼굴에 잠깐 행복감이 반짝였다.

물방앗간 주인이 속삭이는 소리로 말을 이었다.

"그 애가 집에 온답니다."

순간 그녀의 표정이 얼어붙었다.

"뭐라고요? 큰 소리로 말해주세요. 누가 온다고요?"

"요하네스가."

"요하네스? 그게 어쨌다는 거죠?"

"아니, 그게…… 우리는 아가씨께 말씀드려야 한다고 생각
했어요. 아내와도 의논했는데, 아내도 그렇게 생각했지요. 요
전날 아가씨가 우리 집에 오셔서 올 봄에 요하네스가 집에 오
느냐고 물으셨잖아요. 그래서……."

"기쁘시겠군요. 언제 온대요?"

"한 달 뒤에요."

"알았어요. 다른 볼일은 없으신가요?"

"없습니다. 우리는 그저 아가씨가 물으셨기 때문에…… 아
니, 다른 용건은 없습니다."

물방앗간 주인은 다시 목소리를 낮추었다.

그녀는 그를 현관까지 배웅했다. 복도에서 그들은 그녀의
아버지를 만났고, 아버지를 지나치면서 빅토리아는 무관심한
목소리로 말했다.

"물방앗간 아저씨가 그러는데 요하네스가 집에 돌아온대요.
아버지도 요하네스를 기억하시죠?"

물방앗간 주인은 아내가 어떤 일의 진상을 알고 싶어 할 때
그녀의 말에 귀를 기울이는 바보짓은 두 번 다시 하지 않겠다
고 속으로 맹세하면서 성문 밖으로 나갔다.

그리고 아내한테도 그렇게 알라고 단단히 일러둘 작정이었다.

# 7

물방아용 저수지 옆의 가느다란 마가목 한 그루는 한때 쓸 만
한 낚싯대로 그의 눈길을 사로잡았다. 오랜 세월이 지난 지금,
그것은 그의 팔뚝보다 더 굵어져 있었다. 그는 놀란 눈으로 그
나무를 바라보고 나서 계속 걸어갔다.

강둑에는 뚫고 들어갈 수 없을 만큼 울창한 고사리 덤불이
여전히 번성해 있었고, 맞물린 잎들이 아치를 이루고 있는 그
밀림을 소떼가 뚫고 지나가면서 마구 밟아 뭉갰다. 그는 어릴
때 그랬듯이 두 손으로 헤엄을 치고 두 발로 길을 더듬으면서
덤불을 간신히 헤치고 나아갔다. 곤충과 미물들이 이 거대한
인간 앞에서 허둥지둥 달아났다.

화강암 채석장 옆에서 그는 자두나무와 하얀 아네모네와 제
비꽃을 발견했다. 그는 꽃을 몇 송이 땄다. 편안한 꽃냄새를 맡
으니 지난날들이 생각났다. 멀리 이웃 교구의 언덕들은 푸르스
름한 색을 띠고 있었고, 협만 건너편에서는 뻐꾸기가 울기 시
작했다.

그는 바윗돌 위에 자리를 잡고 앉았다. 그리고 콧노래를 부
르기 시작했다. 그때 길 아래쪽에서 발소리가 들렸다.

저녁이었다. 해는 졌지만, 그 온기는 아직도 대기 속에서 흔

들리고 있었다. 숲과 언덕과 협만 위에는 무한한 고요가 드리 워졌다. 한 여자가 채석장으로 올라오고 있었다. 빅토리아였 다. 그녀는 바구니를 들고 있었다.

요하네스는 일어나서 인사를 하고, 떠날 것 같은 태도를 취 했다.

"방해가 됐다면 미안해." 그녀가 말했다. "꺾고 싶은 꽃이 있었어."

그는 대답하지 않았다. 그녀의 정원에는 온갖 종류의 꽃이 있다는 생각도 그의 머리에 떠오르지 않았다.

"꽃을 담아 가려고 바구니를 가져왔어." 그녀가 말을 이었 다. "하지만 나는 아마 어떤 꽃도 찾지 못할 거야. 파티를 열려 면 식탁을 장식할 꽃이 필요해. 우리는 파티를 열 거야."

"여기 아네모네와 제비꽃이 있어." 그가 말했다. "좀 더 올 라가면 홉이 있는데, 아직은 철이 너무 이를지도 몰라."

"지난번에 봤을 때보다 얼굴이 더 창백해진 것 같아." 그녀 가 말했다. "2년 전이었지. 그동안 이곳을 떠나 있었다며? 나 도 네 책을 읽었어."

이번에도 그는 대답하지 않았다. "자 그럼, 안녕히 가세요, 빅토리아 아가씨" 하고 인사하고 그냥 가버릴 수도 있다는 생 각이 문득 떠올랐다. 그가 서 있는 곳에서 옆에 있는 돌까지는 한 걸음이었고, 거기서 다시 한 걸음만 내려가면 그녀에게 다 다르고, 그다음에는 아주 자연스럽게 떠날 수 있을 터였다. 그 녀는 그의 길을 딱 막고 서 있었다. 노란 드레스에 빨간 모자를 쓴 모습이 신비롭고 아름다웠다. 그녀의 목이 드러나 있었다.

"내가 길을 막고 있군." 그는 중얼거리고 한 걸음 아래로 내려갔다. 그는 어떤 감정도 드러내지 않았다.

이제 그들 사이를 갈라놓고 있는 것은 한 걸음뿐이었다. 그녀는 움직이려고 애쓰지 않고 그냥 거기에 서 있었다. 그들은 서로 얼굴을 마주 보았다. 갑자기 그녀가 얼굴을 빨갛게 붉히고는 눈을 내리깔고 한쪽으로 움직였다. 얼굴은 당황한 표정을 지었지만, 그녀는 미소를 띠고 있었다.

그는 그녀를 지나친 다음 멈춰 섰다. 그녀의 슬픈 미소가 그를 괴롭혔다. 그의 심장은 그녀에게 날아갔다. 그는 나오는 대로 말했다.

"그 후에도 여러 번 시내에 갔겠지? 그때 이후로⋯⋯? 옛날 항상 꽃이 있었던 곳이 이제야 기억나는군. 너희 깃대 옆에 있는 작은 언덕에는 늘 꽃이 피어 있었어."

그녀는 그를 보려고 돌아섰다. 그는 그녀의 얼굴이 창백하고 긴장해 있는 것을 보고 놀랐다.

"그날 올 거야?" 그녀가 물었다. "저녁에 파티를 열 건데, 우리 집에 올 거야?" 그녀의 안색이 원래대로 돌아가기 시작했다. "시내에서 오는 사람도 있어. 자세한 건 나중에 알려줄게. 어때?"

그는 아무 대답도 하지 않았다. 그것은 그를 위한 파티가 아니었다. 그는 그 세계에 어울리지 않았다.

"거절하지 마. 따분하진 않을 거야. 나는 줄곧 그 파티에 마음을 썼어. 너를 깜짝 놀라게 해줄 게 있어."

침묵.

"넌 더 이상 나를 놀라게 할 수 없어." 그가 말했다.

그녀는 입술을 깨물었다. 또다시 절망적인 미소가 그녀의
얼굴을 스쳤다.

"내가 어떻게 했으면 좋겠어?" 그녀가 억양이 없는 목소리
로 말했다.

"나는 아무것도 기대하지 않습니다, 아가씨. 괜찮다면 나는
이만 가겠습니다."

"요하네스, 나는 온종일 집에 있다가 여기 올라왔어. 강을
따라 걷거나 다른 쪽으로 갈 수도 있었을 거야. 꼭 여기로 올
필요는 없었어……."

"경애하는 아가씨, 이곳은 내 땅이 아니라 아가씨의 땅입니
다."

"나는 전에 너한테 상처를 주었어, 요하네스. 그걸 보상하고
싶어. 바로잡고 싶어. 정말로 너를 깜짝 놀라게 해줄 게 있어.
그건…… 네 마음에 들 거라고 생각해. 그러기를 기대하고 있
어. 더 이상은 말할 수 없지만, 이번에는 너를 초대하고 싶어."

"그게 너한테 조금이라도 즐거움을 줄 수 있다면 갈게."

"올 거야?"

"그래. 친절하게 대해줘서 고마워."

숲에 이르자 그는 고개를 돌려 뒤를 돌아보았다. 그녀는 그
가 앉았던 바윗돌 위에 앉아 있었다. 바구니는 옆에 놓여 있었

다. 그는 집으로 가지 않고, 서로 충돌하는 이 생각 저 생각을 거듭하며 길을 오르내렸다. 깜짝 놀라게 해줄 게 있다고? 그녀는 조금 전에 그렇게 말했다. 그녀의 목소리는 떨리고 있었다. 따뜻하고 신경질적인 기쁨이 그의 마음속에서 깨어났다. 그의 심장은 격렬하게 고동쳤고, 그는 공중을 걷고 있는 듯한 기분을 느꼈다. 오늘 그녀가 노란 드레스를 입고 있었던 것은 단순한 우연의 일치일까? 그는 그녀가 전에 반지를 끼고 있었던 손을 눈여겨보았는데, 지금은 거기에 반지가 없었다.

한 시간이 지났다. 숲과 풀밭에서 풍겨오는 향기가 그의 주위에서 소용돌이치며 그의 폐 속으로, 그의 심장 속으로 스며들었다. 그는 앉았다가 벌렁 드러누워 깍지 낀 두 손을 머리 밑에 받치고, 협만 건너편에서 들려오는 뻐꾸기의 피리 같은 울음소리에 오랫동안 귀를 기울였다. 정열적인 새의 노래가 허공에서 떨렸다.

그러니까 그 일이 그에게 다시 한 번 일어났다! 채석장에서 그녀가 그에게 다가왔을 때, 그녀는 이 돌에서 저 돌로 훨훨 날아다니다가 그 앞에 나타난 방랑하는 나비처럼 보였다. "방해가 됐다면 미안해." 그녀는 미소를 지으면서 말했다. 그녀의 미소는 붉었고, 그녀의 얼굴은 환하게 빛났고, 그녀는 주위에 별을 흩뿌리고 있었다. 그녀의 목에는 섬세한 푸른색 혈관이 있었고, 눈 밑의 주근깨 몇 개 때문에 안색이 따뜻해 보였다. 그녀는 스무 살이었다.

깜짝 놀라게 해줄 게 있다고? 무슨 뜻일까? 아마 그녀는 그의 책을 보여줄 것이다. 그를 기쁘게 해주려고 그의 책을 두세 권 꺼내 올 것이다. 이 작은 관심, 이 작은 위안을 받아줘! 내 변변찮은 선물을 무시하지 마!

그는 벌떡 일어났다. 빅토리아가 돌아오고 있었다. 바구니는 텅 비어 있었다.

"꽃을 찾지 못한 모양이군?" 그가 멍하니 물었다.

"그래. 찾는 걸 포기했어. 아니, 아예 시작도 안 했어. 그냥 거기에 앉아 있었어."

"나도 곰곰 생각해봤는데, 나한테 상처를 주었다고 생각할 필요는 전혀 없어. 그날 저녁에 보상하고 싶다고 했는데, 보상하고 말고 할 게 아무것도 없어."

"없다고?" 그녀가 놀라서 말했다. 그녀는 거기에 대해 다시 생각하고, 그를 바라보며 곰곰 생각에 잠겼다. "없다고? 나는 그때 생각했는데…… 네가 그 일로 나한테 원한을 품는 건 바라지 않았어."

"괜찮아. 나는 너한테 원한을 품고 있지 않아."

그녀는 좀 더 오래 생각했다. 그러다가 갑자기 몸을 꼿꼿이 세웠다.

"그럼 좋아. 어쩌면 나는 알고 있었는지도 몰라. 그건 그렇게 큰 영향을 주지 않았을 수도 있어. 좋아. 그 얘기는 더 이상 하지 말자."

"그래, 하지 말자. 내가 느낀 기분은 전과 마찬가지로 지금도 너하고는 상관없는 일이야."

"잘 가." 그녀가 말했다. "지금은 일단 헤어지는 게 좋겠어."

"그래, 잘 가." 그가 대답했다.

그들은 각자 다른 길로 갔다. 그는 멈춰 서서 뒤를 돌아보았다. 저기 빅토리아가 간다! 그는 두 손을 내밀고 다정한 말을 속으로 속삭였다. 나는 너한테 원한을 품고 있지 않아. 그렇고 말고. 나는 아직도 너를 사랑해, 너를 사랑해……

"빅토리아!" 그가 외쳤다.

그 소리를 듣고 그녀는 움찔 놀라서 뒤를 돌아보았지만, 걸음을 멈추지는 않았다.


며칠이 지났다. 요하네스는 불안으로 가득 찼다. 일을 하지도 못하고 잠도 자지 못한 채, 거의 모든 시간을 숲 속에서 보냈다. 그는 성의 깃대가 서 있는 작은 언덕, 소나무가 우거진 언덕을 올라갔다. 깃발이 펄럭이고 있었다. 성의 둥근 탑 위에 있는 깃발도 펄럭이고 있었다.

기묘한 긴장이 그를 사로잡았다. 성에서는 손님들을 기다리고 있었다. 파티가 열릴 계획이었다. 오후는 따뜻하고 조용했다. 강은 불타듯 뜨거운 풍경을 뚫고 파동처럼 흘렀다. 기선 한 척이 육지로 미끄러져 오면서 협만을 가로지르는 하얀 줄무늬를 남겼다. 그리고 마차 넉 대가 성의 안마당에서 출발하여 부두로 내려갔다. 배가 닻을 내렸다. 신사 숙녀들이 상륙하여 마차에 자리를 잡았다. 성에서 축포가 발사되었다. 사냥용 라이플총을 든 두 남자가 둥근 탑 안에 서서 탄약을 장전하고 쏘고,

다시 장전하고 쏘기를 되풀이했다. 그들이 스물한 발을 발사했을 때 마차가 성문 안으로 들어왔다. 사격이 멈추었다.

그렇다. 성에서는 파티가 열릴 계획이었다. 깃발과 예포는 손님들을 환영하기 위한 것이었다. 마차에는 제복 차림의 장교들도 타고 있었다. 아마 중위인 오토도 그들 속에 끼어 있을 것이다.

요하네스는 언덕을 내려가 집으로 향했다. 성에서 온 남자가 그를 따라잡고 불러 세웠다. 그는 모자 속에 편지를 갖고 있었다. 빅토리아가 보낸 심부름꾼이었다. 그는 회답을 요구했다.

요하네스는 가슴을 두근거리며 편지를 읽었다. 빅토리아는 결국 그를 초대했고, 따뜻하고 친절한 말투로 꼭 와달라고 간청했다. 나는 오늘 행사에 너를 꼭 초대하고 싶어. 심부름꾼 편에 회답을 보내줘.

그는 예기치 못한 행복감에 피가 머리로 솟구치는 기분이었다. 그는 가겠다고 심부름꾼한테 말했다.

"가서 아가씨한테 전해주게. 기쁜 마음으로 가겠다고. 그리고 이건 자네한테 주는 거야."

그는 심부름꾼에게 터무니없이 많은 팁을 건네주고, 옷을 갈아입으러 집으로 달려갔다.

# 8

난생처음 그는 성문으로 들어가 계단을 통해 2층으로 올라갔다. 윙윙거리는 목소리가 안에서 들려왔다. 심장이 두근거렸다. 그는 문을 노크하고 안으로 들어갔다.

아직도 젊게 보이는 안주인이 나와서 그와 악수를 하고 따뜻하게 맞아주었다.

"만나서 반가워요. 나는 당신이 보잘것없던 때를 기억하고 있는데, 이제 대단한 사람이 되었으니……." 그녀는 뭔가 더 말하고 싶은 듯 오랫동안 그의 손을 잡고는 살피듯이 그를 바라보았다.

이번에는 그의 남편이 다가와서 요하네스에게 손을 내밀었다.

"집사람도 말했듯이, 자네는 정말 대단한 사람이 되었군. 정말 반갑네……."

그는 신사 숙녀들에게 소개되었고, 화려하게 치장한 시종과 시종의 아내, 이웃의 지주와 중위인 오토에게 소개되었다. 빅토리아는 보이지 않았다.

시간이 얼마간 지나자 빅토리아가 창백한 얼굴로 머뭇거리며 들어왔다. 그녀는 한 소녀의 손을 잡아끌고 있었다. 그들은 방을 한 바퀴 돌면서 손님들과 악수를 하고 몇 마디씩 말을 건넸다. 요하네스 앞에 이르자 빅토리아가 미소를 지으며 말했다.

"얘는 카밀라야. 놀랍지 않아? 서로 아는 사이지?"

요하네스는 잠시 어안이 벙벙하여 그 자리에 뿌리박힌 듯서 있었다. 세상에! 어떻게 놀라지 않을 수 있겠는가.

"그럼요, 우리는 서로 아는 사이죠." 카밀라가 순진하게 말했다.

빅토리아는 친절하게도 자기 대신 그를 상대해줄 대역을 데려온 것이다.

"둘은 가서 서로 즐겨! 봄이 한창이고 태양이 빛나고 있어. 원한다면 창문을 열어. 정원은 향기로우니까. 찌르레기들도 자작나무 꼭대기에서 사랑을 나누고 있어. 왜 서로 이야기를 안 하는 거지? 자, 웃어봐!"

빅토리아는 두 사람을 바라보다가 방에서 나갔다.

"그때 당신이 나를 물 밖으로 꺼내준 곳이 바로 여기였어요." 카밀라가 말했다.

그녀는 젊고 아름답고 쾌활했다. 분홍 드레스를 입었고, 아직 열일곱 살도 안 된 소녀였다. 요하네스는 이를 악물고 소리 내어 웃고 농담을 했다. 차츰 그녀의 쾌활한 말이 정말로 새롭고 재미있게 느껴지기 시작했다. 그들은 오랫동안 이야기를 나누었고, 쿵쿵거리던 그의 심장 고동도 서서히 가라앉았다. 그녀는 그가 말할 때 머리를 뒤로 젖히고 기대에 찬 표정으로 열심히 귀를 기울이는 어린 시절의 매력적인 버릇을 아직도 갖고 있었다. 그는 그녀를 잘 기억하고 있었다. 그녀에게는 그를 깜짝 놀라게 할 만한 것이 전혀 없었다.

빅토리아가 다시 들어왔다. 이번에는 중위의 팔꿈치를 잡고 있었다. 그녀는 중위를 요하네스에게 데려와서 말했다.

"오토를 알죠? 내 약혼자. 기억하고 있을 거예요."

신사들은 서로 기억하고 있었다. 그들은 필요한 말을 나누고, 필요한 인사를 하고, 그리고 헤어졌다. 요하네스는 빅토리아와 단둘이 남겨졌다.

"나를 깜짝 놀라게 해줄 게 있다고 했는데, 그거였어?" 그가 말했다.

"그래." 그녀는 상처받은 듯 성급한 말투로 대답했다. "나는 최선을 다했어. 달리 어떻게 해야 할지 알 수가 없었지. 이젠 무분별하게 굴지 마. 대신 나한테 감사해. 나는 네가 기뻐하는 것을 알 수 있었어."

"그럼 고마워. 그래, 나는 기뻤어."

완전한 절망감이 그를 덮쳤다. 그의 얼굴은 백짓장처럼 창백해졌다. 그녀가 그에게 상처를 주었다면, 지금 그는 충분한 보상과 위로를 받았다. 그는 진심으로 그녀에게 감사했다.

"그런데 오늘은 반지를 끼고 있군." 그가 쓸쓸한 어조로 덧붙였다. "다시는 그 반지를 빼지 마."

침묵.

"그래. 다시는 반지를 빼는 일이 없을 거야." 그녀가 말했다.

그들의 눈길이 마주쳤다. 그의 입술이 떨렸다. 그는 고갯짓으로 중위를 가리키며 탁한 목소리로 말했다.

"안목이 높으시군요, 빅토리아 아가씨. 미남이네요. 장교 견장 때문에 두 어깨가 더욱 돋보이는데요."

그녀는 아주 침착하게 대꾸했다.

"아니야. 그이는 잘생기지 않았어. 하지만 본데 있게 자랐지. 그것도 중요해."

"그건 나한테 이익이 되었지요. 고맙습니다!" 그는 소리 내어 웃고 뻔뻔스럽게 덧붙였다. "그리고 그 사람은 주머니에 돈이 있지요. 그건 훨씬 더 중요해요."

그녀는 당장 그의 곁을 떠났다.

그는 무법자처럼 구석구석 돌아다녔다. 카밀라가 그에게 말을 걸고 질문을 했지만, 그는 듣지도 않고 대답하지도 않았다. 또다시 그녀가 뭐라고 말했다. 그녀는 그의 팔에 손을 대기까지 하면서 또다시 질문했지만, 역시 성공하지 못했다.

"보세요. 그는 생각하고 있어요!" 그녀가 웃으면서 외쳤다. "그는 생각하고 있어요, 생각하고 있어요!"

빅토리아가 그녀의 말을 듣고 말했다.

"그는 혼자 있고 싶어 해. 나도 밀쳐냈는걸."

그러고는 그에게 곧장 다가와서 큰 소리로 말했다.

"사과의 말을 생각하느라 바쁜 모양인데, 거기에 대해서는 걱정할 필요 없어. 오히려 내가 너한테 초대장을 늦게 보낸 것을 사과해야 돼. 내가 너무 태만했어. 마지막 순간까지 너를 까맣게 잊고 있었거든. 하마터면 완전히 잊어버릴 뻔했지 뭐야. 하지만 나를 용서해줄 거지? 나는 생각해야 할 게 너무 많았으니까."

그는 말없이 그녀를 바라보았다. 카밀라조차 놀란 표정으로 두 사람을 번갈아 바라보았다. 빅토리아는 차갑고 창백한 얼굴에 흡족한 표정을 띤 채 두 사람 앞에 서 있었다. 그녀는 마침내 앙갚음을 한 것이다.

"그들은 우리의 젊은 기사들이야." 그녀가 카밀라에게 말했다. "그들에게 너무 많은 것을 기대하면 안 돼. 저곳엔 내 약혼자가 앉아서 사슴 사냥 이야기를 하고 있고, 이곳에는 시인이 서서 생각에 잠겨 있고…… 뭐라고 말 좀 해보세요, 시인님!"

그는 움찔 놀랐다. 관자놀이의 혈관이 도드라졌다.

"좋습니다. 내가 무언가 말하기를 바라시나요? 좋습니다."

"아니에요. 애쓰지 말아요."

그녀는 막 떠나려던 참이었다.

"요점으로 곧장 들어가면……" 목소리는 떨리고 있었지만 그는 미소를 지으며 천천히 말했다. "그렇게 변죽을 울리지 마세요. 최근에 사랑에 빠진 적이 있습니까, 빅토리아 아가씨?"

몇 초 동안 침묵이 흘렀다. 세 사람은 자신의 심장이 두근거리는 소리를 들을 수 있었다. 카밀라가 걱정스러운 얼굴로 끼어들었다.

"빅토리아는 물론 약혼자를 사랑해요. 빅토리아는 얼마 전에 약혼했어요. 그걸 몰랐나요?"

식당으로 통하는 문이 활짝 열렸다.


요하네스는 자기 자리를 찾아서 의자 옆에 섰다.

식탁 전체가 그의 눈앞에서 춤을 추었다. 그는 많은 사람들의 무리를 보았고, 왁자지껄한 목소리를 들었다.

"거기가 당신 자리예요. 앉아요." 안주인이 친절하게 말했다. "모두 앉으면 좋겠는데."

그때 갑자기 빅토리아가 그의 뒤로 와서 말했다.

"실례할게요!"

그는 옆으로 비켜섰다. 그러자 그녀가 그의 명패를 집어 들고 몇 자리 아래로, 일곱 자리 아래로 옮겼다. 한때 성의 오누이를 가르친 가정교사였고 주정꾼으로 알려진 노인의 옆자리로 옮긴 것이다. 그런 다음 다른 명패를 가지고 돌아와서 자리에 앉았다.

그는 선 채로 이 모든 행동을 지켜보았다. 안주인은 당황한 나머지 식탁의 다른 쪽에서 무언가를 하느라 바빴고, 그와 눈길이 마주치는 것을 애써 피했다.

당황한 것은 그도 마찬가지였다. 하지만 동요한 마음을 억누르고 새로 배정된 자리로 옮겨 갔다. 그의 원래 자리는 시내에서 온 디틀레프의 친구가 차지하고 있었다. 셔츠 가슴판에 다이아몬드 장식 단추를 단 젊은이였다. 그의 왼쪽에는 빅토리아가 앉았고, 오른쪽에는 카밀라가 앉았다.

만찬이 시작되었다.

늙은 가정교사는 소싯적의 요하네스를 기억하고 있어서, 그들 사이에 대화가 시작되었다. 가정교사는 자기도 젊은 시절에 시를 썼다고, 아직도 원고를 간직하고 있다고 말했다. 요하네스가 원하면, 시간이 있을 때 그것을 보여줄 수도 있다고 덧붙였다. 지금 그는 빅토리아의 약혼을 축하하는 이 특별한 날 가족의 행복을 함께 나누기 위해 이 집에 초대된 것이다. 집주인과 안주인은 그와의 옛 우정을 위해 이 놀라운 행사를 계획했다고 한다.

"미안하지만 나는 자네 작품을 읽은 적이 없어." 노인이 말했다. "나는 무언가를 읽고 싶으면 내 작품을 읽지. 내게는 시와 소설이 가득 든 서랍이 하나 있는데, 그건 아마 내가 죽은 뒤에나 발표될 걸세. 어쨌든 내가 누군지를 대중이 알았으면 좋겠어. 나이 많은 작가들은 요즘처럼 모든 작품을 출판사로 가져가려고 서두르지 않아. 자, 자네의 건강을 위하여!"

식사가 진행되었다. 주인이 자기 술잔을 톡톡 두드리고 일어섰다. 그의 여위고 귀족적인 얼굴은 감정으로 활기를 띠었고, 깊이 만족하고 있다는 느낌을 주었다. 요하네스는 고개를 아주 낮게 기울였다. 그의 술잔은 비어 있었지만 아무도 채워주지 않았다. 그래서 자작으로 술잔을 넘치도록 채우고, 다시 고개를 기울였다.

길고 적절한 축사는 요란한 환호를 받았다. 약혼이 선언되었다. 성주의 딸과 시종의 아들에게 행복을 축원하는 수많은 인사가 식탁 구석구석에서 쏟아져 들어왔다.

요하네스는 술잔을 비웠다.

잠시 후, 그의 결딴난 신경이 회복되었고 마음의 평화가 돌아왔다. 샴페인이 그의 혈관 속에서 낮은 불꽃을 내며 타올랐다. 그는 시종이 축사하는 것을 들을 수 있었고, 더 많은 '브라보'와 '위하여' 소리도 들을 수 있었고, 술잔이 마주치는 소리도 들을 수 있었다. 그는 빅토리아 쪽을 힐끗 바라보았다. 그녀는 얼굴이 창백했고 고통으로 마음이 흐트러진 것처럼 보였다. 눈도 계속 내리깔고 있었다. 하지만 카밀라는 그에게 고개를 끄덕이며 미소를 지었다. 그도 고개를 끄덕였다.

가정교사는 옆에서 계속 지껄이고 있었다.

"두 사람이 서로를 발견하는 건 정말 멋진 일이야. 멋진 일이지. 나는 그럴 운명이 아니었다네. 나는 전도유망하고 재능이 풍부한 젊은 학생이었지. 아버지는 뛰어난 명성과 커다란 집과 재물, 그리고 배를 몇 척이나 소유하고 있었어. 나는 '매우' 전도유망했다고 말할 수도 있을 거야. 그녀도 젊었고 출신이 좋았어. 나는 그녀에게 다가가서 내 마음을 열었지. 그러자 그녀는 싫다고 대답했다네. 그녀를 이해할 수 있겠나? '아뇨, 나는 당신과 결혼하지 않겠어요' 하고 그녀는 말했지. 나는 내가 할 수 있는 일을 했다네. 내 일을 계속하고, 그걸 남자답게 받아들였어. 이윽고 아버지한테 시련이 닥쳤어. 배가 난파하고 빚더미에 올라앉았지. 요컨대 파산한 거야. 그럼 나는 뭘 했느냐고? 이번에도 나는 남자답게 그걸 받아들였지. 그리고 이제 그 여자, 내가 지금 말하고 있는 그 여자는 나를 피할 수 없었지. 그녀는 돌아와서 시내에서 나를 찾아냈어. 그녀가 나한테 뭘 원했느냐고 자네는 묻겠지. 그때쯤 나는 이미 가난뱅이가 되어 있었어. 나는 하찮은 교사가 되었고, 내 유망한 장래는 모두 사라졌고, 내 시는 서랍에 처박혔고…… 그런데 이제 와서 그녀가 나한테 좋다고 말하는 거야. 좋다고!"

가정교사는 요하네스를 바라보며 물었다.

"그녀를 이해할 수 있겠나?"

"그러니까 그녀를 원하지 않은 것은 결국 선생님이셨군요?"

"도대체 내가 어떻게 그녀를 원할 수 있었겠나? 모든 걸 빼앗기고 알몸을 드러낸 선생, 일요일에만 겨우 파이프에 담배를 채울 수 있는 가난뱅이! '도대체 나한테 원하는 게 뭐요?' 그런 식으로 그녀에게 상처를 줄 수는 없었어. 내가 말하고자 하는 것은 단지 이것뿐일세. 자네는 그녀를 이해할 수 있겠나?"

"그 후 그 여자는 어떻게 됐습니까?"

"내 질문에 대답하지 않는군! 그녀는 대위와 결혼했다네. 이듬해였지. 포병 대위였어. 자, 자네의 건강을 위하여!"

"항상 동정할 대상을 찾는 여자들에 대해 들은 적이 있습니다. 그들은 남자가 잘나가고 있을 때는 남자를 미워하고 자신을 쓸데없는 존재라고 느끼지요. 그러다가 사정이 나빠져서 남자가 고개를 숙이면 그들은 우쭐해져서 말합니다. '나 여기 있어요!'"

"하지만 그녀는 왜 내가 잘나가던 시절에 나를 받아들이려 하지 않았을까? 나는 젊은 신처럼 장래가 유망했는데……."

"그 여자는 선생님이 영락할 때까지 기다리고 싶었는지도 모르죠."

"하지만 나는 한 번도 영락하지 않았어. 한 번도. 나는 자존심을 지켰고, 그녀를 거절했지. 그건 어떻게 생각하나?"

요하네스는 아무 말도 하지 않았다.

"그래도 역시 자네가 옳을지도 몰라." 늙은 가정교사가 말했다. "하느님과 모든 천사들에게 맹세코!" 그는 갑자기 큰 소리로 말하기 시작했다. "자네 말이 옳아. 결국 그녀는 늙은 대위를 택했어. 그녀는 그를 돌보고, 그를 위해 고기를 잘라주고, 그를 지배했지. 포병 대위를 말이야."

요하네스는 고개를 들었다. 빅토리아가 술잔을 들고 이쪽을 바라보고 있었다. 그녀가 술잔을 높이 들어 올렸다. 그는 전율이 몸을 뚫고 지나가는 것을 느끼고, 자기도 술잔을 들어 올렸다. 그의 손이 떨리고 있었다.

그때 그녀가 옆자리 사람에게 뭐라고 외치며 소리 내어 웃었다. 그녀가 외친 것은 가정교사의 이름이었다.

요하네스는 술잔을 내려놓고 딱히 누구한테랄 것도 없이 희미한 미소를 지어 보였다. 모든 사람이 그의 굴욕을 보았다.

늙은 가정교사는 제자의 친절한 관심에 감동하여 울음을 터뜨렸다. 그는 얼른 술잔을 비웠다.

"나는 지금 늙은이가 되어서 여기 있다네." 그가 다시 말하기 시작했다. "나는 여기서 혼자 아무도 모르게 땅을 걷고 있지. 그게 인생에서 내 운명이었어. 내 안에 뭐가 있는지는 아무도 몰라. 하지만 내가 불평하는 건 아무도 들어본 적이 없을 거야. 호도애라는 새에 대한 속담이 있는데…… 그게 뭐지? 물을 마시기 전에 물을 흙탕물로 만들려고 맑은 샘물을 일부러 휘젓는 그 슬프고 유명한 새가 호도애 아닌가?"

"그건 나도 모르겠는데요."

"아니라고? 하지만 나는 그게 맞다고 확신하네. 그리고 내가 하는 짓이 바로 그거야. 나는 마땅히 가졌어야 할 사람을 갖지 않았어. 하지만 그럼에도 불구하고 나는 즐거운 일이 없어서 곤란하진 않아. 다만 그걸 마구 휘저을 뿐이지. 나는 항상 그것들을 휘저어. 그 후의 실망은 나를 이길 수 없어…… 저기 빅토리아를 보게나. 빅토리아는 지금 내 건강을 위해 건배했네. 나는 전에 빅토리아의 선생이었지. 이제 빅토리아는 결혼할 테고, 그게 나한테 커다란 기쁨을 준다네. 나는 빅토리아가 친딸이라도 되는 것처럼 거기에 대해 정말로 개인적인 행복을 느껴. 앞으로 나는 빅토리아의 아이들도 가르치게 될 거야. 그래, 인생에는 아직도 즐거운 일이 꽤 많이 남아 있지. 하지만 자네가 동정과 여자들과 숙인 머리에 대해 말한 것은…… 그걸 생각하면 할수록 자네 말이 맞다는 생각이 들어. 누가 알겠나. 자네가…… 잠깐 실례하네."

그는 일어나서 술잔을 잡고 빅토리아에게 다가갔다. 그는 벌써 다리가 좀 풀렸고, 몸을 잔뜩 구부린 채 걷고 있었다.

인사말이 계속되었다. 중위가 연설했고, 옆자리의 지주가 숙녀들과 이 집 안주인을 위해 건배했다. 그러자 다이아몬드 장식 단추를 단 남자가 일어나더니 요하네스의 이름을 언급했다. 그러고는 젊은이들을 대신하여 젊은 작가에게 인사를 드리고 싶다고 말했다. 그는 지극히 호의적인 말투로 그에 대한 동시대인들의 고마움을 표현했다. 그의 인사말은 요하네스의 진가를 인정하고 찬탄하는 마음으로 가득 차 있었다.

요하네스는 자신의 귀를 믿을 수가 없었다. 그는 가정교사에게 속삭였다.

"저 친구가 나한테 말하고 있는 건가요?"

가정교사가 대답했다.

"그래. 저 젊은이가 나를 앞질렀군. 내가 말할 작정이었는데. 아까 낮에 빅토리아가 나한테 부탁했거든."

"누가 부탁했다고요?"

가정교사는 그를 빤히 바라보았다.

"아무도 아니야."

연설이 계속되는 동안 모든 사람의 시선이 요하네스에게 고정되었다. 성주까지도 그를 향해 고개를 끄덕였고, 시종의 아내는 그를 관찰하려고 코안경을 썼다. 연설이 끝나자 모두 그를 위해 건배했다.

"이젠 자네가 답사를 할 차례야." 가정교사가 말했다. "저 젊은이는 저기 서서 자네에게 경의를 표하는 연설을 했어. 그건 마땅히 나이 든 동업자의 특권이었어야 했는데……."

요하네스는 식탁을 따라 빅토리아 쪽을 바라보았다. 다이아몬드 장식 단추를 단 남자에게 연설을 하도록 시킨 것은 빅토리아였다. 왜? 처음에 그녀는 다른 사람에게 그 이야기를 꺼냈다. 그날 일찍부터 그녀는 이미 그것을 염두에 두고 있었다. 왜? 지금 그녀는 고개를 숙인 채 앉아 있어서, 도저히 속내를 헤아릴 수 없는 수수께끼의 화신이었다.

갑자기 그의 눈이 깊고 강력한 감정으로 촉촉해졌다. 그는 그녀의 발치에 몸을 던져 그녀에게 감사하고 또 감사할 수도 있었을 것이다. 나중에, 식사가 끝난 뒤에 그렇게 해야지…….

카밀라는 얼굴에 환한 미소를 띤 채 처음에는 왼쪽 옆자리의 사람에게 말을 걸었고, 다음에는 오른쪽 옆자리의 사람에게 말을 걸었다. 그녀는 만족했다. 그녀의 열일곱 해는 그녀에게 행복만 가져다주었다. 그녀는 요하네스에게 고개를 거듭 끄덕이며 빨리 일어나라는 신호를 보냈다.

그는 일어섰다. 그러고는 감정으로 충만한 낮고 굵은 목소리로 짤막하게 말했다.

"행복한 약혼을 축하하는 자리에 초대를 받았지만, 저는 낮은 신분에서 출세한 아웃사이더에 지나지 않습니다. 저는 우선 저를 이 자리에 불러준 분과 저에 대해 호의 넘치는 말씀을 해준 분에게 감사를 드리고 싶습니다. 보잘것없는 저에 대한 찬사에 귀를 기울여주신 모든 분들의 친절함에 대해서도 감사를 생략할 수 없겠지요. 제가 이 잔치에 참석할 자격이 있다면, 그것은 제가 성 옆에 사는 이웃 사람의 아들이라는 것뿐입니다……."

"맞아요, 맞아!" 빅토리아가 외쳤다. 그녀의 눈이 불꽃을 일으키고 있었다.

모든 사람의 머리가 그녀 쪽으로 돌아갔다. 그녀의 볼은 빨갛고, 가슴은 격렬하게 오르내렸다. 요하네스는 말을 끊었다. 고통스러운 침묵이 이어졌다.

"빅토리아!" 그녀의 아버지가 놀라서 말했다.

"계속해요!" 그녀가 외쳤다. "그게 당신의 유일한 자격이에요. 하지만 계속해요!"

그녀의 눈 속에서 타오르던 불이 갑자기 꺼졌다. 그녀는 힘없이 미소를 지으며 머리를 흔들었다. 그러고는 아버지를 돌아보며 말했다.

"저는 그냥 좀 과장하고 싶었을 뿐이에요. 어쨌든 저 사람은 자신을 과장하고 있어요. 죄송해요. 방해할 생각은 아니었어요……."

요하네스는 이 변명의 말을 듣고 빠져나갈 길을 발견했다. 두근거리는 심장 소리가 귀에 들릴 정도였다. 그는 빅토리아의 어머니가 눈물을 글썽거리며 무한한 인내심으로 딸을 바라보는 것을 알아차렸다.

"예, 맞습니다." 그가 말을 계속했다. "저는 과장했습니다. 빅토리아 아가씨가 옳습니다. 아가씨는 친절하게도 제가 이웃사람의 아들일 뿐만 아니라 성의 오누이의 놀이 친구이기도 했다는 것을 저에게 상기시켜주었지요. 제가 지금 이 자리에 있는 것은 그런 사정 덕분이었습니다. 아가씨께 감사드립니다. 아가씨의 말씀은 사실입니다. 저는 이곳에 속해 있습니다. 성의 숲은 한때 저의 우주였습니다. 멀리 푸르스름하게 보이는 그 너머는 모험과 미지의 세계로 느껴졌습니다. 하지만 그 시절에 저는 디틀레프와 빅토리아한테서 소풍을 함께 가거나 같이 놀자는 전갈을 자주 받았습니다. 그것은 제 어린 시절의 멋진 순간들이었지요. 그 시절을 생각하면, 저는 지금도 그 시간들이 아무도 깨달을 수 없는 의미를 갖고 있었다는 것을 인정합니다. 방금 다른 분이 말했듯이 저의 글이 이따금 '불꽃을 튀기는' 게 사실이라면, 그 불꽃을 타오르게 한 것은 그 시절에 대한 추억입니다. 그것은 어린 시절에 두 친구가 저에게 준 행복에 대한 회상입니다. 그 때문에 그들은 저의 출세에 큰 역할을 했다고 주장할 수 있습니다. 그래서 저는 약혼을 축하하는 모든 분들의 마음에 특별히 성의 두 오누이에게 개인적으로 감사하는 말을 덧붙이고 싶습니다. 그 행복했던 어린 시절, 시간도 상황도 우리 사이를 이간질하지 않았던 시절, 너무나 짧았던 그 행복한 여름날을 그들에게 감사하고 싶습니다……."

연설─그것은 재치가 넘치지는 않았지만, 그렇게 형편없지도 않았다. 참석자들은 술을 마시고, 계속 먹고, 다시 재잘거리기 시작했다. 디틀레프는 어머니에게 짤막하게 말했다.

"그가 책을 쓰는 데 저도 한몫했다는 걸 저는 몰랐어요!"

하지만 그의 어머니는 웃지 않았다. 그녀는 아이들과 함께 술을 마시고 말했다.

"그에게 감사해라, 감사해. 그건 충분히 이해할 수 있어. 그는 어렸을 때 무척 외로웠지…… 뭐 하고 있니, 빅토리아?"

"그에게 고맙다는 뜻으로 하녀를 보내서 이 라일락 꽃다발을 전할 작정이에요. 그러면 안 되나요?"

"안 돼." 중위가 대답했다.


식사가 끝난 뒤 사람들은 많은 방과 발코니와 정원으로 흩어졌다. 요하네스는 1층으로 내려가서 정원 방으로 들어갔다. 그곳에도 벌써 사람들이 들어와 있었다. 지주와 또 다른 남자가 담배를 피우면서 성주의 재정 상태에 대해 낮은 목소리로 이야기를 나누고 있었다. 성주의 땅은 방치되고, 잡초가 무성하고, 울타리는 무너지고, 나무들은 대규모로 벌채되었다. 누구한테 들어보아도 성주는 건물과 가구에 대한 놀랄 만큼 비싼 보험료를 내느라 무척 고생하고 있었다.

"보험료가 모두 얼마래?"

지주가 액수를 말했다. 굉장한 액수였다.

게다가 성에서는 절대로 돈을 절약하지 않는다. 지출은 엄청나다. 예컨대 이런 만찬회 비용을 생각해보라! 하지만 이제 금고가 거의 바닥난 것 같고, 부인의 유명한 보석함까지도 거의 빈 것 같다. 그들이 오토 중위를 사위로 들이려는 것은 그의 돈이 필요하기 때문이다. 과거의 영화를 회복하려는 것이다.

"사위의 재산은 얼마나 될까?"

"그건 헤아릴 수도 없을 정도지."

요하네스는 일어나서 정원으로 나갔다. 라일락이 피어 있었다. 앵초, 수선화, 재스민, 은방울꽃의 향기가 차례로 그에게 파상 공격을 가했다. 그는 담장 옆에서 구석진 곳을 발견하고, 키 작은 나무에 가려진 돌 위에 앉았다. 그의 감정 때문에 체력이 소모되어, 몸도 지치고 지성도 흐려져 있었다. 그는 집에 가려고 생각했지만, 멍하니 느른하게 계속 앉아 있었다. 그때 자갈길에서 중얼거리는 소리가 들렸다. 누군가가 오고 있었다.

그는 빅토리아의 목소리를 알아들었다. 그는 숨을 죽이고 잠시 기다렸다. 이윽고 나뭇잎 사이로 중위의 군복이 불빛에 번득이는 것이 보였다. 약혼한 남녀가 함께 산책을 하고 있었다.

"나는 도저히 이해할 수가 없어." 그가 말하고 있었다. "당신은 거기 앉아서 그의 말에 귀를 기울이고, 그의 대단한 연설 때문에 고민하고, 그러다가 소리를 질렀는데, 그게 다 무슨 뜻이지?"

그녀는 멈춰 서서 허리를 꼿꼿이 세웠다.

"알고 싶으세요?" 그녀가 물었다.

"그래."

그녀는 대답하지 않았다.

"그게 아무 의미도 없다면 나는 상관없어." 그가 말을 이었다. "그렇다면 당신이 굳이 나한테 말할 필요는 없어."

그녀는 다시 무너졌다.

"그래요, 그건 아무 의미도 없어요."

그들은 다시 걸음을 옮겼다. 중위는 견장을 신경질적으로 으쓱하고 큰 소리로 말했다.

"녀석은 앞으로 조심하는 게 좋을 거야. 안 그랬다가는 장교의 손에 따귀를 맞을지도 모르니까."

그들은 정자로 가는 길을 택했다.

요하네스는 여전히 둔통을 느끼며 잠시 돌 위에 앉아 있었다. 그는 모든 것에 완전히 흥미를 잃었다. 중위는 약혼녀에 대한 의심이 많아졌고, 빅토리아는 자신의 행동을 변명하기 시작했다. 그녀는 말할 필요가 있는 것을 말했고, 장교를 안심시켰고, 그와 다시 산책에 나섰다. 그리고 찌르레기들은 그들의 머리 위에 있는 나뭇가지에서 재잘거리고 있었다. 주여, 그들이 만수무강하게 해주소서…….

그는 연회에서 그녀에게 인사말을 했고, 그의 가슴은 둘로 찢어졌다. 그녀의 무례한 방해를 덮어 가리기 위해서는 엄청난 노력이 필요했다. 그런데 그녀는 그에게 고맙다는 말조차 하지 않았다. 그녀는 술잔을 들고 술을 마셨다. "당신의 건강을 위하여!" 그러고는 내가 얼마나 얌전히 마시는지 보려고 나를 지켜보았지…….

그 문제에 관해서는 술을 마시는 여자의 옆모습을 지켜보라. 컵이든 술잔이든 무엇이든, 당신이 언급하고 싶은 것으로 여자가 술을 마시게 하라. 하지만 반드시 옆모습을 지켜보라. 여자가 취하는 행동은 놀라운 광경이다. 그녀는 입을 오므리고, 입술 끝만 술 속에 담그고, 술을 마시는 동안 누군가가 그녀의 손에 주의를 기울이면 필사적이 된다. 절대로 여자의 손을 보지 마라. 여자는 그것을 참지 못한다. 여자는 당장 제 손을 낚아채고, 점점 더 우아한 손동작을 취하기 시작한다—주름살이나 못생긴 손가락이나 일그러진 손톱을 감추기 위해. 마침내 그녀는 더 이상 견디지 못하고 흥분하여 묻는다. "뭘 보고 있는 거예요?"

언젠가 그녀는 그에게 키스했다. 어느 여름날. 그것은 오래 전이었다. 그게 사실이었는지도 아는 사람이 없다. 어떻게 그런 일이 일어났을까? 그들은 벤치에 앉아 있지 않았던가? 그들은 오랫동안 이야기를 나누었고, 그곳을 떠날 때 그는 그녀의 팔에 닿을 만큼 가까이 다가가 있었다. 현관문 밖에서 그녀는 그에게 키스했다. 그리고 "사랑해!" 하고 말했다…….

지금 그들은 옆을 지나갔다. 아마 정자에 앉아 있을 것이다. 중위는 여차하면 그의 따귀를 때리겠다고 말했다. 그는 그 말을 분명히 들었다. 그는 자고 있지 않았지만, 일어나서 앞으로 나서지도 않았다. 장교의 손이라고 그는 말했다. 아니, 그건 나와는 상관없는 일이야…….

그는 돌에서 일어나 정자로 그들을 따라갔다. 정자는 비어 있었다.

그때 카밀라가 베란다 옆에 서 있다가 그에게 외쳤다.

"안으로 들어와요. 정원 방에 커피가 준비되어 있어요."

그는 그녀의 말에 따랐다. 약혼한 남녀는 다른 사람들과 함께 정원 방에 앉아 있었다. 그는 커피를 받아 들고 앉을 자리를 찾았다.

카밀라가 그에게 말을 걸기 시작했다. 그녀의 얼굴은 환하게 빛났고, 천진난만한 눈으로 그를 바라보고 있어서 그는 물리칠 수가 없었다. 그는 대화에 끼어들어 웃으면서 그녀의 질문에 대답했다. 지금까지 어디 있었어요? 정원에요? 거짓말 마세요. 나는 정원에서 당신을 찾아다녔지만 결국 찾지 못했어요. 허튼소리 마세요. 당신은 정원에 있지 않았어요.

"빅토리아, 요하네스가 정원에 있었나요?" 그녀가 물었다.

"아니." 빅토리아가 대답했다. "나는 못 봤어."

중위는 약혼녀에게 성난 눈길을 던지고, 경고하기 위해 불필요하게 큰 소리로 지주에게 말했다.

"당신은 누른도요를 사냥하러 오라고 나를 초대했지요?"

"그렇소." 지주가 대답했다. "언제든지 환영합니다."

중위는 빅토리아를 바라보았다. 그녀는 아무 말도 하지 않고 전처럼 앉아 있었다. 중위가 지주의 누른도요 사냥에 가담하는 것을 단념시키려 애쓰지도 않았다. 그의 얼굴이 점점 흐려졌다. 그는 콧수염을 신경질적으로 만지작거렸다.

카밀라는 빅토리아에게 또 다른 질문을 했다.

이때 중위가 벌떡 일어나더니 지주에게 말했다.

"좋습니다. 오늘 저녁에 당장 함께 가겠습니다."

이 말과 함께 그는 방에서 나갔고, 지주와 몇 사람이 그 뒤를 따라 나갔다.

잠깐 침묵이 흘렀다.

갑자기 문이 열리더니, 중위가 몹시 흥분한 상태로 다시 들어왔다.

"뭐 잊은 거라도 있나요?" 빅토리아가 일어나면서 물었다.

그는 가만히 서 있을 수 없는 것처럼 문 옆에서 춤을 추었다. 그러다가 요하네스에게 다가가더니, 내친걸음인 것처럼 그의 얼굴을 손으로 때렸다. 그러고는 재빨리 문 쪽으로 돌아가서 계속 춤을 추었다.

"조심해요. 내 눈을 때렸잖아요." 요하네스가 공허하게 웃으면서 말했다.

"천만에." 중위가 대답했다. "눈을 때린 게 아니라 따귀를 때린 거야. 알아? 알겠냐고?"

요하네스는 손수건을 꺼내 눈을 닦고 나서 말했다.

"장난으로 그랬겠죠. 내가 마음만 먹으면 당신을 반으로 접어서 주머니에 넣을 수 있다는 걸 당신은 너무나 잘 알고 있으니까." 이렇게 말하면서 그는 일어섰다.

중위는 재빨리 문을 열고 밖으로 나갔다.

"장난으로 그런 게 아니야!" 그가 어깨 너머로 외쳤다. "장난이 아니라고! 이 멍청아!"

그러고는 문을 쾅 닫았다.

요하네스는 다시 자리에 앉았다.

빅토리아는 여전히 방 한복판에 서 있었다. 그를 바라보고 있는 그녀의 얼굴은 송장처럼 창백했다.

"그가 당신을 때렸나요?" 카밀라가 놀라서 물었다.

"실수였어. 실수로 내 눈을 때렸어. 자, 봐."

"맙소사. 눈이 새빨개요. 충혈됐어요! 아니, 비비지 마세요. 물로 씻어드릴게요. 당신 손수건은 너무 거칠어요. 그건 그냥 넣어두세요. 내 손수건을 쓸게요. 세상에, 눈을 정통으로 때리다니!"

빅토리아도 손수건을 꺼냈다. 하지만 아무 말도 하지 않았다. 그녀는 천천히 유리문으로 걸어가서 방을 등지고 밖을 내다보며 서 있었다. 그녀는 손수건을 갈기갈기 찢고 있었다. 잠시 후 그녀는 문을 열고 방을 떠났다. 조용히, 한 마디 말도 없이.


# 9


카밀라는 쾌활하고 단순하게 물방앗간으로 걸어왔다. 그녀는 혼자였다. 그녀는 곧장 작은 오두막으로 들어와서 작은 소리로 웃으며 말했다.

"노크하지 않아서 미안해요. 여기 시냇물 소리가 너무 시끄러워서, 노크해봤자 소용없을 것 같았어요." 그녀는 주위를 둘러보며 외쳤다. "여기는 정말 매력적인 곳이군요. 그런데 요하네스는 어디 있죠? 전 요하네스의 친구예요. 그의 눈은 좀 어때요?"

그녀는 의자를 발견하고 거기에 앉았다.

요하네스가 물방앗간에서 불려왔다. 그의 눈은 부어올랐고 붉게 충혈되어 있었다.

요하네스를 만나자 카밀라가 말했다.

"오고 싶었어요. 당신은 찬물로 계속 눈을 씻어야 돼요."

"그럴 필요까진 없어." 그가 대답했다. "그런데 무엇 때문에 왔지? 물방앗간을 보고 싶었나? 여기까지 찾아오다니 정말 친절하군." 그는 어머니의 허리에 팔을 두르면서 말했다. "우리 어머니셔."

그들은 물방앗간으로 들어갔다. 늙은 물방앗간 주인은 모자를 벗고 절을 하면서 뭐라고 말했다. 카밀라는 그 말을 알아들을 수 없었지만, 미소를 지으며 되는대로 말했다.

"고맙습니다. 네, 무척 보고 싶어요."

소음이 그녀를 놀라게 했다. 그녀는 요하네스의 손을 잡고, 크고 조심스러운 눈으로 두 남자를 계속 쳐다보았다. 그녀는 꼭 귀머거리처럼 보였다. 물방앗간의 수많은 바퀴와 활차를 보고 그녀는 경탄했다. 그녀는 흥분하여 큰 소리로 웃으면서 요하네스의 손을 꼭 잡고 여기저기 온갖 곳을 가리켰다. 그녀를 위해 물방아를 세웠다가 다시 가동시켰다.

물방앗간을 떠난 뒤에도 한동안 카밀라는 으르렁거리는 소음이 아직도 귓전에 울려 퍼지는 것처럼 터무니없이 큰 소리로 말했다.

요하네스는 그녀를 성까지 바래다주었다.

"그가 당신 눈을 때릴 만한 배짱이 있다고 생각하세요?" 그녀가 말했다. "물론 그 사람은 당장 성을 떠났어요. 지주와 함께 사냥을 하러 갔죠. 그건 정말 끔찍한 일이었어요. 빅토리아는 밤새 잠을 이루지 못했다고 하더군요."

"그럼 오늘 밤에는 잘 자겠군." 그가 말했다. "언제 집에 갈 생각이지?"

"내일요. 당신은 언제 시내에 올 거예요?"

"가을에. 오늘 오후에 만날 수 있을까?"

"물론이죠! 동굴을 갖고 있다고 했죠? 그걸 보여줘요."

"데리러 갈게."

집으로 오는 길에 그는 오랫동안 바위에 앉아서 생각에 잠겼다. 따뜻하고 행복한 생각이 마음에 떠올랐다.

오후에 그는 성으로 걸어가 밖에 멈춰 서서 안에 있는 카밀라에게 전갈을 보냈다. 기다리는 동안 그는 2층 창문으로 빅토리아를 얼핏 보았다. 그녀는 창가에서 그를 엿보다가 돌아서서 방 안쪽으로 사라졌다.

카밀라가 나왔다. 그는 그녀를 채석장과 동굴로 데려갔다. 기분이 묘하게 평화롭고 행복했다. 그는 카밀라가 무척 재미있다는 것을 알았다. 그녀의 쾌활하고 천진난만한 말이 작은 축복처럼 그의 주위에 팔랑팔랑 떨어졌다. 오늘은 착한 정령들이 가까이에 있었다……

"카밀라, 언젠가 나한테 단검을 준 게 생각나? 은제 칼집이 딸려 있었지. 나는 그걸 다른 물건들과 함께 상자 속에 넣어두었어. 쓸 일이 없었거든."

"물론 쓸 일이 없었겠죠. 그런데 그 칼은 어떻게 됐어요?"

"잃어버렸어."

"안됐군요. 하지만 어쩌면 그것과 비슷한 칼을 구할 수 있을 거예요. 한번 구해볼게요."

그들은 집으로 돌아가기 시작했다.

"그리고 언젠가 나한테 준 메달을 기억해? 엄청나게 두껍고 무거운 금메달이었지. 특별한 테에 끼워져 있었어. 너는 거기에 아주 친절한 말을 몇 마디 써주었지."

"네, 기억해요."

"작년에 외국에 있을 때, 그 메달을 남에게 주어버렸어."

"설마 정말로 그러진 않았겠죠? 그걸 남에게 주어버렸단 말이에요? 왜요?"

"젊은 친구한테 기념품으로 주었어. 러시아 남자였는데, 내 앞에 무릎을 꿇고 무척 고마워했어."

"그렇게 기뻐했나요? 무릎을 꿇었다니, 행복해서 어쩔 줄 몰랐나보네요! 당신이 보관할 새 메달이 필요하겠군요."

그들은 물방앗간에서 성으로 이어지는 길에 이르렀다.

요하네스가 걸음을 멈추고 말했다.

"이 덤불 옆에서 전에 나한테 어떤 일이 일어났어. 어느 날 나는 자주 그랬듯이 밖에 나와서 걷고 있었지. 맑은 여름날이었어. 나는 덤불 뒤에 누워서 깊은 생각에 잠겼어. 그때 두 사람이 조용히 길을 따라 걸어왔지. 여자가 여기서 걸음을 멈추었어. 동행한 남자가 묻더군. '왜 멈춰 서는 거요?' 하지만 대답을 얻지 못했기 때문에 남자가 다시 물었어. '무슨 문제라도 있소?' 그러자 여자가 대답했어. '아니요. 하지만 그런 눈으로 나를 바라보면 안 돼요.' 남자가 말했지. '나는 그냥 당신을 보고 있었을 뿐이오.' 그러자 여자가 대답했어. '당신이 나를 사랑하는 건 나도 물론 알고 있지만, 아빠가 허락하지 않을 거예요. 그건 불가능해요.' 그러자 남자가 중얼거렸어. '나도 그건 불가능할 거라고 생각해요.' 그러자 여자가 말했지. '당신은 손이 아주 넓적하군요. 손목도 놀랄 만큼 굵고!' 그렇게 말하면서 여자는 남자의 손목을 잡았지."

침묵.

"다음에는 어떻게 됐어요?" 카밀라가 물었다.

"나도 몰라." 요하네스가 말했다. "여자는 왜 남자의 손목에 대해 그런 말을 했을까?"

"손목이 매력적이었나보죠. 그리고 남자는 손목 위에 하얀 셔츠를 입었을 거예요. 쉽게 이해할 수 있어요. 아마 여자도 남자를 좋아했을 거예요."

"카밀라! 내가 너를 좋아한다면, 그리고 내가 몇 년 동안 기다렸다면—나는 그냥 묻고 있을 뿐이야—요컨대 나는 너한테 어울리지 않지만…… 만약 내가 내년이나 내후년에 너한테 원한다면, 언젠가는 내 여자가 될 수도 있다고 생각해?"

침묵.

카밀라는 갑자기 당황하여 얼굴을 붉히고 맵시 있게 균형 잡힌 몸을 이쪽저쪽으로 뒤틀며 두 손을 움켜잡았다. 그는 그녀를 끌어안고 다시 물었다.

"언젠가는 내 여자가 될 수도 있다고 생각해?"

"네." 그녀는 대답하고 그의 품에 안겼다.


이튿날 그는 그녀와 함께 부두에 갔다. 그는 어린애처럼 천진난만한 그녀의 작은 손에 입을 맞추고, 감사와 기쁨으로 마음이 뿌듯해졌다.

빅토리아는 그녀와 함께 있지 않았다.

"왜 아무도 너랑 함께 있지 않는 거지?"

카밀라는 성이 지독한 슬픔에 빠졌다고 겁먹은 눈으로 말했다. 그날 아침에 전보가 왔는데, 성주는 송장처럼 창백해졌고, 늙은 시종과 그의 아내는 고통으로 울부짖었다. 오토가 전날 저녁에 사냥하러 나갔다가 죽은 것이다.

요하네스는 카밀라의 팔을 움켜잡았다.

"중위가 죽었다고? 오토가?"

"지금 시신을 이리로 옮겨 오는 중이에요. 정말 끔찍한 일이에요."

그들은 생각에 잠긴 채 계속 걸었다. 부두와 배에 있는 사람들에게 지시를 내리는 외침 소리를 들은 뒤에야 깊은 생각에서 깨어났다.

카밀라는 그에게 수줍게 손을 내밀었다. 그는 그 손에 입을 맞추고 말했다.

"카밀라, 나는 너한테 어울리지 않아. 결코 어울리지 않아. 하지만 네가 내 여자가 된다면, 너를 행복하게 해주기 위해 최선을 다할 거야."

"나는 당신의 여자가 될 거예요. 그건 처음부터 내가 원했던 거예요. 처음부터 줄곧."

"며칠 뒤에 너를 따라갈게. 일주일 안에 다시 만나게 될 거야."

그녀는 배에 올라탔다. 그는 그녀에게 손을 흔들었고, 그녀가 시야에서 사라질 때까지 계속 손을 흔들었다. 그가 집으로 가려고 돌아서자 빅토리아가 뒤에 서 있었다. 그녀도 손수건을 높이 흔들며 카밀라에게 작별 인사를 하고 있었다.

"나는 조금 늦게 왔어." 그녀가 말했다.

그는 아무 대답도 하지 않았다. 도대체 무슨 말을 할 수 있겠는가? 약혼자를 잃은 것을 위로할까? 축하할까? 그녀의 손을 잡을까? 그녀의 목소리에는 억양이 없었다. 그녀의 얼굴에는 깊은 고통이 새겨져 있었다. 무시무시한 일을 겪고 있다는 표시였다.

사람들이 부두를 떠나고 있었다.

"눈이 아직도 빨갛군." 그녀가 걸음을 떼어놓으면서 말했다. 그녀는 고개를 돌려 뒤를 돌아보았다.

그는 여전히 그 자리에 서 있었다.

갑자기 그녀가 돌아서서 그에게 다가왔다.

"오토가 죽었어." 그녀는 불타는 듯한 눈으로 거칠게 말했다. "그런데 너는 한 마디도 하지 않는구나. 너는 너무 거만해. 오토는 너보다 십만 배나 나았어. 내 말 들려? 오토가 어떻게 죽었는지 알아? 총에 맞아서 머리가 박살났어. 그 작은 머리가 완전히 날아가버렸어. 오토는 너보다 십만 배나……."

그녀는 울음을 터뜨리고 황새걸음으로 집을 향해 떠났다.


그날 저녁, 누군가가 물방앗간 문을 두드렸다. 요하네스가 문을 열고 밖을 내다보았다. 빅토리아가 밖에 서 있다가 그에게 손짓을 했다. 그는 그녀를 따라갔다. 그녀는 성급하게 그의 손을 잡고 길로 데려갔다. 그녀의 손은 얼음처럼 차가웠다.

"앉는 게 좋겠어." 그가 말했다. "앉아서 좀 쉬어. 너는 너무 흥분해 있어."

그들은 앉았다.

그녀가 중얼거렸다.

"넌 나를 어떻게 생각할까? 나는 너를 잠시도 편안하게 놔 두지 못하는 것 같아!"

"빅토리아, 너는 지금 불행해." 그가 대답했다. "내 말을 듣고 마음을 가라앉혀야 해. 내가 너를 도와줄 수 있는 일이 있을까?"

"오늘 낮에 한 말을 용서해줘!" 그녀가 간청했다. "네 말이 옳아. 나는 너무 불행해. 몇 년 동안 계속 불행했어. 나는 오토 가 너보다 십만 배나 나았다고 말했지. 나를 용서해줘! 오토는 죽었고, 나는 그와 약혼했어. 그런데 그게 내 뜻이었다고 생각해? 요하네스, 이거 보여? 약혼반지야. 나는 오랫동안, 아주 오랫동안 이걸 갖고 있었어. 이젠 이걸 던져버릴 거야." 그녀는 반지를 숲으로 내던졌다. 그들은 반지가 떨어지는 소리를 들었다. "약혼을 원한 건 아빠였어. 아빠는 가난해. 빈털터리야. 오토는 언젠가 막대한 재산을 물려받을 예정이었어. 아빠는 나한테 말했지. 오토와 결혼해야 한다고. 나는 싫다고 했어. 그러자 아빠는 말했어. '부모를 생각해라. 성을 생각하고 가문의 명예를 생각해.' 그래서 나는 말했지. '좋아요. 그렇게 할게요. 하지만 3년만 시간을 주세요. 그러면 결혼하겠어요.' 아빠는 나한테 고맙다고 말하고 기다렸어. 오토도 기다렸지. 모두 기다렸지만, 반지는 당장 나한테 주어졌지. 얼마 후 나는 아무것도 나를 도와줄 수 없다는 걸 깨달았어. 오토가 나를 데리러 온 거야. 하지만 나는 부두로 그를 마중 나가지 않았어. 내 방 창가에 서서 오토가 마차를 타고 오는 것을 보았지. 그러고는 엄마한테 달려가서 무릎을 꿇었어. '애야, 왜 그러니?' 엄마가 물었지. 나는 말했어. '못 하겠어요. 그 사람과 결혼할 수 없어요. 그가 지금 여기 와서 아래층에서 기다리고 있지만, 그와 결혼하는 대신 내 생명보험을 들면 돼요. 나는 만이나 폭포에서 사라질게요. 나한테는 그게 더 나아요.' 엄마는 송장처럼 창백해져서 나를 위해 흐느껴 울었어. 그때 아빠가 들어왔지. '빅토리아, 아래층으로 내려가서 오토를 맞아야지.' 나는 못 하겠다고 대답했어. 그리고 엄마한테 한 말을 되풀이했지. 나를 불쌍히 여기고, 내 생명보험을 들라고. 아빠는 한 마디도 하지 않고 의자에 앉아서 머리를 쥐어짜며 부들부들 떨기 시작했어. 아빠의 그런 모습을 보고는 나도 더 이상 어쩔 수 없었어. '오토를 만나러 갈게요. 그를 남편으로 받아들일게요.'"

빅토리아는 말을 끊었다. 그녀는 몸을 떨고 있었다. 요하네스는 그녀의 손을 잡고 따뜻하게 해주었다.

"고마워." 그녀가 말했다. "요하네스, 내 손을 꼭 잡아줘! 아아, 넌 정말 따뜻해! 나는 너한테 정말로 감사하고 있어. 하지만 부두에서 내가 한 말은 용서해줘야 해."

"그건 잊어버린 지 오래야. 숄을 갖다줄까?"

"아니, 괜찮아. 내 마음이 이렇게 뜨거운데 왜 몸을 떨고 있는지 모르겠어. 요하네스, 나는 너한테 너무 많은 것을 빚졌어. 용서를 부탁할 게 한두 가지가 아니야."

"그렇게 말하지 마. 이젠 좀 진정이 됐군. 가만히 앉아 있어."

"약혼식 때 너는 나한테 축사를 했어. 네가 일어난 순간부터 다시 앉는 순간까지 나는 내가 뭘 하고 있는지도 몰랐어. 내가 들은 것은 네 목소리뿐이었어. 네 목소리는 오르간 소리 같았지. 그 소리에 압도된 나머지 나는 미쳐버렸어. 아빠는 내가 왜 너한테 소리를 지르고 네 말을 방해했느냐고 물으셨지. 아버지는 그것 때문에 몹시 당황하셨어. 하지만 엄마는 아무것도 묻지 않으셨지. 엄마는 알고 계셨어. 나는 엄마한테 모든 것을 털어놓았거든. 몇 년 전에 이야기했고, 2년 전 내가 시내에서 돌아왔을 때 다시 한 번 이야기했어. 그건 내가 너를 만났을 때였지."

"그 이야기는 하지 말자."

"그래. 하지만 나를 용서해줘. 나에게 자비를 베풀어줘! 도대체 난 어떻게 해야 하지? 아빠는 지금 집에 계셔. 서재에서 오락가락하고 계시지. 아빠한테는 끔찍한 상황이야. 내일은 일요일이야. 아빠는 하인들한테 휴가를 주기로 결정했어. 아빠가 온종일 내린 결정이라고는 그거 하나뿐이야. 아빠의 얼굴은 잿빛이고, 한 마디도 하지 않아. 사위의 죽음 때문에 완전히 비탄에 빠져 있지. 나는 너를 만나러 가겠다고 엄마한테 말했어. 그러자 엄마는 이렇게 말했어. '너는 내일 나와 함께 시종 내외를 시내로 모시고 가야 한다.' 그래서 나는 다시 말했지. '나는 요하네스를 만나러 갈 거예요.' 그러자 엄마는 '우리 세 사람이 다 갈 수는 없어. 아빠가 뒤에 남아 계실 거야' 하고는 다른 문제에 대해 이야기를 계속했지. 나는 문으로 다가갔어. 그러고는 나를 지켜보는 엄마한테 마지막으로 말했어. '지금 요하네스한테 가겠어요.' 엄마는 문까지 나를 따라와서 입을 맞추고 말했어. '너희 둘에게 하느님의 가호가 있기를!'"

요하네스는 그녀의 손을 놓고 말했다.

"자, 이제 따뜻해졌어."

"정말 고마워. 그래, 이젠 아주 따뜻해. '너희 둘에게 하느님의 가호가 있기를!' 하고 엄마는 말했지. 나는 엄마한테 모든 것을 털어놓았기 때문에 엄마는 처음부터 알고 계셨어. '하지만 얘야, 너는 도대체 누구랑 사랑에 빠져 있는 거냐?' 엄마가 물으셨어. 나는 대답했지. '아직도 그걸 물어볼 필요가 있나요? 내가 사랑하는 사람은 요하네스예요. 요하네스는 내가 평생 사랑하고, 사랑하고, 또 사랑한 유일한 사람이에요······.'"

그가 몸짓을 했다.

"시간이 많이 늦었어. 집에서 너를 걱정하고 있을 거야."

"아니, 괜찮아. 너도 알지, 요하네스? 내가 사랑하는 사람은 너라는 걸. 너도 분명 알았을 거야. 나는 오랫동안 아무도 이해할 수 없을 만큼 너를 동경했어. 이 길을 걸으면서 나는 생각했지. '이 길은 그가 즐겨 다니던 길이니까 나도 이 길을 따라 숲을 가로지를 거야.' 그래서 나도 똑같이 하곤 했어. 네가 집에 왔다는 소식을 들은 날, 나는 밝은색 드레스를 꺼내 입었어. 나는 불안과 기대에 사로잡혀 정신이 없었어. 나는 모든 문을 들락거렸지. '오늘은 네가 눈부시게 빛나 보이는구나!' 엄마가 말했어. 나는 계속 혼잣말을 하고 있었지. '그가 다시 집에 온다! 그가, 멋진 그가 집에 온다.' 이튿날 나는 더 이상 견딜 수가 없어서 밝은색 드레스를 입고 채석장으로 올라갔어. 기억해? 나는 너를 만났고, 꽃을 꺾으러 간 척했지만 꽃을 꺾지는 않았어. 꽃을 꺾으러 간 게 아니었으니까. 너는 나를 다시 만나는 걸 별로 기뻐하지 않았어. 하지만 그래도 널 만난 건 고마운 일이지. 그게 2년 전이었어. 너는 손에 나뭇가지를 쥐고 있었고, 내가 갔을 때는 앉아서 그 나뭇가지로 가볍게 톡톡 두드리고 있었지. 네가 가버린 뒤, 나는 그 나뭇가지를 주워서 몰래 집으로 가져갔어……."

"그렇구나. 하지만 빅토리아." 그가 떨리는 목소리로 말했다. "나한테 그런 말을 하면 안 돼."

"그래." 그녀는 불안한 얼굴로 대답하고 그의 손을 잡았다. "그래, 하면 안 돼. 아니, 네가 좋아하지 않는다는 걸 나는 알 수 있어." 그녀는 신경질적으로 그의 손을 토닥거리기 시작했다. "아니, 네가 좋아하리라고 기대할 수는 없어. 게다가 나는 너한테 너무나 많은 상처를 주었어. 때가 되면 나를 용서해줄 수 있을까?"

"그럼. 얼마든지 용서할 수 있어. 그런데 문제는 그게 아니야."

"그럼 뭐가 문젠데?"

잠시 침묵이 흐르고 그가 대답했다.

"나 약혼했어."


# 10

이튿날—일요일—성주가 몸소 물방앗간에 와서, 정오 직후에 오토 중위의 시신을 기선으로 옮겨달라고 부탁했다. 물방앗간 주인은 이해할 수가 없어서 그를 빤히 바라보았다. 성주는 설명하기를, 하인들이 모두 휴가를 얻어서 교회에 갔다고 말했다. 성에는 하인이 아무도 없다는 것이다.

성주는 잠을 설친 게 분명했다. 그는 송장처럼 창백해 보였고, 면도도 하지 않았다. 하지만 그는 여느 때처럼 지팡이를 휘둘렀고, 꼿꼿한 자세를 잃지 않았다.

물방앗간 주인은 제일 좋은 코트를 입고 갔다. 그가 말들을 마차에 매자, 성주는 그가 시신을 마차로 나르는 것을 도와주었다. 모든 일은 침묵 속에서 이루어졌다. 그들을 지켜보는 사람도 없었다.

물방앗간 주인은 부두로 마차를 몰고 갔다. 마차 뒤를 시종 내외와 성주 부인과 빅토리아가 따라갔다. 그들은 모두 걸어서 갔다. 성주가 계단에 혼자 서서 작별 인사로 손을 흔들고 있는 것이 보였다. 바람이 그의 백발을 헝클어뜨렸다.

　시신이 배에 실렸고, 조문객들이 그 뒤를 따랐다. 배의 난간에서 성주 부인이 물방앗간 주인을 불러, 자기를 대신하여 성주에게 인사를 전해달라고 부탁했다. 그러자 빅토리아도 같은 부탁을 했다.

　이윽고 배가 떠났다. 물방앗간 주인은 오랫동안 눈으로 배를 좇았다. 세찬 바람이 불고 있었다. 협만의 물결은 거칠었다. 배가 섬들 너머로 사라질 때까지 15분이 걸렸다. 물방앗간 주인은 성으로 다시 마차를 몰고 갔다.

　그는 말들을 마구간에 넣고 먹이를 준 다음, 성주에게 부인과 딸의 전갈을 전하러 갔다. 하지만 부엌문은 잠겨 있었다. 그는 집을 빙 돌아서 현관으로 들어가려고 했다. 그런데 앞문도 잠겨 있었다. 저녁을 먹을 시간이었고, 주인은 낮잠을 자고 있나보다고 생각했다. 하지만 그는 꼼꼼한 사람이었기 때문에, 전갈을 전할 수 있는 사람을 만날지도 모른다는 기대를 품고 하인 식당으로 내려갔다. 식당에는 아무도 보이지 않았다. 그는 다시 밖으로 나와서 여기저기 돌아다녔다. 하녀들의 방까지 들여다보았지만, 그곳에도 아무도 없었다. 집 전체가 텅 비어 있었다.

　그가 막 떠나려 할 때, 성의 지하실에 어렴풋한 불빛이 보였다. 그는 그 자리에 그대로 서 있었다. 창살을 댄 작은 창문을 통해 한 남자가 한 손에는 촛불을 들고 다른 손에는 붉은 비단을 씌운 의자를 들고 지하실로 들어오는 것이 보였다. 그것은 성주였다. 그는 면도를 했고, 중요한 행사라도 있는 것처럼 정장을 차려입고 있었다. 창문을 두드려서 부인의 전갈을 전해도 되겠다고 물방앗간 주인은 생각했다. 하지만 그는 그 자리에 그냥 머물러 있었다.

성주는 사방을 둘러본 뒤, 촛불을 내밀고 다시 한 번 사방을 둘러보았다. 그는 건초 자루를 꺼내 문 옆으로 끌고 갔다. 그런 다음, 깡통에 든 액체를 그 자루에 부었다. 그러고는 포장 상자와 밀짚, 낡은 화분대를 문으로 가져가서 거기에도 깡통에 든 액체를 뿌렸다. 물방앗간 주인은 성주가 손가락이나 옷을 더럽히지 않으려고 무척 조심하는 것을 알아차렸다. 그는 작은 양초 토막을 가져와서 자루 위에 놓고, 짚으로 둘둘 말아서 그것을 조심스럽게 묶었다. 그런 다음 의자에 앉았다.

물방앗간 주인은 점점 더 놀라서 이 작업을 지켜보았다. 그의 눈길은 지하실 창문에 달라붙어 떠나지 않았고, 불길한 의심이 그의 마음에 들어왔다. 성주는 꼼짝도 하지 않고 의자에 앉아서 초가 타 들어가는 것을 지켜보고 있었다. 그의 두 손은 포개져 있었다. 물방앗간 주인은 그가 연미복 소매에서 티끌 하나를 털어내고 다시 손을 포개는 것을 보았다.

그때 물방앗간 주인은 공포에 질려 새된 소리를 질렀다.

성주는 고개를 돌려 창밖을 내다보았다. 그러더니 벌떡 일어나 창문으로 와서 밖을 바라보며 서 있었다. 그의 얼굴에는 인간의 온갖 고통이 표현되어 있었다. 그의 입이 괴상하게 일그러졌다. 그는 움켜쥔 두 주먹을 창문 쪽으로 휘두르며 말없이 위협적인 몸짓을 했다. 마지막으로 그는 한 손으로만 위협적인 몸짓을 하면서 지하실을 가로질러 뒷걸음질을 쳤다. 그가 비틀거리며 의자에 앉자 초가 쓰러졌다. 순식간에 불길이 솟았다.

물방앗간 주인은 비명을 지르며 달아났다. 잠시 그는 무력한 공포에 사로잡혀 마당을 맴돌았다. 그러다가 지하실 창문으로 달려가서 유리를 걷어차며 소리를 질렀다. 허리를 숙여 창살을 잡아당기고 비틀어서 떼어냈다.

그때 지하실에서 목소리가 들렸다. 말이 아닌 목소리, 이미 땅속에 묻힌 송장한테서 나는 듯한 신음 소리였다. 공포에 질린 물방앗간 주인은 그 목소리를 두 번 들은 뒤, 창문에서 도망쳐 마당을 가로지른 다음 길로 뛰쳐나와 집으로 달려갔다. 그는 감히 한 번도 뒤를 돌아보지 않았다.

잠시 후 그가 요하네스와 함께 돌아와보니 성 전체가, 그 거대하고 오래된 목조 건물이 온통 불길에 휩싸여 있었다. 부두에서도 몇 사람이 달려왔지만, 그들이 할 수 있는 일은 아무것도 없었다. 모든 것이 사라졌다.

하지만 물방앗간 주인의 입은 무덤처럼 침묵을 지켰다.


# 11


사랑이 뭐냐고 물으면 어떤 사람은 이렇게 대답한다. "사랑은 장미 사이에서 속삭이다가 잠잠해지는 바람일 뿐이다. 하지만 사랑은 평생 지속되고 죽을 때까지 견디는, 침범할 수 없는 봉인인 경우도 많다. 신은 수많은 종류의 사랑을 만들었고, 그 사랑이 지속되거나 사라지는 것을 보았다."

두 어머니가 이야기를 나누면서 길을 따라 걷고 있었다. 한 어머니는 애인이 여행에서 돌아왔기 때문에 즐거운 푸른색 옷을 입고 있었고, 다른 어머니는 검은 상복을 입고 있었다. 그녀는 세 딸을 두고 있었다. 두 딸은 피부와 머리칼이 검었고 하나는 피부가 희고 금발이었는데, 그 예쁜 딸이 죽은 것이다. 꼬박 10년 전이었지만, 아직도 어머니는 죽은 딸을 애도하고 있었다.

"오늘은 정말 아름다운 날이에요!" 푸른 옷을 입은 어머니가 기뻐서 손뼉을 치며 외쳤다. "나는 따뜻함에 취하고, 사랑에 취하고, 행복에 취해 있답니다. 나는 여기 길에서 내 옷을 모두 찢어버리고 태양을 향해 두 팔을 뻗고 키스를 보낼 수도 있어요."

하지만 검은 옷을 입은 어머니는 웃지도 않고 대답도 하지 않고 잠자코 있었다.

"아직도 딸을 애도하고 있나요?" 푸른 옷을 입은 어머니가 순진하게 물었다. "딸이 죽은 지 10년이 지나지 않았나요?"

검은 옷을 입은 어머니가 대답했다.

"그래요. 살았다면 이제 열다섯 살이 되었겠죠."

그러자 그녀를 위로하려고 푸른 옷을 입은 어머니가 말했다.

"하지만 두 딸은 살아 있잖아요. 딸이 둘이나 있어요."

검은 옷을 입은 어머니가 흐느껴 울었다.

"네. 하지만 둘 다 예쁘지 않아요. 죽은 애는 정말 예뻤답니다."

두 어머니는 헤어져서 각자 사랑을 안고 제 갈 길로 갔다……

하지만 피부와 머리털이 검은 두 딸도 각자 사랑을 마음에 품었고, 그들은 같은 남자를 사랑하고 있었다.

그 남자가 언니한테 와서 말했다.

"나는 당신의 동생을 사랑합니다. 그래서 당신에게 조언을 청하고 싶군요. 어제 나는 그녀한테 충실하지 못했어요. 복도에서 당신네 하녀와 키스하다가 들키고 말았지요. 동생은 작은 소리로 비명을 지르고 울면서 지나갔어요. 이제 나는 어떻게 해야죠? 나는 당신의 동생을 사랑해요. 제발 동생한테 말 좀 해주세요. 나를 도와주세요!"

언니는 창백해져서 손을 심장에 댔다. 하지만 행복한 것처럼 미소를 지으며 대답했다.

"좋아요. 도와드릴게요."

이튿날 그는 동생한테 가서 그녀 앞에 무릎을 꿇고 사랑을 고백했다.

그녀는 그를 위아래로 쳐다보고 대답했다.

"나는 10크로네 이상은 빌려줄 수 없어요. 당신 말이 그런 뜻이라면 말이에요. 하지만 언니한테 가보세요. 언니는 더 많이 갖고 있으니까."

이렇게 말하면서 그녀는 고개를 뒤로 젖히고 그의 곁을 떠났다.

하지만 자기 방에 들어가자 바닥에 몸을 던지고 사랑 때문에 두 손을 쥐어짰다.

겨울이 돌아왔다. 안개와 먼지와 바람이 가득한 밖은 추웠다. 요하네스는 시내로, 옛날 살던 방으로 돌아왔다. 포플러 나무들이 벽을 문지르고, 그는 창문으로 새벽을 맞이한 게 한두 번이 아니었다. 이제 태양은 사라졌다.

그는 일에 몰두했다. 그가 글로 가득 채운 종이는 겨울이 깊어갈수록 매수가 늘어났다. 그것은 그가 상상한 나라, 태양처럼 붉은 밤이 끝없이 계속되는 나라의 동화 연작이었다.

하지만 그의 하루는 날마다 달랐다. 좋은 날과 나쁜 날이 번갈아 왔다. 때로는 최고의 상태에서 일하고 있을 때, 과거의 생각이나 한 쌍의 눈이나 낱말 하나가 떠올라 그의 영감을 억누르곤 했다. 그러면 그는 일어나서 방을 이 벽에서 저 벽까지 오락가락하기 시작한다. 이런 일이 너무 자주 일어났기 때문에 바닥에는 그의 발길에 닳은 하얀 길이 생겼고, 그 길은 날이 갈수록 점점 더 하얘졌다······.

오늘은 일을 할 수도 없고, 생각할 수도 없고, 과거의 기억에서 평화를 찾을 수도 없기 때문에, 어느 날 밤 나한테 일어난 일을 규정하려고 애써보겠다. 나의 너그러운 독자여, 오늘 나는 여기서 아주 우울한 날을 보내고 있다. 밖에는 눈이 내리고, 길을 지나가는 사람은 거의 없다. 모두 우울하고, 내 영혼은 말할 수 없이 쓸쓸하다. 나는 길과 내 방을 몇 시간 동안 걸었고, 조금이라도 마음을 가라앉히려고 애썼다. 지금은 오후인데 내 상태는 조금도 좋아지지 않는다. 나는 다 타버린 날처럼 차갑고 창백하다. 너그러운 독자여, 이런 상태로 나는 찬란하게 빛나는 감동적인 밤을 묘사하려고 애써보겠다. 일을 하려면 마음을 차분하게 가라앉혀야 하기 때문이다. 몇 시간 뒤에는 다시 행복해질지도 모른다…….

문을 두드리는 소리가 나고, 그의 내연의 약혼녀인 카밀라 세이어가 들어왔다. 그는 펜을 놓고 일어섰다. 그들은 미소를 지으며 입을 맞추었다.

"무도회에 대해서 나한테 물어보지 않으셨어요." 그녀가 의자에 몸을 던지면서 다짜고짜 말했다. "나는 모든 춤을 다 추었어요. 무도회는 세 시까지 계속됐죠. 나는 리치먼드와 춤을 추었어요."

"와줘서 정말 고마워, 카밀라. 나는 너무 우울한데, 너는 정말 쾌활하구나. 그게 나한테 도움이 될 거야. 무도회에는 뭘 입고 갔어?"

"물론 빨간 옷을 입었죠. 잘 기억나지는 않지만, 많이 웃고 떠들었어요. 정말 화려했어요. 맞아요. 나는 빨간색 민소매 드레스를 입었어요. 리치먼드는 런던 대사관에 근무해요."

"알겠어."

"부모님은 영국인이지만, 그는 여기서 태어났어요. 당신 눈에 무슨 짓을 한 거예요? 눈이 새빨개요. 울었어요?"

"아니." 그는 웃으면서 대답했다. "내가 쓴 동화를 들여다보고 있었는데, 거기에는 햇빛이 너무 많아. 카밀라, 정말로 착한 아가씨가 되고 싶다면 그 종이를 더 이상 찢지 마."

"아니, 이런. 내가 무슨 생각을 하고 있는 거죠? 미안해요, 요하네스."

"괜찮아. 메모를 조금 해놓았을 뿐이니까. 하지만 말해봐. 너는 머리에 장미를 꽂았겠지?"

"물론이죠. 검붉은 장미 한 송이를 꽂았어요. 들어봐요, 요하네스. 우리는 신혼여행 때 런던에 가도 될 것 같아요. 런던은 사람들이 말하는 만큼 그렇게 무섭지 않아요. 그리고 런던에 안개가 많이 낀다는 이야기도 모두 거짓말이에요."

"누가 그래?"

"리치먼드가요. 어젯밤에 그렇게 말하더군요. 리치먼드는 알고 있어요. 당신도 리치먼드를 알죠?"

"잘 몰라. 그가 전에 나한테 축사를 해준 적이 있는데, 셔츠 가슴판에 다이아몬드 장식 단추를 달고 있었지. 그에 대해 기억하는 건 그것뿐이야."

"더할 나위 없이 친절한 사람이에요. 그가 나한테 다가오더니 꾸벅 절을 하고는 이렇게 말했어요. '아가씨는 아마 나를 기억하지 못하겠지만…….' 나는 그에게 장미꽃을 주었어요."

"정말? 무슨 장미?"

"내 머리에 꽂았던 장미요. 그걸 그에게 주었어요."

"리치먼드한테 홀딱 반한 모양이군."

그녀는 얼굴을 붉히며 열심히 변명했다.

"아니에요. 그렇지 않아요. 물론 누군가를 좋아할 수도 있고, 누군가를 좋게 생각할 수도 있지만…… 요하네스, 당신은 미친 게 분명해요! 다시는 그 사람 이름을 입 밖에 내지 않겠어요."

"이거 참. 카밀라, 나는 그런 뜻으로 말한 게 아니었어. 정말로 그렇게 생각하면 안 돼. 그와는 반대로, 나는 너를 즐겁게 해준 그 사람한테 감사하고 싶어."

"정말로 당신은 그래야 해요. 어쨌든 나는 죽을 때까지 그 사람과 한 마디도 말을 나누지 않겠어요."

침묵.

"자, 그 이야기는 그만." 그가 말했다. "벌써 갈 거야?"

"더 이상 머물 수 없어요. 작품은 얼마나 진척됐죠? 엄마가 물으셨어요. 그리고 빅토리아를 만났어요. 지난 몇 주 동안 못 봤는데 방금 전에 만났다니까요."

"방금 전에?"

"여기 오는 길에요. 빅토리아는 미소를 지었어요. 하지만 안색이 얼마나 창백하던지! 조만간 우리를 만나러 오지 않을래요?"

"그래, 곧 갈게." 그는 벌떡 일어나면서 대답했다. 홍조가 그의 얼굴에 번졌다. "아마 며칠 내로 갈 수 있을 거야. 나는 우선 무언가 대단한 걸 써야 해. 내가 방금 생각한 것, 내 동화의 결말을. 나는 정말이지 대단한 무언가를 쓸 거야! 위에서 내려다본 지구를 상상해봐. 그건 장엄하고 진기한 교황의 망토 같을 거야. 그 옷주름 속에는 이리저리 걸어 다니는 사람들이 있어. 그들은 둘이 한 쌍을 이루고, 때는 저녁이고 평화로워. 사랑을 나눌 시간이지. 나는 그걸 '하느님의 가족'이라고 불러. 그건 강력할 것 같아. 나는 이 환상을 너무 자주 보았고, 그때마다 내 가슴은 당장이라도 터질 것 같아. 나는 지구 전체를 끌어안을 수도 있을 거야. 거기에는 사람과 짐승과 새들이 있고, 그들은 모두 사랑의 시간을 갖고 있어. 기쁨의 물결이 높아지고 있어. 눈은 열정적이 되고, 가슴은 부풀어 오르지. 그러면 미묘한 홍조가 땅에서 올라와. 적나라하게 드러난 모든 심장에서 나오는 수줍음의 홍조, 그리고 밤은 장미처럼 빨간색을 띠지. 하지만 멀리 배경에는 잠자고 있는 거대한 산들이 누워 있어. 산들은 아무것도 보지 않았고 아무것도 듣지 않았어. 그리고 아침에 하느님은 세상만물 위에 따뜻한 햇살을 던지지. 나는 그걸 '하느님의 가족'이라고 불러."

"알겠어요."

"그래. 그걸 마무리하면 갈게. 이렇게 찾아와줘서 정말 고마워. 내가 한 말에 대해 더 이상 생각하면 안 돼. 그걸로 상처를 줄 생각은 전혀 없었어."

"거기에 대해서는 전혀 생각지 않고 있어요. 하지만 그 사람

이름은 두 번 다시 입에 올리지 않겠어요. 절대로 입에 올리지 않을게요."

　이튿날 아침, 카밀라가 다시 왔다. 그녀는 창백했고 몹시 흥분해 있었다.

　"뭐가 잘못됐어?" 그가 물었다.

　"잘못됐냐고요? 아무것도 잘못되지 않았어요." 그녀가 서둘러 말했다. "내가 좋아하는 건 당신이에요. 무언가 잘못된 게 있고 내가 당신을 좋아하지 않는다고 생각하면 안 돼요. 아니, 내가 무슨 생각을 하고 있었는지 말해줄게요. 우리는 런던에 가지 않을 거예요. 왜 거기 가야 하죠? 그 사람은 자기가 무슨 말을 하고 있는지 알았던 것 같지 않아요. 그 남자 말이에요. 런던에는 그가 생각하는 것보다 훨씬 안개가 많아요. 나를 빤히 보고 있군요. 왜 그러세요? 난 그 사람 이름은 언급하지 않았어요. 정말 지독한 거짓말쟁이예요! 그 사람은 나한테 거짓말을 잔뜩 늘어놓았어요. 우리는 런던에 가지 않을 거예요."

　그는 주의 깊게 그녀를 바라보았다.

　"그래, 우리는 런던에 가지 않을 거야." 그가 생각에 잠긴 목소리로 말했다.

　"당신도 동의하죠? 좋아요. 그럼 가지 마요. 가족에 대한 그 글은 다 썼나요? 나는 그 이야기를 얼마나 듣고 싶은지 몰라요. 당신은 그걸 빨리 끝내고 우리를 만나러 와야 해요. 사랑의 시간, 그게 맞나요? 주름이 잡혀 있는 호화로운 교황의 망토,

그리고 장미처럼 빨간색을 띤 밤—당신이 말한 걸 나는 정말로 잘 기억하고 있어요! 요즘에는 별로 자주 오지 않았어요. 하지만 이제는 날마다 와서 당신이 일을 끝냈는지 볼 거예요."

"곧 끝낼 거야." 그는 아직도 그녀를 바라보면서 말했다.

"오늘 나는 당신 책을 가져다가 내 방에 놓아두었어요. 그걸 모두 다시 읽고 싶어요. 조금도 싫증나지 않을 거예요. 난 기대하고 있어요. 보세요, 요하네스. 나를 집까지 바래다주었으면 좋겠어요. 집에 가는 길이 안전한지 확신할 수가 없어요. 그런 확신이 들지 않아요. 어쩌면 바로 밖에서 누군가가 나를 기다리고 있을지도 몰라요. 아마 왔다 갔다 하면서 기다리고 있을 거예요……." 갑자기 그녀가 울음을 터뜨리며 말을 더듬거렸다. "나는 그 사람을 거짓말쟁이라고 불렀지만, 그럴 생각은 아니었어요. 내가 그런 말을 했다고 생각하니 마음이 아파요. 그 사람은 나한테 거짓말을 하지 않았어요. 반대로 그 사람은…… 우리는 화요일에 손님이 올 예정이지만, 그 사람은 오지 않을 거예요. 당신은 오겠죠. 약속하죠? 그래도 그 사람을 나쁘게 말할 생각은 없었어요. 당신이 나를 어떻게 생각할지 모르겠어요……."

"너를 이해하기 시작했어." 그가 말했다.

그녀는 그의 목을 끌어안고, 몸을 떨면서 얼굴을 그의 가슴에 묻었다.

"네, 하지만 나는 당신도 좋아해요." 그녀는 갑자기 큰 소리로 말하기 시작했다. "내가 당신을 좋아하지 않는다고 생각하

면 안 돼요. 나는 그 사람만 사랑하는 게 아니에요. 그것도 그
렇게 나쁘진 않아요. 작년에 당신이 나한테 물었을 때 나는 너
무 행복했어요. 하지만 이제 그 사람이 왔어요. 나는 이해할 수
가 없어요. 내가 그렇게 지독한가요, 요하네스? 어쩌면 나는
당신보다 그 사람을 아주 조금 더 사랑하는지도 몰라요. 나도
어쩔 수 없어요. 그건 나한테 일어나버린 일이니까요. 나는 그
사람을 만난 뒤 며칠 동안 밤잠을 이루지 못했어요. 갈수록 점
점 더 그 사람을 사랑해요. 내가 어떻게 해야 하죠? 말해줘요.
당신이 나보다 훨씬 나이가 많으니까요. 그 사람은 지금 나와
함께 여기 왔어요. 아마 지금쯤은 몹시 추울 거예요. 나를 경멸
하나요? 나는 그 사람한테 키스하지 않았어요. 정말이에요. 내
말을 믿어야 해요. 나는 그 사람한테 장미꽃을 주었을 뿐이에
요. 왜 대답하지 않죠, 요하네스? 어떻게 할지, 당신이 말해줘
야 해요. 나는 이런 상황을 더 이상 견딜 수 없으니까요."

요하네스는 가만히 앉아서 그녀의 말에 귀를 기울였다. 이
윽고 그가 말했다.

"나는 할 말이 없어."

"고마워요, 요하네스. 나한테 화를 내지 않다니, 당신은 정
말 상냥하군요." 그녀가 눈물을 훔치면서 말했다. "하지만 내
가 당신을 좋아하지 않는다고 생각하면 안 돼요. 나는 전보다
훨씬 자주 당신을 만나러 올 테고, 당신을 즐겁게 해주기 위해
최선을 다할 거예요. 다만 내가 가장 좋아하는 게 그 사람일 뿐
이에요. 이런 일이 일어나는 건 나도 바라지 않았어요. 내 잘못

이 아니라고요."

그는 말없이 일어나서 모자를 쓰고 말했다.

"나갈까?"

그들은 계단을 내려갔다.

집 밖에는 리치먼드가 서서 기다리고 있었다. 젊음과 생기로 반짝이는 갈색 눈과 검은 머리의 젊은이였다. 서리 때문에 뺨이 붉게 물들어 있었다.

"추워요?" 카밀라가 그에게 달려가면서 물었다. 그녀의 목소리는 흥분하여 떨리고 있었다.

그녀가 요하네스에게 서둘러 돌아오더니 그의 팔짱을 끼고 말했다.

"당신에게 추우냐고 묻지 않아서 미안해요. 당신은 외투를 입지 않았군요. 내가 올라가서 외투를 가져올까요? 싫어요? 그럼 저고리 단추라도 채우세요."

그는 저고리 단추를 채웠다.

요하네스는 리치먼드에게 손을 내밀었다. 그는 묘하게 초연한 기분이었다. 지금 일어나고 있는 일은 그와 아무 상관이 없는 것 같았다. 그는 애매하게 미소를 지으며 중얼거렸다.

"다시 만나서 반갑군요."

리치먼드는 죄책감이나 위선적인 태도를 전혀 보이지 않았다. 그가 요하네스의 손을 잡고 모자를 벗을 때, 그의 얼굴은 그를 알아보고 즐거워하는 표정이었다.

"얼마 전에 런던의 서점에서 당신 책을 한 권 봤습니다." 그가 말했다. "번역된 책이었죠. 그 책이 거기 있는 걸 보니 정말 기쁘더군요. 고향에서 보내온 안부 같았어요."

카밀라는 두 사람 사이에서 걸으면서 차례로 한 사람씩 바라보았다. 마침내 그녀가 말했다.

"그러니까 당신은 화요일에 올 거죠, 요하네스? 미안해요. 자꾸 내 문제만 생각하게 되네요."

하지만 다음 순간 그녀는 양심의 가책을 받은 것처럼 리치먼드를 돌아보며 그도 초대했다.

"손님은 모두 당신이 아는 사람들이에요. 여남은 명이 올 텐데, 빅토리아와 그녀의 어머니도 초대했어요."

갑자기 요하네스가 걸음을 멈추고 말했다.

"나는 이만 돌아가는 게 좋겠어."

"그럼 화요일에 만나요." 카밀라가 대답했다.

리치먼드는 그의 손을 꽉 잡고 상냥하게 흔들었다.

이어서 두 젊은이는 행복하게 멀어져갔다.


# 12


푸른 옷을 입은 어머니는 마음을 졸이고 있었다. 매 순간 정원에서 신호가 오기를 기다렸지만, 방해하는 사람이 있었다. 남편이 집에서 나가지 않는 한 아무도 그곳을 통과할 수 없었다. 우와, 남편! 마흔다섯 살에 머리가 벗어지기 시작한 남편! 그

의 마음속에는 어떤 심술궂은 생각이 들어 있기에 오늘 저녁에
는 그렇게 창백한 얼굴로 의자에 앉아서 꼼짝도 않고 무정하게
신문만 들여다보고 있는 것일까?

그녀는 잠시도 평화를 누리지 못했다. 시계가 열한 시를 알
렸다. 아이들은 잠자리에 든 지 오래였다. 하지만 남편은 꼼짝
도 하지 않았다. 신호가 오면 어떡하지? 작은 열쇠로 문이 열
리면—그래서 두 남자가 정면으로 마주치면 어떡하지? 그녀는
그 생각을 끝까지 진행시킬 수가 없었다.

그녀는 방에서 가장 어두운 구석으로 들어가 두 손을 쥐어
짜다가 마침내 대담하게 말했다.

"열한 시예요. 클럽에 갈 거면 지금 가야 해요."

그는 어느 때보다도 창백한 얼굴로 당장 일어나서 방을 나
섰다.

일단 정원 밖으로 나가자 멈춰 서서 귀를 기울였다. 휘파람
소리가 들렸다. 신호였다. 자갈을 밟는 발소리가 들리고, 열쇠
를 돌리는 소리가 났다. 그리고 잠시 후, 두 개의 그림자가 거
실 커튼 뒤에 나타났다.

그는 신호와 발소리와 커튼 뒤의 그림자를 오래전부터 알고
있었다.

그는 클럽으로 갔다. 클럽은 열려 있었다. 창문에 불빛이 보
였다. 하지만 그는 클럽에 들어가지 않았다. 30분 동안 그는 길
거리와 자기 집 정원 앞을 걸어 다녔다. 끝없이 긴 30분이었다.
15분만 더 기다리자고 생각했다. 그리고 15분을 더 기다렸다.

마침내 그는 정원으로 들어가 계단을 올라가서 현관의 초인종을 울렸다.

하녀가 나와서 문을 열고는 문밖으로 고개만 내밀고 말했다.

"마님은 오래전에⋯⋯." 그러다가 상대가 누구인지를 알고 입을 다물었다.

"그래, 오래전에 잠자리에 들었지. 남편이 돌아왔다고 마님한테 전해줄래?"

하녀는 안주인의 방으로 가서 문을 두드리고, 닫힌 문 밖에서 주인의 말을 전했다.

"나리께서 집에 돌아오셨다고 전하래요."

안에서 안주인이 물었다.

"뭐라고? 나리가 집에 돌아오셨다고? 누가 그렇게 전하래?"

"나리께서요. 지금 밖에 계세요."

비탄에 빠진 당황한 소리가 안주인의 방에서 들려왔다. 진지한 속삭임, 문이 여닫히는 소리가 들렸다. 그러다가 조용해졌다.

그리고 주인이 들어왔다. 아내는 가슴에 죽음을 품고 그를 맞이했다.

"클럽이 닫혔어." 그는 당장 동정과 연민에 사로잡혀 말했다. "당신을 놀라게 하지 않으려고 미리 전갈을 보낸 거야."

그녀는 불안에서 해방되고 구제된 기분으로 의자에 주저앉았다. 이 발작적인 기쁨 속에서 그녀의 착한 마음은 남편의 건

강에 대한 걱정으로 가득 찼다.

"당신 얼굴이 너무 창백해요. 괜찮으세요, 여보?"

"춥진 않아." 그가 대답했다.

"하지만 무슨 일이 있었죠? 얼굴이 너무 이상하게 일그러졌어요."

"아니, 난 미소 짓고 있는 거야. 나는 이제 이런 식으로 미소를 지을 거야. 이 찡그린 얼굴을 내 특징으로 삼고 싶어."

그는 귀에 거슬리는 목소리로 짤막하게 말했다. 그녀는 말을 듣고도 그 의미를 파악하지 못했다. 단 한 마디도 이해하지 못했다. 그 말이 도대체 무슨 뜻일까?

하지만 갑자기 그가 두 팔로 그녀를 끌어안았다. 무서운 힘으로 쇠처럼 단단하게 그녀를 조인 채 그녀의 귀에다 속삭였다.

"어떻게 생각해? 우리가 그 녀석…… 방금 도망친 녀석을 속이고 간통을 하면 어떨까? 녀석을 오쟁이 지울까?"

그녀는 비명을 지르며 하녀를 불렀다. 그는 메마른 웃음과 함께 그녀를 놓아주고, 깊은 구렁처럼 입을 벌리며 제 무릎을 때렸다.

아침에는 아내의 착한 마음이 다시 우세를 차지했다.

"당신은 어젯밤에 정말 이상한 행동을 했어요. 이제 다 끝난 일이지만, 당신은 오늘도 여전히 창백하군요."

"그래. 내 나이에 흔히 볼 수 있는 스트레스 탓이야. 나는 어쩔 수 없는 일로 포기하고 있어."

하지만 벤트 수도사는 수많은 종류의 사랑을 묘사한 뒤, 또 다른 종류의 사랑에 대해 이렇게 말하고 있다.

한 가지 특별한 종류의 사랑 속에는 어떤 기쁨이 있는가!

젊은 영주 부부가 방금 집에 왔다. 그들의 긴 신혼여행은 끝났고, 그들은 정착하기 시작했다.

별똥별 하나가 그들의 지붕 위로 떨어졌다.

여름에 젊은 부부는 함께 산책을 나갔다. 그들은 결코 서로의 곁을 떠나지 않았다. 그들은 노란 꽃과 빨간 꽃과 파란 꽃을 꺾어서 서로에게 주었고, 풀잎이 산들바람에 흔들리는 것을 보았고, 새들이 숲 속에서 노래하는 것을 들었다. 그들이 입 밖에 내는 말은 모두 애무였다. 겨울에 그들은 말에 방울을 달고 드라이브를 나갔다. 하늘은 푸르렀고, 높은 하늘에서는 별들이 영원한 궤도를 달리고 있었다.

이런 식으로 여러 해가 지나갔다. 젊은 부부는 세 아이를 낳았고, 그들의 가슴은 첫날 첫 키스를 나누던 시간만큼 사랑으로 가득 차 있었다.

하지만 이윽고 자존심 강한 영주가 병에 걸렸다. 병은 그를 너무 오랫동안 침대에 묶어두었고, 아내의 인내심을 시험했다. 침대에서 일어나도 될 만큼 회복된 날, 그는 자신을 알아보지 못했다. 병으로 그의 모습은 추해졌고 머리털이 다 빠져버렸다.

그는 괴로워하며 그 문제를 곰곰 생각했다. 그러던 어느 날 아침에 그가 말했다.

"당신은 더 이상 나를 사랑할 수 없을 것 같아."

하지만 아내는 얼굴을 붉히며 그를 두 팔로 끌어안고, 젊은 시절의 봄날처럼 열정적으로 그에게 키스했다. 그리고 말했다.

"아아, 하지만 나는 당신을 사랑해요. 영원히 사랑해요. 당신이 선택해서 그렇게 행복하게 해준 것은 다른 누구도 아니고 바로 나였다는 것을 나는 절대로 잊지 않을 거예요."

그녀는 방으로 들어가서 사랑하는 남편처럼 되기 위해 금발을 모두 잘라냈다.

그리고 다시 여러 해가 지났다. 젊은 부부는 늙었고, 아이들은 자랐다. 그들은 전처럼 모든 행복을 함께 나누었다. 여름에는 여전히 들판을 산책했고, 풀이 흔들리는 것을 보았다. 겨울에는 외투로 몸을 감싸고 별이 빛나는 하늘 아래를 마차를 몰고 달렸다. 그리고 그들의 가슴은 최고급 포도주라도 마신 것처럼 여전히 따뜻하고 즐거웠다.

그러다가 아내가 몸이 마비되었다. 그녀는 대부분의 시간을 휠체어에서 보냈고, 남편은 휠체어를 직접 밀고 돌아다녔다. 하지만 그녀는 자신의 불행을 괴로워했고, 그녀의 얼굴에는 슬픔의 주름살이 깊이 새겨졌다.

어느 날 그녀가 말했다.

"이제 나는 기꺼이 죽겠어요. 나는 몸이 부자유스럽고 너무 소름 끼치는데, 당신 얼굴은 정말 아름다워요. 당신은 더 이상 나한테 키스할 수도 없고 옛날처럼 나를 사랑할 수도 없어요."

하지만 남편은 그녀를 끌어안고 복받치는 감정으로 얼굴을 붉히며 말했다.

"아아, 하지만 나는 당신을 내 목숨보다 더 사랑해. 당신이 나한테 장미를 준 그 첫날만큼 당신을 사랑해. 기억나? 당신은 나한테 장미를 주고 그 아름다운 눈으로 나를 바라보았지. 장미는 당신과 똑같은 향기를 풍겼고, 당신은 장미처럼 빨갛게 얼굴을 붉혔지. 그리고 내 모든 감각은 도취되었지. 하지만 지금 나는 당신을 어느 때보다도 사랑해. 당신은 어느 때보다도 아름다워. 나는 당신이 내 아내가 되어준 것을 날마다 마음속으로 감사하고, 당신을 위해 신의 은총을 빌고 있어."

남편은 방으로 들어가 자신을 추하게 만들려고 얼굴에 산을 끼얹었다. 그런 다음 아내에게 말했다.

"나는 얼굴에 산을 엎지르는 불행을 당했어. 내 뺨은 화상으로 뒤덮였어. 이제 당신은 나를 더 이상 사랑할 수 없겠지?"

"아아, 내 사랑!" 늙은 여자는 말을 더듬으며 남편의 두 손에 입을 맞추었다. "당신은 세상의 어떤 남자보다 아름다워요. 이날까지도 당신의 목소리는 내 가슴을 흥분시켜요. 나는 죽을 때까지 당신을 사랑할 거예요."


# 13


요하네스는 거리에서 카밀라를 만났다. 카밀라는 양친과 젊은 리치먼드와 함께 있었다. 그들은 마차를 세우고 그에게 상냥하게 말을 걸었다.

카밀라는 그의 팔을 잡고 말했다.

"왜 파티에 오지 않았어요? 정말 재미있었는데. 우리는 마지막까지 당신을 기다렸지만, 당신은 오지 않았어요."

"갈 수가 없었어." 그가 대답했다.

"그 후 당신을 만나러 가지 못해서 미안해요. 리치먼드가 떠나면 조만간 갈게요. 우리는 정말 재미있었어요! 빅토리아가 병에 걸려서 집까지 태워다줬는데, 그 이야기 들었나요? 나는 이제 곧 빅토리아를 만나러 갈 거예요. 지금은 훨씬 좋아졌을 거예요. 어쩌면 완전히 회복되었을지도 몰라요. 나는 리치먼드한테도 당신에게 준 것과 똑같은 메달을 주었어요. 요하네스, 난롯불에 주의를 기울이겠다고 나한테 약속해야 해요. 글을 쓰고 있을 때면 당신은 모든 걸 잊어버리죠. 그래서 당신 방이 얼어붙을 듯이 추워지는 거예요. 난롯불이 꺼지면 초인종을 울려서 하녀를 부르도록 하세요."

"알았어. 초인종을 울려서 하녀를 부를게."

세이어 부인도 그에게 말을 걸어, '하느님의 가족'에 대한 작품은 어떻게 되어가느냐고 물었다.

요하네스는 적당히 대답하고, 고개 숙여 절을 한 다음, 멀어져가는 마차를 지켜보았다. 그 마차, 그 사람들, 그 잡담, 그 모든 것이 그와 아무 관계도 없었다. 차갑고 공허한 감정이 그를 사로잡고, 집으로 가는 동안 내내 그와 함께 머물렀다. 그의 집 문밖을 한 남자가 서성거리고 있었다. 옛날 성에서 가정교사로 일한 늙은이였다.

요하네스는 그에게 인사했다.

그는 잘 솔질된 길고 따뜻한 외투를 입고 있었다. 그의 태도는 기운차고 결연했다.

"오랜만이군. 나를 알아보겠나?" 그가 말했다. "지난번에 우리가 만난 뒤로 하느님이 내 발걸음을 믿을 수 없을 만큼 멋진 길로 인도하셨다네. 나는 결혼해서 집과 작은 정원과 아내를 갖게 됐지. 기적은 아직도 일어나고 있다네. 그게 뭔지 알겠나?"

요하네스는 당황하여 그를 바라보았다.

"그래, 나는 아내의 아들을 가르치고 있었지. 아내한테는 첫 결혼에서 낳은 아들이 하나 있어. 장래가 촉망되는 아이라네. 아내는 과부였어. 그러니까 나는 과부와 결혼한 거야."

"축하합니다!" 요하네스가 말했다.

"그만! 다음 말은 하지 말게! 자네가 무슨 말을 할지 알고 있으니까. 그 여자는 어떻게 됐느냐고 말하겠지. 첫사랑의 여자는 어떻게 됐느냐고, 젊은 시절의 영원한 사랑은 잊어버렸느냐고 말하겠지. 그렇다면 이번에는 내가 자네한테 물어봐도 될까? 내 첫사랑, 유일하고 영원한 내 사랑은 과연 어떻게 됐지? 포병 대위와 결혼하지 않았나? 게다가 자네한테 또 하나 사소한 질문을 하겠네. 자네는 마땅히 가졌어야 할 여자를 실제로 차지한 남자의 사례를 지금까지 보거나 들은 적이 있나? 나는 그런 사례를 알지 못해. 하느님의 가호 덕분에 첫사랑이자 유일한 사랑을 얻은 남자에 대한 전설이 있긴 하지. 하지만 그가 거기서 얻은 기쁨은 그게 전부였어. 왜냐고 자네는 또 물으려 하는군. 그 이유를 말해줄까? 그건 그 직후에 여자가 죽었다는 단순한 이유 때문이야. '직후'에 말일세. 알겠나? 하하하. 당장 죽어버린 거지. 항상 같은 이야기야. 물론 남자는 마땅히 가졌어야 할 여자를 갖지 못해. 어쩌다 이성과 정의의 변덕 때문에 그런 일이 일어난다 해도, 물론 여자는 그 직후에 죽게 되지. 항상 표리가 있어. 그러면 남자는 다른 사랑, 무엇이든 손에 넣을 수 있는 사랑을 찾아야 하고, 상대가 바뀌었다고 해서 남자가 죽을 필요는 전혀 없지. 자연은 이런 것들을 아주 현명하게 규정했기 때문에 남자는 아주 잘 해낼 수 있는 거야. 나를 보라고."

"선생님이 아주 잘 해냈다는 건 나도 알겠습니다."

"멋지게 해냈지. 이 코트를 만져보게! 쓰라린 슬픔의 바다가 나를 삼켰나? 나는 옷도 있고, 구두도 있고, 집과 가정, 잠자리를 같이하는 아내와 장래가 촉망되는 아이도 있다네. 내가 무슨 말을 하려고 했지? 아아, 그래. 내 시에 관해서는—그 질문에는 이렇게 대답하겠네. 친애하는 내 젊은 동료 시인이여, 나는 자네보다 나이도 많고, 천부적 재능도 조금 더 많이 타고났을지 몰라. 나에게는 시가 가득 든 서랍이 하나 있는데, 그건 내가 죽은 뒤에 발표될 걸세. 그렇게 되면 자네는 거기에서 어떤 만족도 얻지 못하겠지. 하지만 나는 그 시로 내 가족을 기쁘게 해주고 있다네. 저녁에 등불을 켜면 나는 서랍을 열고 내 시를 꺼내지. 그러고는 큰 소리로 아내와 장래가 촉망되는 아이한테 읽어준다네. 아내는 마흔 살이고, 아이는 열두 살이지만, 둘 다 내 시에 매혹되어 있지. 어느 날 저녁에 자네가 우리 집에 잠깐 들르면 음식과 따끈한 토디 한 잔을 대접하겠네. 이건 초대야. 하느님이 자네를 죽음에서 지켜주시기를."

그는 요하네스에게 손을 내밀었다. 그리고 갑자기 물었다.

"빅토리아 소식을 들었나?"

"빅토리아요? 아니요. 아니, 좀 전에 빅토리아 이야기를 듣긴 했습니다만……."

"빅토리아가 쇠약해지고 있는 걸 보지 못했나? 눈 아래가 점점 더 잿빛이 되어가고 있는 걸 못 봤나?"

"지난봄에 집에 갔을 때 이후로는 빅토리아를 보지 못했어요. 아직도 건강이 좋지 않은가요?"

가정교사는 익살스러운 잔인함으로 발을 한 번 구르면서 대답했다.

"그래!"

"빅토리아를 만나지 못했어요. 많이 아픈가요?"

"아주 많이 아파. 지금쯤은 죽었을지도 몰라."

요하네스는 당황하여 노인을 바라보고, 방으로 들어갈까 그냥 여기 이대로 있을까 망설이면서 문을 바라보고, 다시 노인을 바라보고, 노인의 코트와 모자를 바라보았다. 그리고 비탄에 빠진 것처럼 고통스럽고 어리둥절한 미소를 지었다.

늙은 가정교사는 위협적으로 말을 이었다.

"또 다른 예를 들지. 죽음을 피할 길이 있을까? 빅토리아도 역시 마땅히 가졌어야 할 남자를 갖지 못했어. 소싯적 애인인 그 멋진 중위 말일세. 그 젊은이는 어느 날 사냥을 하러 나갔다가, 총알이 눈 사이를 꿰뚫는 바람에 머리가 박살났지. 약혼녀인 빅토리아도 앓아누웠지. 벌레가 그녀의 심장을 갉아먹어서 심장이 체처럼 구멍투성이가 되었다네. 그런데 며칠 전에 빅토리아가 세이어란 사람네 집에서 열린 파티에 갔어. 덧붙여 말하면 빅토리아는 자네도 그 파티에 왔어야 하는데 나타나지 않는다고 나한테 말했다네. 더 말하지 않아도 알 수 있었지. 이 파티에서 빅토리아는 체력을 지나치게 소모했어. 사랑하는 사람의 기억이 갑자기 되돌아왔고, 순전한 옹고집 때문에 빅토리아는 다시 활기를 찾아 저녁 내내 춤을 추었다네. 미친 사람처럼 춤을 추고 또 추었지. 그러다가 기절해 쓰러졌어. 마룻바닥이 진홍빛으로 물들었지. 사람들이 그녀를 안고 밖으로 나가서 집까지 태워다주었다네. 빅토리아는 오래 견디지 못했어."

늙은 가정교사는 요하네스에게 다가와 귀에 거슬리는 목소리로 말했다.

"빅토리아는 죽었다네."

요하네스는 장님처럼 두 손으로 앞을 더듬었다.

"죽었다고요? 언제요? 빅토리아가 죽었다고 하셨나요?"

"빅토리아는 죽었어. 오늘 아침에. 바로 오늘 아침에." 그는 주머니에 손을 집어넣어 편지 한 통을 꺼냈다. "빅토리아는 이 편지를 자네한테 전해달라고 나한테 맡겼다네. 자, 여기 있네. 빅토리아는 자기가 죽은 뒤에 전해달라고 했어. 자네한테 편지를 전했으니, 내 임무는 끝났네."

가정교사는 더 이상 아무 말도 하지 않고, 작별 인사도 없이 돌아서서 어슬렁거리며 길을 따라 내려가다가 시야에서 사라졌다.

요하네스는 편지를 손에 든 채 그 자리에 서 있었다. 빅토리아가 죽었다. 몇 번이고 되풀이해서 그녀의 이름을 말했다. 감정이 없는 목소리, 거의 냉담한 목소리로. 그는 편지를 내려다보고 필적을 알아보았다. 그런데 그 편지를 쓴 그녀는 죽었다!

이윽고 그는 계단을 올라가서 열쇠로 방문을 열고 안으로 들어갔다. 방은 춥고 어두웠다. 그는 의자를 창가로 끌고 가서, 마지막 남은 햇빛으로 빅토리아의 편지를 읽었다.


사랑하는 요하네스!

네가 이 편지를 읽을 때쯤이면 나는 이 세상에 없을 거야.

이제 모든 것이 너무 이상하게 여겨져. 나는 너한테 편지를 쓰는 것이 더 이상 부끄럽지 않아. 나는 그것을 방해하는 어떤 일도 일어나지 않았던 것처럼 이 편지를 쓰고 있어. 전에, 내가 아직 활기에 넘쳤을 때라면 너한테 편지를 쓰기보다는 차라리 밤낮으로 괴로워했을 거야. 하지만 이제 나는 죽음을 앞두고 있고, 더 이상 그런 식으로는 생각지 않아. 많은 사람들이 내가 피를 토하는 걸 보았고, 나를 진찰한 의사는 내 한쪽 폐가 아주 조금밖에 남지 않았대. 그런데 왜 내가 더 이상 당혹스러움을 느껴야 하지?

나는 여기 침대에 누워서 너한테 한 마지막 말들을 생각했어. 그날 저녁 숲 속에서였지. 그때는 그게 나의 마지막 말이 될 줄은 꿈에도 몰랐어. 알았다면 그 자리에서 당장 작별 인사를 하고 너한테 고맙다고 했을 거야. 이제 나는 두 번 다시 너를 못 볼 테니까, 내가 너를 이루 형언할 수 없을 만큼 사랑했다는 것을 보여주기 위해 네 발치에 몸을 내던지고 네 구두와 네가 밟았던 땅에 입 맞추지 않은 것을 지금 사과할게. 나는 어제와 오늘 여기 누워 있으면서, 내가 이곳을 떠나 다시 집에 가서 숲 속을 거닐며 네가 내 두 손을 잡았을 때 우리가 앉아 있었던 곳을 찾을 수 있을 만큼 건강하다면 얼마나 좋을까 하고 생각했어. 그러면 나는 거기에 누울 수 있고, 너의 흔적을 찾아 그 주위의 모든 풀잎에 입을 맞출 수 있을 테니까. 하지만 지금 나는 집에 갈 수 없어. 엄마는 내가 좋아질 거라고 생각하지만, 조금이라도 좋아지지 않으면 집에 갈 수 없어.

사랑하는 요하네스, 내가 지금까지 했던 일은 세상에 태어나 너를 사랑하고 이제 생명에 작별 인사를 하는 것뿐이라고 생각하면 이상해. 여기 누워서 날과 시간을 기다리는 게 얼마나 이상한 일인지 상상해봐. 나는 생명과 길거리의 사람들, 마차가 덜거덕거리는 소리에서 한 걸음씩 멀어지고 있어. 다시는 봄을 보지 못할 거야. 이 집들과 거리와 공원의 나무들은 내가 떠난 뒤에도 여전히 그 자리에 있겠지. 오늘 나는 침대에 일어나 앉아서 잠시 창밖을 내다보았어. 길모퉁이에서 두 사람이 만나는 걸 보았는데, 그들은 모자를 들어 올리고 악수를 나누고 무슨 말인가를 하고 소리 내어 웃었어. 하지만 침대에 누워서 그들을 지켜보고 있는 나는 얼마 없어 죽을 거라고 생각하자 너무 이상했어. 저기 있는 저 두 사람은 내가 여기 누워서 죽을 때를 기다리고 있다는 걸 몰라. 하지만 알았다 해도 그들은 여전히 악수를 하고 서로 이야기를 나눌 거야.

어젯밤에 나는 마지막 시간이 왔다고 생각했어. 내 심장은 고동을 멈추었고, 멀리서 영원이 나를 향해 달려오는 소리가 들리는 것 같았지. 하지만 다음 순간 나는 긴 여행에서 돌아왔고 다시 숨을 쉬기 시작했어. 그 느낌은 도저히 설명할 수가 없어. 하지만 엄마는 내가 들은 소리가 고향의 강물 소리와 폭포 소리였을 거라고 생각하셔.

요하네스, 내가 너를 얼마나 사랑했는지 알아? 하지만 나는 그걸 한 번도 너한테 보여주지 못했어. 나 자신의 천성 외에도 장애가 너무 많았지. 아빠도 자신의 가장 지독한 적이었고, 나는 그런 아빠의 딸이야. 하지만 이제 나는 곧 죽을 테고, 너한테 말하기 위해 이렇게 편지를 쓰는 건 때가 너무 늦었어. 더구나 지금은 내가 죽어가고 있으니까 내 편지 따위는 너한테 별로 중요하지도 않을 텐데 내가 왜 이러고 있나 하고 자문하지만, 적어도 전보다 더 외로워진 기분은 느끼지 않도록 마지막 순간에 네 가까이 있고 싶은 마음이 너무 간절해. 네가 이 편지를 읽을 때, 마치 내가 네 어깨와 손을 볼 수 있고, 네가 편지를 읽을 때 하는 모든 동작을 볼 수 있을 것 같은 느낌이야. 그러면 우리는 그렇게 멀리 떨어져 있지 않을 거라고 나는 속으로 생각해. 너를 부르러 사람을 보낼 수는 없어. 내게는 그럴 권리가 없으니까. 엄마는 이틀 전에 사람을 보내서 너를 부르고 싶어 했지만, 나는 차라리 편지를 쓰겠다고 생각했어. 그리고 네가 나를 과거의 나, 병에 걸리기 전의 나로 기억해주었으면 좋겠어. 나는 너를 기억해…… 〔여기서 낱말 몇 개를 건너뛰었다〕 ……내 눈과 눈썹. 하지만 그것은 더 이상 전과 같지 않아. 그것도 네가 오기를 내가 바라지 않았던 이유 중의 하나야. 그리고 관 속에 누워 있는 나를 보러 오지 말아달라고 부탁하고 싶어. 나는 안색만 조금 창백할 뿐 살아 있을 때와 거의 똑같아 보일 테고, 노란 드레스를 입을 거야. 하지만 그래도 네가 와서 나를 보면 후회할지 몰라.

　나는 이 편지를 온종일 이따금씩 쓰고 있어. 그런데 내가 하고 싶었던 말의 천 분의 일도 아직 말하지 못했어. 죽어야 한다는 건 너무 끔찍해. 나는 솔직히 죽고 싶지 않아. 아직도 나는 속으로 하느님께 기도하고 있어. 봄이 올 때까지만이라도 조금만 더 좋아지게 해달라고. 봄이 오면 낮에는 밝아지고 나무에는 잎이 나겠지. 내가 다시 좋아지면 다시는 너한테 불쾌하게 굴지 않을게. 나는 얼마나 거기에 대해 생각했는지 몰라! 오오, 하느님. 나는 밖에 나가서 모든 자갈을 만지고, 계단을 지나갈 때는 한 걸음마다 멈춰 서서 감사하고, 모든 사람에게 상냥하게 굴 거야. 내가 다시 살 수만 있다면, 내가 그동안 얼마나 많은 고통을 받았는지는 중요하지 않을 거야. 이제 다시는 어떤 것에 대해서도 불평하지 않을 거야. 내가 살 수만 있다면, 누가 나를 공격하거나 때려도 나는 그 사람에게 미소를 지을 테고, 하느님께 감사하고 찬양할 거야. 나는 인생을 제대로 살지 못했어. 누군가를 돕기 위해 뭔가를 해본 적도 없어. 그런데 이 헛된 삶이 끝나려 하고 있어. 내가 얼마나 죽고 싶지 않은지를 안다면, 아마 너는 어떻게든 해줄 거야. 네가 할 수 있는 일은 다 해주겠지. 물론 네가 많은 일을 할 수는 없다는 건 나도 알아. 하지만 너와 그 밖의 모든 사람이 나를 위해 기도하고, 나를 놓아주기를 거부한다면, 하느님도 나한테 생명을 주실 거라고 생각했어. 아아, 그러면 나는 얼마나 고마워할까. 내가 삶을 허락받기만 한다면 다시는 누구한테도 못되게 굴지 않고, 내 운명이 무엇이든 거기에 미소를 지을 거야.

엄마가 곁에 앉아서 울고 계셔. 엄마는 한밤중에도 줄곧 여기 앉아서 나를 위해 기도하셔. 이것이 조금은 나한테 도움이 돼. 작별의 쓰라림을 누그러뜨려주니까. 오늘 나는 생각했어. 어느 날 내가 제일 좋은 옷을 입고 길거리에서 너에게 다가가, 더 이상 너에게 상처를 주는 말은 하지 않고 미리 사놓은 장미 한 송이를 건네면 너는 어떻게 할까? 하지만 다음 순간 나는 더 이상 내가 원하는 일들을 할 수 없다는 걸 기억해냈어. 죽을 때까지 다시는 회복되지 않으리라는 걸 알고 있으니까. 나는 가만히 누워서 슬픔에 잠겨 끊임없이 울고 있어. 소리 내어 울지만 않으면 가슴은 아프지 않아. 요하네스, 내 사랑하는 친구, 내가 이 세상에서 사랑한 유일한 사람, 날이 어두워지기 시작할 때 나에게 와서 여기 잠시만 있어줘. 그러면 나는 울지 않고, 네가 와준 것이 기뻐서 최선을 다해 미소를 지을 거야.

아니, 내 자존심과 용기는 어디로 갔지? 나는 이제 아버지의 딸이 아니야. 내 용기가 나를 떠났기 때문이지. 나는 오랫동안 고통을 겪었어. 이 마지막 날들보다 훨씬 오래전부터 괴로워했어. 네가 외국에 있을 때도 괴로웠고, 내가 봄에 시내에 온 뒤로는 날마다 괴로워하는 것 말고는 아무것도 하지 못했어. 밤이 얼마나 끝없이 길 수 있는지, 전에는 몰랐어. 나는 길거리에서 너를 두 번 보았지. 한 번은 네가 내 옆을 지나가면서 콧노래를 부르고 있었지만, 너는 나를 보지 못했어. 나는 세이어 댁에서 너를 만나기를 바랐지만, 너는 오지 않았지. 거기서 만났더라도 너한테 말을 걸거나 다가가지는 않았겠지만, 그저 멀리서 보는 것만으로도 고마워했을 거야. 하지만 너는 오지 않았어. 그때 나는 네가 오지 않은 게 아마 나 때문일 거라고 생각했어. 열한 시에 춤을 추기 시작했는데, 더 이상 기다리는 걸 참을 수가 없었거든. 그래, 요하네스, 나는 널 사랑했어. 내 평생 오직 너만을 사랑했어. 이 글을 쓰고 있는 건 빅토리아야. 하느님이 내 어깨 너머로 이 편지를 읽고 계셔.

이젠 너한테 작별 인사를 해야 해. 어두워져서 더 이상 보이지 않아. 잘 있어, 요하네스. 날마다 고마워. 지구에서 날아갈 때도 나는 끝까지 너한테 감사하고, 가는 동안에도 줄곧 네 이름을 속으로 부를 거야. 평생 행복하게 살고, 너한테 저지른 잘못을 용서해줘. 네 앞에 몸을 던져 용서를 빌지 않은 것도 용서해줘. 나는 지금 진심을 다하여 너한테 용서를 빌고 있어. 행복해야 해, 요하네스. 그리고 영원히 안녕. 모든 날들과 모든 시간에 대해 다시 한 번 너한테 감사할게. 이젠 더 이상 글을 쓸 수가 없어.

너의 빅토리아

  이제는 등불을 켜서 훨씬 밝아졌어. 나는 혼수상태에 빠졌고, 다시 지구에서 멀리 떨어진 곳에 가 있었어. 다행히 이번에는 그렇게 불쾌하지 않았어. 음악 소리도 들을 수 있었고, 무엇보다도 그곳은 어둡지 않았어. 나는 너무 감사하고 있어. 하지만 이제는 글을 쓸 힘이 남아 있지 않아. 안녕, 내 사랑······.

# 삶의 신비와
# 사랑의 수수께끼*

### 김석희(번역가)

이 책은 노르웨이의 작가 크누트 함순(Knut Hamsun)의 중편소설 《목신 판(Pan)》과 《빅토리아(Victoria)》를 우리말로 옮기고, 두 작품을 한 권에 수록한 것이다.

함순의 작품 활동은 70년의 긴 세월에 걸쳐 있으며, 그의 문학적 주제와 시각과 환경은 다양한 면모와 깊이를 보여준다. 뿐만 아니라 93년의 파란만장한 삶의 궤적 또한 문제적이어서, 그를 근대 노르웨이 문학의 대표적인 작가로 평가하는 것도 당연하다 하겠다.

크누트 함순(본명은 크누드 페데르센)은 1859년 8월 4일 노

---

*해설을 쓰는 데에는 다음 글들의 도움을 받았다. 《목신 판》의 영어판(W.W. Worster 번역; Sverre Lyngstad 번역)의 '머리말'과 일어판(中村都史子 번역)의 '해설'. 《빅토리아》의 영어판(Sverre Lyngstad 번역)과 불어판(Ingunn Guilhon 번역)의 '머리말'.

르웨이 중남부 오플란 주의 롬에 있는 외갓집에서 태어났다. 아버지 페데르는 재봉사였고, 크누트는 일곱 남매 중 넷째였다. 크누트가 세 살 때 가족은 노르웨이 북부 노를란 주의 하마뢰위로 이사하여 함순에 농장을 차리고, 아버지는 재봉 일만이 아니라 농사에도 열심이었다. 크누트는 부모의 귀여움을 받으며 행복한 소년 시절을 보냈지만, 집안 사정으로 외삼촌인 한스 올센에게 맡겨져 아홉 살 때부터 5년 동안 외삼촌 집에서 농사일도 거들고 심부름도 하면서 어엿한 일꾼으로 자랐다. 외삼촌 집에서의 생활은 어린 소년에게 괴로움도 많았지만, 그 고통을 잊게 해준 것은 노를란 지방의 아름다운 자연이었다. 그는 숲 속에서 이런저런 생각과 공상을 하면서 뒹굴었고, 숲과 바다와 자연은 소년의 마음에 깊고 큰 영향을 주었다.

열네 살이 되었을 때 크누트는 외삼촌 집을 나와 고향인 롬에서 점원이 되었다. 그 후 제화공 도제, 사무 보조, 초등학교 교사 등 여러 가지 직업을 전전했지만, 문학에 대한 관심이 높아져서 열여덟 살 때 비외른손의 농민소설에 영향을 받은 처녀작 《수수께끼의 남자》를 발표했다. 그 후 작가가 되겠다는 결심을 굳히고 하르당게르로 간 그는 세 번째 소설 《프리다》를 들고 덴마크의 코펜하겐으로 갔다. 하지만 출판사에서 퇴짜를 맞고 크리스티아니아(오늘날의 오슬로)에서 힘겨운 생활을 한 뒤 도로공사 인부가 되었다. 이 무렵 스트린드베리와 에밀 졸라 등의 작품을 즐겨 읽었고 문학 강연도 했다. 이런 생활 속에서 경제적으로나 정신적으로도 막다른 상태가 되었고, 그것을 타개하기 위해 형 페터가 건너가 있던 미국으로 이주하기로 결심했다.

1882년에 미국으로 건너간 그는 1년 동안 위스콘신 주 엘로이에서 점원으로 일한 뒤, 노스다코타 주로 이사하여 그곳 농장에서 머슴으로 일했다. 1년이 지났을 무렵, 우연히 동향 출신의 크리스토퍼 얀손을 만나 그의 비서가 되었는데, 얀손은 원래 고국에서 시인·작가로도 이름이 알려진 인물이었지만, 당시에는 노르웨이 출신 이민자들을 위해 유니테리언 목사로 미국에 건너와 있었다. 19세기 말에는 북유럽에서 미국으로 이주하는 사람이 많았다. 이 무렵 노르웨이 인구는 200만 명도 채 안 되었지만, 1865년부터 1890년까지 25년 동안 무려 35만 명의 노르웨이인이 미국으로 이주한 것에서도 그 규모를 알 수 있을 것이다. 대부분은 생활고 때문에 이주했지만, 신앙심이 두터운 농부가 많았다.

한편 함순은 그해 가을 교회 활동에 참여하여 소리를 지르다가 각혈을 했고, 의사는 몇 달밖에 못 산다는 진단을 내렸다. 고국에서 죽고 싶다는 그의 희망을 의사도 인정해주었기 때문에 그는 당장 귀국길에 올랐다. 이 여행에서 겪은 흥미로운 에피소드가 그의 아들 토레 함순이 쓴 《크누트 함순》에 기록되어 있는데, 그는 어떻게든 건강을 회복하고 싶어서 대륙 횡단 열차를 타고 여행하는 동안 몇 번이나 기관차 위로 올라가 가슴 가득 맞바람을 들이마셨다. 그 효과가 있었는지 어떤지는 모르지만, 크리스티아니아에 도착했을 때 그는 건강을 되찾은 것을 느꼈다고 한다.

귀국한 뒤에는 크리스티아니아에서 잡지에 마크 트웨인의 작품을 소개하거나 강연 여행 따위를 했지만, 생활은 여전히 어려웠다. 그해 겨울의 참담한 경험은 훗날 출세작인《굶주림》에 묘사되어 있는 대로였다. 1886년에 다시 미국으로 건너갔지만, 얀손을 비롯한 미니애폴리스 사람들에게 폐를 끼치지 않으려고 시카고에서 전차 차장을 하거나 농장 일꾼으로 일하기도 했다. 이듬해 미니애폴리스에 가서 얀손에게 환대를 받고 그곳 신문에 기고하거나 강연을 하면서 생계를 꾸렸지만, 그는 결국 미국 생활에 뿌리를 내리지 못했다.

1888년에 다시 미국에 영원한 작별을 고하고 귀국하자, 코펜하겐에서《뉘 요르(신천지)》라는 잡지에《굶주림》의 일부를 발표했다.《굶주림》은 그 신선하고 독특한 문체와 내용으로 큰 반응을 불러일으켰고, 이 작품 하나로 함순의 이름은 일약 노르웨이 전역에 알려지게 되었다. 함순은 작가로서 세상에 나올 때까지 31년 동안 이른바 방랑자로서 파란만장한 생활을 했지만, 그 후에도 다른 많은 작가들처럼 대도시에 살기를 거부하고 시골에서 농사를 지으면서 시와 소설과 희곡을 발표했다. 그 후《미스터리》《목신 판》《빅토리아》《베노니》《로사》《세겔포스 마을》등을 발표하여 명성이 높아졌다. 1920년에《흙의 혜택》으로 노벨문학상을 받았으며, 만년에는 노르웨이 남부 그림스타드의 뇌르홀름에 농장을 구입하여 그곳에서 시를 짓고 농사도 지었다. 1929년 70세 생일에는 유럽 각국의 문인들

로부터 축사를 받았다. 70세가 지난 뒤에도《우물터의 여인들》
《방랑자들》《아우구스트》《길은 계속 앞장서서 간다》 등을 발
표하여 시들지 않는 창작력을 과시했다.

　　제1차 세계대전 때 함순은 독일을 지지했고, 제2차 세계대
전 때는 노르웨이가 독일에 점령되었는데도 독일을 지지했다.
1943년에는 히틀러를 만났으며, 히틀러가 죽은 뒤에는 히틀러
를 "모든 나라를 위해 정의와 복음을 전파한 설교자"로 묘사한
추도사를 발표하기도 했다. 전쟁이 끝난 뒤 함순은 반역 행위
를 저지른 혐의로 자택에 구금되었고, 의사의 진단에 따라 "고
령을 이유로" 그림스타드 병원에 억류되었다. 1947년에는 재
판을 받고 벌금형을 선고받았다. 하지만 이런 사실이 문학자로
서 함순의 위대함과 독자성을 저해하지는 않을 것이다. 자전적
요소가 짙은 그의 마지막 작품《풀이 무성한 오솔길에서》에서
그는 이 점에 대해 다음과 같이 말하고 있다.

　　"우리는 노르웨이가 대(大)게르만 공동체의 일원으로서 지도
적인 지위를 부여받으리라는 기대를 품었다. 모든 사람이 많든
적든 그렇게 믿었다. 나는 그것을 믿었고, 그래서 믿은 대로 썼
다. 〔중략〕 노르웨이가 유럽의 게르만 국가들 중에서 높은 지
위를 얻는다는 것은 노르웨이가 환영할 만한 일이라고 생각했
다. 당시에도 지금도 그것은 투쟁하고 자신을 바칠 만한 훌륭
한 일이라고 생각한다. 〔중략〕 나는 또한 노르웨이가 낳은 인
물들 가운데 뛰어난 문화적 명성을 얻은 사람은 누구나 게르만
독일을 경유하여 비로소 세계적 인물이 된 것을 상기했다. 이

렇게 생각한 것은 부정한 일이 아니다. 하지만 나는 이 점에서 잘못을 저질렀다. 이것은 우리의 역사, 근대사에서 햇빛처럼 명백한 진실임에도 불구하고, 나는 이 점에서 잘못을 저질렀다."

이런 변명은 정치인의 변명이 아니라 시인의 변명이다. 함순은 다른 사람들이 가까이 갈 수 없는 독자적인 세계를 가지고 그 속에서 살면서, 사회나 바깥세상과는 정신적으로나 실질적으로나 거의 무관한, 끊임없이 떠돌면서도 늘 고립된 작가였다. 1952년 2월 19일 함순은 뇌르홀름의 농장에서 세상을 떠났다. 향년 93세였다.

함순의 생애에서 가장 생산적인 시기는 《굶주림》(1890)과 《흙의 혜택》(1917) 사이에 걸쳐 있다. 인간의 한 세대에 해당하는 이 기간에 함순은 출세작과 대표작을 썼으며, 그 사이에 많은 작품을 썼지만, 그중에서도 《목신 판》(1894)과 《빅토리아》(1898)는 오늘날까지도 꾸준히 독자들의 사랑을 받고 있는, 그야말로 '주옥같은' 작품들이다.

《목신 판》은 함순이 34세 때 쓴 작품이다. 함순은 앞에서 말했듯이 작가로서 출세할 때까지 반평생을 방랑 여행으로 보낸 사람이다. 그리고 이 방랑의 경험과 그 정신은 작가로서의 그에게 큰 영향을 미쳤다. 그것이 분명히 보이는 작품들 가운데 하나가 《목신 판》이다. 주인공 토마스 글란은 출생도 나이도 용모도 분명히 기술되어 있지 않다. 어디선가 노를란 지방에 온 그는 두 번의 여름을 거기서 보내고 떠난 뒤, 인도의 오지에 나타나 거기서 죽어간다. 《목신 판》을 집필하고 있을 무렵 함순은 중동이나 남쪽 나라에 대한 동경을 억누르지 못했고, 이 작품도 제2부인 '글란의 죽음'이 먼저 발표되었다. 제2부에 나오는 인도의 풍토에 대한 묘사는 지극히 짧지만, 우리가 일반적으로 알고 있는 인도의 분위기나 이미지를 제대로 표현하고 있다.

또한 이 작품에 대한 스트린드베리(스웨덴의 극작가·소설가)의 영향을 간과할 수 없다. 이 작품이 성립된 해 봄에 프랑스 파리에서 스트린드베리를 만난 함순은 인간이 자연과 분리된 채 발전시킨 문화가 자연과의 유기적 관계를 급속히 잃고 있음을 지적하고 문화와 사회에 대해 위기감을 표명하는 스트린드베리의 언술에 깊이 느끼는 바가 있었다. 스트린드베리는 자신을 '숲을 동경하는 짐승'이라고 불렀지만, 이 말은 당장 '짐승 같은 눈'을 가진 글란을 상기시킬 것이다. 하지만 이 작품에서는 자연과의 유기적 관계를 잃어가고 있는 근대문화나 근대사회에 대한 문명비판적 태도는 구석으로 물러나 있고, 작품 전체로서는 자연과 인간의 관계를 묻고 방랑 정신이 전면에 내세워져 있다는 느낌이 든다. 그리고 그 방랑 정신은 미지의 땅이나 나라로 꿈이나 낭만을 찾아 떠나는 이상 실현의 수단도 아니고, 현실 생활의 고통에서 벗어나 새 출발을 하기 위해 신천지로 이주하는 현실적인 수단도 아니다. 글란은 그저 마음 내키는 대로 노를란 지방에 나타났다가 사랑이 깨지자 아무 미런도 없이 그곳을 떠난다.

이 작품에서 다루어지고 있는 자연과 인간의 관계는 어떤 것일까. 거기에 묘사되어 있는 것은 태고의 세계 그대로는 아니지만, 그것을 방불케 하는 인간과 자연의 교류다. 그런 자연과 인간의 관계를 묘사함으로써 근대인의 의식과 생활 속에서 사라져버린 자연과의 깊은 관계를 다시 다루고, 다시 보고 있는 것처럼 여겨진다. 그 때문에 그 표현은 시적 표현이 될 수밖에 없다. 이 작품의 표제로 '판'이 선택된 데에는 그런 의도가 담겨 있었을 것이다.

판은 그리스 신화에 등장하는 목축의 신이고 목동의 수호신이지만, 나중에는 자연계 전체의 신으로 여겨지게 되었다. 평소에는 얌전한 양떼가 무언가에 사로잡힌 것처럼 공포에 질려 날뛰기 시작할 때 사람들은 판의 소행으로 생각했고, '패닉(panic)'이라는 말도 거기에서 나왔다. 판은 로마 신화에서는 파우누스가 되어, 산과 골짜기에서 님프인 시링크스나 에코를 쫓아다니지만, 그녀들은 판을 피해 달아나서 풀이나 메아리로 변신해버렸다. 하반신이 산양이고 산양의 뿔과 귀를 가진 이 반인반수의 신은 나중에는 양의 뿔을 가진 젊고 아름다운 청년으로 표상되기도 했지만, 유럽인들 사이에서는 자연계의 신이고 호색적이고 짓궂은 장난을 좋아하는 신이라는 이미지가 일반적이다. 그리고 그것은 바로 이 소설의 주인공인 토마스 글란 중위의 모습과 그대로 겹쳐질 수 있다.

글란은 허공에다 손가락으로 글자를 쓰거나(이것은 소년 크누트가 외삼촌 집에서 빠져나와 숲 속에서 자주 한 일이다), 달을 사랑하거나, 소나무 가지가 흔들리거나 풀잎이 가볍게 살랑거리는 것을 볼 때 마음이 민감하게 흔들리고 생각에 잠긴다. 눈물이 솟구칠 때도 있다. 이셀린의 환상을 보고, 사방팔방의 나무를 향해 그 이름을 부른다. 이런 대목의 묘사는 함순의 독무대다. 하지만 자연에 대한 글란의 반응은 거기에서 무슨 의미를 찾아낼 만한 것으로 여겨지지는 않는다. 글란은 인간을 상대할 때는 그 행동거지가 서투르고 실패를 거듭하지 않을까 하는 불안감이 늘 따라다닌다. 반면에 자연 속에 몸을 내던질 때는 마음의 평안과 고요함을 느낄 수 있다. 그때 자연은 그에게 객체로서 존재하는 것이 아니라 그의 내적 의식과 호응하여 이쪽의 호소에 응해주는 살아 있는 존재로 느껴진다.

이런 자연과의 교류에서 인간은 판의 모습을 발견할 것이다. 나뭇가지에 앉아 술을 마시는 판은 글란의 마음을 사로잡고 떠나지 않았지만, 그것은 글란이 본 환상이자 그의 현실이기도 했다. 판은 숲 속의 글란을 상징하는 동시에 인간의 마음속에 숨어 있는 숲이나 자연의 신비에 대한 두려움과 동경도 상징하는 것으로 여겨진다.

이처럼 현실 세계와 꿈의 세계 사이에 틈새가 없는 것은 등장인물 모두에게 해당한다. 의식 세계와 무의식 세계가 그들의 행동에서도 단절 없이 공존하고 있는 것이다. 이셀린과 둔다스의 일화도, 탑 속에 갇혀 있는 처녀 이야기도, 한밤중에 바다를 건너오는 양치기 소녀도 처음에는 느닷없다는 느낌을 주지만,

읽고 난 뒤에는 기묘하게 깊은 인상을 남긴다. 글란의 꿈과 공상이 만들어낸 세계지만, 이야기의 진행을 방해하기는커녕 오히려 글란의 심리 세계를 더 깊이 보여주고 조명해주는 역할을 맡고 있다. 초현실적 세계는 또 하나의 현실 세계이고 무의식의 세계는 또 하나의 의식된 세계로서 현실 속에 그대로 모습을 나타내고 있는 것이다.

하지만 그 때문에 글란은 인간이나 사회와의 관계에서 그 테두리 안에 들어갈 수가 없다. 파티에서 술잔을 엎지르거나 많은 사람이 보는 앞에서 에드바르다의 구두를 바다에 던지는 등, 사회적 관습에 익숙지 않고 걸핏하면 충동적으로 행동하는 인간은 상식이 지배하는 사회에서 결과적으로 밀려날 수밖에 없을 것이다. 글란이 사람들한테 버림받았다는 고독감을 가장 강하게 느끼고 그럼 감정을 입 밖에 내는 것은 사람들과 함께 소풍을 간 섬에서였다는 것은 상징적이다. 하지만 그에게 고독이란 결코 두려운 심리 상태는 아니다. 방랑하며 산다는 것은 고독하게 사는 것이기 때문이다. 그는 결국 고국을 버리고 친구도 버리고, 아는 사람이 아무도 없는 인도의 밀림 속에서 삶을 마감하는 절대 고독을 받아들이게 된다.

한편 여주인공 에드바르다는 어떤 인간으로 묘사되어 있는가. 그녀의 경우도 부분적으로 피부색이나 눈썹이나 손이 묘사되어 있을 뿐, 용모나 나이는 나중에 어렴풋이 암시될 뿐이다. 글란은 에드바르다의 손에 신경을 써서 손에 대한 묘사가 자주 나온다. 손가락의 주름에 마음이 끌리고 손의 청결에 신경을 쓴다. 대갓집 딸이라 해도 시골이니까 노동으로 햇볕에 타거나 남의 눈에 노출되어, 손의 표정이 마음의 긴장을 잘 전해주었을 것이다.

에드바르다도 글란 못지않게 몽상가이고, 자신의 관념과 공상이 만들어낸 세계에 갇혀 있는 여자다. 그녀는 글란처럼 마음의 놀이터인 자연이라는 상대를 갖지 못했고, 그래서 마음을 열고 맡길 수 있는 인간을 절실히 찾고 있다. 글란을 만났을 때 그녀는 그가 자신과 동류인 것을 알아차리고 사랑하게 된다. 그것은 어디까지나 그녀 쪽에서의 구애였고, 그것이 소풍 날 많은 사람들 앞에서 키스한 행동의 의미일 것이다. 글란에 대한 그녀의 애정은 일시적인 변덕이고, 두 사람 사이에서 주도권을 쥐고 있는 것은 에드바르다다. 그녀의 세계는 항상 그녀를 중심으로 돌아간다. 자신의 애정이 글란에게 최종적으로 거부당할 때 그녀는 순간 마음속 밑바닥까지 열어 보이지만, 글란은 단호히 거부한다. 그때 그녀의 마음도 확실히 방향을 전환하여, 그 후 글란 앞에서는 마음의 상처를 두 번 다시 드러내 보이지 않는다. 하지만 에드바르다에게 정신적으로 가장 가까운 존재는 지성적인 의사도 아니고 핀란드 남작도 아니고 바로 글란이었다.

'짐승 같은 눈'을 갖고 있다는 것이 여성 쪽에서 본 글란에 대한 비평이지만, 이것은 유럽식으로는 남성의 매력에 대한 최대의 찬사일 것이다. 여기엔 분명 성적 의미도 포함되어 있다. 등장하는 여성들은 겨울철을 상징하는 헨리에테를 제외하고는

모두 불 주위에 모여드는 여름 벌레처럼 그에게 끌린다. 글란
도 판도 여성을 사랑한다는 점은 공통이지만, 글란은 에드바르
다와 에바라는 두 여성을 동시에 사랑하면서도, 마음을 더 기
울인 것은 상냥하고 순종적인 에바가 아니라 자존심 강한 에드
바르다였다. 이 두 가지 유형의 여성, 순종적이고 헌신적인 여
성과 높은 긍지를 갖고 자신의 길을 걸어가는 여성은 함순의
작품만이 아니라 북유럽 문학에 자주 등장하는 여성의 두 가지
유형이고, 이 두 가지 여성상의 원형과 실상을 찾아보는 것도
흥미로운 테마일 것이다.

　이 작품의 남녀관계에서 또 하나 눈에 띄는 점은 그 관계가
매우 자유롭고 분방하며, 묘사도 대담하다는 점이다. 애당초
글란이 에바를 유부녀가 아니라 처녀로 오해하는 발단부터가
암시적이지만, 등장인물은 모두 나이가 분명치 않고 각자 마음
이 가는 대로 이성을 사랑한다. 이 분방한 사랑의 세계는 북유
럽이라는 지역의 여름이라는 계절을 빼놓고는 이야기할 수 없
을 것 같다.

　북유럽 사람들에게 여름이란 어떤 말이 연상되는 계절일까.
그것은 우리와는 상당히 다를 것이다. 우리에게 여름이란 더위
라는 한 마디로 표현되고, 더위와의 싸움이 여러 가지 피서법
을 궁리하는 일상생활 방식을 연상시키는 구조로 되어 있는 것
같다. 하지만 사람들이 얼음과 눈 속에 갇히는 겨울이 10월부
터 3월까지 오래 지속되는 북유럽 사람들에게 여름은 쨍쨍 내
리쬐는 태양의 열기와 싸우는 계절이 아니라, 안데르센의 《눈

의 여왕》 마지막 구절인 "계절은 여름이었다. 포근하고 빛나는 여름이었다"가 적절히 보여주듯 찬란한 태양의 빛과 혜택을 누리는 계절이다. 여름은 그 자연의 변화와 마찬가지로 인간의 정신과 육체에도 큰 변화를 낳는다. 그리고 겨울이 길고 혹독한 만큼 여름은 그에 대응하는 압도적인 힘을 갖고 인간에게 다가온다. 사람들은 몸과 마음이 모두 해방감에 가득 차서 인간 사회의 규정이나 도덕을 모두 잊어버리고 여름이라는 계절에 매혹된 것처럼 본능이 명령하는 대로 살려고 한다. 여름과 청춘은 문학작품의 재료로서 어떤 의미에서는 가장 진부한 조합이다. 하지만 여기서 배경이 되어 있는 지방—8월 말에는 벌써 서리가 내리고 지역의 3분의 2가 북극권에 들어가는 지방—의 짧은 여름과 오직 자신의 정열에 따르려 하는 청년의 사랑을 아울러 생각하면, 이 두 개의 조합은 이 경우 무언가 통절한 것이 느껴진다. 이 작품 전체를 통하여 가장 중요한 또 하나의 등장인물은 '노를란 지방의 여름날'이다.

제2부는 무대가 북유럽의 스칸디나비아 반도에서 저 먼 남쪽 대륙 인도로 옮겨진다. 이 두 나라 사이의 거리, 풍토, 인간의 압도적인 차이를 생각할 때, 이 무대 전환의 효과는 절대적이다. 추위와 더위, 깊지만 조용한 숲과 맹수가 사는 열대 밀림. 정열을 감추고 있지만 조용한 사람들과 갈색 피부를 빛내는 수많은 원주민. 그리고 그 숨 막힐 듯한 무더위 속에서 그에 대응하듯 불타오르는 질투가 제2부의 테마다.

제2부는 글란을 죽음에 이르게 한 동료 군인의 수기라는 형

식을 취하고 있다. 글란은 결국 이 남자의 총에 맞아 죽지만, 거기에 이르게 된 경로는 결국 인간의 질투심이다. 그 남자는 글란을 쏘아버렸다. 왜? 글란에게 질투심을 불태웠고, 게다가 스스로 깨달으면서도 인정하려 하지 않았던 그 질투심을 글란이 그의 눈앞에 분명히 들이댔기 때문이다. 인간은 종종 진실에 대해, 특히 자기와 관련된 진실에 대해 눈을 가리고 싶어 하는 법이다. 그런데 글란은 눈을 가린 그 손을 치우고 꺼림칙한 진실을 백일하에 드러냄으로써 그 남자에게 도전장을 들이댄 것이다. 그 때문에 글란은 그 남자에게 결코 용서할 수 없는 원수가 되었고, 글란은 더 이상 이 세상에 집착할 것이 아무것도 없었다. 여기서 두 사람의 이해관계가 일치했다. 글란의 죽음은 방랑자에게 어울리는 허망한 죽음이었다고도 말할 수 있고, 일종의 자살이었다고도 말할 수 있을 것이다. 제2부는 원색의 인도 밀림을 배경으로 인간의 질투에 흔들리는 마음을 노래한 산문시다. 그리고 그 소용돌이에 말려들어 죽어간 글란에 대한 진혼곡이기도 하다.

함순의 30대는 창작 활동이 가장 왕성하게 전개된 시기였지만, 그의 작품이 항상 호의적으로 받아들여진 것은 아니다. 《굶주림》은 비평가들에게는 호평을 받았지만 팔림새는 실망스러웠고, 2년 뒤에 발표한 소설 《미스터리》(1892)는 엇갈린 평가를 받았다. 게다가 그가 1891년에 수도와 그 밖의 여러 곳에서 한 일련의 강연은 센세이션을 일으켰지만, 노르웨이 문단의 선배들에 대한 고압적인 태도 때문에 비난을 받았다. 그리고 함순의 생활은 비단 유목민 같은 방랑 생활은 아니었지만, 크리스티아니아와 코펜하겐 사이, 노르웨이의 이 도시와 저 도시 사이, 그리고—1893년부터 1895년까지는—노르웨이와 파리 사이를 왕복했기 때문에 여전히 불안정했다. 그가 다른 장르에 진출한 것으로 미루어보면, 이런 불안정한 생활은 그의 글에도 영향을 미친 것 같다. 그래서 《목신 판》을 쓴 뒤 《빅토리아》를 쓸 때까지 함순은 극문학과 연극을 별로 높이 평가하지 않았으면서도 주로 희곡을 썼다. 1898년 8월에 쓴 편지에서 그는 이렇게 말하고 있다. "나는 소설에 싫증이 났고, 희곡을 항상 경멸했다. 이제 나는 시를 쓰기 시작했다. 하찮은 주제에 우쭐대는 문학이 아니라 오로지 하찮기만 한 문학은 오직 시뿐이다." 그는 《빅토리아》를 《목신 판》에 딸린 "일종의 부록"이라고 부르면서 "시시한 감상"에 불과하고 "정취로 가득 차 있다"고 말한다.

자기비하적인 말이 합당하다면, 좀 더 적절한 평계는 사회 계층과 주변 환경이 전혀 다른 불행한 연인들의 이야기인 이 소설의 전체적인 줄거리였을지도 모른다. 그 줄거리만으로 판단하면 《빅토리아》는 순수한 멜로드라마다. 하지만 《목신 판》과 마찬가지로 줄거리는 단지 뼈대일 뿐이다. 함순은 그 뼈대 안에 소설의 실질적 요소인 서술 방식과 주제와 모티프의 거미집을 만들어낸다.

《빅토리아》는 기본적인 심리적 계획에 따라 전개된 장면과 상황의 모자이크로 이루어져 있다. 꿈 같은 연애에 대한 기대는 승리로 이어지고, 다음에는 쓰라린 실망으로 이어진다. 때로는 두 번째 단계가 사라지고, 서술은 희망과 환멸 사이를 번갈아 오간다. 하지만 소설이 만들어낸 궁극적인 효과는 환멸이 아니다. 이것은 부분적으로는 함순의 서술에 자주 나타나는 구조적 패턴 때문일 수 있다. 만남에 대한 단조로운 묘사는 대부분 짧게 토막난 부자연스러운 대화로 표현되지만, 황홀한 회상과 궁극적으로는 문학적 재창조를 통해 확대되는 것이 그 구조적 패턴이다. 요하네스와 빅토리아는 자주 만나지 않기 때문에, 그들의 만남은 대개 서로를 탐색하듯 어색하게 시작된다. 하지만 요하네스의 울적한 감정은 자주 돌파구를 연다. 그들이 시내에서 만나는 제3장에서도 그런 일이 일어난다. 빅토리아에 대한 그의 애정 어린 추억은 감정적 모험으로 그를 풍요롭게 해주었고, 그는 열렬한 고백으로 이 감정적 모험을 요약한다. "너는 내 행복의 유일한 원천이야. 항상, 매 순간, 낮이건 밤이건 내가 듣거나 보는 것들은 무엇이든 너를 생각나게" 한다고 그는 빅토리아에게 말한다. 장면은 다른 대화로 바뀌고, 그 후에 이어진 대화는 그녀가 그에게 "내가 사랑하는 건 너"라고 말하는 것으로 끝난다.

《빅토리아》는 함순의 작품들 가운데 가장 에로틱한 소설이다. 다른 어떤 작품보다 이 소설에서 사랑은 냉혹한 우주의 힘이다. 사랑은 인간 세계만이 아니라 자연까지 지배하고, 함순은 감각적인 이미지를 풍부하게 나열하여 어디에나 존재하는 사랑의 편재성을 환기시킨다. 요하네스의 '기쁨의 노래'는 숲에서 새들의 열정적인 음악, 암컷을 부르는 멧닭의 외침 소리와 뻐꾸기의 울음소리로 되풀이된다. 빅토리아는 나중에 요하네스에게 약혼식 파티에서 들은 그의 목소리가 "오르간 소리 같았다"고 고백하고, 죽기 직전에 쓴 편지의 추신에서는 "음악 소리도 들을 수 있다"고 말한다. 되풀이 나타나는 이 음악적 이미지는 색깔—주로 하양, 노랑, 빨강—의 이미지와 함께 위에서 인용한 서정적 간주곡의 모호한 결말에 나오는 '꽃과 피'라는 약간 불길한 암시와 균형을 이룬다. 그 이미지들은 에로스의 경험이 그 승화된 형태—예를 들면 모든 생물에 대해 느끼는 동질감이나 예술적 영감의 고양 등—와 공존하는 경계 지역을 나타낸다.

《빅토리아》는 '예술가 소설(Künstlerroman)'이라고 부를 수 있을 것이다. 이 작품은 또한 실제 경험과 그 예술적 표현의 관계를 문제화하고 있기 때문에 메타픽션의 본보기이기도 하다. 물론 그 관계는 단순하지 않다. 예술은 한편으로는 일상생활의 한 요소로 존재한다. 우리는 과거를 뒤돌아보면서 우리 인생에서 일어난 사건들을 좀 더 풍부한 표현으로 조화롭게 고쳐 만들지만, 그것이 항상 사실과 일치하지는 않는다. 게다가 예술이라고 불리는 것은 대부분 보상적인 허구적 세계를 창조하여 경험을 왜곡할 때가 많다. 그 목적은 말로 표현되지는 않지만 우리 자아를 더욱 커 보이게 과장하는 것이다. 우리가 예술적 초연함이 낳을 수 있는 감정적 냉담함—예술에는 꼭 필요하지만 삶에는 치명적인—을 경계하지 않으면, 이것은 정신적 빈곤으로 이어질 수도 있다.

《빅토리아》의 문체는 주제와 잘 어울린다. 도입부는 동화식으로 쓰여 있어서, 요하네스의 세계를 공주와 왕국의 절반을 얻고 싶어 하는 젊은 몽상가의 세계로 묘사하고 있다. 나중에는 동화적 성격은 약해지지만, 동화식 서술에 수반되는 양식화는 줄어들지 않는다. 장면과 상황은 리얼리즘으로 상세히 묘사되는 대신, 전설이나 신화처럼 인색하게 묘사된다. 따라서 장소는 시대와 마찬가지로 모호하게 암시될 뿐이다. 그 결과, 이 소설은 사건이 일어나는 이유를 묻지 않는다. 《빅토리아》는 시간과 공간과 인과관계의 엄격한 개념이 통용되지 않는 허구적 세계를 창조한다. 소설의 성공 또는 실패는 그것이 독자들에게 감정이입의 느낌을 창조하느냐 아니냐에 달려 있다.

일상적인 장면과 긴장도 높은 대화가 번갈아 나오는 것은 오페라의 서창 부분과 아리아를 연상시킨다. 등장인물들은 지극히 평범하지만, 이루어질 수 없는 소망에 내몰린 그들의 자존심과 열정은 유별나다. 앞에서도 말했듯이 에로스는 음악적 모티프로 표현되고, 다른 이미지들—동굴, 바다, 정원, 삐걱거리는 포플러 나무—도 그와 마찬가지로 소나타나 교향곡의 라이트모티프처럼 나타난다. 이에 어울리게 소설은 죽어가는 빅토리아의 작별 인사인 오르간 푸가로 마무리된다.

이 소설은 1898년 10월에 발표되었을 때 광범위한 호평을 받았다. 에드윈 무이르(오크니 제도 출신의 시인 · 작가 · 번역가)는 《빅토리아》를 함순의 작품들 가운데 가장 훌륭한 작품의 하나로 꼽았다. 특히 여성에 대한 묘사에서 함순은 토머스 하디와 견줄 만하다고 평했다. 빅토리아와 카밀라는 단순하게 묘사되어 있지만, "관찰하거나 분석할 수 없는 진실이 그들에게 존재한다는 느낌을 준다"고 무이르는 말했다. 1929년에 함순에 관한 책을 출판한 덴마크인 카이 보엘은 자기네 세대에게 《빅토리아》는 100년 전의 젊은이들에게 괴테의 《베르테르》가 가졌던 것과 같은 의미를 갖는다고 말했다. 젊었을 때 이 소설을 읽은 토마스 만은 《빅토리아》와 《목신 판》을 "불멸의 시"라고 불렀다. 《거장과 마르가리타》를 쓴 미하일 불가코프의 아내에 따르면, 그녀와 남편은 "《빅토리아》에 대한 사랑을 공유하면서" 그 사랑을 통해 서로를 발견했다고 한다.

근대문학사에서 보면 함순은 20세기 100년 동안 가장 영향력 있고 혁신적인 문장가 가운데 하나로 평가된다. 그는 의식의 흐름과 내적 독백이라는 기법으로 심리 문학을 개척했으며, 토마스 만, 프란츠 카프카, 막심 고리키, 스테판 츠바이크, 헤르만 헤세, 어니스트 헤밍웨이 같은 작가들에게 영향을 미쳤다. 아이작 싱어는 함순을 "모든 측면—그의 주관성, 단편성, 리리시즘—에서 근대문학의 아버지"라고 불렀으며, "20세기 소설의 모든 유파는 함순에서 유래한다"고 말했다. 헤밍웨이는 "함순이 나에게 글쓰기를 가르쳤다"고 말했다.

나는 오래전에 함순의 《굶주림》을 읽고 감동을 받은 적이 있다. 시공사의 '세계문학의 숲'에 함순의 작품을 포함시킬 요량으로 그 책을 검토했는데, 번역된 책이 나와 있는 게 아닌가. 그렇다면 다른 작품을 선택하는 것도 하나의 길일 터. 장편인 《미스터리》를 택할까 하는 생각도 해보았지만, 중편소설(요즘 흔히 쓰이는 용어로는 '경장편소설')인 《목신 판》과 《빅토리아》를 한 권으로 펴내는 것도 좋겠다는 판단을 했다. 19세기 말 북유럽의 투명한 자연을 배경으로 펼쳐지는 사랑 이야기를 읽는 것은, 요즘처럼 사랑이 경박해진 시대에는 더욱 유의미하고 즐거운 경험이 되리라고 생각했기 때문이다.

역자는 노르웨이어를 알지 못한다. 그런데도 《목신 판》과 《빅토리아》의 번역에 욕심을 낸 것은 이 아름답고 뛰어난 소설을 우리나라 독자들이 만날 수 없는 데 대한 안타까움이 컸기 때문이다. 또한 번역에 용기를 낼 수 있었던 것은 좋은 텍스트가 있어서였다. 비록 중역이긴 하지만, 영어판과 불어판을 함께 읽으면서 번역했기 때문에 큰 실수는 없을 것이라 생각한다. 어쨌든 독자들의 양해와 질정이 있기를 바란다.

8월 4일 노르웨이 중남부 오플란 주 구드브 **1859**
란스달렌의 롬에서 태어남(7남매 중 넷째). 아
버지는 페데르 페데르센(1825~1907), 어머
니는 토라 올센(1830~1919).

가족과 함께 노르웨이 북부 노를란 주 하마 **1862**
뢰위의 함순으로 이사.

외삼촌(한스 올센) 집에서 지내면서 순회 학 **1868**
교에 다님.

학교를 마친 뒤 가족과 함께 고향으로 이사. **1873**
대부인 토르스텐 헤스타겐의 가게에서 점원
으로 일함.

하마뢰위로 돌아와 어느 상회의 외판원으로 **1874**
노르웨이 북부를 돌아다님.

보되에서 제화공 도제로 일함. **1876**

| | | |
|---|---|---|
| 비외른손의 농민소설에 영향을 받은 처녀작 《수수께끼의 남자》 출간. 베스테롤렌 제도의 뢰에서 치안관 보조로 일하다가 그만두고 크렛츠 학교에서 가르치기 시작. | 1877 | 《수수께끼의 남자》 |
| 시집 《재회》와 소설 《비외르게르》를 자비 출간(이때는 크누드 페데르센이라는 본명을 사용). | 1878 | 《재회》《비외르게르》 |
| 작가가 되기 위해 노르웨이 서부의 하르당게르로 이사. 가을에 농민소설 《프리다》를 가지고 덴마크 코펜하겐의 출판사를 찾아가지만 퇴짜를 맞음. 12월에 비외른손을 방문. 크리스티아니아(현재의 오슬로)로 이사하여 겨우내 가난을 겪음. | 1879 | |
| 토텐에서 도로공사 인부로 일함. 스트린드베리와 에밀 졸라의 책을 탐독함. 이외비크에서 문학에 대해 강연. | 1880 | |
| 경제적 어려움을 벗어나고자 1월에 미국으로 이주. 1년 동안 위스콘신 주 엘로이에서 외판원으로 일하고, 수확철에는 노스다코타 주의 농장에서 일함. | 1882 | |
| 미네소타 주 미니애폴리스에서 크리스토퍼 얀손(동향 출신의 시인·목사)의 비서로 일함. 마크 트웨인을 만남. 니체를 비롯하여 손에 넣을 수 있는 현대문학 작품을 탐독. 가을에 병에 걸려 노르웨이로 귀국. 요양을 위해 발드레스 지방의 아우에르달로 이사. 짧은 작품을 몇 편 발표. 몇 년 동안 서명으로 실험한 뒤, '크누트 함순(Knut Hamsun)'이라는 필명을 택함. | 1884 | |
| 겨울에 크리스티아니아로 돌아옴. 또다시 가난을 겪음. 8월에 미국으로 돌아감. | 1886 | |

| | | |
|---|---|---|
| 몇 달 동안 시카고에서 전차 차장으로 일함. 그 후 농장에서도 일하고, 미니애폴리스에서 저널리스트 겸 강사로 일함. | 1887 | |
| 여름에 미국을 떠나 코펜하겐으로 이주. 11월에《굶주림》의 첫 부분이 코펜하겐에서《뉘 요르(신천지)》라는 잡지에 익명으로 발표됨. | 1888 | |
| 1월에 코펜하겐의 학생클럽에서 현대 미국의 문화생활에 대해 강연. 강연집《현대 미국의 문화생활》출간.《굶주림》집필. | 1889 | 《현대 미국의 문화생활》 |
| 코펜하겐으로 돌아옴.《굶주림》출간. | 1890 | 《굶주림》 |
| 노르웨이의 여러 도시에서 강연. 독일 베를린의 피셔 출판사에서《굶주림》을 독일어로 출간. | 1891 | |
| 가을에《미스터리》출간. | 1892 | 《미스터리》 |
| 봄에《편집자 륑게》출간. 파리를 여행. 가을에《얕은 흙》출간. | 1893 | 《편집자 륑게》<br>《얕은 흙》 |
| 파리에서 스트린드베리를 만남. 여름에 크리스티안산을 여행. 가을에《목신(牧神) 판》출간. 파리로 돌아감. 이따금 베를렌과 고갱, 헤르만 방, 요한 보예르를 만남. | 1894 | 《목신 판》 |
| 희곡《왕국의 문에서》발표. 여름에 파베르, 크리스티아니아, 얀을 여행. | 1895 | 《왕국의 문에서》 |
| 에드바르 뭉크(화가)를 만남. 뭉크가 그의 초상을 동판화로 제작. 독일 뮌헨을 여행한 후 여름에 노르웨이로 돌아와 단편을 몇 편 집필. 희곡《인생 게임》발표. 가을에 크리스티아니아로 이주. 10월 28일 크리스티아 | 1896 | 《인생 게임》 |

니아 극장에서 〈왕국의 문에서〉 초연. 12월 4일 크리스티아니아 극장에서 〈인생 게임〉 초연.

| | | |
|---|---|---|
| 얀에 있는 하숙집에서 거주. 베르그요트 괴페르트를 만남. 단편집 《낮잠》 출간. | 1897 | 《낮잠》 |
| 5월 13일 베르그요트와 결혼하여 아우에르달에 정착. 희곡 《일몰》 발표. 10월 10일에 크리스티아니아 극장에서 〈일몰〉 초연. 《빅토리아》 출간. 핀란드의 헬싱키로 이주. | 1898 | 《일몰》 《빅토리아》 |
| 시벨리우스(음악가)를 만남. 5월에 헬싱키 대학에서 '시인의 삶'에 대해 강연. 여름에 러시아와 카프카스와 터키를 여행. | 1899 | |
| 코펜하겐으로 이주. 4월에 하마뢰위로 여행. 이곳에서 극시 《수도사 벤트》 집필. 가을에 코펜하겐으로 돌아감. | 1900 | |
| 크리스티아니아와 코펜하겐에 거주. 동방 여행기 집필. | 1901 | |
| 딸 빅토리아가 태어남. 《수도사 벤트》 출간. | 1902 | 《수도사 벤트》 |
| 여행기 《이상한 나라에서》와 단편집 《크라츠코그》와 희곡 《타마라 여왕》 출간. | 1903 | 《이상한 나라에서》 《크라츠코그》 《타마라 여왕》 |
| 시집 《야생의 합창》 출간. 《몽상가들》 출간. '호우엔스 레가트 상'을 받음. | 1904 | 《야생의 합창》 《몽상가들》 |
| 1월 15일 크리스티아니아 극장에서 〈타마라 여왕〉 초연. 드뢰바크에 집을 짓고 정착. 논설과 시로 독립투쟁에 참여. 단편집 《섬에 대하여》 출간. | 1905 | 《섬에 대하여》 |

| | | |
|---|---|---|
| 이혼. 노르스트란의 하숙집에 체류. 《가을의 별 아래에서》 출간. | 1906 | 《가을의 별 아래에서》 |
| 4월에 마리 안데르센을 만남. 《베노니》 출간. 6월 17일 크리스티아니아에서 헨리크 베르겔란(시인)의 탄생 100주년 기념 강연. 가을에 《로사》 출간. | 1908 | 《베노니》 《로사》 |
| 6월 25일 마리 안데르센과 결혼하여 솔리엔에 정착. 가을에 《어떤 방랑자가 소리 나지 않는 현악기를 연주하다》 출간. | 1909 | 《어떤 방랑자가 소리 나지 않는 현악기를 연주하다》 |
| 희곡 《생명의 지배력》 발표. 11월 16일 크리스티아니아 극장에서 초연. | 1910 | 《생명의 지배력》 |
| 시인이자 농부로서 하마뢰위에 정착. | 1911 | |
| 3월 6일 아들 토레가 태어남. 가을에 《마지막 기쁨》 출간. | 1912 | 《마지막 기쁨》 |
| 가을에 《시대의 아이들》 출간. | 1913 | 《시대의 아이들》 |
| 5월 3일 아들 아릴이 태어남. 8월에 제1차 세계대전 발발. 함순은 독일을 지지. | 1914 | |
| 하르스타에서 《세겔포스 마을》 출간. 10월 23일 딸 엘리노르가 태어남. | 1915 | 《세겔포스 마을》 |
| 노를란에서 여기저기 이사를 다니며 《흙의 혜택》을 집필. | 1916 | |
| 봄에 하마뢰위의 집을 팔고 라르비크로 이사. 5월 13일 딸 세실리아가 태어남. 가을에 《흙의 혜택》 출간. | 1917 | 《흙의 혜택》 |
| 가을에 뇌르홀름으로 이사. | 1918 | |

| | | |
|---|---|---|
| 가을에 《우물터의 여인들》 출간. 12월 10일 스톡홀름에서 노벨문학상을 받음. | 1920 | 《우물터의 여인들》 |
| 《시집》 출간. | 1921 | 《시집》 |
| 뇌르홀름에 '시인들의 별장'을 지음. | 1922 | |
| 가을에 《마지막 장(章)》 출간. | 1923 | 《마지막 장》 |
| '시인들의 별장'과 릴레산에서 일함. 문학적 불모의 시기를 보냄. | 1924 | |
| 오슬로의 호텔에 거주하면서 1월부터 7월까지 정신과 진료를 받음. 가을에 뷔그되로 이사. | 1926 | |
| 봄에 뇌르홀름으로 다시 이사. 가을에 《방랑자들》 출간. | 1927 | 《방랑자들》 |
| 전 세계가 함순의 70번째 생일을 축하함. | 1929 | |
| 가을에 병에 걸려 아렌달 병원에서 수술을 받음. 《아우구스트》 출간. | 1930 | 《아우구스트》 |
| 1월에 프랑스 리비에라를 여행. | 1931 | |
| 요양을 계속하면서 '시인들의 별장'과 에게르순에서 작업함. | 1932 | |
| 가을에 《길은 계속 앞장서서 간다》 출간. | 1933 | 《길은 계속 앞장서서 간다》 |
| 4월에 프랑스를 방문. '괴테 상'을 받음. | 1934 | |
| 여름에 《고리가 닫히다》 출간. | 1936 | 《고리가 닫히다》 |
| 뇌르홀름에서 농사에 전념. 청력이 약해짐. | 1937 | |

봄에 유고슬라비아의 두브로브니크에 체류. **1938**

80세 생일을 맞아 또다시 전 세계의 축하를 **1939**
받음. 9월에 제2차 세계대전 발발. 함순은
또다시 나치 독일에 동조.

4월 9일 독일군이 노르웨이를 점령. **1940**

뇌르홀름에서 조용히 살면서 독일에 우호적 **1941**
인 논설을 쓰지만, 독일군에 붙잡힌 동포들
을 돕는 행동을 취함.

독일 베르히테스가덴에서 히틀러를 만남. **1943**

뇌르홀름에서 은둔생활. 사형선고를 받은 **1944**
동포들을 구하려고 끊임없이 청원.

5월 8일 노르웨이 주둔 독일군 항복. 5월 26 **1945**
일 함순 부부가 뇌르홀름에 가택 연금. 6월
14일 그림스타드 병원에 억류됨. 6월 23일
그림스타드 법원에 출두. 9월 2일 란비크의
요양원으로 이송. 9월 22일 그림스타드 법
원에 재출두. 10월 15일 오슬로의 정신병원
으로 이송.

2월 11일 정신병원에서 풀려나 란비크의 요 **1946**
양원으로 이송. 정신병원에서 받은 치료가
건강을 많이 해침. 재판이 여러 차례 연기됨.

12월 16일 그림스타드 법원에 출두. 57만 5 **1947**
천 크로네의 벌금형을 선고받음. 평결이 내
려진 뒤 함순은 뇌르홀름으로 돌아감.

여름에 최고법원이 벌금을 32만 5천 크로네 **1948**
로 줄여줌.

뇌르홀름에서 은둔생활. 환각에 시달리고 | 1949 | 《풀이 무성한 오
귀가 거의 멀게 됨.《풀이 무성한 오솔길에 | | 솔길에서》
서》출간.

2월 19일 뇌르홀름의 자택 침실에서 타계. | 1952
뇌르홀름에 묻힘.

**옮긴이 김석희**

서울대학교 인문대학 불문과를 졸업하고 동 대학원 국문학과를 중퇴했으며, 1988년 한
국일보 신춘문예에 소설이 당선되어 작가로 데뷔했다. 영어·프랑스어·일어를 넘나들
면서 시공사 '세계문학의 숲'에 포함된 토머스 드 퀸시의 《어느 영국인 아편쟁이의 고
백》, 콘라드 죄르지의 《방문객》, 다니자키 준이치로의 《미친 사랑》을 비롯하여 존 파울
즈의 《프랑스 중위의 여자》, 존 러스킨의 《나중에 온 이 사람에게도》, 허먼 멜빌의 《모비
딕》, 스콧 피츠제럴드의 《위대한 개츠비》, 알렉상드르 뒤마의 《삼총사》, 쥘 베른 걸작선
집(15권), 시오노 나나미의 《로마인 이야기》 시리즈(15권) 등 많은 책을 번역했다. 역자
후기 모음집 《번역가의 서재》, 제주도 귀향살이 이야기를 엮은 《이 또한 즐겁지 아니한
가》 등을 펴냈으며, 제1회 한국번역대상을 수상했다.

**세계문학의 숲 041**

# 목신 판

2014년  3월 19일 초판 1쇄 인쇄
2014년  3월 25일 초판 1쇄 발행

지은이 | 크누트 함순
옮긴이 | 김석희
발행인 | 이원주

발행처 | (주)시공사
출판등록 | 1989년 5월 10일(제3-248호)

주소 | 서울특별시 서초구 사임당로 82(우편번호 137-879)
전화 | 편집 (02)2046-2869·영업 (02)2046-2800
팩스 | 편집 (02)585-1755·영업 (02)588-0835
홈페이지 | www.sigongsa.com
세계문학의 숲 홈페이지 | www.sigongclassic.com

ISBN 978-89-527-7120-9(04890)
      978-89-527-5961-0(set)

고 전 의  경 계 를  넘 어  내 일 을  여 는  문 학

시공사 세계문학의 숲은 계속 출간됩니다.